서울노마드

SEOUL NOMADE

스마트북스선
소설가

# 서울 노마드

SEOUL NOMADE

이계홍 소설

문학나무

소설가의 말

# 문학을 통해 인간화로 가는 길

나이 들고 힘 떨어지자 고향에 돌아온 기분이다. 언제나 부채의식으로 마음 한 구석을 지배해왔던 문학이라는 고향. 니체는 '짜라투스트라는 이렇게 말하였다'에서 "아아, 고향이여, 나의 영원한 고향, 고독이여"라고 했지만, 나 역시 고향이 생물학적 출생지가 아닌 '외로움의 사냥꾼'이 추구하는 고독과 문학이었다고 생각한다. 하지만 그런 고향을 꽤 잊고 살았다. 이성부의 시에서처럼 '몸은 어느 뻴밭 구석이거나/썩은 물웅덩이 같은 데를/기웃거리다가/ 한 눈 좀 팔고, 싸움도 한판 걸판지게 하고/지쳐 나자빠져 있다가/ 눈부비며 더디게 돌아온 사람'이 되었다.

요즘 역사에 대해 생각하는 시간이 많아졌다. 촛불혁명 이후 정권이 바뀌었지만 여전히 반동의 역사가 꿈틀거리고 있다. 그들의 뿌리가 칡뿌리처럼 질기고 길고 강고하게 박혀 있어서 지상에 뻗친 줄기도 왕성할 수밖에 없는데, 그래서 쉽게 청산될 수 있는 성질의 것이 아니다. 구세력의 70년 체제가 지속되는 동안 자본 인물 정보 세력을 독점해왔으니 힘은 여전히 막강하다. 그들의 특징이란 냉전반북을 기저로 한 남북대결, 지역패권을 바탕으로 한 동서분열, 외세에 기생하는 사대근성이다. 거기에 색깔론이 결부되면 구세력의 프레임은 완성판이 된다. 그들이 이를 통해 무엇을 취했는지를 지난날을 반추하면 곧 알 수 있다. 사람들은 생각보다 무지한데다 긴 세월이었기 때문에 세뇌되어 그들이 내놓는 기제를 한 자락씩 붙잡고 덩달아 춤춰왔다. 그 기간이 영속화할 것처럼 보이니 영합하지 않으면 낙오되고 도태된다고 믿고, 실제로 그런 신념으로 산 사람도 많다.

여기에 지식인은 한 수 더 뜬다. "나라가 이렇게 빨리 해방될 줄 알았다면 친일행각을 했을까"라는 영화 '밀정'의 마지막 대사처럼 머리는 있으나 영혼이 없는 지식인들이 먼저 변절하고 부도덕한 권력에 부역한다. 체제가 제공한 단물을 빨아먹기 때문에 오히려 그런 현상들을 즐기기까지 한다. 그들은 대체로 외세라면 사죽을 못쓰는 세력인데, 이것은 어제 오늘의 일만은 아닌 것같다. 조선왕조실록에 그런 사례가 실증적으로 나온다.

어느 왕이 "이제 나라의 틀도 잡혔으니 우리의 조상인 고구려 백제 신라를 기리는 행사를 갖자"고 제안한다. 그러자 한 대신이 나와 "아니 되옵니다. 고구려와 백제는 중국에 맞서 싸웠으니 우리에게도 원수입니다. 대국의 지원을 받은 신라는 좋지만, 두 나라는 절대 불가합니다" 하고 펄쩍 뛴다. 대국을 걸고 넘어지는 데는 왕도 찍소리 할 수 없다. 대국은 말만 들어도 오금을 저리게 하는 대상이니까. 신하는 중국에게 "수만 년이 되어도 조공을 바쳐야 하며, 송축하는 정성을 바쳐야 합니다"라는 표전(表箋)을 올리자고 제안한다. 중국 황제에게 표전을 올림으로써 자신의 배후가 대국임을 과시하면서 그는 기득권력을 확고히 다진다. 대한민국 하늘 아래에서도 이같은 일이 벌어지지 않는다고 장담할 수 있을까. 남북화해와 협력을 말하면 용공으로 몰아붙이고, 미국을 비판하면 종북빨갱이로 매도한다. 전시작전권도 넘겨버리고, 대국을 따라야 애국이라고 생각하는 조선조의 신하상(臣下像)이 지금 이 땅에도 존재하지 않는다고 말할 수 있을까.

사실 냉전·반공주의와 지역주의에 빨대를 댄 구조 아래서 이익을 추구하기란 손바닥 뒤집기만큼 쉽다. 비판세력을 빨갱이로 몰면 이익을 고스란히 챙기고, 지역분열을 내세우면 비용과 물리력을 크게 사용하지 않아도 쉽게 의석을 독점하고 정치우위를 점할 수 있다. 그러니 종북좌파 이데올로기와 국가권력에 기대는 애국독점을 통해 이득을 취하려 하는 것이다. 이들은 대체적으로 지역적으로는 특정지역, 세대로는 60대 이상, 전쟁과 북한에 대한 공포의 신념체계를 갖고 있는 집단이다. 진화를 모르고 옛 기억에만 사로잡혀 있는 세력이다. 합리적 인식의 토대나 열린 세계관이 아니라 도그마에 스스로 갇힘으로써 확장성이 현저히 떨어지는 집단이다. 그들은 국민은 두려운 존재가 아니라 관리 대상이며, 쪄누르면 된다고 보는 습성을 지녔다. 그래서 우리의 국제경쟁력은 떨어지고 개인적 상상력은 한없이 위축되었다.

왜 이런 현상이 나타날까. 지식인이 타락했기 때문이다. 죽은 시인의 사회가 아니라, 죽은 지식인 사회의 산물이다. 옳고 그름에 대한 진단과 처방을 내려주는 양심적인 지식인이 소멸됐기 때문이다. 알게모르게 구세력에 의해 혜택을 받았거나 지역패권의 우산 밑에서 단물을 빨아먹고 살아오다 보니 그들 스스로 지성의 균형추를 잃어버리고 일개 지식장사꾼으로 전락했기 때문이다. 요즘처럼 지식인사회가 몰가치하고 몰이성적인 때가 없다고 탄식하는 사람들이 많다. 하지만 이런 세상이 더 이상 허용되지 않는다는 것이 지난 총선과 탄핵을 통해 입증됐다. 전문 지식인사회가 아니라 전국민적 집단지성이 국격을 끌어올리고 이성사회로 진입시킨 것이다. 지식인사회의 성장판은 머물러 있어도 국민의 평균적 지성의 척도는 높아진 결과물이다.

오늘의 정치사회적 모순은 해방공간을 제대로 관리하지 못한데서 온 후과라고 생각한다. 역사에서 가설은 갈증나고 짜증나게 하지만, 그러나 우리가 그때 이성적 성찰적 자세로 대처했더라면 세상은 조금은 달라지지 않았을까 하는 아쉬움들이 많다. 정치적 이익독점을 위한 배격의 논리로 악용된 이데올로기 갈등은 이 시간 현재도 진행형이다. 이런 유전자가 해방공간에서 최대한 번식해 우리 의식구조를 지배해왔다. 따지고 보면 그런 것은 개인적 이익을 챙기는 전리품에 지나지 않지만, 사실은 허상이다. 진실의 눈으로 보면 허깨비장난 같다. 여전히 이 땅에서 창궐중인 냉전의 잔재인 이런 허상들을 벗겨내는 작업을 하고 싶다. 인간모욕의 역사, 광기와 야만의 시대를 증언하는 작업에 몰두하고 싶다. 진실의 무기인 문학을 통해 인간화로 이끌어가는 작업, 그것은 작가가 감당해야 할 몫이라고 믿는다.

지금 펴내는 소설집은 그동안 여기저기 발표한 것들을 묶은 것이다. 오래전에 발표했던 것도 있고, 최근 다시 시작하며 쓴 것도 있다. 단일한 주제의식이 담긴 것을 묶은 것이 아니라, 흩어진 것들을 묶고 새롭게 출발한다는 신고식의 부적으로 펴낸다. 출판을 기꺼이 맡아준 문우 황충상 형과 격려의 글을 준 소설가 유홍종 김상렬 이광복 형들에게 고마움을 전한다. 그리고 살아생전 한번도 아들의 효도를 받아보지 못한 부모님께 이 책을 바친다.

2017년 7월

이계홍

# 차례

## 이계홍 중 · 단편소설

중편소설

서울 노마드

그 여자는 길 위에 있다

수자의 작은 집

단편소설

지상에 내리는 눈물

또다른 밀양

힘없으면 힘써도 힘들다

아직도 여전히 답답하게

# 서울노마드

"외삼촌, 저 광연이에요. 제가 약혼을 하거든요."

"뭐? 약혼?"

"네. 그렇게 됐습니다. 참석해 주시겠죠?"

"그래, 알았다."

조카 광연으로부터 전화연락을 받은 것은 바로 십여 분 전이었다. 한상규는 한동안 상념에 빠져서 거실을 서성거렸다. 쉽게 대답하긴 했어도 뭔가 미심쩍은 것이 있었다. 조카 나이는 스물여덟인데, 그렇다면 연애포기, 결혼포기, 출산포기, 인간관계포기라는 4포세대의 중심에 서 있는 그가 쉽게 결혼을 한다? 결혼할 여건은커녕 여자가 따라붙을 조건이라고는 하나도 없는 그에게 여자가 온다? 장애자 엄마와 함께 극빈생활을 해오고, 경기도 구리시와 경계진 서울의 변두리 신내동의 열두 평짜리 허름한 시립아파트에서 월 임대료 사만 원을 내고 살고 있는 그에게 여자가 따라온다? 도무지 상상이 안 가는 것이었다.

광연이 유년시절 병약한 그의 아버지가 병고에 시달리다 끝내 타계한 뒤 구청에서 극빈자에게 제공한 일자리, 그러니까 구 청사 계단과 화장실 청소를 하는 엄마의 아르바이트로 근근히 연명한 사실을 그는 알고 있었고, 그럼에도 불구하고 무심하게 먼 발치에서 지켜보고 있었던 처지였다. 그는 한동안 미국에서 살다 왔기 때문에 생활방식이나 사는 환경이 달라서 두 모자를 기억하는 듯 마는 듯 그렇게 어정쩡하게 바라보며 지내왔다. 요즘 말로 가족인 듯 가족 아닌 가족 같은 사이로 지내온 것이다. 하지만 광연은 어려서부터 친구들에게 외삼촌을 내세워 자신을 과시하는 스펙으로 삼았다는 것을 얼추 듣고 알고 있었다. 그래서 곧 맺게 될 처가쪽 사람들에게 나도 사람 있다는 듯 그를 불러내려 했을 것이라는 짐작을 했다.

한상규의 셋째 여동생인 그의 엄마 한말련은 어렸을 적 뇌신경계통의 장애를 기지면서부터 약봉지를 달고 살았다. 순어거지로 어찌어찌 중학교 졸업장까지 받아놓긴 했어도 지능은 초등학교 삼사학년 수준에 머물러 있었다. 그래서 비슷한 남자를 만나 결혼해 광연이를 낳았는데, 그 아빠마저 일찍 세상을 떠나버렸다. 광연 아빠가 타계하자 가장이 된 한말련은 구청이 제공한 일자리를 받았으나 이기지 못하고 주저앉기 일쑤여서 살기가 더 옹색했다. 그녀는 주어진 일을 요령없이 했기 때문에 성실하다는 대접을 받았을 망정 몸이 망가져서 종당에는 일 나가 벌어온 일당보다 약값이 더 나가고 있었다. 그런 집의 조카가 결혼하겠다고 하니 신기한 일이었다. 무엇보다도 선뜻 그에게 결혼을 응낙하고 나선 규수가 있다고 하니 아무리 생각해도 불가사의한 일이었다. 그는 사돈쪽 사람들에게 마음속으로 고마움을 표했지만 다른 한편으로는 불안했다. 그게 가능할까. 요즘 여자애들이 얼마나 똑똑한데 보잘것없는 집에 시집을 오겠다고 하고, 더군다나 그 부모가 흔쾌히 승낙을 했단 말인가. 한상규는 현실 같지가 않아서 휴대폰을 집어들었다. 액정의 번호판을 찍자 저쪽에서 먼저 목소리가 흘러나왔다.

"네, 삼촌."

"그래, 니가 정말 결혼을 한다는 거니?"

"네."

광연은 짧게 대답했다.

"그래, 신부감은 어떤 애냐."

"미리 말씀드리지 못했군요. 나중 만나서 말씀드리면 안 될까요."

그러나 나중까지 기다릴 여유가 없었다.

"지금 말해주면 안 되겠니? 신부 부모님은 어떤 분이구?"

"회사 대표이사세요."

"회사 사장? 그럼 신부는?"

"이화대학 나와서 지금 3년차 회사원이에요."

"뭐, 이화대학?"

놀라 자빠질 일이었다. 대한민국의 뭇 남성들이 배우자감으로 선망하고, 그들 또한 스펙 빵빵한 강남 사는 잘나가는 집 아들을 배우자감으로 선택하는 것이 추세 아닌가. 도박 잘하는 건달 여자도 학력 포장용으로 “나 이대 나온 여자야!” 하고 으스대던 영화 대목을 연상하면, 그것은 틀림없이 잘못 들은 말이었다. 한상규는 믿기지 않아서 되물었다.

“그래, 이대 나온 여자라, 그런 신부감이 다 있었구나. 그래도 깊이 생각해보았니?”

광연은 무슨 뜻인지 얼른 알아차리지 못하고 한동안 전화 속에서 침묵을 지켰다. 그러나 외삼촌의 말뜻이 무엇인지 알아채고는 곧바로 응답했다.

“외삼촌, 걱정하지 마세요. 걱정 안 하셔도 됩니다. 다만 육삼빌딩 차이니스 레스토랑에서 상견례 갖기로 했으니 그날 꼭 참석해 주세요.”

“알았다. 참석자는?”

“신부 댁에서는 신부 부모님과 할머님이 나오실 거예요. 신부는 2녀 중의 장녀인데 처제될 사람도 나올 거구요. 우리 쪽에선 엄마와 외삼촌과 큰이모, 막내이모, 그리고 저예요.”

“알았다.”

그는 친가쪽 참석에 대해 묻는 것을 생략했다. 광연은 친가와는 교류가 없이 지내고 있었다. 광연 아버지의 형제자매들이 시골에 묻혀 살고 있거나, 일부는 서울 변두리에서 힘겹게 살고 있어서 교류가 없다는 얘기를 얼핏 듣고 있었다. 대신 광연 모자는 큰이모 막내이모와 이웃해서 살면서 외가쪽 사람들과만 내왕이 잦았다. 장애를 갖고 있는 그의 엄마를 이모들이 보살피는 측면도 있었지만, 요즘 세태가 외가쪽과 어울리는 풍조를 띠어서 그도 그런 환경에 노출되어 있었던 것이다. 광연은 이모의 자식들과 서울의 변두리 지역에서 가족처럼 어울려 성장했다. 한상규는 집안의 장남이었지만 십수 년 만에 귀국해서 서로 사는 환경이 달랐고, 그래서 그들과는 일정 거리를 두고 지냈다. 그의 아이들도 고모들은 물론 그 아이들과도 교류가 없었다. 거기엔 그의 아내와 시누이 간의 찜찜한 관계도 적지 않은 영향을 주었다.

광연과 전화를 끊고도 한상규는 한동안 거실을 거닐었다. 광연의 결혼은 배우자의 배려가 아니면 성사될 수 없다. 강남의 번듯한 집안의 명문여대 출신이 가장 열악한 환경에 있는 자를 골라 시집을 온다. 조카가 잘생겼거나 잘 났거나, 그렇다고 소위 말하는 명문대학 출신도 아니다. 다만 그를 아우라 있게 보이는 것이라곤 기술고시 합격자란 것밖에 없었다. 또 굳이 말한다면 성격이 부드럽고 착하다는 것이었다.

"사위가 외삼촌 자랑을 많이 했습니다. 그래서 저도 뵙기를 바랐습니다."

신부 아버지 이동일 사장이 정중히 인사했다. 한상규는 사돈될 사람의 외모를 보고 먼저 놀랐다. 풍채가 좋고 이목구비가 분명한 서구형의 미남이었다. 과장하면 나이 든 현빈이었다. 그의 부인도 명문대학을 나온 교양있고 지적 풍모가 풍기는 여인이었다. 신부의 할머니는 더 그의 눈을 시리게 했다. 곱게 단정하게 빗은 은발과 적당히 주름진 얼굴, 거기에 옥색 한복이 품격을 더해주었다. 신부는 화장기 없는 청순한 얼굴이었다. 신부 곁엔 그의 여동생이 앉아 있었는데 패션모델로 나가도 부족하지 않는 팔등신 미인이었다. 그들은 서울 토박이로 작고하신 할아버지가 중앙청 고급공무원 출신이라고 했다. 한상규는 저도 모르게 주눅이 들었다.

그에 비해 신랑쪽 사람들은 내놓을 것이 없었다. 인물도 떨어지고, 행색 또한 어딘가 초라해보였다. 한상규의 바로 밑 여동생 한순복, 막내 여동생 한영화가 그의 곁에 앉았는데 그녀들 역시 주눅든 표정으로 굳어 있고. 다만 광연 곁에 앉은 그의 어머니 한말련만이 즐거운 표정이었다. 입만 다물고 얌전히 앉아 있으면 마나님이라고 해도 부족함이 없어 보이는데, 금방 뽀록이 날 것처럼 입을 헤벌리고 있는 게 아무래도 불안해 보였다.

"광연군의 어머니가 막내인 줄 알았는데 그 밑에 또 이모가 계셨군요."

이동일 사장이 웃음 삼아 얘기해서 좌중은 가볍게 웃었다.

"그렇지요. 말련이가 막내인 줄 알고 아버지께서 호적에 끝말자로 이름을 올렸는데, 또 어머니께서 아이를 가지신 것이죠. 면직원도 혼란이 생겨서 막내 영화를 호적에 올릴 때 이름을 잘못 기재했나 착각을 하고, 친절하게 이름을 바꾸어서 호적에 올렸다는군요. 그래서 호적엔 언니가 막내로 등재돼 있습니다."

"아하, 그렇습니까. 그럴 수도 있겠네요."

풍채좋은 사돈이 교양있게 웃었다.

"여자들이라 군대갈 일도 없고, 국회의원 출마할 것도 아니고, 또 사는 데도 불편함이 없어서 그저 그런가보다 여기고 여기까지

왔습니다. 이래저래도 국가에서 혜택을 주니 정정하지 않고 여기까지 온 것이죠."

다시 가볍게 웃음이 돌았다. 한상규는 한때 두 여동생의 호적을 정상적으로 돌려주려고 했다. 호적계에 가면 증거가 그대로 남아있으니 정정신청만 하면 된다는 사법서사 사무실의 얘기를 들었으나 당사자들 모두 불편해하거나 크게 요구한 것도 아니어서 그대로 지내왔다. 그래서 말련이는 이름 때문에 본의아니게 호적상 막내로 등재돼 있었다.

"이렇게 훌륭한 따님을 주셔서 먼저 고맙다는 인사를 드립니다. 조카애가 어떻게 저런 아름답고 지체 있는 집안의 여식에게 장가를 가나 놀랍기도 하고, 마음속으로는 감격을 했습니다. 훌륭한 여식을 보내주신 배려심에 대해 다시 한번 감사를 드립니다."

"뭘요. 아이들이 좋아하는데 어떻게 반대할 수 있습니까."

이동일 사장은 솔직하게 자기 감정을 드러냈다. 딸애의 결혼승낙 요청을 받고 거절했지만 딸애가 간절히 원해서 반대할 수 없었다는 고백이 그 말속에 담겨 있었다.

"여자 신데렐라는 보았지만 남자 신데렐라가 있군요. 그 주인공이 내 조카구나 해서 한동안 감격해서 밤잠을 못 이뤘습니다."

솔직한 고백이었다. 아무리 생각해도 꿈같은 현실이었던 것이다. 이동일 사장은 조용히 웃으며 고개를 끄덕였다. 이런 인사가 오가는 가운데 음식이 나왔다. 에피타이저로 나온 특선냉채가 각자 앞에 놓이자 한말련이 그릇을 한손으로 집어들더니 소리가 나게 후루룩 마시고 건더기로 남은 새우와 전복을 포크로 찍어먹었다.

"맛나다야."

그녀가 그녀 고향인 전라도 사투리로 말했다. 그의 정체가 드러나는 순간이었다. 한상규는 긴장했다.

"엄마, 앞으로도 많이 나오니까 천천히 드세요."

그러나 광연은 곁의 엄마를 지켜보더니 하얀 천의 냅킨을 그녀 무릎에 가지런히 놓아준다. 뒤이어 발채해삼 삭스핀 스프가 나왔다. 그것도 말련이 먼저 후루룩 마셔버렸다. 한상규는 사돈 식구가 눈치채지 않게 상을 찌푸렸다. 조심해. 교양없이…… 순복이가 상견례장에 나오기 전 단단히 교육을 시켰던 모양인데, 말련이는 그새 그것도 잊어버린 모양이었다.

스프 다음엔 통전복 아스파라거스가 나오고 어른 손가락만 한 칠리새우가 나왔다. 말련이가 다시 두 팔을 걷어부치듯 손을 내밀어 왕새우 껍질을 벗기더니 입에 넣어 으적으적 씹기 시작했다. 새우의 내장이 입가장자리로 흘러나오자 광연이 일어나서 말없이 자신의 냅킨으로 그녀 입을 훔쳐주었다. 그러거나 말거나 그녀는 먹기에 열중이었다. 뒤이어 해삼 안에 쇠고기와 새우를 다져서 넣은 요리가 나왔다.

"순대 같기도 하고 산적 같기도 한디 이것이 더 맛나다야."

광연이 먹기 좋고 보기 좋게 접시에 놓인 엄마의 요리를 포크와 나이프로 예쁘게 잘랐다. 한상규 역시 먹어보니 쫄깃한 해삼이 씹히는 맛과 소고기와 새우가 입안 가득 퍼져들어 모처럼 입이 호사를 누리는 것 같았다. 해삼과 소고기와 새우의 조합이 명품요리임을 말해주고 있었다. 다음으로 소안심 통후추 볶음이 나오고, 식사 주문이 들어왔는데 말련이는 그녀가 알고 있는 중국요리의 전부인 짜장면을 시켰다. 짜장면이 나오자 한말련은 면발을 능숙하게 짜장국물에 뒤섞는가 했는데 어느새 면발을 한입 물고 쭉쭉 빨기 시작했다. 무슨 흡입기처럼 면발이 입안 가득 들어가는데 그녀는 씹는 것도 잊고 아예 삼키는 것이었다. 한상규는 그녀를 지켜보느라 코스 요리를 다 처리하지 못했다. 저러다 재채기라도 하면? 그래서 시커먼 짜장면발을 왈칵 쏟아내면? 조마조마해서 견딜 수가 없었다. 저럴 줄 알았으면 데리고 나오지 말았어야 하는데…….

그런데 광연이 키친 타월을 생수에 적셔 그의 어머니 입 가장자리에 묻어 있는 검은 짜장국물을 닦아주고 있었다. 그녀는 당연히 그러는 것처럼 아들이 하는 대로 입을 맡기고 입은 여전히 오물거렸다. 그 사이 후식이 나왔다. 중국 남부의 리치라는 과일 열매였다.

"배부릉개 맛난 줄은 몰겄는디 아까웅개 다 먹어야지."

그의 엄마가 소리나게 게르륵 게트림을 한 뒤 열매를 이쑤시개로 찔러서 입에 넣고 오도독 씹으면서도 이쑤시개로 이를 쑤시고 쩝쩝 입을 다셨다. 이런 광경을 사돈 어른이 지켜보는 듯 마는 듯하면서 희미하게 웃는데 한상규는 이러다 깨지는 게 아닌가 하고 마음을 졸였다.

상견례가 끝나고 광연이와 그의 엄마가 약혼녀와 함께 먼저 떠나고, 한상규는 사돈 어른들과 정중히 인사를 나눈 뒤 헤어졌다. 사돈 어른은 별 말이 없었지만 쓸쓸하게 웃는 모습에서 실망하는 빛이 역력해보였다. 한상규는 두 여동생을 태우고 귀가하는 승용차 안에서 언짢게 말했다.

"말련이는 교육을 시키고 나왔어야지."

"왜 안 했겠어요? 내버려둬요. 생긴 대로 사는 거지 뭐."

순복이 답했다.

"국을 마시다 말고 게트림을 하지 않나, 손으로 새우껍질을 벗겨먹다가 껍질을 손바닥으로 쓸어담아서 쓰레기통에 넣지를 않나. 사돈 보기가 민망해서 견딜 수가 없었어."

"그런데도 광연이 보세요. 요즘 애가 아니라니까. 천성이 그런 것 같아요."

한영화가 받았다.

"어렸을 적부터?"

"그래요."

그는 순간 가슴으로 찌르르 뭔가 찔러오는 것이 있었다. 불현듯 어머니 생각이 났다. 한상규는 초등학교를 졸업하자마자부터 시골집을 떠나 도시로 유학길에 올랐다. 시골에는 비인가 고등공민학교가 있었으나 여유있는 집들은 자녀를 M항이나 도청소재지인 K시로 유학을 보냈다. 한상규는 시골집에서 40km쯤 떨어진 M시의 M중학교에 입학해 다니고 있었다. 지금이야 승용차로 삼사십 분이면 가는 거리였지만 오십여 년 전엔 시외버스가 두시간 여 걸리는 먼 길이었다.

농번기가 되면 어머니가 M항으로 생선 구입차 시외버스를 타고 나온다. 삼학도 부두 근방에서 둘째 숙부가 삼일수산이라는 간판을 내걸고 생선장사를 하고 있었는데, 어머니는 고등어를 한 소쿠리 받아서 모를 심는 일꾼들, 염전의 인부들에게 점심, 저녁 때 생선조림을 해주었다. 특별한 요리비법이 필요한 것이 아닌데도 어머니가 해주는 고등어조림은 맛이 있었다. 묵은지를 넣고 대파와 무를 숭둥숭둥 썰어 넣어서 가마솥에 한솥 끓여내면 그지없이 구수한 게 입맛을 돋구었다. 일하는 인부들은 이런 고등어조림을 눈깜짝할 새 한 그릇의 밥과 함께 비워버리고, 그래서 모두들 그의 집으로 일하러 오기를 좋아했다.

어머니가 M항으로 온다는 연락을 받고 한상규는 시외버스터미널로 나갔다. 제 시간 어머니가 버스에서 내렸다. 얼굴 가득 주름을 잡으며 반갑게 버스에서 내리던 어머니를 그는 저만치 떨어져서 지켜보다가 앞서 걸었다. 그리고 주위를 두리번거렸다. 동급생들이 볼까 봐 두려운 것이다. 어머니는 다른 어머니들에 비해 키가 멀대처럼 큰 데다 헐렁한 몸빼 바지에 황토색깔로 퇴색한 무명적삼을 입고, 머리엔 수건을 둘렀는데 때가 절은 모습이 싫었다. 그것을 그는 부정했다. 어머니는 때가 전 수건을 머리에 두르고, 흙투성이의 적삼이나 몸빼를 입은 사람이 아니라 양산을 쓰고 뾰족구두를 신고 투피스 차림으로 도시의 아스팔트길을 걸어야 했다. 그런데 지금 어머니는 옆구리에 큰 다라를 끼고 검정 고무신을 신고, 검은 몸빼 차림에 주름진 새까맣게 탄 얼굴이다.

그것은 두 말이 필요없는 영락없는 생선행상이었다. 시골 어머니들의 꼴이 대체로 그랬지만 그는 그런 어머니를 받아들이지 않았다. 그래서 그는 도로 건너편으로 가서 어머니보다 십 미터는 앞서 걸었다.

"천천히 가자."

어머니가 소리치자 그는 짜증을 냈다. 그냥 따라 오라니까. 부두는 시외버스터미널에서 걸어서 이십여 분 거리에 있었다. 좀 천천히 가자고 어머니가 다시 말했으나 한상규는 묵살하고 그저 앞서 걸었다. 삼일수산에 당도하니 숙부가 반겼다.

"고등어와 황새기와 깡다리가 풍어입니다. 형수님, 다 갖고 가실 수 있겠어요?"

숙부는 어머니가 가져온 현금보다 두 배는 넘게 고등어와 부새새끼 황새기와 조기새끼인 강다리를 좌판에 펼쳐놓았다. 욕심이 많은 어머니는 그것들을 다라가 넘치도록 집어담고, 대바구니 두 개를 얻어서 하나에는 고등어 남은 것과 다른 바구니엔 황새기와 강다리를 꾹꾹 눌러 담았다.

"다 가지고 가실 수 있겠어요?"

삼촌이 재차 묻자 어머니가 팔을 내저으며 대답했다.

"암시랑도 안 해요."

한상규는 어머니의 터무니없는 욕심을 내심 걱정했으나 그건 어머니가 감당해야 할 몫일 뿐, 그와는 상관없는 일이었다. 어머니가 고등어가 넘치게 담긴 다라를 머리에 이고, 양손으로는 무거운 바구니를 들고 삼일수산을 나왔다. 바구니를 양손에 들고 다라를 머리에 이고 낑낑거리며 차부로 향했으니 어머니의 걸음걸이 속도가 날 리가 만무했다. 한상규는 어머니가 걷는 길 건너편을 타고 어머니가 따라오는 만큼의 보폭으로 십여 미터 앞서 걸었다. 어머니는 얼마쯤 걷다 말고 다시 쉬었는데 그때마다 그도 건너편 길에서 잠시 발길을 멈추었다. 그것이 엄마에게 보여준 예의의 전부였다. 그렇게 해서 차부에 도착했으나 시외버스 차장이 어머니에게 마구 신경질을 부렸다.

"이 냥반아, 이렇게 많은 생선 바구니를 어떻게 받아요. 사람이 타야지 고등어, 깡다리가 타요? 좀 엔간히 좀 하쇼. 못 태워요."

"지금 빨리 가서 식사를 준비해야 항개 봐줘요. 오늘은 인부들이 스무 명이나 되는디."

"바닥에 쏟아지면 어떡할 거요. 어떻게 책임질 거냐고요? 안 되는 일은 안 되는 일이제!"

그러나 어머니도 지지 않았다.

"자식 같은 사람이 그러면 안 되제. 이걸 어따 내버리겠소. 여기서 팔고 가겠소? 조심해서 갖고 갈랑개 걱정하들 마시오."

이윽고 어머니의 통사정이 받아들여지고 그녀는 생선이 넘쳐나는 다라와 두 바구니를 운전석 옆 엔진박스 위에 올려놓고 곁에 쭈그리고 앉아서 그것들을 팔로 끌어안았다. 한상규는 시외버스 밖에서 남의 일처럼 그런 어머니를 지켜보는데 어머니가 차창 밖을 내다보며 만족한 듯 잔뜩 웃음을 머금은 채 어서 가라고 손짓을 했다. 그러면서도 여전히 엔진박스 곁에 옹색하게 쭈그리고 앉아서 다라와 바구니를 붙잡고 있었다. 그는 곧바로 하숙집으로 돌아왔다.

지금 돌이켜보니 어머니는 그 얘기를 한번도 꺼낸 적이 없었다. 돌아가신 그날까지 그런 말 한마디 하시지 않았다. 잊어버렸을까. 아닐 것이다. 자기 못난 것만 생각했을 것이고, 아들이 행여 엄마 때문에 창피를 당하지 않을까 하는 마음을 가졌을 것이다. 한상규는 어머니의 무거운 생선바구니를 들어줄 생각이 없었던 것이 아니지만, 친구들 시선이 더 두려웠었다. 그런데 조카는 그의 어머니를 너무도 태연히 보살펴준다. 그는 두 여동생에게 물었다.

"어머니가 M항 부둣가로 생선을 사러 나오시고, 오빠가 따라 나섰다는 말을 하신 적이 없니? 생선바구니 들어주지 않았다고……."

"아니? 그런 일이 있었어요?"

순복이가 되물었다.

"어머니가 농번기 때는 M시 부둣가로 생선을 떼러 나오셨거든. 철헌이 삼촌 가게에서 가라지 고등어 황새기 깡다리 이런 것을 다라로 가득 사가셨어. 인부들 식사 해주려고."

"엄마 고등어 조림은 맛있었지. 그 기억은 나."

영화는 태어난 지 얼마 안 됐기 때문에 알 리가 더더군다나 없었을 것이다. 그렇더라도 옛 일 되새기던 어머니가 무심결에 말해줄 수는 있다. 그런 섭섭한 일을 어떻게 잊을 것인가.

"오늘 광연이가 지 엄마한테 하는 모습 보고 처음엔 민망했어. 그런데 조금씩 느껴지는 것이 있더군."

그러자 영화가 나섰다.

"애가 속이 꽉 찼어. 말련이가 구 청사 청소를 가면 걔가 책가방을 집에 내려놓자마자 달려가서 엄마 일을 거들어주곤 했어요. 난 창피해서 못 가겠는데……."

동생인데도 언니를 말련이라고 부르는 것은 언니가 좀 바보스러워서 어려서부터 무시했기 때문에 저절로 나오는 것이라는 것을 한상규는 알고 있었다.

"나두 엄마가 학교에 오셨을 때 모른 척 했다니까. 다 그랬을 텐데도 그냥 챙피했어. 한복도 팔랑팔랑 맞지 않게 입고, 차려입는다고 해도 어째 우중충하고……."

"하긴 엄마는 요즘 말로 패션 감각이란 게 없었어."

"그땐 모두 그랬는데도 유난스럽게 우리가 예민했던 것 같애."

오십대의 퍼져버린 막내여동생 말을 듣자 그는 더욱 회한에 잠겼다. 어떤 죄의식 같은 것이 치밀어와 가슴이 먹먹했다. 몇 년 전 돌아가시기까지의 어머니의 신산한 삶을 돌아보니 가슴이 아려왔다.

한상규는 이혼을 했다. 그중 어머니도 이혼에 한몫 거들고 나선 셈이었다. 아내가 시어머니를 너무도 싫어했다. 이혼을 면하려면 어머니를 별도로 살게 해주었어야 했으나 방심하다 두 고부간의 관계를 극도로 악화시켰다. 아내가 어머니를 내보내라 하고, 어머니 역시 못견딘 나머지 방을 하나 얻어달라고 했으나 그는 그저 건성으로 듣고 묵살했다. 어느 날 아침 출근시간인데 베란다 쪽에서 아내의 고함소리가 빽 터져나왔다.

"왜 하지 말란 짓을 해요?"

"내가 모르고 그랬다."

어머니가 주눅든 목소리로 변명하는 것 같았다.

"몇 번 말해야 알아들어요! 애들 거랑 섞지 말라니까요."

어머니가 대꾸가 없자 아내 목소리가 더 당당하게 쇳소리로 커졌다.

"애들 빨래에 어머니 팬티나 내의가 들어가선 안 된다고 했잖아요."

"잊어버리고 그랬당개는……."

한상규는 고부간의 이런 다툼을 외면했다. 끼어들었다가는 더 큰 화를 자초하는 것이었다. 아니다. 정확하게 말하면 그 역시 아내 편에 서서 어머니를 공격했다. 아내가 미워하자 어느결에 그 역시 아내와 한패가 되어버린 것이다. 그도 어머니를 귀찮게 여기고, 아내가 역성을 내면 "어머니는 왜 평지풍파를 일으키느냐"며 화를 냈다. 어머니는 철저하게 왕따를 당했다. 이지메라는 것이 별게 아니었다. 이유 아닌 이유를 들어서 소리지르고 화를 돋구면 상대방은 마른 땅의 지렁이처럼 몸을 잔뜩 웅크리고 무력해지는 것이다. 이래저래 그녀는 억울함을 옷보퉁이를 싸들고 집을 나가는 것으로 해결했다.

그런 어느날, 어머니가 아파트 단지 내의 노인당에서 숙식을 하고 있다는 연락이 왔다. 노인당은 원칙적으로 숙식을 하는 곳이 아니었다. 오전 열 시에 문을 열고 오후 여섯 시면 문을 닫았다. 그러나 어머니가 당번을 자청해서 열쇠를 물려받아 오후 여섯 시 모두 노인당을 나올 때 함께 나왔다가 몰래 들어가 라면으로 저녁을 때우고 불을 끈 채 밤을 보냈다. 어느 날은 같은 또래의 동무를 끌어들여 함께 그런 식으로 숙식을 하는데 순찰 돌던 경비가 불쑥 들어왔다. 분명 문이 잠기고 불도 꺼져있는데 무슨 도란거리는 소리가 나고, 가끔씩 창문을 통해 불빛이 어른거렸다. 그는 할머니들이 텔레비전을 켜놓고 나갔나 보다 여기고 비상키로 문을 열고 들어갔는데, 두 할머니가 텔레비전 앞에서 두런거리고 있는 것이다. 주의한다고 했지만 그들도 시간이 지나자 한 순간에 잊고 평상시처럼 말하다가 덜미가 잡혀버린 것이었다.

"그러다 불이라도 내면 어떡하실려고 그러세요. 어서 돌아가세요. 큰 일 납니다."

경비의 입장에서 볼 때, 불을 낼 소지는 충분히 있었다. 어둠 속에서 라면을 끓여먹는데다 어머니의 친구할머니는 골초였다. 두 사람은 쫓겨나서 어머니는 한상규 집 대신 보퉁이를 들고 딸의 집으로 가고, 친구할머니는 자신의 집으로 돌아갔다.

어머니는 아버지가 작고하자 몇 년 후 한상규 집으로 왔다. 시골에서 옛집을 지키고 살고 있던 어머니는 어느 날 서울로 오셔서는 "눈꼴 사나워서 못살겠다."면서 큰아들과 함께 살겠다고 했다.

"시골 농사는요."

한상규가 물었다.

"이제는 못 지어. 인심이 변했어. 보면 화가 끓어서 못 견뎌야."

그의 부모님은 농토가 꽤 있었다. 한군데서만 육천 평이 넘는 논이 있고, 띄엄띄엄 수십 마지기의 논과 역시 수십 마지기의 밭이 있었다. 이것을 아버지 어머니 두 사람이 다 일구었다. 사업수완이 있고 내핍과 절약이 몸에 밴 아버지가 정미소도 경영하고 염전도 갖고 있었으나 연로해지자 못 이긴 나머지 염전과 정미소를 처분하고 농토는 그대로 둔 채 K시로 이사를 갔다. 그곳에서 빚놀이를 하다가 아버지가 어느 날 시골에 내려가 주막에서 날생선을 잘못 먹고 비브리오패혈증세로 발작을 일으킨 뒤 갑자기 돌아가셨다. 채무자들이 당연히 그래야 하는 것처럼 하루아침에 오리발을 내밀었다. 어머니가 빚 가져간 자들을 찾아내 독촉했지만 조의금도 한푼 안 내던 그들이 내몰라라 하는 것은 당연지사였다. 아버지는 채무자들이 시골 사람 앞에서 머리 굽신거리는 것에 한동안 취해 있다가 졸지에 모든 것을 날려버린 셈이었다.

아버지 장례를 치른 이듬해 어머니는 농사를 보살피겠다며 K시의 집을 둘째아들 한상덕에게 물려주고 귀촌했다. 정미소와 염전은 채무자의 뱃속으로 들어갔다고 해도 농토는 그대로 남아 있어서 어머니가 그것을 지키는 것이었는데, 어느 날 상경한 어머니 말은 의외였다.

"자꾸 늙었다고 무시하고 둘레먹는단 말이다."

"어떻게요."

"그렇게 실하게 벼가 자랐으면 한 마지기당 나락 예닐곱 가매

나오는디 네 다섯 가매밖에 안 나온다는겨."

이것을 왕년엔 5대5로 나누었는데 언젠가부터 4대6으로 바뀌더니 3대7, 다시 2대8로 줄었다. 이제는 거저 주는 꼴이라고 했다. 농토는 남아돌고 너도나도 쌀농사를 짓지 않기 때문에 나온 현상이었다. 어머니는 그녀의 시어른이 무능하고 방탕한 생활로 튼실한 가산을 몽땅 날리고, 며느리로 들어와 보니 빈 집만 물려받았을 뿐, 끼니 이을 것조차 없어서 그야말로 허리띠 졸라매고 살림을 일구었다고 했다. 그 남편과 함께 살림을 모았는데, 여유를 가질 때쯤 아버지는 돌아가시고 그녀만 덩그마니 남았다.

"비부리오균이라든가 패혈증이라든가 그것 땀시 아버지가 영영 일어나들 못했어. 한여름 고향에 내려가 균이 득시글거리는 생짱뚱이를 된장에 찍어먹고 막걸리 몇 잔 먹은 것이 마지막이여. 그 자리에서 피부에 발진이 생기면서 정신을 잃었는디 대학병원에 도착하기 전에 벌써 숨이 넘어버렸다고 하더랑개."

그녀가 일으켜 세운 살림인지라 벼모가지 하나 허술하게 잘려나가는 꼴을 볼 수가 없었다. 어떻게 일으켜 세운 재산인데 벼 한 톨 허투루 허비되는 것을 용납할 것인가. 그런데 논을 버는 사람들의 태도가 이상했다. 계산도 맞지 않지만 논을 버는 사람이 더 큰소리치고 있었다. 이런 꼴을 보고 지내는 것이 어머니로서는 고문을 당한 것만큼이나 고통스러웠다. 어머니가 선언하듯 말했다.

"논밭 처분하고 함꾸네 살아야겄다. 니가 알아서 처분해라."

그래서 그는 대번에 시골 농토를 팔아치웠다. 육천 평의 논이 한군데 있으니 누구나 욕심을 내서 논은 금방 팔렸다. 이것으로 어머니가 살만한 빌라나 한 채 사드렸으면 되련만 한 십년 지나고 나니 흔적조차 없이 사라져버렸다.

어머니는 고집이 있는 편이었고, 살림을 일구었다는 자부심도 있었다. 그래서 시골에선 일정 부분 카리스마도 지니고 있었다. 그런데 근래엔 시골 사람들에게 무참히 당하고 있는 것이었다. 그리고 큰아들 집에 와서도 며느리에게 밟혔다. 때로 며느리가 부당하다고 느낄 때 그런 자부심으로 한 소리 하는데 결국 깨지는 것은 어머니였다. 가치관이 다르고 인생관이 다르므로 사물을 보는 관점이 같을 수 없었다. 하지만 문명의 기기들을 다루는 데 있어선 약점이 많아서 대책없이 당하게 된다. 전기밥솥 코드를 잘못 눌러서 끝까지 밥을 앉힌 그대로여서 학교 가는 아이들과 남편에게 밥 못 먹여 보낸 분풀이를 며느리는 벼르고 있었다는 듯이 쏟아낸다.

"모르면 손대지 말라니까요. 왜 아는 척해요."

"김이 안 나오는 것 같아서 옆구리를 눌러봤다."

결국 어머니는 며느리에게 무차별적으로 당한 속상한 것을 아파트 입구 길옆에 쪼그리고 앉아서 풀잎을 뜯으며 분을 삭히다가 이 딸 저 딸 집으로 전전하는 것이 순서처럼 되었다. 한순복, 한말련, 한영화 집으로 유랑민처럼 흘러가 사는데, 쫓기다시피 간 것인 만큼 그 표정이 좋을 리 없었다. 며느리에게 당하고 온 것을 숨긴다고 해도 표정만은 감출 수 없어서 그 딸들 역시 금방 알아차리고 몸을 부르르 떨었다. 하지만 오빠 부부도 사는 것이 원만

하지 못하다는 것을 알고는 체념하고, 외려 엄마를 닦달했다.

"그러니까 조심해서 살라니까. 해준 밥만 먹고 세수만 하고 살아."

그러나 어머니는 며느리에게 대접받지 못한 것은 아들 때문이라고 믿었다. 그래서 고스란히 수모를 감당하고 있었다. 어머니는 늘 "애초에 니가 잘못했다."고 한상규를 심판했다. 한상규는 외간 여자를 만났다. 그것이 꽤 지속됐다. 그게 알게모르게 불화의 원인이 되었다. 아내는 병적이고, 할딱이는 성격이었다. 정서불안정하고 믿지 못한 사람은 철저히 불신했다. 어느 날 어머니는 한상규에게 말했다.

"며느리만 탓할 수 없어야……."

어머니는 며느리가 새벽까지 잠못 이루며 거실을 서성거리는 것을 보았다. 그가 밤새 돌아오지 않으면 며느리 역시 잠 한숨 붙이지 못하고 탁자에 머리를 박고 숨을 꺽꺽 내쉰다는 것이었다.

"저물게 무슨 일이 있었디야?"

하지만 그는 대꾸할 말이 없어서 묵살하고 마는데, 어머니는 그때마다 한숨을 쉬었다. 그 한숨 속엔 자신의 불행도 녹아 있었을 것이다. 아들 부부가 원만하지 못하니 그녀 역시 편하게 숨쉴 공간이 없다, 그래서 늘 불안하고 초조한 것이다.

"저물면 저문다고 해야제, 며느리만 탓할 수 없어야."

어머니는 아들 부부의 평화가 유지되는 것만이 그녀가 살아갈 방편이 된다는 것을 믿고 있었지만 뜻대로 되는 것이 아니라는 것도 알고 절망을 삭히고 있었다.

"광연 그 녀석 참 독특한 아이라니까."

한순복이 무심히 차창 밖을 내다보며 남의 말처럼 한마디 했다.

"인력으로는 안 되는 것 같아. 걔 고등학교 담임선생님을 만난 적이 있었어. 선생님은 광연이 그렇게 극빈층에 장애엄마를 가지고 있는 줄 몰랐대. 세상을 보는 눈이 따뜻하고, 그런 환경 속에서도 최상위권 성적을 유지하는 것이 기특하다는 거지."

영화가 받았다.

"착한 애는 만들어지는 것이 아니라 태어나는 것 같애."

"어려운 사정을 알고 광연 담임선생님이 같은 학급의 다른 아이를 붙여주었대. 말하자면 과외교사지. 한달에 십만 원씩 받고 과외를 하도록 했나 봐. 하지만 안 되는 아이는 안 되는 거야. 그 아인 공부한 척하고 밖으로 나돌았대니까. 그리고 맨날 사고만 치는 거야."

"사고?"

"그래. 어느 날 두 애들이 새벽녘까지 공부하는 걸 걔 아빠가 화장실을 다녀오다 보게 됐대. 열심히 한다고 격려차 방문을 노크했는데 애들은 대꾸도 안 하고 계속 영어를 읽고 해석하고 또 문제를 풀고 있더래. 그냥 계속…… 그게 이상해서 문을 노크해 봤어. 그런데 문이 잠겨 있는 거야. 계속 영어공부하는 소리는 들리는데 대꾸는 없고, 그래서 비상키로 문을 열어보았더니 애들은 온데간데없고, 녹음기에서 계속 반복적인 영어공부 테이프만 돌아가더라는 거지. 그 애가 광연이랑 공부하던 것을 녹음해 놓고,

밤이 되자 틀어놓고는 사라져버린 거야."

"그럼 어떻게 됐니?"

"어떻게 되겠어. 그걸루 쫑이지. 그 녀석은 록그룹에 빠져서 밤만 되면 클럽에 가서 몸을 흔들고, 그룹의 백댄서로 활약하는 걸 꿈꾸고 있었대. 아버지는 그걸 용인하지 않았던 거구. 우리 집에 딴따라 새끼 키울 수 없다는 것이 아버지 지론이고, 그 아들은 그런 아버지에게 굴복할 수 없어서 기회만 있으면 뛰쳐나가 비트가 빠른 리듬에 맞춰서 울분을 토해냈던 거야. 둘 다 성격이 강해서 누군가 하나는 망가져야 하는데 결국 아들이 때려치우고 가출해 버렸대. 절에 들어갔대나 어쨌대나. 정말로 한동안 스님이 되었는데 어찌어찌 그 부모가 찾아내서 집으로 데려왔대. 지금은 그 애가 아버지 회사 전무이사로 일하고 있대나 봐. 가진 놈의 자식은 아무리 탈선하고 방탕하고 개지랄을 해도 돌아갈 곳이 있으니까 되는 거야. 하지만 광연이는 그럴 사람인가. 가진 것이라고는 부랄 두쪽뿐인데."

"그래서 속차린 건가?"

"아니지. 그런 애들이 사실은 더 먼저 포기하고 타락하지."

한때 광연도 방황했다고 한다. 광연은 어느 날 그 친구를 따라 클럽에 갔는데 랩에 맞춰 곡예 같은 춤을 추는 현란한 브레이크 댄스를 보고 그 자신도 몰입했다. 다채로운 음원을 교묘한 믹싱 조작으로 재구성하는 비트음악 속에서 격렬하게 몸을 맡기면 만 잡사가 잊혔다. 그렇게 밤을 새고 집으로 돌아오는 거였는데, 엄마가 그때까지 아파트 입구에서 밤이슬 맞으며 기다리고 있더라는 것이다. 멍한 눈으로 아이를 바라보는 엄마를 보고 광연은 엄마를 붙들고 엉엉 울어버렸다는 것이다.

"참, 신통한 아이야. 반발하지 않고, 그런 환경에 있으면 대부분 포기하고 멋대로 살아버리는데…… 그런 애들이 방전되면 낭떠러지로 끝없이 추락해버리는데……."

한순복이 말했을 때 한상규는 고개만 끄덕였다.

"그런데 오빠, 말련이가 엄마를 구박한 거 몰라?"

금시초문이었다. 순복이가 덧붙였다.

"그년이 엄마를 쥐잡듯이 했대."

어머니는 한상규의 집에서 나가면 세 딸집 중 말련이 집으로 곧잘 갔다. 사위가 부재한 데다 외손자는 과외다 야자다 해서 집을 비우는 일이 잦고, 그래서 어머니는 사는 것이 편하고 가벼운 말련이 집에서 지내는 것을 좋아했다. 허물없고 식구도 단출해서 어머니에게는 일종의 안식처 같은 곳이었다. 하지만 말련이 또한 한 순간 한 성깔 하는지라 공연히 울화통이 터지면 원색적으로 엄마에게 퍼부었다.

"왜 나를 가르치지도 않고, 먹을 것도 없는 나한테 오냐고! 나한테 해준 것이 뭐가 있다고 와서 밥을 축이냐고! 나한테 해준 것이 뭐가 있다고 괴롭히냐고!"

어머니는 평소에도 그가 불쌍하다고 돈이 생기는 대로 가져다주고, 이것저것 세간살이도 챙겨주는데 어느 순간부터는 그게 말련이에게는 권리가 되었다. 그리고 그런 약효가 떨어지면 곧잘 어머니를 구박하는데, 이는 그들 모자간에 오순도순 살고 있는 집안에 객이 늘어 평화로운 질서에 균열이 생기고, 좁은 공간에 하세월로 버티는 것이 귀찮고 불편해서 내지른 성질이었다. 좋은 품성대로 그것을 받아들이면서도 어느 순간 성질이 나면 동네가 떠나가게 퍼붓는다는 것이었다. 그렇다고 그것을 어머니가 누구에게 내색을 한 적은 없었다. 양심 바르고 솔직함이 몸에 밴 말련이가 언니나 영화에게 불쑥 뱉어냄으로써 드러나는 것일 뿐이었다.

"엄마의 노령연금, 오빠한테서 매월 받은 용돈 모두 말련이한테 들어갔어. 엄마는 말련이만 생각했어. 몸이 안 좋아서 학교를 안 보낸 거지, 보내기 싫어서 안 보낸 것은 아니잖냐며, 그래서 가장 가슴 아파하고, 마음에 걸린다고 했어."

말련이가 어머니를 구박했다고 하자 한상규 역시 그로부터 자유롭지 못한 잔상이 떠올랐다. 그가 이혼을 하고 어머니와 함께 마포에서 아파트를 얻어 살고 있을 때였다. 친구들과의 약속과 직원들과의 저녁식사 때문에 집에 제 시간에 들어가지 못한 때가 많았다. 그때마다 어머니가 마음에 걸렸지만 모임에 빠져드느라 잊어버렸다. 팔순 노모는 전 생애를 시골에서 살아왔기 때문에 가스불을 켜는 것에서부터 냉장고, 에어컨, 오븐, 현관키를 다루는 법이 서툴렀다. 툭하면 까먹기 일쑤여서 자칫 불을 낼 뻔한 일도 있었고, 아파트 단지 내의 공원에 나갔다가 현관 비밀번호를 잊어먹고 들어오지 못하고 한상규가 돌아올 때까지 공원 벤치에 쪼그리고 앉아 있다가 들어온 경우도 있었다. 이런 때는 쫄쫄 배를 곪고 있었다. 그럴 때마다 안쓰럽지만 어느 순간부터는 울화가 치밀었다. 이혼한 후 아이들은 엄마와 함께 나가 살았기 때문에 어느 누구 하나 집안에 코빼기도 비치지 않아서 어머니는 몹시 외로워했다. 툭하면 손자들 이름을 부르며 눈물지었다. 며느리나 손자들로부터 대접받지 못한 처지면서도 당신은 늘 그들을 그리워했다. 처음엔 그러려니 했지만 반복되자 한상규는 화가 치밀었다. 그러잖아도 마음이 복잡한데 어머니는 어머니대로 슬픔을 품고 있는 것이다.

"저물었다이……."

한밤중에 그가 현관으로 들어서면 어머니는 그때까지 잠을 자지 않고 나와 반기는데 변기통에서는 꼭지를 잘못 눌렀는지 계속 물이 흘러내리는 소리가 들리고, 싱크대의 물이 넘쳐서 바닥이 젖어 있다. 게다가 어머니는 굶은 상태다.

"어머니 스스로 못해 먹어요?"

"그러다 불낼까 싶어서 무서워서 손도 못 댔다."

"그러면 단팥빵이나 케익을 먹든지…… 냉장고에 넣어두었잖아요. 우유도 있고, 요구르트도 있잖아요. 피자도 있잖아요."

"먹고 잡으면 먹제, 걱정허들 말어라."

그렇게 어머니는 뒤로 물러서는데 그런 것이 더 화를 돋구었다.

"화장실도 다시 한번 살피고, 싱크대 수도꼭지를 잠궜나 안 잠궜나, 먹고 싶은 것 있나 없나, 바닥에 물이 넘쳤으면 걸레로 훔쳐내고 해야지 뭘 하고 있는 거예요?"

"눈이 안 보인다 마다. 그러니 어서 내가 가야제. 어서 가야

제…….”

하지만 그런 푸념도 듣기가 싫었다. 오히려 부아를 더 끓어올렸다. 언성이 높아질 수밖에 없는데, 그럴수록 어머니는 죄인처럼 목울 움추린다. 어머니는 그의 이혼을 누구보다 그 자신 탓으로 여기고 죄스러워했다. 그런 태도를 취하자 한상규는 어느 날부터 이혼도 어머니 탓인 양 몰아붙였다.

“며느리하고 왜 싸우냐구요. 왜 싸워. 안 싸우면 안되나?”

“내가 안 올라와야 하는디 공연시 올라왔다. 내가 오두방정을 떨었다.”

어머니는 또다시 저만치 물러나버린다. 모든 것이 그녀 자신으로부터 문제가 기인하는 것으로 치부하는 굴욕감. 그래서 어느 날인가는 어머니가 불쌍해서 말했다. 그만큼 어머니를 보는 그의 감정도 복잡했다.

“내가 잘못했으니까 이혼을 한 거예요. 내가 인생을 잘못 살았어요. 어머니 잘못이 아니니 어머니 자신을 나무라지 마세요. 내가 나쁘니까 며느리가 시어머니를 미워했던 거예요. 내가 좋았으면 시어머니를 미워했겠어요?”

그러나 어머니는 자학이 체화되어 있었다. 모든 것이 자기 탓이었다. 당신이 아들 집에 들어오지 않았으면 그런 분란이 일어나지 않았을 것이고, 시골집을 버리고 왔으니 시끄러워졌으며, 그래서 시골을 지키고 살았어야 하는데 와서 험한 꼴을 보이고 있다고 자탄했다.

하지만 며느리가 구박을 하면 어머니도 끝내는 숨겨두었던 발톱을 드러낸 적도 있었다.

"내가 번 재산 모두 너거들 입성에 넣어주었으면 받아들여야제, 고맙단 말은커녕 혼만 내냐. 교양 있는 집안 자식이 아니구먼."

그러면 며느리가 그 말 잘했다는 듯 머리를 세우고 대든다.

"어머니, 그게 돈이에요? 시골 논밭 팔아봐야 강남 땅 몇 평이나 사요? 그리고 그 돈 애비가 여자 만나느라 모두 탕진한 것 몰라요? 지 할애비가 이 여자 저 여자 만나서 자식들을 오남십녀나 둔 것으로 진작에 싹수를 알아봤어야 하는데, DNA가 추잡스러운 것도 모르고 와보니 완전 똥밭이야."

어머니는 본전도 못 찾고 마는데 며느리는 기왕 나온 김에 할 말을 마저 한다.

"아들이란 사람, 미국 갔다 오면서 어쩐 줄 아세요? 금방 입국했다고 하는데 하루 전날 들어왔다구요. 내가 그렇게 멍청한 줄 아세요? 입국자 명단을 알아보았더니 하루 전에 들어왔더라구요. 전날 들어와서 어떤 년 선물 안겨주고, 그년 집에서 진탕 개지랄을 떨고 금방 입국했다고 오리발을 내밀어요. 내가 그렇게 멍청한 여자예요?"

"나는 모르는 일이다."

시어머니는 결국 입을 굳게 다물고 만다.

"오빠, 어째 마음이 심란해요. 어디 조용한 커피숍에 가요."

순복이도 이런저런 상념에 빠졌던지 차 한잔 하자는 것이다. 그들은 도심을 벗어나 한강이 내려다 보이는 워커힐 가파른 언덕 아래 조그만 카페로 들어갔다. 언덕 아래로 한강물이 유유히 흐르고 있었다.

"광연이 신부될 아이를 어떻게 만났대?"

한상규가 커피맛을 음미하듯 한모금 마시고 나서 물었다. 여동생 둘이 그의 앞에 앉아 있는 것이 생소하다는 듯 영화가 주위를 두리번거렸다. 하긴 너무도 낯선 장면이다. 이렇게 마주 앉아 차 한잔 마셔본 적이 한번이라도 있었던가.

"우리도 참 무심했어. 오늘 광연이가 우리한테 차 한잔 마시라는 시간도 주는구만."

평소 남자처럼 대범한 한영화가 한상규의 마음을 꿰뚫기라도 하듯 말했다.

"그러니 광연이 얘길 좀더 할까."

"광연이가 신부를 만난 건 대학생 연합봉사단의 일원으로 몽골에 갔을 때였대요. 여러 가지로 광연이 모습이 들어왔다고 해요."

"어떻게?"

"그 애야 헌신 아니면 쓰러지죠. 똑똑한 것도 스펙이지만 자상하고 착한 것도 스펙이니까."

"그래. 그런 애를 알아보는 착한 여자애들도 있구나. 해외봉사활동 나선 애들이야 다 헌신적이고 배려심이 있고 사려가 깊겠지."

"하지만 본성이 있잖아요. 그건 숨길 수 없는 거예요. 봉사 가서 잘해보겠다고 해도 사흘이 못가서 뽀록이 나는 애들이 얼마나 많은데. 입사시험 경력 따려고 부모 경제력에 의지해 해외봉사

나가서 생억지로 시간 때우는 애들이 얼마나 많은데……."

"어쨌든 조카며느리가 광연이를 알아봤다는 건가."

"그러니까 그 애도 속이 꽉 찬 거죠."

"난 오늘 광연이가 엄마를 대하는 걸 보고 참 부끄러웠다야. 나두 엄마가 학교에 오면 막 성질 부렸지. 할머니 같아서 싫었어."

"막내 너를 낳으신 게 어머니 나이 마흔여섯이었으니 그럴 만도 하지."

"나도 잘한 건 없어."

순복이 말이었다. 그녀 역시 가정이 평탄하지 못했다. 그의 남편은 여행사 상무 출신이었다. 젊은 시절 중국으로, 일본으로, 유럽으로, 미국으로 여행객을 인솔하고 다녔다. 그중 눈에 맞은 여자가 있었다. 농담 따먹기 하다 보니 하필이면 그녀가 순복이의 후배였다. 아내의 후배라는 것으로 그들은 더 허물없이 가까워지고, 장난하다 임신하듯 엉겁결에 뜨거운 사이가 되었다. 그 여자는 일찍 이혼하고 두 남매를 키우고 있었는데, 순복의 남편이 그들의 아버지 역할을 다했다. 아이들을 데리고 일본으로 여행가고, 유럽 여행에도 데리고 갔다. 그런 사진을 우연히 남편의 지갑에서 발견하고 순복의 눈이 뒤집혔다. 그 아이들 등록금까지 대준 사실도 드러났다. 집에는 한푼도 가져다 주지 않으면서 남의 집 아이들까지 건사한 것이 드러나자 그녀는 어떻게 복수할까 날마다 화를 끓이고 이를 갈았다.

"왜 하필이면 내 후배냐고?"

그러나 그녀의 후배였기 때문에 쉽게 편하게 얘기하고 가까워진 사실을 그녀는 모르고 있었다. 그런 때 멋모르고 친정 어머니가 찾아가는데 서로 표정이 좋을 리가 없었다. 어머니는 며느리한테 당하고 와서 어둡고, 순복이는 남편의 배신으로 더 속이 뒤집어져있는 상태다. 결국 어머니는 말 몇 마디 못 붙이고 막내딸 집으로 간다. 그러나 그 집도 편하진 못했다. 막내 사위가 직업병으로 치료 중이었다. 몇 날 버티다 어머니는 둘째아들이 살고 있는 D시로 내려갔다. 둘째아들 한상덕은 D시의 유수 사립대학 교수로 재직중이었는데 학장을 지내고, 런닝메이트로 나선 부총장과 여타 보직을 입도선매한 지지 교수들의 돈을 끌어모아 과다하게 풀었다가 상대진영의 고발로 경찰에 불려다니는 등 도중 낙마하긴 했지만 총장선거에까지 출마한 경력을 갖고 있었다.

하지만 어머니는 둘째 며느리와 아예 담을 쌓고 지내는 사이였다. 재산 상속의 응어리 때문이었다. 옛적 한상규가 여러 가지 생각 끝에 어머니에게 제의했었다.

"고향의 농토는 상덕이한테 주려고 해요."

어머니가 의아스럽다는 듯이 한상규를 쳐다보았다. 한상규는 형편이 안정되었지만 동생은 보따리 대학강사로 여기저기 쏘다니며 허덕이고 있었다.

"나는 언제 미국으로 들어갈지도 몰라요. 상덕이는 수입이 별로니까 힘들 거예요."

"공연시 그러지 말아라."

어머니가 단번에 거절했다.

"니가 물려받아야제."

그녀는 더 이상의 이유를 설명하진 않았다. 그러나 그는 알고 있었다. 어머니의 기본 멘탈리티는 장자가 유산을 그대로 물려받아 조상 봉제사는 물론 집안의 대소사를 이끌어 가야 한다는 것이었다. 경험칙상 그것이 뒤탈이 없다는 것이었다. 그래서 한사코 한상규에게 재산을 물려주었던 것인데, 금전적으로 개털도 아쉬운 둘째아들과 그 며느리가 방방 뛰었다. 형의 말을 듣고 기대를 걸었으나 어머니가 나서서 훼방을 놓은 셈이니 속이 뒤집어진 것이었다.

어머니가 노환의 장염으로 심한 고통을 겪고 있을 때 어머니는 "상덕이네 집에 한번 연락해봐라." 하고 자꾸 재촉했다. 둘째아들 며느리가 한 번도 들여다보지 않은 게 섭섭했겠지만, 어머니는 그들 소식도 궁금했을 것이다. 그러나 한상규는 본인들이 원하지 않은 이상 어쩔 수 없다고 여기고 어머니의 요청을 묵살했다. 그러자 어머니가 "이렇게 아픈 것이 언제 갈지 모르겠다. 한번 들여다보든지 병원비라도 좀 보태라고 해라." 라고 다시 말했다. 더 이상 거절할 수 없어서 그가 한상덕의 집으로 전화를 걸었다. 제수씨가 전화를 받는데 힘없는 목소리였다.

"제가 몸이 안좋아서요. 보름이나 고생을 하네요."

"어디 아프세요?"

"속병이죠 뭐."

그녀는 확실한 병명을 말하지 않고 꺼져가는 목소리로 응답했다. 한상규는 어머니의 말씀을 전달하는 대신 치료 잘하라고 치료비조로 얼마 돈을 내려 보냈다. 그렇다고 잘 받았다는 피드백은 없었다. 잘 받았는지의 여부를 확인할 수도 없었다. 치료비 보내놓고 확인한다는 것은 생색내는 것처럼 비쳐졌기 때문에 그런가 보다 하고 지내왔다. 그런 어느 날 제수씨로부터 다급하게 전화가 걸려왔다.

"어머니가 제 집에 와 계시는데요, 시아주머니를 찾으세요."

"어머니가 동생 집에 가 계시다고요?"

그는 어머니가 여동생 집에 가있는 줄로 알았다. 어머니와 그들과의 관계를 아는 이상 그녀가 D시까지 내려갔을 것이라고는 상상도 하지 못했다.

"어머니가 열흘 전에 저희 집에 오셨는데요, 빨리 큰아들 부르라고 하셨어요."

뚜렷한 설명도 없이 다짜고짜 계속 그렇게 말하는 것이 좀 이상했다.

"세미나 발표도 있고, 다른 약속도 있어서 당장 내려갈 수 없어요. 어머니더러 올라오시라고 하면 안 됩니까. 그게 아니면 수고스럽지만 제수씨가 모시고 서울 오시면 더 좋구요."

"어머님이 찾으신다니까요."

"직장에 가서 상황을 알아보고 다시 연락할게요."

조금은 의아스럽고 불쾌했지만 그렇게 얘기해놓고 그는 직장으로 갔다. 그런데 오후 순복이한테서 전화가 왔다.

"어머니가 우리 집에 와 계셔요."

"아니, 상덕이 집에 가계시다고 했는데?"

“내가 영화랑 같이 내려가서 급하게 모시고 올라왔어요. 빨리 와봐요.”

제수씨는 한상규가 확실한 대답이 없자 한순복에게도 전화를 했던 모양이다. 그녀는 전화를 받자마자 한영화를 데리고 부랴부랴 D시로 내려갔고, 뒤이어 그녀 집으로 모셔온 것이었다. 한상규는 한순복의 집으로 향했다. 어머니는 홀쭉한 몸으로 넋을 잃은 듯이 거실 벽에 상반신을 기대고 앉아서 허공을 바라보고 있었다.

“무슨 일이야.”

“모르겠어. 말을 하지 않으시니까.”

“사고가 난 거야?”

“아무 말 안 하신다니까.”

“그럼 둘째 올케언니한테라도 물어봤어야 할 거 아냐.”

“그 사람도 별다른 얘기가 없었어.”

한상규는 상대방이 대답하지 않는 이상 계속 따져묻는 것도 예의가 아니라고 생각하고 궁금증을 지우고 지내왔는데, 몇 달 후 한말련한테서 우연히 소식을 들었다.

“엄마가 둘째오빠 집에 가서 살겠다고 했나 봐.”

“그래?”

“그랬더니 둘째 올케언니가 소리소리 지르고 난리쳤는가벼. 뭘 보태준 것 있다고 여기 와서 사느냐고, 우리도 팍팍해서 힘들다고, 우리 집안에도 병자가 있다고, 우리한테 해준 게 뭐가 있다고, 무슨 염치로 살러 오느냐고…….”

"그래서?"

"엄마도 경우가 있잖아. 그래서 내가 못 올 집에 왔냐. 상덕이도 내 자식이다…… 그렇게해서 다투었는데 억울하다고 엄마가 몰래 약을 먹었다능겨. 다음날 아침 시체가 다 되어 있는 엄마를 앰뷸런스에 태우고 위 세척을 하고 손발을 주무르고, 난리를 치른 다음에 깨어났다능겨. 그렇게 이틀인가 치료를 받고 퇴원을 했는데, 엄마가 큰오빠만 찾더라는겨."

한말련은 생각대로 말하는 성격인지라 말 끝에 험한 욕을 다 퍼부었지만, 그가 생각해도 기가 막혔다. 그렇다고 달리 어떻게 나설 수도 없었다. 그 역시 어머니를 제대로 모신 것은 아니었으니까.

그 무렵 한상규는 이혼 후 새롭게 여자를 만나 동거 중이었는데 여러모로 신경이 쓰였다. 한상규는 제주 출장 중 비행기 안에서 옆 좌석의 여자와 말문을 텄다.

"제주가 고향이세요?"

그가 묻자 여자로부터 의외의 대답이 나왔다.

"아녜요. 바람 좀 쐬러요."

그 말이 이상한 자극을 주었다. 그래서 좀더 적극적으로 나왔다.

"난 학회 세미나가 있어서 갑니다."

그가 명함을 내밀자 그녀는 두 손으로 공손히 받아들며 "현문선이라고 해요." 하고 인사했다. 그녀는 분당에서 매주 서른댓 명의 초등학생을 상대로 방문 피아노 교습을 뛰는데, 어느 날 학부모와 싸운 뒤 우울에 빠져서 짐을 챙겨 집을 나섰다고 했다. 한상규는 행사를 마치고 그녀와 약속한 장소에서 만나 항구의 밤바닷가를 거닐다가 주변 모텔로 들어가 함께 밤을 보냈다. 서로 허무기를 달고 있었으므로 쉽게 동질감이 형성됐고, 육체는 특별히 보호해야 할 가치 있고 값나가는 청춘의 것도 아니어서 상호 별다른 감흥없이 몸을 섞었다. 그리고 서울로 돌아와서 동거에 들어갔는데, 아이들이 장애물이었다. 그녀에겐 아들과 딸, 두 아이가 있었는데 한결같이 한상규를 거부했다.

"꼰대 아저씨와 왜 사냐구?"

엄마와 거칠 것 없이 살아왔는데 갑자기 꼰대 아저씨가 나타나 텔레비전의 리모콘을 독점하고, 된장국에 콩나물국 따위 식사도 아저씨 위주다. 멋대로 뛰놀던 거실도 쿵쾅거리며 다닐 수도 없다. 실내에서 옷을 제대로 입어야 하고, 발뒤꿈치를 들고 사뿐사뿐 걸어야 한다는 따위 교육을 받고 있으니 아이들은 여름철인데도 한겨울 두터운 옷을 입고 있는 것처럼 거북하고 불편했을 것이다. 그러나 한상규의 어머니는 현문선에 대한 칭찬을 아끼지 않았다.

"애야, 어멈이 나 목욕을 시켜주었다."

현문선이 욕조에 물을 가득 담아 어머니 몸의 때를 불린 다음 한 시간여 동안 때수건으로 빈틈없이 밀어 때를 벗겨주었다는 것이다. 한상규는 어머니의 주름진 얼굴과 손등을 보면 저도 모르게 비위가 돌았는데 현문선은 아무렇지 않게 씻어주었다는 것이다.

"내가 참 호강을 했다."

어머니는 첫 며느리로부터 받아온 구박과 비교하면서 한동안 행복해 했다. 나중 들어온 새 며느리가 이렇게 고우니 재혼도 나쁘진 않다고 집안 사람 누구에게든지 찾아오면 유세했다.

"참 고마운 며느리여."

그런 얼마 후 어머니가 쓰러졌다. 배를 쥐어짜고 떼굴떼굴 뒹굴며 고통을 호소했다. 그녀 스스로 이번에는 아무래도 틀린 것 같다고 했다. 여러 차례 이런 통증을 견뎌왔으나 이번만은 그 강도가 예사롭지 않았던 모양이다. 한상규는 초주검이 된 어머니를 등에 업고 병원으로 뛰었다. 주사를 맞고 어느 정도 진정된 뒤 어머니는 병문안 온 사람들에게마다 자랑했다.

"큰애가 나를 업고 병원에까지 왔단다."

오죽 자랑할 게 없으면 그런 사사로운 것을 자랑거리로 삼을까. 다르게 얘기하면 어머니가 아들로부터 대접받은 유일의 자랑거리는 그것밖에 없었던 것이다. 어머니는 병원에 들어오신 뒤 모처럼 얼굴에 화색이 돌았다. 노상 배앓이를 감추고 살았는데 거뜬히 나았다며 흡족해 하셨다. 그동안 차갑고 건조한 손도 온기가 있었다. 어머니는 한상규의 손도 잡아주었는데 그런 게 좀 민망해서 슬그머니 손을 빼버렸다. 그런데 사흘만에 거짓말같이 어머니가 숨을 거두었다. 병원에서 아편이 든 진통제를 놓아주니 화색이 돌았다는 것을 나중에야 알았다. 간호원이 슬쩍 귀띔해 주었다.

"구순을 바라보는 노인들의 마지막 길이 그 길밖에 없어요. 고통받고 돌아가시느니 하루 이틀 평화롭게 가족들을 대면하고 가시게 하는 것도 효도예요."

불법이었지만 일종의 안락사인 셈이었다. 그는 마음이 흔들렸지만 여동생들은 의외로 침착했다.

"고통받고 나날이 힘들게 살아가는 연명치료보다 그게 엄마를 위해서도 좋았어. 오빠 속 끓이지 않게 잘 가신 거예요. 당신도 좋고. 그렇게 살아서 무슨 의미가 있었겠어요."

뒷말이 거슬렸지만 틀린 말은 아니었다. 사실 늘그막에 불행을 달고 이집 저집 기웃거리고, 그런 가운데 병고를 어떻게 감당할 것인가.

장례를 치른 얼마 후 현문선이 헤어지자고 요구했다. 가출해버린 아들을 어찌어찌 찾아온 뒤 한 말이었다. 자기 행복 찾자고 아이들을 방치할 수 없다는 것이었다. 그렇구나. 싫으면 어떤 논리도 합리도 효용성이 없구나. 이성적으로는 맞지만 감정이 따르지 않으면 방법이 없다. 아이들 때문에 여자는 굴복했고, 한상규는 그들을 위해 놓아주기로 했다. 그의 첫 아내가 시어머니를 그토록 싫어하고 귀찮아하는 것을 그는 어렴풋이나마 이해했다. 그것은 논리가 필요없는 것이다. 싫으면 싫은 것이다. 현문선의 자식들이 그랬듯이 근본적으로 싫으면 싫은 것이다. 긴장하고 사는 것보다 서로 원하는 것을 따라주는 것도 방법이라고 그는 뒤늦게 깨달았다.

어머니가 돌아가시자 형제간에 얽히고 설킨 문제들도 더 이상 거론되지 않았다. 굳이 말한다면 남처럼 무심하게 지내며 살아가고 있었다. 결혼한 광연이 몇 달 전 딸아이를 보았다는 소식도 무심히 흘려보내고 있었다. 그런 어느 날 광연이 전화를 걸어왔다.

"외삼촌, 아이랑 데리고 외삼촌 댁에 가려고 하는데 괜찮나요?"

광연은 한상규의 집을 친가로 여기고 있었다. 그렇게 살갑게 다가오는 것이 그는 그지없이 고마웠다. 자식들과도 교류가 끊긴 지 오랜데 조카 녀석이 친자식처럼 돌이 된 딸아이를 데리고 인사 오겠다는 것이다. 그러나 한상규는 주저되었다. 그 사이 한상규는 다른 여자와 살고 있었다. 그런 것을 조카며느리에게 보여주고 싶지 않았다. 일 년 만에 다른 숙모를 만나게 한다는 것은 아무리 상황이 그렇다 해도 남세스러웠다. 그들이 외삼촌의 사생활의 변화를 모를 리 없겠지만, 그로서는 직접 현장확인을 시켜주기엔 아직 이르고, 또 멋쩍은 일이라고 생각했다.

"밖에서 보면 안 되겠니? 아니다. 내가 니네 집으로 가마."

"그러시겠어요? 그럼 신내동 엄마 집으로 오세요. 엄마가 아이를 키우고 계시거든요."

광연은 그의 어머니가 살고 있는 영세민 아파트 건너편 아파트 단지에서 아내와 함께 살고 있었다. 신내동으로 갔더니 한말련이 허리에 복대를 한 채 아이를 보행기에 앉혀놓고 얼르고 달래며 우유를 먹이고 있었다. 그녀 콧등에는 땀방울이 송송 배어 있었다.

"아기를 봉개 내 병이 다 나아부렀어. 손녀딸이 보배여. 내 건강을 살려준당개."

환히 웃는 그녀를 보고 한상규는 뿌듯한 감회에 젖었다. 표현할 수 없는 어떤 진한 감격이 전신으로 퍼져들었다. 변함없이 사랑하며 사는 모습이 아름다웠다.

"외삼촌, 길 건너편에 닭백숙 잘하는 집 있어요. 글루 가시죠."

광연은 그를 점심 대접하려고 오라고 한 셈이었다. 그들은 밖으로 나왔다. 아이를 빼앗기지 않겠다는 듯 한말련이 간난아기를 포대에 말아 안아들고 조심스럽게 그들 뒤를 따랐다. 엄마가 있지만 아이는 엄마 차지가 되지 못하고 있었다.

"사돈 어르신들은 잘 계시고?"

그가 의례적으로 물었다.

"네. 종종 손녀딸 보러 오셔요. 전화는 날마다 하시구요. 외삼촌이 인격자라고 칭찬하세요."

식당에 자리를 잡자 미리 예약을 해놓았던지 곧바로 닭백숙이 나오고, 광연이 언제나 그랬던 것처럼 그의 어머니 곁에 붙어 앉아서 턱받이용 에이프런 끈을 그녀 목에 걸어주고, 게걸스럽게 닭다리며 닭모가지를 뜯는 어머니 입을 훔쳐주고, 국물이 흐르는 입 가장자리를 수건으로 닦아주었다. 이러는 광경을 조카며느리도 당연한 듯이 지켜보며 물려받은 아이를 안고 돌아앉더니 젖을 물리고 있었다. 한상규는 슬픈 듯, 기쁜 듯 이 광경을 바라보며 국물을 뜨는데, 국그릇에 툭 눈물방울이 떨어지고 있었다.

# 그 여자는 길 위에 있다

성도희로부터 휴대폰 메시지가 왔다. 보나마나 비난과 욕설, 증오가 문자판에 가득 들어찼을 것이다. 그는 휴대폰 액정을 터치하고 싶지 않았다. 보고 나면 불쾌감이 한여름 술국처럼 부글부글 끓어오를 것이 뻔하니까. 하지만 사람의 심리란 들여다보고 싶지 않을수록 충동은 배가된다. 혹 다른 사연이 들어 있지 않을까 하는 기대감이 작동하기도 한다. 이제 화해하자, 다투지 말자는 사연을 찍어놓았을 수 있고, 평화롭게 지내자는 제안이 담겨 있을 수 있다. 그런 기대감이랄까, 호기심으로 그의 손가락은 어느새 휴대폰 액정을 터치한다.

— 집에 들어오지 마라. 이미 다른 여자 만나는 것 같은데 그 여자로부터 모든 거 해 달라고 해라. 돈 많은 여자 같으니까 니가 헤롱거리는 거 아니냐. 그렇지 않다면 주접떨 리가 없지. 미친 넘. 생활비를 더 달란 것도 아니고, 뭐 해달란 것도 아닌데 비열

하게 트집잡아 기어나가고 생활비 안 넣고, 데이트 비용 쓰느라 애쓴다.

못된 놈, 그렇게 천하게 살아라.

예상은 여지없이 빗나갔다. 그의 가슴으로 쓸쓸한 바람이 휩쓸고 지나갔지만 기왕 본 김에 마저 문자를 더 읽어나가기로 한다.

— 니 평생에 잘 먹고 잘살게 해주었더니 해줄수록 앙앙불락이라고, 돼지 목에 진주목걸이라고 그 값을 모르는 놈에게 정성들여 봉사했나 싶고, 그런데도 폭력으로 당한 나의 아픈 몸 이겨내려다 보니 고통 받은 지난 세월이 서럽고 원통하다. 이미 먹여준 것 꾸정물이 됐으니 어쩔 수 없고, 내가 사준 옷은 모두 모아 어려운 사람 가져다 입으라고 의류수거함에 버렸다. 어차피 새로 만난 여자가 잘 해줄 테니 그 얄량한 혓바닥으로 홀려서 잘 얻어먹고 잘 입고 살아라.

애쓰고 드나들지 말고 그곳에 눌러있거라.

난 서너 달 여유를 갖고 집 구해 나가마.

고통으로부터 벗어난 해방감이 무엇보다 날아갈 듯 기쁘구나.

원수 같은 놈.

그가 집을 나온 지 사흘째 되는 날이다. 물론 그에 앞서 하루 이틀씩 집을 박차고 나온 적도 있다. 그래도 이런 문자는 오지 않았다. 빨리 들어오라는 것이고, 도망가지 말라는 것이고, 회피한다고 해서 해결되는 것이 아니라는 것이 주 내용이다.

하지만 그렇게 하고 싶지 않아서가 아니라 맨정신으로는 도저히 집에서 버티고 있을 수가 없었다. 근래 그녀와 부딪치면 애당초 대화가 되지 않았다. 불안정한 행동으로 보아 정신과 치료가 필요하다고 생각했지만, 그런 뜻을 내색이라도 할라치면 생사람 정신병자 만든다고 입에 거품을 물고 달려든다. 나와 있으면 나와 있는 대로, 집에 있으면 집에 있는 대로 불같이 화내고 비난하고, 그것은 고스란히 그가 감당해야 할 몫이다. 피하면 결국 그의 휴대폰 문자판에는 삭풍의 거친 눈발처럼 독설이 어지럽게 흩날리고 있다.

김도훈과 성도희와의 사이에 균열이 온 것은 두 달 전쯤의 일이다. 물이 질질 흐르는 무더위에 유독 땀이 많은 김도훈은 거실에 잠자리를 마련했다. 다른 특별한 이유가 있는 것이 아니었다. 그저 그게 편했다. 하지만 굳이 이유를 대자면 근래 그녀를 마주하면 귀찮고 짜증이 났다. 거기에 감기 기운 때문인지 신열이 좀 나고 잔기침도 있었다. 그래서 그 핑계를 대고 거실로 나와 따로 잠을 청했다.

성도희는 그것이 고까웠던 모양이다. 공연히 까탈을 부리는 것으로 여기고 웬 궁상이냐며 신경질을 부렸다. 며칠 지나자 야지 놓더니 욕을 퍼부었다. 그러면서 침대로 들어오라는 것인데, 그럴수록 불쾌해진 그는 뻗세게 나왔다. 좋게 요구해도 들어줄까 말까인데 숫제 욕하면서 들어오라고 하니 정나미가 떨어졌다. 딱히 말할 수는 없지만 한 침대에 누워 살을 붙이면 원하지 않는 접촉을 하게 된다. 그녀는 어느 순간, 그의 아래 상태를 살피며 접촉을 유도한다. 그래서 귀찮은 일을 본의 아니게 치르게 된다. 기분이 나쁜 상태에서 그것은 억지 노동으로만 생각되었다.

지금 김도훈은 모든 욕망으로부터 해방된 기분이다. 그것이 그지없이 기뻤다. 한때 끝없는 욕망 때문에 어설프게 살았던 시절들이 있었다. 여자를 탐한 경우가 적지 않았다. 그런데 지금 그에게는 신통하게도 그런 것으로부터 자유로워지고 마음이 넉넉해졌다. 그것이 섭섭하다기보다 나이가 주는 선물인가 보다고 여기면서 그것을 더 편안하고 따뜻하게 받아들였다. 그 나이에 입으로, 몸으로 여전히 열정을 쏟아내는 친구들이 있었지만 때로 그런 그들이 속되게 보였다. 천박하다고는 할 수 없지만, 그렇다고 내놓고 떠벌일 때는 그 친구들을 한 번쯤은 쳐다보게 된다. 그들을 경원시할 만큼 그의 욕망은 사위어갔던 것이다. 그런데 성도희는 열망이 뜨겁고 깊다. 한때는 그런 것이 자극적이고 유쾌하고 즐거웠지만 알게 모르게 그녀가 싫어지니까 요사스런 행위로 비쳐지고 있었다.

나흘쯤 지났을 때 마침내 사단이 벌어졌다. 한밤중 거실에서 한참 자고 있는데 불이 환히 켜지고, 이불이 후다닥 걷혀지고, 얼겹결에 잠에서 깬 그의 눈앞에 노기 띤 성도희가 매섭게 그를 내려다보고 있었다.

"왜 들어와서 자라는데 끝까지 버텨? 사보타지야 뭐야? 시위냐고? 한번 해보겠다고?"

갑자기 일어난 일이라 어리벙벙했지만 순간 그도 화가 치밀었다.

"왜 이래. 너 미쳤냐?"

그녀와의 나이 차이는 열네 살이다. 육십다섯과 오십하나.

"니가 나를 배신 때리면 어떻게 되는지 알지? 이게 보자보자 하니까 별 미친 수작 다 부리고 있어?"

"미친 수작?"

"그래 새끼야, 들어와 자라는데 왜 뻗대고 지랄이야?"

"지랄?"

"그래 임마. 더 욕할 수도 있어!"

갈수록 험한 꼴이라고, 그녀는 언제나 충돌을 충동적으로 몰고 간다. 같은 용어라도 가능하면 거칠고 자극적인 것을 골라 씹듯이 뱉어낸다. 그것이 만정을 떨어뜨린다. 이윽고 그녀가 그의 이불과 베개를 걷어내 말아올리더니 요오크샤테리아 종인 아랑드롱의 화장실이나 다름없는 베란다 한 귀퉁이에 내다버린다.

"너 돌았어?"

아무리 느긋한 사람이라도 이쯤 되면 성질이 뻗치지 않을 수 없었다. 하지만 그녀는 눈 하나 까딱하지 않았다.

"당신 나 잠 못 자게 할 거야? 나 잠 잘 못 자잖아. 당신 잘 알잖아. 그런데 한두 번도 아니고 지금 몇 날째야? 나 고문하는 거야?"

그녀는 평소 그와 함께 잠을 자면 저도 모르게 편안하게 잘 수 있다고 했다. 불면이 해소되고, 숙면이 돼서 다음날 날아갈 듯이 기분이 흡족해진다고 했다. 거기에 사랑이라도 나누게 되면 행복한 표정으로 다음날 아침 식탁을 풍성하게 해주었다. 결핍이 많은 탓인지 푹 안기길 좋아했다. 하지만 김도훈은 힘겨운 때가 적지 않았다. 나이 탓도 있을 것이라고 여기면서 그는 소진되어가는 자신의 육체를 쓸쓸히 돌아보기도 했다. 거기에 그녀가 거치니까 그는 더욱 위축되었다. 그런데 그녀는 그런 것으로 사랑을 확인하려 했고, 해소되지 않는 무언가를 충족하려고 헉헉대는 것 같았다. 하지만 바짝 약 올려놓고 함께 자자고? 태도불량이라서 응할 수 없는 일이었다.

"사람 자는 이불을 개 똥오줌통에 다 버리고 그러냐?"

그는 궁시렁거리며 베란다로 나가 이불과 베개를 끌어모아 안아들고 돌아왔다. 하지만 그녀도 지지 않았다. 화를 머금은 얼굴로 다시 그의 이불과 요를 잡아채 둘둘 말아들더니 "그래도 여기서 잘 거야?"하고 위협한다. 그가 침묵을 지키자 그녀는 이불을 그대로 다시 베란다에 내다버린다. 그가 베란다로 나가 말없이 이불을 말아올려 들고 왔는데 이불은 벌써 오물에 젖어 있었다.

김도훈이 화가 나거나 말거나 그녀가 소리질렀다.

"너 여자 생겼지?"

의심을 하면 질투는 불꽃이 튀기는 것인가. 그녀 눈이 분노로 이글거리고 몸이 파르르 떨리는 것 같았다. 김도훈은 헛웃음이 나왔다.

"별 말 같지도 않은 걸 말이라고 하나? 내가 그럴 사람이냐?"

"야야, 그게 아님 뭐야? 너는 코 골고 편안하게 자지만 나는 한 숨도 못 잤어. 들어와 자라는데 왜 한사코 뻗세게 나와? 당신 내 말 한 번이라도 들어준 적 있니? 이게 부부야? 이게 함께 사는 부부냐구?"

"함께 자지 않으면 부부가 아니란 말 어디에 있든?"

"니가 그러잖아! 새끼야!"

그녀 입에서 단박에 욕설이 터져나왔다. 흥분을 못 참고 곁에 있는 커피잔을 들어 냅다 바닥에 패대기친다. 커피 잔 깨지는 소리가 밤공기를 가른다. 성도희는 화도 잘 내지만 또 한번 화가 나면 건잡을 수 없이 손에 잡히는 대로 기물을 들어 부수는 습성이 있다. 이렇게 모든 것이 극단으로 가버린다. 소리소리 지르고 물건을 던지고 그릇을 박살낸다. 고요적막한 밤에 여자의 날카로운 금속성의 울부짖음은 유별나게 크게 천지사방으로 퍼뜨려진다. 이것을 견딜 수가 없다. 이웃이 창피해서 미칠 지경인 것이다. 경비실에서도 몇 번 다녀간 적이 있다.

"이러자고 살자고 했어? 생활비도 깎더니 이제 멋대로 살겠다구?"

"이웃 창피하게! 조용히 좀 하라니까!"

"창피는 아니? 지금 내가 이웃 따지게 생겼니? 내가 죽을 판에 이웃 따지게 생겼나구? 내가 욕을 하는 건 누구 때문인데? 난 학교 다닐 때 ㄴ자도 모르고 살았어. 넌 놈자를 모르고 살았대니까! 너 만나서 이렇게 된 거야."

툭하면 욕을 하는 걸 보면 그녀 말을 액면 그대로 받아들일 수도 없다. 그녀는 서초동에서 한때 잘나가던 부동산 중개업자였다. 부동산시장의 거친 바닥에서 살다 보니 욕이 입에 뱄는지도 모른다고 그는 생각한다. 그녀는 사업에 실패해 울분과 체념과 절망 속에서 혼란스럽게 살고 있었지만 김도훈을 만나 안정을 찾았노라고 했다. 지금도 법원과 은행, 신용보증기금으로부터 최고장이 날아들고 있다. 이것을 못 견디는 것인가. 그녀는 누구에겐가 분노를 표출하고 싶은 대상을 찾고 있는지도 모른다.

"너 정 이러면 너 죽고 나 죽는 거야!"

겁이 나는 것은 아니지만 달랠 상황도 아니고, 그래서 그는 그녀를 그대로 집에 두고 밖으로 나오는 수밖에 없다. 그는 부랴부랴 옷을 챙겨입고 한밤중인데도 집을 나서고 만다. 충돌의 내용은 사소한 것이지만 결과는 전쟁 뒤끝의 폐허처럼 언제나 황량하고 참담하고 쓸쓸하다.

김도훈은 갈수록 그녀로부터 마음이 떠났다. 거기엔 근원적인 문제가 있다. 애틋한 것까지는 안 가더라도 서로를 받아들이는 마음의 여유가 자리잡을 공간이 점차 상실되고 있었다. 삶의 가치나 무게가 사소한 다툼과 끝내는 돈 문제로 결부돼 피폐한 몰골로 서 있게 된다.

"사랑도 돈이 필요해. 그 알량한 생활비 왜 안 내놔. 유세 떨지 말고 빨리 넣어!"

처음엔 그런 화법도 화통해서 좋다고 생각했다. 그러나 매번 이런 식이니 정나미가 떨어졌다. 이쪽의 사정을 고려하는 아량이라곤 없이 오직 그녀 입장에서만 말한다. 당연히 청구하고 받아야 하는 채권 채무자처럼. 이런 처지에 사랑은 개뿔, 감정에 가닿기도 전에 마음은 얼음장처럼 싸늘하게 식어버린다.

"사랑은 돈에 앞선단다. 돈이 그렇게 중요하냐."

"니가 날 사랑하니? 니가 날 사랑해? 쥐뿔도 아니면서…… 그러니까 돈이라도 제대로 넣으라구."

"이번 달엔 종소세 납부다, 재산세다, 자동차세다, 동창회 상임이사회비다, 보험료 일괄납부다 뭐다 해서 좀 그래."

거기에 사실은 시원히 말을 꺼내지 못할 속사정도 있다. 그는 근래 주식투자로 꽤 돈을 날렸다. 손실을 만회하기 위해 있는 돈 없는 돈 다 끌어모아 물타기를 했고, 그것도 부족해 마이너스 통장까지 동원해 매입단가를 낮춰놓았다. 그런데도 주가는 계속 지하 2층, 3층, 4층으로 떨어지더니 회복할 기미를 보이지 않고 있다. 손실액이 반이나 된다. 이런 저간의 사정을 터놓고 내놓을 수도 없다. 그러면 당장 개미는 기관의 밥이야. 돈 버는 개미 봤어? 쪽박 차고 끝내는 한강다리로 가. 그걸 나한테 쓰면 임금 대접받지…… 이런 반응이 반사적으로 튀어나올 것이 빤하다. 그걸 모를 리 있나. 본전만 찾으면 지긋지긋한 이 동네 영영 뜨고 싶은데…… 내 경제 규모로는 엄청난 손실이 났는데…….

성도희 역시 한때 사무실을 차려놓고 장외주식을 하고, 지금도 손실을 보고 있을망정 여전히 주식투자를 하고 있다. 그래서 저간의 사정을 이해할 만한데 배려는 멀찌감치 증발해버렸다. 그는 그런 것이 싫다. 조금만 배려하면 순한 양처럼 순종할 수도 있는데 말이다.

"월 이백오십 내놓는 것이 그렇게 아까워? 그렇게 쩨쩨해?"

따지고 보면 그 액수를 부담한다는 것도 그의 입장에선 과도한 것이었다. 그 정도 받는 월급장이가 그것을 모조리 갖다 바치고 있는 꼴이다. 그러니 그가 별도로 요긴하게 쓸 비상금조차 고갈돼버렸다. 퇴근시간 친구를 만날까 걱정하는 것도 근래의 일이다. 소주 한잔 살 처지가 못 되는 것이다.

"내 형편이 그렇잖아. 단 둘이 사는데 그 정도로도 견딜 만하지 않니?"

"약속 파기하는 게 당신 특권이니? 넌 그렇게 해도 좋아? 난 그렇게는 못해."

특별히 약속이랄 것도 한 것이 없었다. 초기 그렇게 생활비를 주다 보니 그작저작 그렇게 굳어져버린 것일 뿐이었다. 정확하게 말하면 그것도 사실이 아니다.

"약속이라고 한다면 당신도 삼분의 일을 내기로 했잖아. 그럼 백만 원은 내놔야 하는 것 아냐?"

김도훈과 성도희가 결합 직전 한달 생활비를 의논하면서 남자가 삼분의 이, 여자가 삼분의 일을 내기로 약속했었다. 두 사람 다 경제활동을 하다가 만났기 때문에 그렇게 하기로 합의했다. 하지만 그런 설정이 애초에 잘못된 것이었다. 김도훈이 낸 돈 가지고도 두 사람의 생활비가 남아도는데 그녀가 삼분의 일을 더 채워 넣을 이유가 없었던 것이다. 그녀가 가사를 꾸리는데 자기 돈을 넣었냐 안 넣었냐를 따질 수도 없었다. 물론 그녀가 낸다는 것을 가정해서 남은 돈은 저축해 목돈을 마련해 해외여행도 가고, 오디오시스템 소파도 바꾸는 등 요긴하게 쓴다고 했지만 이제 세간살이를 사들일 것도 없었다. 오히려 버리고 살아야 할 입장이었다. 게다가 외식비다, 음악회와 연극관람비다, 택시비 따위는 그것대로 그가 다 지불했다. 함께 밖에 나갔는데 생활비 주었다고 해서 그녀더러 그런 걸 내라고 하기엔 뭔가 쩨쩨해보였다. 남자답지 못한 것 같았다.

김도훈은 어림 속으로 계산해보았다. 33평 아파트관리비, 통신비, 부식비, 기타 경비 합해봐야 백사오십이면 충분했다. 그러니 그녀가 별도로 돈을 낼 필요가 없을 뿐더러 현재 들어온 것으로도 얼마간 남아돈다. 그녀는 그와 합류하기 전 송파구 고급아파트에서 월세 백팔십을 주고 살았다. 그와 결합한 뒤 그 돈도 그녀에겐 그대로 세이브가 되는 셈이었다.

김도훈은 사실 힘이 들었다. 나이 육십 중반에도 잘리지 않고 직장에 나가고, 매월 이백여만 원의 월급을 타는 것을 퇴직한 친구들은 부러워했지만, 그것을 고스란히 성도희에게 갖다 바치니 친구들에게 싸구려 술 한잔 살 수 있는 여유가 없었다. 뜨겁게 맺어진 것은 아니지만 배려와 수용이라는 또다른 차원의 덕목이 있을 수 있는데 메마른 비즈니스처럼 일방은 권리를 앞세우고, 다른 일방은 헉헉대며 빚갚듯 의무를 다해야 한다.

그것이 쉬운 돈벌이라면 괜찮지만 이 나이에 어렵사리 받아온 월급의 전액이 아닌가. 그래서 터놓고 말은 안 하지만 이래저래 마음이 무거웠다. 사랑이라도 깊으면 그 값으로 쳐서 아깝지 않으련만 요즘엔 채권 · 채무자 관계로 전락하고, 여차하면 일방적으로 깨지니 나날이 살 맛이 나지 않았다.

"생활비 깎는 쫌팽이 가장도 있니?"

막말이 두려워서 그는 묵묵히 참는 경우가 많았다. 그것이 습관이 돼버렸다. 나이 차가 많은 것도 그에게 기를 죽이는 요인이 되었다.

"어디 가서 돈 몇 백 붙여봐라. 욕 바가지로 먹지."

"내가 번 전부잖아. 이건희 씨가 번 돈 전부 생활비로 내놓던?"

김도훈은 듣다 못해 불만이 도져서 그렇게 반발한다.

"말 같은 말을 해라. 당신이 이건희와 비교를 해? 개털도 못 되는 주제에 감히 이건희와 비교를 하냐구?"

"이건희나 나나 똑같은 남자야."

"그래 똑같이 좆달렸다고 똑같은 남자냐? 비교할 걸 비교해야지, 어따 대고 비교하니?"

그는 질려버린다. 여행지 식당에서 설렁탕이나 김치찌개 메뉴라도 고를라치면 "사람 약하네. 이것 먹고 사람이 산다고 할 수 있어? 왕년의 가락이 이 정도야?"라는 야유가 즉각 쏟아져 나온다. 그는 속으로 말한다.

'남편이 아니라 봉으로 아나. 봉이라면 피라미급인데…….'

"나 아니었으면 당신은 거지 꼴 못 면했어."

어느 날 무슨 일로인가 그녀가 이렇게 말했다.

"입고 다니는 꼴을 보면 꼭 노숙자 그대로야. 날 만나고부터 당신 완전히 때깔 벗었잖아. 아우라 있고, 뽀대가 난다니까."

그건 맞는 말이었다. 김도훈은 애초에 의복에 별로 신경을 쓰지 않았다. 이 점 그의 동생들도 못마땅하게 여겼다. 아무리 내면이 꽉 찼다고 해도 외모가 신통치 않으면 대접 받기 힘든 세상이라며, 사치까지는 가지 않더라도 계절에 맞는 옷도 사입으면서 주변에 신경을 쓰고 다니라고 했다. 그러나 그는 묵살하고 살았다.

"오빠를 보면 홀아비 표시가 그대로 나."

그들은 그렇게 걱정들을 했다. 성도희 역시 같은 입장이어서 사귀던 어느 날 백화점으로 그를 불러냈다. 남성복장 코너에서 양복을 두 벌 맞춰주었다. 그리고 티셔츠나 남방도 사다 날랐다. 그게 고마워서 그도 계절에 맞는 옷과 목걸이 금팔찌 따위를 선물했다. 하지만 어느 때부턴가 천천히 골라 사입겠다고 해서 현금을 입금시켜주는 경우가 많았다. 그렇다고 그녀가 옷을 새롭게 사입는 것 같지도 않았다. 다툴 때 그녀는 선물한 게 뭐냐고 따진다. 그에게 선물한 물질은 표가 나지만, 그녀에겐 보이지 않으니 당장 그렇게 공격을 하는 것이다. 그래서 선물 하나 챙기지 않는 비정한 남자로 매도된다.

"노숙자 같은 사람을 사람꼴로 만들어 놓았더니 돌아오는 건 외박이구! 내가 선물한 양복으로 다른 여자 보는 거야? 술집 애가 애교 떨어서 번 돈으로 애인을 판검사 만들어 주었더니 걷어 차버린 신파극 주인공 꼴이구먼? 옷 잘 입혀주니 나 버릴 작정이냐구? 도대체 당신이 뭐야. 난 할 것 다해주는데 난 당신한테 받은 것 없어!"

어느 날 생활비를 별다른 설명없이 일부만 주자 반사적으로 항변이 나왔다.

"이게 뭔 돈이야?"

"생활비야. 이번 달은 어쩔 수 없네."

"난 또 용돈으로 주는 줄 알았네. 생활비 깎는 쫌팽이도 다 있니?"

"한번 계산해봐라. 넉넉히 줄 수도 없는 형편이지만, 실제 우리 두 사람이 사는 데 얼마나 드니? 이번달은 다른 요긴한 일도 있고 해서 그렇게 주는 거야. 이해해."

"그걸 말이라고 하고 있어?"

"따로 주거비가 들어가나 외식비가 들어가나. 부식비도 별로잖아."

그는 지출내용을 열거했다. 방방 뜨던 그녀가 한동안 잠잠해있다가 퍼붓기 시작했다.

"졸부야! 내가 파출부도 아니고, 그래 파출부도 잠자리 해주냐?"

"……."

"파출부도 잠자리를 제공하느냔 말야! 너 말해 봐."

"당신이 필요해서 날 찾잖아. 그리구 기왕 얘기 나온 김에 한번 얘기해보자. 내 친군 노친네 두 사람이 한달 백이삼십으로도 산단다. 형편이 그러면 그렇게도 사는 거야."

"내 친구는 월 오백씩 받는단다. 나한테도 그러자는 사람이 있었어!"

"그럼 그 사람한테 가지 왜 나한테 와서 요란 떠니?"

"씨발놈아, 그걸 말이라고 하니?"

마침내 그녀는 폭발한다. 그도 약이 바짝 올라 큰소리쳤다.

"돈 어디다 쓰려고 맨날 돈타령이야? 없으면 없는 대로 살아야지."

"그런게 돈이라구 돈타령? 미친놈아, 주기로 약속했으면 내놓아야 할 것 아냐!"

"내가 번 월급 전액을 가져다 주잖아. 칭찬받고 싶어서 그러는 것은 아니지만, 내 성의도 생각을 해줘야지. 돈을 많이 벌고 적게 벌고를 떠나서 그 생활비가 내 벌이의 전액이란 걸 고려해야지. 그리고 그 돈이 우리 한 달 생활비로 충분하냐 아니냐를 살펴 봐. 부족하면 부족한 대로 살면 되는 거구."

"그러니까 당신은 혼자 살아야 할 팔자야. 돈 아까워서 어떻게 마누라 얻어 사니?"

"재혼한 처지라면 함께 더불어서 가정을 꾸려가야지. 이게 뭐냐. 나도 지친다."

"집 안 청소 설거지 다 니가 한 것도 이유가 있었구먼. 저녁식사도 밖에서 먹고 들어온다고 유세하구. 생활비 적게 주려고 수작 부린 거야?"

매사가 이런 식이다. 그의 마음은 어느 결에 얼어붙고 감정도 깨진 유리조각처럼 박살이 나버렸다. 그는 재혼에 대한 회의를 깊게 느끼고 있었다. 좋자고 한 것이 왜 감정을 이렇게 피폐하게 하는가.

여전히 그는 거실에 잠자리를 마련했다. 갈수록 도발심리도 작용했다. 그것이 성도희에겐 두고두고 분이 안풀리는 모양이다. 김도훈의 행동을 그녀는 자신에 대한 반항과 무시로 받아들이고 있었다. 밤늦게까지 거실 소파에 쭈그리고 앉아 텔레비전 연속극을 보며 묵묵히 도훈의 동태를 살피던 성도희가 소파 곁에 이부자리를 편 그를 한동안 노려보았다. 그리고 주방으로 가더니 맥주 잔에 맥주를 급하게 반쯤 채우고, 나머지 반에는 소주를 채워서 벌컥벌컥 마시기 시작했다. 그렇게 두 잔을 연거푸 마셨다. 술기운이 몸에 채 닿기도 전에 그녀가 폭발하기 시작했다.

"너, 바른 대로 대. 나 말고 만나는 년이 누구야?"

그녀의 심리는 극도로 불안정해 있었다. 그녀가 믿는 것은 그것이 비록 오류라 해도 그대로 믿는 습성이 있었다.

"왜 갑자기 그래? 나 자려고 하는데……."

"당신이 나를 외면하잖아. 딴 여자가 생겼으니까 그러는 거 아니냐구?"

"나와 상관없는 얘긴 하지도 마. 내가 무슨 여자가 있다고 그래?"

"넌 상습범이잖아. 간통으로 이혼당한 놈이 어디다 대구 변명이야. 나잇살이나 쳐먹어 가지고 노는 꼬락서니하고는, 미친 새끼……."

"너 말 다했어?"

그가 벌떡 일어났으나 아차, 하고 그대로 물러앉고 만다. 성도희에게 물 만난 고기처럼 옳다구나 하고 싸움터를 제공할 수가 없는 것이다.

"너한테 지쳤을 뿐이야."

"이 새끼야, 나한테 지쳤다구? 너 딴 년 생기니까 날 미워하는 거야! 나한테 환장하던 놈이 갑자기 왜 그래? 내 꺼가 긴짜코라고 침 질질 흘렸잖아! 빨판처럼 잘 빨아들인다고 미친 듯이 대들었잖아!"

성도희가 자기 분을 못이긴 나머지 바락바락 고함을 질러댔다. 또 동네 창피한 일이 생겼다. 그녀에게 술기운이 돌면 갈 데까지 가보자는 식이다. 김도훈은 주변 시선이 두려워서도 부랴부랴 옷을 꿰입고 집을 나섰다. 늦여름이었지만 열대야는 여전히 남아 있어서 밤공기도 열기로 후끈 달아올라 있었다.

김도훈이 성도희를 만난 것은 정확하게 일 년 반 전이었다. 퇴직한 회사의 후배 여직원을 만난 것이 인연이 되어 그녀를 만났다. 후배 여직원은 차 한잔 나눌 때 김도훈이 이혼했으며, 그렇게 저렇게 세월 죽이며 살아간다는 사연을 듣고는 말했다.

"김 선배님이 이렇게 한가하게 지내실 분이 아니잖아요. 매력 덩어리였잖아요."

"난 정년퇴직했잖아, 지금은 비정규직으로 근무하고 있지만 여전히 불안한 처지는 마찬가지야. 그동안 벌어놓은 것도 재산분할이다, 이혼소송비다, 위자료다 해서 다 거덜났고…… 내가 봐도 내가 좀 한심해."

"그래도 선배님은 혜택받은 분이세요. 육십 중반인데도 왕성하게 일을 하고 계시니까요. 그러니 적극적으로 삶을 사셔야죠. 왕년의 가락 있잖아요."

그러면서 소개해준 곳이 둘이하나결혼정보회사였는데 후배여직원은 그 정보회사 쪽에서 무시할 수 없는 거래처의 '갑'이었다. 그래서 그냥 회원가입을 시켜주었는데 어느 날 권위자라는 매칭 매니저가 전화를 걸어왔다.

"일찍 이혼한 분이에요. 딸아이 하나가 있지만 독립했죠. 딸은 지방으로 내려간 공기업에 다녀요. 자식 문제로 걱정할 것이 없습니다."

김도훈은 재혼이야 어려울 것이 없지만 딸린 식구가 문제라고 얘기했었다. 그는 아내와 이혼한 얼마 후 한동안 살림을 차린 여자가 있었다. 하지만 딸린 자식들 문제로 그녀와 곧 헤어졌다. 아기 때부터 젊은 엄마와 편히 살던 아이들이 갑자기 냄새나는 꼰대가 나타나자 낯설고 귀찮았던 모양이다. 몸에 맞지 않는 옷을 입은 것처럼 애들은 매사 불편해했다. 행동거지며 텔레비전 시청까지 자유롭지 못해 견디지 못하는 것이었다. 그들은 그 모든 화풀이를 그의 엄마에게 쏟아붓고 있었다. 꼰대 할배 내버리고 우리 자유롭게 살자. 꼰대가 거실 독차지하고 텔레비전 리모콘을 틀어쥐고 지 맘대로 바둑이나 낚시프로를 보고, 우린 뭐냐 말이야. 꼰대 안 내보내면 우리가 나가살 거야. 아닌 게 아니라 그중 큰아이는 며칠씩 가출해버리기도 했다. 그녀가 결국은 무너졌다.

"내 행복 찾자고 아이들을 버려둘 순 없어요."

매칭 매니저는 그의 이런 저간의 사정을 듣고 말했다.

"성도희라는 분, 학식이 높고, 지방대도시의 명문여고에 국립대학을 나온 분이에요. 남편은 고급 공무원 출신인데 사직을 한 뒤 사업을 하다 부도를 내고 미국으로 줄행랑을 놓아버린 통에 대신 빚을 몽땅 지고 이혼을 하게 된 거죠. 아마 남편은 경리직원과 튀었대나 어쨌대나…… 아이는 독립해 따로 살고 있으니 불편한 점은 없을 거예요."

남편 대신 빚을 지고 이혼했다는 것이 얼핏 납득이 가지 않았지만 남을 쉽게 믿는 김도훈의 성격상 그러려니 여기고 그 연줄로 성도희를 만났다.

뚜렷한 개성이 있다거나 미모가 출중한 편은 아니었지만 쾌활하고 똑똑하고 사리분별이 분명한 여자 같았다. 개포동과 서초동을 전전하며 십수 년간 부동산중개업을 하는데 주로 빌딩 매매를 중개하며 사업 수완을 발휘한 성공한 커리어 우먼이었다. 스케일도 있고 추진력도 있는 그 방면의 여성으로는 실력자로 보였다. 빌딩 매매 한 건에 수억대의 수수료를 받는다고 했다. 그는 그녀와 교제를 시작하고 별반 어려움없이 동거로 들어갔다.

하지만 첫 동침이 조금은 수상했다. 두 사람은 레스토랑에서 저녁식사를 하고 김도훈의 사는 꼴이 궁금했던지 그녀가 그의 아파트로 가자고 했는데 집으로 들어와서 이러저러한 절차도 없이 서로 쉽게 몸을 함께했다. 그녀는 이런 접촉을 신비해하거나 별다른 감흥을 느끼지 못하는 것 같았다. 남자가 환갑을 넘긴 나이니 체력적으로나 감정적으로 취약할 수밖에 없지만, 그래도 기대와 호기심은 촉발되었다. 하지만 사십대 말의 여자가 흥을 일으키지 않자 시들해져버렸다. 그들은 중도에 포기하고 어정쩡하게 헤어졌다. 그는 승용차로 그녀를 바래다 주고 집으로 돌아왔다. 그리고 한참 곤한 잠에 빠져있는데 갑자기 전화 벨이 요란하게 울렸다. 전화기를 들자 성도희였다. 새벽 세 시쯤이었다.

"복통으로 앓고 있어요. 급해요. 사이다 한두 병 사다 주세요."

마포에서 그녀가 사는 송파구까지는 거리도 꽤 멀 뿐더러 아직은 깊은 관계도 아닌데 그 시간, 사이다 한두 병 때문에 사람을 부른다는 것이 조금은 의아했지만 복통으로 앓고 있다는 사람을 외면할 수 없어서 김도훈은 24시편의점에 들러 사이다와 오징어포와 소주 한 병을 사들고 부랴부랴 그녀 집으로 달려갔다.

그녀는 침대에 가지런히 누워 있었다. 이불을 들쳐보니 맨몸이었다. 그의 집에서완 달리 그녀는 탐스럽고 늘씬한 몸매였다. 순간 그는 곧바로 그녀 곁을 파고 들었다. 그녀는 김도훈의 집에서와는 완연히 달랐다. 몹시 할딱였다.

"복통이 있는 것이 아니라 몸이 허했군요."

뜨거운 열기 속에 한동안 빠져 있다가 수습하고 나자 그가 말했다. 그녀는 "복통이 있었던 건 사실이에요. 하지만 도훈 씨 집에서 못다한 아쉬움이 있어서 허전했어요. 어째 당신 집에선 분위기가 안 나더라구요."라고 말했다. 그런 솔직함과 당당함이 그는 마음에 들었다. 그후 그들은 자연스럽게 몰입해 정신없이 몇 달을 보냈다. 오십을 바라보고 있었지만 그녀는 너무도 농익었고, 거칠 것없이 자기표현력에 자신이 있었다. 볼륨 있는 몸매 탓인지 집 안에선 거의 맨몸으로 움직였다. 그런 자체도 그에게는 신선해보였다. 자신감의 표현으로 받아들일 때마다 그는 어떤 뿌듯한 포만감에 젖었다. 보너스를 받은 기분이었다.

김도훈은 오대산을 찾아 월정사의 조그만 숙소에 묵었다. 마침 여름 휴가철을 맞아 템플스테이가 있을 것으로 보고 사찰 사정을 잘 아는 후배에게 사찰을 하나 소개해 달라고 부탁했었다. 그는 절의 살림을 맡고 있는 친구를 알고 있다면서 월정사를 소개해주었다. 몇 차례 전화를 하더니 템플스테이보다 편안하게 지낼 수 있는 방이 하나 준비됐다고 알려주었다.

그는 무엇보다 성도희로부터 벗어난다는 자유를 맛보는 것이 홀가분해서 그 길로 월정사로 향했다. 도착해보니 저녁이었다.

마중 나온 후배의 친구가 말했다.

"어서 오십시오. 불교신자십니까."

"아닙니다. 무교라고 해야 할까, 굳이 말하자면 잡교죠. 개인적으로 절을 자주 찾지만 근래는 아내의 등쌀에 교회도 나가고 있습니다."

"그러시군요. 그래서 템플스테이 팀에는 합류시키지 않기로 했습니다."

"템플스테이 참가자들이 모두 불자들입니까."

"아닌 경우도 있습니다만, 이번 기는 모두 불자들로 구성되어 있군요. 하지만 별도로 방을 하나 준비해 놓았으니 편안하게 쓰십시오."

"고맙습니다."

"저녁 공양부터 하셔야죠. 저는 시중에서 출퇴근하기 때문에 가보아야 합니다."

그때 시간이 벌써 오후 8시가 넘어 있었다. 퇴근시간은 6시일 텐데 그는 두시간 이상을 그를 배려해 기다려준 셈이었다. 더군다나 저녁 공양 시간도 훨씬 지났지만 그를 위해 특별히 식사를 준비해둔 모양이었다. 미안하기보다 편안한 마음이 들었다. 그는 그를 식당으로 안내해주고 퇴근했다.

삼사백 명쯤 수용하는 드넓은 홀에 홀로 앉아서 식사를 하려니 가슴 한쪽이 아려왔다. 어떤 슬픔의 인자들이 무수히 돋아나 내면으로부터 진득하게 밀려왔다. 풀씨처럼 그것은 그의 옷깃에 붙어서 좀처럼 떨어질 줄 몰랐다. 그는 숟가락을 들다 말고 허공을 바라보았다. 이상하게 눈꼬리에 눈물이 맺히는 것 같았다. 아, 인생고해라더니…… 그런데 그의 눈앞에 와 꽂히는 것이 있었다. 벽의 액자에 가득 담겨 있는 기다란 시 한편. 그중에 '얽매임으로부터 자유롭게 하소서'라는 마지막 구절이 그의 시선을 끌었다. 얽매임으로부터 자유롭게 하라, 자유롭게 하라. 그는 천천히 시를 읽어내려가기 시작했다.

마음을 변화시키는 여덟 편의 시

게세 랑리땅파

그늘진 마음과 고통에 억눌린

버림받고 외로운 자들을 볼 때
마치 금은보화를 발견한 듯이
그들을 소중히 여기게 하소서

누군가 시기하는 마음 때문에
나를 욕하고 비난하며 부당하게 대할 때
나는 스스로 패배를 떠맡으며
승리는 그들의 것이 되게 하소서

내가 도움을 주었거나
큰 희망을 심어주었던 자가
나에게 상처를 주어 마음을 아프게 하여도
여전히 그를 나의 귀한 사람으로 여기게 하소서

세속적인 관심에 물들지 않아
모든 것이 때묻지 않게 하시고
또한 이 모든 것이 헛된 것임을 깨달은 나는
집착을 떨쳐버리고 모든 얽매임으로부터 자유롭게 하소서

그는 다시 한번 읽어내려갔다. 그것은 자석처럼 이상하게 끄는 흡인력이 있었다. 그래서 또 읽었다.

"밥 식어유. 어서 드셔유."

주방 쪽에서 배식구통의 조그만 창문을 통해 김도훈을 주욱 관찰하던 늙스구레한 아주머니가 그를 이윽히 바라보며 걱정스런 시선을 보내고 있었다. 그녀는 김도훈 하나 때문에 퇴근도 하지 못하고 있는 것이었다. 그럼에도 한가롭게 밥그릇을 앞에 두고 허공을 향하고 있으니 영문 모를 그녀로서는 답답했을 것이다. 그는 가볍게 목례를 하고 숟가락을 들었지만 입맛이 도는 것은 아니었다. 어떤 아픔이 그의 가슴속을 오래도록 파고들었다. 아아, 집착으로부터 자유로워질 수 있는가.

산사에서 며칠을 보내자 성도희로부터 다시 문자가 왔다.

— 작년 연봉 5-6천 될 때 여유 있다고 한푼이라도 더 준 적 있냐.

다른 수입 줄었다고 일방적으로 돈을 깎고 선전포고하고 그것도 아까워서 덜 주려 흔들고 트집 잡고, 난 발 동동거리며 한 헌신과 노력은 당연한 듯 공으로 받아먹고 제 돈은 아끼고 나보고 생활비 보태라고…….

그런 게 야비야. 너 똑바로 살아.

ㅂㅅ같이 살면서 여자에게 대접받으려고만 해. 여자와 사는 대가로 여자와 관련한 병원비 보약 등은 기본으로 대는 거야. 기본도 안 되는 주제에.

나쁜 놈.

병원에 갔더니 작년에 아파 운신도 못하고 앓아누웠던 갈비가 금이 갔다가 붙었다더라. 니 폭력에 만신창이가 된 거야. 진단서 끊고 고소장 준비해뒀다, 못된 놈아.

언젠가 그녀와 다투던 날 하도 바락바락 소리지르고 대들어서 몸을 쩌눌렀더니 그녀 몸의 갈비에 금이 갔다는 것이고, 그리고 물론 병원도 갔을 것이다. 여차하면 진단서를 끊어놓고 보자는 다목적 용도로 끊었을 것이다. 그것이 재혼부부의 현실인가 싶어서 한동안 그는 좌절했다. 하지만 그것도 일 년 전 일이다. 연봉 6천이란 과장도 웃음을 자아냈지만, 이런 모든 것이 계산 속으로 나오는 것 같아 마음은 무겁고 우울했다.

왜 그녀는 돈에 집착을 할까. 그녀의 왕성했던 현역시절에 비하면 돈 같지도 않은 액수인데도 거기에 집착을 할까. 하긴 큰 사업을 하다가 쫄딱 망하고, 송사에 휘말려들고, 이젠 잔돈푼에도 허덕인 신세가 되었다. 그래서 결혼생활을 통해 경제적 안정을 추구하려 했는지도 모른다. 김도훈도 안정과 평화를 가정 안에 가득 채우고 싶었다. 기왕에 만난 인연이라면 서로 사랑하며 평화롭게 여생을 보내고 싶은 소망이 컸다. 그런데 모든 것이 대중식당의 설거지통처럼 엉망진창이 돼버렸다. 사랑 역시 잿불처럼 사위어간 지 오래다. 이상하게 거친 욕설과 함께 돈 문제가 개입되자 그녀의 불타는 육체도 한갓 하찮고 귀찮은 숯덩이처럼 보였다. 여러 가지 상념에 젖어있는데 득달같이 또 문자가 왔다.

— 콩나물 있다고 나물 되고 고기 있다고 불고기 되고 쌀 있다고 밥 되냐.

여자의 정성과 노력이 들어가야지.

또 파출부도 잠자리는 안 한다.

내꺼는 특별하다고 했잖냐.

해도 그만 안 해도 그만인 거 맞춰주었더니, 한 여자의 노력과 정성은 공으로 먹으려 드는 넘.

그나마 그 원가인 생활비도 아까워 절절매는 모습, 참 가당치도 않고, 돈돈돈 하는 게 누군데 어디다 대고 앙앙불락이냐.

법적으로 부부라면 희생하고 참고 앞을 보고 가지만 그것도 아니고 오로지 자기 거 쥐고 의심의 눈으로만 보고 공으로 얻어먹으려 하고.

참으로 가정을 가질 자격도 없는 가당찮은 놈일세.

그런 놈이 여자는 알아가지고 놀고 있어.

쥐새끼 같은 놈. 니가 넋을 뺀 년이 누구냐.

너 또 간통하다 들키면 이젠 영영 골로 가는 거야, 미친 새끼야.

문자는 거의 증오에 가깝다. 거기에 불을 붙이면 불이 확 붙어버릴 것 같다. 그녀 역시 불만이 많을 것이다. 그의 가출은 그녀를 더욱 발악하게 만들고, 그것도 어떤 여자와 놀아나는 것으로 보고 있으니 질투와 저주와 원한은 극에 달했을 것이다. 그 점 그는 충분히 이해했다. 그녀는 싸우더라도 잠자리만은 같이 하자고 노상 주장해왔다. 그래야 종말이 오지 않는다고도 했다. 그런 면에서 김도훈의 전략은 너무도 서툴고 감정적이다. 단세포적이다. 여차하면 집을 떠나버리니 약을 올리는 것뿐, 해결책은 무망한 것이다.

하지만 그의 입장에서 변명하자면, 조금이라도 조건이 안 맞으면 즉각 원색적인 욕설과 비난부터 쏟아져 나온다. 도무지 환멸뿐, 미련이라곤 남아 있지 않았다. 그래서 가슴 한켠에선 늘 아릿한 통증 같은 것들이 저며왔다. 그녀가 불쌍하다고 생각지 않은 것이 아니다. 역시 불쌍한 여자다. 불안정성을 치유해줘야 하는데 상처를 더 건드리는 우를 계속 범하고 있다. 혼인신고를 안 했지만 함께 사니 아내인 것만은 분명하다. 그것을 미루자 그것도 공격의 대상이 되었다. 하지만 갈수록 구속되는 것 같아서 주저되었다. 멱살이 잡혀 질식할 것 같았다. 함정에 빠질 것만 같았다. 그래서 미루었다. 함께 살고 있으니 아내로 받아들이지 않은 게 아니라고 변명하며 버텨왔다. 하지만 그게 그녀로서는 불안했던 모양이다. 그것 가지고도 빚 독촉하듯이 옥죄왔다. 그런 생각에 빠져 있는데 또다시 문자가 들어왔다.

— 여자랑 여행하며 잘 지내냐.

하긴 니 전공이니 그렇다 치자.

하지만 니 실체 모르는 어떤 여자가 니 거짓으로 가득한 혀놀림에 당하고 있겠지.

개새끼가 말재주는 있어 가지고.

니놈이 트집 잡은 대로 돈 얘기 좀 하자.

재혼 여자들은 자기들도 살림 보태려 적극적이라는 니 말에 뭐 이런 양아치 새끼가 다 있나 싶더군.

처음 만나 월 생활비 주기로 한 약속 이행해라.

그동안 정신적으로 육체적으로 당한 거 생각하면,

살아보겠다고 참은 세월에 앉아 있다가도 억울하고 화가 치밀어.

더 이상 나 열불나게 하지마.

죽일 거야. 아니면 내가 죽을 거야. 하지만 누구 좋으라고 내가 죽냐.

5,000 내놓고 꺼져.

문자 메시지는 불 같은 질투심과 함께 역시 금전적인 것으로 끝을 맺는다. 이런 문자가 다섯 건이나 더 왔다. 장문의 편지였으므로 간밤엔 밤을 지새며 문자판을 두들겼을 것이다. 얼마나 가슴속으로 피를 토했을까를 생각하니 김도훈은 내내 가슴이 아팠다. 사랑하자고 시작한 것이 이런 식으로 결말을 보자 하니 참으로 자신이 초라하고 시시해보였다. 더없이 자신이 빈궁해보였다.

마지막으로 온 것은 이랬다. 그녀도 지쳤던지 비교적 짧은 문장이었다. 그리고 한풀 꺾인 톤이었다.

— 수첩 찾을 일 때문에 니 서재방에 갔더니 옛날 수첩이 고스란히 사라졌더군.

뭐가 그리 구려서 매사 숨기는 데 급급하냐.

내가 말한 5,000 언제 넣을 거냐.

그걸로 끝장내자.

요놈이 혼인신고도 이리저리 피하더니 결국 쪽내자는구나.

에휴, 더러운 놈.

쥐새끼한테 딱걸린 셈치고 물러나마. 내가 미친년이지.

5,000으로 마무리 짓자.

김도훈은 머무는 기간이 끝나 사찰을 떠나 집으로 향했다. 그녀는 지금 여러 가지 혼란을 겪고 있을 것이다. 두서가 없고 정리가 안 되어 있을 것이다. 불안정한 상태는 혹시 또다른 갱년기? 그래서 중심을 잡아주고 싶었다. 이젠 좀 달래주고 안아주고 싶었다.

집으로 들어섰더니 성도희는 소파에 앉아 허공을 멍청하게 응시한 채 취해 있었다. 대낮부터 술을 마신 모양이었다. 그를 바라보는 눈이 흐릿하게 젖어가나 싶을 때 충혈된 눈을 치뜨며 울부짖기 시작했다.

"너, 왜 살자고 했어? 왜 살자고 했어?"

그녀 얼굴에 눈물과 콧물이 범벅이 되었다. 다른 집에서는 저녁식사를 하는 시간이었다.

"날 이렇게 비참하게 만들고, 생활비도 안 내는 자식이 무슨 살림 차릴 자격이 있다고, 너는 평생 혼자 살 놈이야. 그러니까 본처도 도망가고 둘째도 도망갔잖아. 그게 니 인생이야. 지 인생 좆도 모르는 새끼가 다른 여자 또 홀겨? 넌 벼락맞아 뒈질 거야! 너 누구와 붙어먹고 왔어? 치마만 두르면 팔십 먹은 할망구한테도 달려드는 개새끼!"

성도희는 숫제 발악이었다. 어떤 질투심으로 눈이 이글거렸다.

그는 불쌍한 여자, 내가 안아주어야 하는데, 하면서도 싸늘하게 감정이 식어버린 자신을 어찌할 수 없었다. 너 때문에 나도 피폐해졌어, 너 때문에 나도 짓뭉개졌어, 하는 변명이 무수히 되돌아 나왔다.

성도희가 탁자의 술잔을 내동댕이치고 선풍기를 발로 차 목을 부러뜨렸다. 전선은 연결됐는지 바닥에서 맴돌며 선풍기가 달그락달그락 거친 호흡을 내쉬며 돌아갔다. 그녀가 이상한 쇳소리로 울부짖기 시작했다. 한번 울부짖으면 좀처럼 멈추지 않는다. 마침내 인터폰이 울렸다. 이웃집이거나 관리실 경비일 것이다. 그는 그녀를 끌어안아 입을 틀어막았다. 그가 할 수 있는 방법은 그것 뿐이었다. 괜히 돌아왔군. 왜 하필 이 시간에 왔나. 이런 반복적인 후회만 되뇌면서 쪄누르고 입을 틀어막았다. 그런 자신이 너무도 싫었다. 쪄 틀려서 입이 막힌 그녀가 눈을 굴리며 질식 상태가 된다. 드러난 입술은 파랗게 청동빛이 된다. 그가 학창시절 유도를 했기 때문에 상대를 눕혀서 명치와 국부 사이의 배를 쪄누르면 더 이상 저항을 하지 못한다. 그가 지닌 제압의 기술은 본의 아니게 제대로 발휘되고 만다. 이로 인해 그녀 갈비뼈가 금이 갔다는 것 아닌가.

그녀가 이윽고 견디지 못하고 늘어지자 그는 그 길로 들고온 배낭을 다시 그대로 메고 현관문을 나섰다. 그녀는 늘어질 때까지 이렇게 저항한다. 그런 그녀가 그는 밉고 자신도 미워진다. 그래서 눈물이 난다.

김도훈은 행선지를 아무렇게나 잡았으나 정신을 돌이키자 정말 어디로 가야 할지 막막했다. 하지만 정처 없는 사람들이 늘 그렇듯이 그는 어느새 서울역에 당도해 있었다. 그는 먼 남쪽 고향으로 가는 기차표를 샀다. 아직 휴가일정은 며칠 더 남아 있었다. 절망적인 때는 부모님 산소를 둘러보는 것도 위안이 된다. 고향의 옛 친구들도 변함없이 그를 반겨줄 것이다.

일찌감치 잡지사 데스크를 접고 고향에 내려가 숲을 가꾸며 살아가고 있는 최길웅 생각이 났다. 김도훈 역시 은퇴하면 부모가 물려준 선영의 산에 나무를 심고 가꾸며 살고 싶은 꿈을 키우고 있었다. 노년기의 사람에게는 도시의 삶이 정도(正道)가 아니다. 속도감이 강조되는 도시생활은 젊은이가 지키고 끌고 가야 할 공간이다. 그래서 나이가 들면 전원에서 보내는 것이 적합하다는 생각을 했다. 가능하다면 그곳으로 성도희를 데리고 가서 살려고 했다.

계산이 불필요한 곳, 바둥거리지 않는 곳, 바로 숨을 쉬는 공간이라고 생각했다. 그녀는 무덤 귀신과 싸울 일 있느냐며 한사코 반대했지만, 그녀를 더 이상 뿌연 회색도시에 가둬놓고 싶지 않았다. 그녀를 더 이상 망가뜨리고 싶지 않았다. 귀촌은 한가로운 곳이 아니라 지치고 힘들 때 찾아가는 안식처라고 말해주었다. 그곳은 유유자적하는 곳이 아니다. 생산의 장이다. 무언가를 끊임없이 작업하며 치유할 수 있다는 것, 그게 중요하다. 그중 그는 숲을 가꾸고 싶었다. 지친 그는 주술처럼 그렇게 자신을 몰아갔다. '김도훈의 숲으로'라는 간판을 걸고 황토집을 짓고 매실 산수유 밤나무 감나무 잣나무 은행나무를 심고, 음이온이 많이 생산

된다는 적송과 편백나무를 심는다. 일상에서 쌓인 피로를 털어버리고 잡사에 묻힌 좌절과 허무에서 벗어나는 길. 바로 숲에서 위안을 받는다. 숲은 얼굴에 닿는 바람부터 다르다. 그는 도피처가 하나 생겼다는 것만으로도 안도가 되었고, 그 생각을 하는 것만으로도 여유가 생겼다.

50년 가까운 도시생활, 김도훈은 갈수록 설 자리가 없다는 상실감에 빠졌다. 은퇴하면 도시를 지킬 자신이 없었다. 'Jobless growth'라고 일자리 없는 성장이 사회경제적 대세가 되었다. 청년실업 해결하기도 어려운 처지에 개발 시절 호황을 누렸던 시기의 그가 또다시 노년의 혜택을 도시에서 바라고 살기에는 염치없는 짓이라고 생각했다.

"더 이상 도시에서 노년의 유복을 챙기지 않겠다는 것, 그것 참 잘 생각했다. 도시생활이란 노년층에겐 어울리지 않지. 잡(job)이 너무도 제한적이잖아. 잡 개발이 안되고, 또 개발할 것도 마땅치 않고. 그동안 벌어놓은 자본력이 있다고 하더라도 도시에서 버티기엔 좀 막막하지. 시골생활이야 생활비 안 들고, 주거비 안 들고, 자신이 원하는 만큼 평화로운 삶을 선택할 수 있는 곳이야, 받아들이기에 따라서는……."

고향의 읍내 번화가 길 건너편 조그만 카페에 자리잡자 최길웅이 말했다. 최길웅은 고향에서 초등학교 교사생활을 하다 정년퇴직한 강지원도 데리고 나왔다.

밖을 내다보니 뜨거운 햇살 아래 거리엔 움직이는 물체 하나

얼씬거리지 않았다. 모든 것이 고여 있고 정지되어 있는 느낌이다. 읍내 번화가라고 했지만 역시 시골은 시골이었다. 무서울 정도로 한가로운 적막이 거리 가득 넘실거렸다.

생맥주 한잔으로 목을 축이자 갈증이 한꺼번에 가셨다. 김도훈이 천천히 입을 열었다.

"그런데 최길웅, 가능하다면 자신이 지닌 전문성이나 지식을 나누면서 살 수 있는 시골생활 할 수 없을까."

"이를테면?"

"시골 사람들에게 교양강좌라든지, 인문학이나 역사공부라든지 이런 것과 필요하다면 글쓰기나 영어회화 가르치기 이런 것……."

최길웅은 조용히 웃다가 말했다.

"필요가 수요를 낳지. 한데 지금 농촌에는 그런 수요가 없어. 하루하루가 인력이 달려서 죽을 판인데 그런 강좌가 무슨 필요가 있니. 그리고 대부분 노년세대가 집을 지키고 있고 말야. 현실적으로 안맞아. 영어 배울 사람이 어디 있겠나. 역사강좌도 마찬가지야. 니 할 일이나 해."

"내 할 일?"

"그래. 선대로부터 물려받은 선영이 있다며? 산 말이야."

"그래."

"조상 묘가 있는 선산을 일구는 작업부터 생각해봐. 수종 개발을 할 필요가 있어. 묵은 산은 이제 수종을 바꿔줄 때야. 해당 관청에서도 도와줄 거야. 시골 사람들이 아직 그런 수속 밟는 방법,

절차를 잘 모르고 있어서 그렇지 의외로 많은 도움 받아서 일을 추진할 수 있지. 시골사람들이 행정수속이나 사무 수행능력이 떨어지니까 그런 일을 도우면서 함께 시작할 수 있지."

"글쎄."

강지원이 끼어들었다. 그는 소년시절 눈을 한쪽 잃어 외눈박이지만 근래는 성한 눈마저 성치 못해 진물이 나고 눈꼽이 잔뜩 낀다고 깐깐한 초등교사 출신답게 양해를 구했다.

"고향에 돌아오면 실패한 사람들이 오는 코스로 알고, 도훈 자네 역시 이혼한데다 보아하니 썩 가정생활이 행복하지 못한 것 같은데 고향에서 견뎌낼 수 있을까?"

고향 사람들이야 그 사람의 성공 여부를 자본력으로 따지고, 가족사를 살피는데 김도훈은 결격자라는 것이다. 그래서 시골 사람들의 시선을 견디기 어려울 것이라고 했다.

"진식이 삼촌은 서울서 일군 재산이 100억대래. 고만례 오빠는 50억대 공장을 가지고 있다고 하대. 춘봉이는 강남에 큰 술집을 하고 있고…… 그런 것이 사람을 평가하는 잣대가 됐다니까. 그런데 도훈이 자네는 번성하던 가산을 다 망가뜨렸지. 가난한 출신들은 떵떵거리고, 대신 부잣집 자제는 몰락하고. 그게 얼마나 고소하나. 고향 사람들은 그렇게 알고 있어."

집안을 몰락시킨 장본인, 가정도 풍비박산이 되어서 어디다 이름을 내기가 민망한 사람. 한때 총선, 지자체장 선거철이 되면 나설 용의가 없느냐고 고향 유지급들이 타진해왔지만 지금은 간통으로 이혼당했다는 경력이 까발려져서 한걸음도 나아가지 못한다고 걱정들을 하고 있다. 걱정이 아니라 쉬쉬하면서 뒤돌아서며 손가락질 한다. 공부해봐야 별것 없어. 방탕하고 계집질이나 하고…….

"야야, 무슨 쓸데없는 소리 하노. 선산에 황토집 짓고 조용히 살겠다는데 누가 탓하니? 남 의식하며 살 필요 없어. 지금은 농촌도 옛날과 달라서 남의 집 일에 신경쓸 겨를이 없어. 한가한 시절이 아냐."

"천만의 말씀. 그건 니 생각이고. 남의 집 사람 머리칼 개수까지 세고 있는 곳이 농촌이야. 하루 이틀은 견디지만 종당엔 못견디고 떠나게 된다네."

"쓸데없는 소리라니까. 김도훈 니가 시골 내려온다면 내 종묘의 묘판을 원하는대로 내줄게. 그렇다고 돈받겠냐. 그리운 친구가 내려온다는데. 사실 우리도 외로웠어. 우리 농장엔 어린 묘목 많다. 매실, 산수유, 은행나무, 전나무, 편백나무…… 몇 주씩 가져다 심어봐. 그리고 빈 터엔 상추 깨 가지 토마토 호박 민들레 냉이 쑥 푸성귀를 재배하고, 닭과 오리를 키워봐라. 한쪽 듬벙에는 미꾸라지 붕어새끼를 넣어봐. 재미 붙을 거야. 돈도 될 수 있어. 사물은 긍정적으로 보고 시작하는 거야."

"이 친구, 내가 나무 달라고 할 때는 고갤 돌리더니 도훈이한테는 인심 후하네."

강지원이 말하자 최길웅이 "내가 그랬나?" 하고 웃었다.

"나름으로 뭔가 해보겠다는 사람에게는 도와야지. 지원이 자네도 그럴 텐가. 밤낮없이 무당 찾아다니지 말고."

강지원은 샤머니즘에 빠져 있었고, 때로 사주도 보아주면서 굿을 하러 돌아다니고 있었다.

"그건 나의 직업이고 종교야. 남의 종교의 자유도 인정해줘야지."

"종교의 자유는 무슨, 나무를 심겠다면 그냥 주겠다니까."

김도훈은 확실한 판단이 서는 것은 아니었다. 딱히 어쩌자는 것이 없었다.

최길웅이 화제를 바꾸어 말했다.

"책에서 보았지만 인생은 제4기로 구성돼 있다잖아. 그런데 사람들은 제3기가 인생의 전부인 것으로 알고 그렇게 살다 저 세상으로 간다고 해. 하지만 그렇지 않다는 거지."

"인생 제4기라……."

강지원이 말을 뇌었다. 그러면서 김도훈의 표정을 예의 살피는 눈치였다. 뭔가 낌새가 이상하다는 눈빛이었다. 속이 허한 사람들을 위해 굿을 해준 그로서는 도훈 역시 그런 범주에 집어넣고 생각하는 것이 아닌가 싶었다.

"인생 4기는……."

하고 최길웅이 자기 주장에 충실하듯 말했다.

인생의 제1기는 연령적으로 인간이 태어나면서부터 25세까지다. 바로 신체적 경제적 의존기다. 부모에 의존해 성장하는 단계다. 제2기는 발전기. 바로 근로활동기며, 사회적 책임기이고, 사회적 생산기다. 26세부터 60세까지다. 제3기는 자아실현기다. 사회적 생산기에서 벗어난 연령대지만 이 시기가 자기가 그동안 쌓아온 전문성을 체계화하고 자기성찰의 계기로 삼는 기간이다. 경험과 노하우가 축적된 시기로 60세부터 85세까지의 연령대다. 그리고 제4기는 86세부터 죽을 때까지. 제1기 때와 마찬가지로 신체적 경제적 의존기다. 붕어가 입을 내밀고 숨을 내쉬는, 이를테면 생물학적으로 사는 단계다. 국가로부터 부양의 혜택을 받는 연령대며, 우리 실정에선 국가의 부양이 절대적이 될 순 없으므로 자신이 쌓아온 부나 자녀로부터 부양받을 나이다. 다시 말해 투자 회수기다.

"그런데 말야, 한국 사람들은 대개 인생 제3기를 4기로 잘못 알고 살고 있는 거야. 이 시기를 경제적 신체적 의존기라고 생각해버려. 나이 60이라면 한참 활동할 나이인데 시간을 까먹는 할배노릇만 한단 말야. 할 일없어 노인당 가고 바둑집 가고, 또 더러는 공짜 전철을 타고 온양 가서 눈을 번뜩이고 시간을 죽인단 말야. 더러는 불륜에 눈이 멀어 추하게 살기도 하고…… 자아실현기라는 황금시간대를 이렇게 낭비하고 탕진하고 만다니까."

"촌놈이 알 건 다 알구먼."

"인터넷이야 촌구석구석까지 들어와 있잖나. 배우는 공간 개념은 이제 없어졌다고 봐야지. 컴퓨터를 가르치면 되겠다야."

"하지만 노인들이 되겠나. 그저 그렇게 사는 노인들 아닌가."

"옛 관성대로 사는 게 문제지. 일은 개발하기에 따라 얼마든지 발굴해낼 수가 있어. 노년층만 사니 문제는 문제다만……."

그들은 중구난방으로 떠들었다. 김도훈은 그들과 헤어진 뒤 인근 바다가 보이는 모텔에 숙소를 정했다. 먼 길을 달려왔으니 샤워를 마치자마자 곯아 떨어졌다. 얼마나 잤을까, 휴대폰의 진동이 여러 차례 울렸다. 그는 반사적으로 일어나 휴대폰의 커서를 움직였다. 성도희의 문자가 네 번에 걸쳐 왔다.

— 아랫도리 단속 못해 딴 짓하다 그도 모자라 또 여자와 휴가 간 모양인데 사실혼도 혼인이라고 혼인 파탄 물어 위자료 청구하겠다.

나도 견딜 만큼 견뎌 꼭지 돌았다.

알아서 행동해. 시궁창보다 더한 네 행위 네 방 걸레하고 똑같아.

깨끗한 척 하고 닦지만 걸레에서 썩는 냄새 풀풀 나는 줄도 모르고 그 나이에 혼인빙자 간음, 부끄러운 줄 알아라, 미친 새끼야.

그는 종잡을 수 없었다. 그녀의 질투심은 극에 달해 있었다. 애정이 있는 것도 아닐 텐데 집을 떠나면 온갖 상상력을 동원해 그를 옭아맨다. 김도훈은 샤워를 마치고 룸의 책상에 놓여있는 개인용 컴퓨터 전원을 켰다. 있는 그대로의 모습을 보여주리라.

— 마주 앉으면 대화가 안 되고 다투기부터 하니까 집을 나오고,

떠나오면 오해의 사연만이 문자판을 장식하는군.

이제 차분히 내 얘기를 하려고 합니다.

그는 아예 휴대폰을 끄고 편지를 쓰기 시작했다. 격식을 갖추느라 존칭어를 사용했다.

— 성도희 여사

템플스테이를 하면서 여러 가지 생각을 가다듬었고, 집에 가서 당신과 진지한 대화를 하려고 했으나 취한 당신의 폭언을 견디지 못하고 다시 집을 나왔소. 며칠 더 시골에서 일정을 소화하려고 합니다. 여자와 놀아난다는 모함, 질투심이겠지만 전혀 사실이 아니오. 당신과 나 사이의 균열을 그런 쪽에다 이유를 대니 동의할 수 없소. 마음이 만신창이인데 여자와 놀아날 기분이나 여유가 있겠소? 더군다나 내 나이가 몇이오?

그가 이혼한 것은 간통사건 때문이었다. 그것은 형벌과 같은 것이고, 영원한 화인이고 주홍글씨였다. 그것으로 낙인 찍히면 그의 본성이 아무리 착하고 성실해도 인정이 되지 않았다.

그는 어느 날 아내로부터 현장에서 붙잡혔다. 아내와의 사이가 좋지 못하니 아이들과도 원만하지 못했다. 그래서 집 안에선 늘 혼자이기 일쑤였고, 밤늦은 귀가가 잦았다. 한강 고수부지에서 서성거리며 강변을 배회했다. 그러다 평소 안면이 있는 배숙향을 불러냈다. 그녀는 폭력적인 남편과 십여 년째 별거중이었다. 이혼을 하지 못한 것은 자식들 때문이었다. 자식들이 결혼하면 이혼하리라 마음 먹고, 십여 년 전부터 따로 살고 있었다.

두 사람은 만나 서로의 처지를 위무했고 그런 기간이 햇수를 넘겼다. 배숙향은 공직자였다. 꼬리가 길지 않아도 서투른 사람에겐 덜미가 잡힌다는 것이 그 방면의 행로인지라 결국 그들은 현장에서 붙잡히고 말았다. 그는 배숙향을 구하는 일이 무엇보다 중요했다. 그것은 그가 그녀를 지켜주어야 할 최소한의 예의이자 의무였다. 그래서 그는 아내에게 간곡하게 호소했다.

"다른 어떤 것이라도 좋으니 조건을 말하시오. 모두 들어주겠소, 대신 간통을 취하해주시오."

그는 아내의 요구대로 모든 재산을 넘겨주었다. 선대로부터 물려받은 재산의 전부를 수십 년 전 강남 개발시절에 투자했고, 그것이 꽤 큰 돈이 되었다. 고급 아파트와 상가였다. 그는 그것을 미련없이 아내 앞으로 명의이전해 주었다.

배숙향과는 결합을 위해 만난 것이 아니었기 때문에 아내가 간통소송을 취하하자 그들은 그 길로 헤어지고, 그는 다시 아내에게로 돌아갔다.

집으로 돌아왔다고 해서 문제가 해결되는 것은 아니었다. 또다른 어두운 세계가 기다리고 있었다. 김도훈은 더욱 외톨이가 되고, 영이 안 서고, 체면을 세울 수가 없었다. 언제나 낯선 곳에서 서성거리는 초라한 몰골이었다. 주거가 분명하지만 노숙자나 다름없는 나날이었다.

그는 결국 견디지 못하고 집을 나왔다. 그 일년 후 그들은 정식 합의 이혼했다. 그는 빈털터리로 거리에 나선 셈이었다. 하지만 마음은 편했다.

— 내가 왜 집에 삵괭이처럼 슬며시 들어가 서재방에서 옹색하게 자고 새벽같이 나오고, 또 밖으로만 도는 이유가 무엇인지 모르겠습니까. 당신과 피투성이가 돼서 싸우기 싫어서요. 충돌의 시초는 하찮고 아주 작고 시시한 것이오. 시시한 것을 가지고 성 여사는 극단적으로 몰아가요. 이것이 일상화됐죠. 특히 술을 먹고 싸움을 거는데, 이때 입에 담지 못할 온갖 증오와 적개심을 품은 모욕적인 언사들…… 싸움의 본질과는 거리가 먼 얘기들을 끄집어내 퍼부을 때는 내 머리가 돌아버릴 지경이오.

우리가 싸우는 과정을 rewind 해봅시다. 성 여사가 제 성질 못 이겨서 주방으로 가서 술 들이켜고 고래고래 고함을 지릅니다. 이웃 창피하니까 조용히 하자고 하면 더 발악적으로 소리지르며 기물 따위를 부수죠. 이래서 내가 힘으로 막기도 하는데 이러면 나를 할퀴고 물어뜯지요. 성 여사가 할퀴어서 내 콧날이 찢겨나간 적이 있고, 목과 팔, 가슴팍이 파인 적이 있지요? 그래서 할퀴지 못하도록 성 여사의 두 손을 붙잡고 자빠뜨려서 쩌누르죠. 이 통에 성 여사 손목이 멍들기도 하고 입술이 부르트기도 하고 갈비뼈 쪽이 통증이 생기기도 하지요. 이걸 지켜보는 나 역시 너무 괴롭지. 하지만 그렇지 않으면 내 얼굴이 개창나고, 어디 나다닐 수도 없게 되지. 우리가 다툴 때, 꼭 이런 절차를 정해진 코스처럼 밟습니다. 주기적으로 반복되는 이런 치욕적인 다툼, 이건 부부가 아니지요. 이런 때 나도 내가 너무도 싫습니다. 왜 여기까지 와버렸나, 이렇게 하지 않으면 안 되나, 합리적으로 해결하는 방법은 없을까, 그런 생각을 하며 해결책이 나오지 못할 때, 머리를 짓찧고 싶을 정도로 내가 싫을 때가 있습니다. 해결 방법을 생각해내지 못하는 무력감 때문에 더욱 견딜 수가 없지요.

얼마 전 지인과 상의했더니 함께 살려면 둘이 함께 정신과 치료를 받아보고, 살지 않으려면 지금 미련없이 헤어지라고 하더군요. 그는 왜 단둘이 살면서 고통으로 나날을 보내느냐는 것이고, 평화롭게 사는 방법도 많다는 것이었죠. 그 방법은 간단하다는 것이었소. 어려운 것이 아니라고 했소. 그 해답이 뭔 줄 알겠지요?

자제력과 분별력 여부가 그 사람의 됨됨이와 범죄의 유무를 결정짓는 기준이 되오. 한순간에 자칫 목숨이 왔다갔다 하는 살인 사건을 신문지상을 통해 보지요? 지적 수준이 높더라도 위기관리 능력이나 위기대처 능력이 떨어지면 순간적으로 사고가 납니다. 살인범이란 일년 열두달 내내 살의를 품고 사는 것이 아니라 어느 한 순간의 성질을 못 이겨서 일생을 망치는 범죄를 저지르고 만다는 것, 알잖아요. 충돌은 상대적인지라 나도 어느 순간 충동적으로 어떤 행동이 나올지 몰라 스스로 깜짝깜짝 놀랄 때가 있소. 그래서 내가 두렵고 당신이 두려운 거요. 강원도 절을 찾은 것도 그 때문이오.

자, 그러면 우리가 왜 이렇게 피투성이가 돼서 싸우는가를 돌아봅시다. 원인 없는 충돌이 없으니까요. 가장 근본적인 것은 사랑의 표현 방식입니다. 서로의 영혼이 피폐해질 정도로 직선적이고 격정적이죠. 그리고 뒤끝에는 경제적인 문제와 분노와 증오로 귀착이 됩니다. 사랑도 없는데 경제적인 문제를 책임진다? 재혼생활이 많이 깨지는 이유가 거기에 있다고 해요. 재혼부부의 가정경제관은 이런 게 아닐까요. 상호 경제활동을 하면서 만나 더불어 살게 된다면 가정을 유지하기 위한 경제적 노력을 공동으로 해야 한다는 것. 비율은 달라도 상호 경제를 책임진다는 면이 보여야 건강한 가정이 유지된다는 것. 남자의 벌이에 의존한다면 그 범위 내에서 살림을 운용해야 하고, 격에 안 맞는 경제환경이라도 아량을 보여야 한다는 거지.

또 남자가 경제적 능력이 있다고 해도 모든 것을 감당한다는 것은 재혼부부가 지향하는 길이 되는지는 의문입니다. 그건 자칫 종속적 관계로 전락하고, 상하 관계로 설정되기 쉽죠. 평등관계가 훼손됩니다. 의무가 되고 권리가 되면 그게 비즈니스 관계지 사랑의 관계라고 보기도 어렵습니다. 이제 섹스로 인생을 사는 것도 아니고요. 성도희 씨처럼 채권자의 위치에 서면 남자가 승복을 하지 못하게 되고, 성도 마저 시들어지죠. 다른 것은 다 남녀평등, 사회적 동등권을 주장하면서 비용은 남자가 모두 감당해야 한다는 것은 논리적 모순이 아닐까. 물론 이것도 억지이고 궤변일 수 있지. 당연히 남자가 경제적 능력이 있으면 감당해야죠. 하지만 재혼살림은 초혼 때, 남자가 벌어오면 여자가 아기 낳고 살림 불리고 키워나가는 경우와는 개념이 다르지 않겠는가.

성격적인 차이를 얘기해봅시다. 피해의식 때문인지 모르지만 서로가 상대방에 대해 불신하고 공격적이죠. 예전의 악몽 때문이라면 그걸 재혼생활에까지 연장시킬 수가 없죠. 배려란 관념적일 수 있지만, 그럴수록 의도적으로라도 시도해야 합니다. 우리가 교양과 지식을 쌓는 이유가 어디에 있겠습니까.

이제 얘기를 마무리 하겠소. 아주 간단한 부탁이오. 존댓말을 쓰기로 합시다. 욕할 때도 존댓말로 하세요. 그리고 불만이 있더라도 남자가 벌어온 것을 공격하지 마시오. 더 이상 무너질 수 없기 때문에 부탁하고 싶어요.

이렇게 보냈는데 응답은 없었다. 하루에도 몇 차례씩 득달같이 문자를 날리던 그녀가 무서울 정도로 침묵을 지키고 있었다. 그게 조금은 불안하고 두려웠다. 그는 이메일 편지를 보내놓고 집에 들어가는 것이 멋쩍어서 계속 밖에서 묵었다. 그 사이 이메일로 퇴직을 신청했다. 결단이 필요했다. 계획을 실천하기 위해서도 1년 정도 더 할 수 있는 근무기간을 채울 생각이 없었다. 계약경신을 위해 계약경신일이 다가올수록 비겁하게 굴종하는 모습을 보이는 것도 이제 지겨웠다. 계획만 확실하다면 지금 회사를 나오는 것이 시간을 벌고, 또 후배에게 길을 터준다는 의미도 있었다. 그리고 무엇보다 지금의 가정생활에 변화를 주고 싶었다.

김도훈은 다시 성도희에게 이메일 편지를 보냈다.

— 이번 당신과의 일을 계기로 인생 플랜을 작성하기로 했소.

유서로 이해해도 무방하오. 매년 연초 수정 보완하려고 합니다.

■ 재산은 자식에게 물려주지 않는다. 살아생전 유용하게 사용하고, 사후엔 미망인과 친구 몇 명을 유산정리위원으로 위촉해 미망인이 여생을 살 만큼 제하고 나머지는 공익적으로 사용할 수 있도록 한다. 이를 위해 변호사를 선임해 공증토록 한다.

■ 인생 3기부터 자급자족하는 삶을 산다. 웰빙 식재료를 스스로 재배하고 나무를 심고 가꾼다. 축적한 경험과 전문적 식견을 체계적으로 넓혀 자아실현의 시간으로 활용한다.

이렇게 정리해가고 있는데 어느새 새벽이 왔다. 희뿌옇게 동이 트여오는 창밖을 멍한 시선으로 내다보고 있는데 밖에서 노크 소리가 났다. 문을 열어주자 강지원이 흐린 불빛의 복도에 서 있었다.

"도훈이 자네, 아무래도 무슨 일이 있는 것 같애."

그는 이슬 머금은 바짓가랑이를 털며 걱정스런 표정을 지었다.

"새벽안개 속의 농촌 들판을 거니는 재미를 붙이고 사는데 아무래도 자네가 이상해 보였어. 그래서 찾아왔네."

그는 사주 관상을 보는 직업인답게 관찰력이 최길웅과는 달랐다.

"어서 들어오게."

도훈은 강지원이 방으로 들어오도록 몸을 한쪽으로 비켜주었다.

"사실은 말이야……."

강지원이 소파에 앉자 김도훈이 천천히 아내와의 지나온 사연을 설명했다. 다 듣고 난 강지원이 결론 삼아 말했다.

"그럼 그렇지. 자네 지금 빨리 올라가야겠네. 이러고 있을 때가 아니야."

"왜?"

"나는 철저히 자네 와이프 편이야. 자네가 너무 잘못하고 있어."

"내가?"

강지원이 좀전보다 빠르게 말을 이어갔다.

"자네 아내는 지금 극도로 위기에 몰려 있네. 누구 탓인 줄 아나? 바로 자네 때문이야. 나는 이 소도시 사람들을 위해 굿을 해주고 사주관상도 봐주고 고민 상담도 해주고 있는데 자네 같은 케이스도 드물지만 더러 있어. 그런 여자 중 어떤 이는 저수지에 투신했어."

김도훈은 바짝 긴장이 되었다. 강지원이 천천히, 그러나 또렷하게 말했다.

"그분은 자네를 너무도 사랑하는 거야. 헌데 자네는 다른 지점을 바라보고 있어. 돈이 문제가 아니야. 자넨 아내가 계산적이고 거칠다고 했지만 사실은 그게 아니야. 자넨 그걸 핑계로 툭하면 집을 나오고 했어. 여자에게 치명적으로 고통을 주는 것이 뭔 줄 아나? 아내와 싸운다는 핑계로 집을 뛰쳐나오는 거야. 그건 절망적이야. 자기 자존심 때문에 돈 얘기를 꺼내고, 자네를 속박하려 한 것뿐인데, 그걸 이유로 도망나온단 말이야. 아내는 당연히 밖에 여자를 두고 있다고 오해를 하지. 당연하지 않나. 별 이유 같지도 않은 이유로 가출을 하니 밖에서 여자를 보고 있다고 생각하는 거지. 자넨 또 전과가 있잖아. 그건 정말 피말리는 일이야."

김도훈은 묵묵히 그의 다음 말을 기다렸다.

"자네 참 엉터리군. 여자는 금전에 약하긴 하지만 자네 아내는 그걸 고리로 해서 자네를 묶어두려고 했어. 속박하려고 한 거야. 그것이 서투른 방법이건 아니건 간에 그런 거야. 그게 서툴긴 하지만 자네를 너무도 사랑한다는 거야. 저주, 원망이 사랑의 또다른 얼굴이야. 그런데도 자넨 엉뚱한 지점에 가 있다구. 자네 책임이 커. 자넨 인생을 헛살고 있어. 대단히 이기적이야."

강지원이 말하고 포트의 물을 컵에 가득 따라 꿀꺽꿀꺽 마셨다. 그도 목이 타는 모양이었다. 김도훈이 계속 침묵을 지키자 그가 다시 말을 이었다.

"자네가 재혼한 이유가 뭔가. 사랑을 구한다는 것이고, 안정된 삶과 행복을 추구한다는 것 아닌가. 그렇다면 얼마만큼 노력했나. 내 맘에 안 든다고 회피하지 않았나. 그것이 필요하다면 돈으로라도 사랑을 사야지. 돈 짊어지고 가나? 자넨 계산적이지 않았나? 난 자네의 이기심을 보아줄 수가 없네. 이런 식으로 삶을 낭비하지 말게."

"난 아내의 성질 사나운 격정으로부터 자유로워지고 싶은 것이 솔직한 내 심정이네."

그는 서울로 돌아가 한번 더 성도희가 행패를 부리면 깨끗이 정리할 생각을 하고 있었다.

"아내의 격정? 포악성? 그게 어디 있는데? 그건 자네가 배양시킨 것 아닌가? 사람이 어찌 제 하고 싶은 대로만 하고 사나. 자네 아내가 그런다고 자네까지 그렇게 한다구? 소인배구먼. 제 하고 싶은 대로 행동 다 하고 산다면 그렇게 해 봐. 돌아오는 게 뭔가. 자네가 훨씬 약고 계산적이야. 자넨 싸구려 고집으로 이부자리를 거실에 깔았지만 자네 와이프는 불면의 고통 속에서 매일 피를 흘리며 잠 못 이루고 지냈어. 얼마나 잔인한 일인가. 얼마나 이기적인가. 마누라가 좀 얄밉다고, 행패가 좀 있다고 거실에 나와서 혼자 자는 동안 자네 아내는 어쩌면 육신과 영혼이 녹초가 되어버렸을 거야. 걷잡을 수 없는 고통 속에서 신음했을 거야. 불면의 고통을 정말 모르나? 그걸 자네는 즐겼던 거야. 난 정말 자네에게 실망했네. 참 독종이군."

강지원은 이해가 안 된다는 표정으로 김도훈을 한동안 빤히 바라보았다. 도훈은 저도 모르게 목을 움츠렸다.

"여자들은 남편의 사랑을 받고자 애를 쓰지. 혹 남편이 외도라도 한다면 그걸 막기 위해 굿을 하고 부적을 붙이고, 다투고, 심한 경우 아이들까지 데리고 저수지에 투신해 동반자살해버리는 극단행동도 마다하지 않네. 사랑을 잃으면 그렇게 처절하게 자신을 부숴버리지. 그렇게 복수를 하는 거야. 복수심도 사랑의 또다른 표현이야. 원인제공을 한 사람이 누군가. 당장 올라가게. 절박한 상황이야. 아내의 침묵은 엄청난 사태를 예고하는 거야. 그걸 자네만 모르고 있어. 자넨 몇 푼어치 안 되는 사치스런 기분에 젖어서 아내를 흠씬 두들겨패주고 있어. 몽둥이를 안 들었다뿐 비정하고 구차하게 두들겨패고 있어. 아내가 거칠다는 외피만 보지 말게. 섬세한 마음인데 도발하는 자네 때문에 거친 행동을 보일 뿐이야. 그분을 구할 사람은 이제 자네야. 그런데도 밖으로 돌아? 나 실망했네. 어서 올라가게. 나는 이만 가보겠네."

강지원은 정말 실망했다는 표정을 그대로 지은 채 방을 나갔다. 김도훈은 망연히 허공을 바라보았다. 머리가 하얗게 새는 느낌이다.

집으로 가는 길.

김도훈은 마음이 조급해졌다. 강지원의 걱정대로 무슨 사고라도 날 것만 같았다. 그녀도 이젠 지쳤을 것이다. 지친 만큼 모든 것을 놓아버릴 수도 있다. 그와 더 이상 싸울 열정도 남아 있지 않았을 것이다. 그래서 폭포수처럼 쏟아지던 문자 메시지가 한 순간에 딱 끊어졌는지도 모른다.

좋은 소식은 쉽게 찾아오지 않지만 불길한 예감은 대개는 적중한다.

허겁지겁 당도하다 보니 아파트 입구의 문 비밀번호가 순간 머릿속에 떠오르지 않았다. 그는 두 번이나 헛눌렀다. 이상한 예감이 그의 뇌리를 스쳤다. 다시 긴 심호흡을 한 뒤 비밀번호를 입력하자 그제서야 도어가 열리고, 그는 곧바로 엘리베이터를 타고 10층의 집으로 올라갔다. 현관문이 열려 있었다. 사람들이 소리 없이 거실에서 움직이는 모습이 보였다. 그는 아찔한 현기증을 느꼈다. 신발 벗을 겨를도 없이 거실로 들어섰다. 들어서자 어떤 비릿한 피냄새 같은 것이 그의 코를 자극했다.

거실 한켠에 아파트 경비원이 우두커니 서 있다가 그를 보자 두 손을 모은 채 다가와 떨리는 목소리로 말했다.

"이웃 주민이 신고했어요. 어젯밤 사모님이 너무도 처절하게 울더라는 거예요. 그래서 또 싸우나 했다죠. 그런데 어느 순간 잠잠해졌다는 거예요. 오늘 아침 교대 시간쯤에 옆집 주민한테서 경비실로 연락이 왔어요. 아무래도 이상하다구요. 그래서 제가 방문했는데 응답이 없고, 계속 초인종을 누르고 현관문을 두들겨도 대답이 없었어요. 사람 나간 흔적은 없는데 응답이 없다, 그래서 비상키로 문을 열고 들어와 봤더니 이런 변이 생겼군요."

경비원이 죄인처럼 목을 움츠리며 도훈의 눈치를 살폈다. 사복을 입은 사람이 식당 쪽에서 불쑥 나오더니 그를 매섭게 노려보았다.

"나 마포경찰서 형사주임인데, 집주인이세요?"

"네."

"들어오시오."

그가 도리어 주인인 듯 도훈을 안방으로 안내했다. 성도희가 침대에 가지런히 누워 있었다. 침대의 메트리스가 피로 흥건히 젖어있었다. 그녀의 양 팔목에 붕대가 감겨져 있었다.

"동맥을 끊었네요."

미리 들어와 있던 경찰관이 뒤돌아보며 보고하듯 사무적으로 말했다.

성도희의 얼굴은 평온하게 잠들어 있는 것 같았다. 너무도 평화로워 보였다. 밀랍한 듯 창백한 얼굴에 유독 콧날이 높아 보였다.

"뭐 발견한 것 있나?"

다른 사복조가 주방 쪽에서 방으로 들어오며 물었다. 성도희가 누워 있는 곁에 편지봉투가 하나 놓여 있었다.

"빨리 병원으로 옮겨주시오."

김도훈이 낮지만 또렷한 목소리로 말하고 재빨리 편지봉투를 집어들었다.

"수사상 필요하니까 그것 압수하겠소. 내놓으시오. 수사가 끝나면 돌려드립니다."

"알았습니다. 어서 이 사람을 병원으로 후송해 주세요."

그는 편지봉투를 쥔 채 성도희를 일으켜 세웠다. 몸이 너무도 가벼웠다. 어깨가 가냘펐다. 그가 갑자기 울음을 터뜨렸다. 도훈을 바라보던 사복조가 그들끼리 말했다.

"늦지 않았소?"

하지만 그녀의 손이 움직이는 것같았다. 일으켜 세워진 얼굴이 조금 고통스런 빛을 띠었다. 그러나 손이 툭 아래로 떨어졌다. 도훈이 다급하게 외쳤다.

"아, 몸을 움직여요. 어서 데려가줘요."

그는 그녀의 팔을 잡고 그녀 몸을 안았다.

"유품을 내놓으시오. 그리고 구호차 대기시키시오!"

경찰관이 다급하게 소리쳤다. 그러나 김도훈은 수사관의 말을 묵살하고 봉투에서 메모지를 꺼냈다. 메모지엔 단 두 줄의 글이

삐뚤삐뚤 아무렇게나 쓰여져 있었다.

— 여보, 힘들어요.
기다리는 것이 괴로워요.

형사가 그로부터 메모지를 빼앗으며 화난 얼굴로 말했다.

"귀하를 체포합니다."

그리고 묵비권을 행사할 수 있으며, 자신의 권리를 보호하기 위해 변호사를 선임할 권리가 있으며, 어쩌고 임의동행명령 이유를 읊조렸다.

눈물 범벅이 된 도훈의 얼굴에 절망의 표정이 스쳐지나갔다. 그리고 절규했다.

"어서 병원부터 가주세요! 내가 내 아내를 죽였어요."

# 수자의 작은 집

## 1

"엄마가 빨래터에서 낳았다고 해서 수자예요. 아무리 그런다고 냇가에서 아무렇게나 낳을 수 있었을까요. 얼마나 무성의했으면요."

그렇게 말해놓고 혼자 제풀에 겨워 키득키득 웃던 윤수자가 행방을 감추었다. 평생 손에 물만 묻히고 사는데 이름까지 물 水자라니, 정성스레 낳지 않은 인생이 뭐 별 게 있겠냐며 자기 운명에 대해 냉소하던 그녀가 끝내 없어진 것이다.

나이 오십 초반, 거친 세상의 풍파를 겪었으면서도 그녀는 심성이 착했다. 나이답지 않게 귀여운 구석이 많았다. 한두 달 사귄 뒤 최인혁은 수자와 함께하기로 했다. 그의 일방적인 요구에도 그녀는 별다른 이의없이 그대로 따랐고, 굳이 말하자면 그래야 하는 것처럼 그와의 합류를 수용했다. 그런데 함께한 반 년쯤 지나서 그녀는 갑자기 자취를 감춰버린 것이다. 수자가 연락을 해오지 않은 이상 그녀의 행방을 알 길은 없었다. 이것이 서울에서 만난 인연의 한계였다. 상대방이 연락을 끊으면 도리없이 모든 것이 단절되고 마는 것이다.

"당신이 내 남편이 될 수 있을까요?" 언젠가 그녀는 스스로 물으며 스스로 답을 했다. "아마도 어려울 거예요. 어려울 거야……."

"왜 그런 소릴 해요? 좋은 남편이 되려고 노력하고 있잖아요……."

최인혁은 그녀를 위로했지만 수자는 여전히 반신반의하는 눈치였다. 그럴수록 그는 수자를 진정어린 마음으로 안심시켰다. 그녀의 깨끗한 영혼, 맑은 심성, 순정한 몸짓을 어떻게 외면할 수 있는가.

## 2

최인혁은 주말이면 길음동 시장통을 곧잘 나갔다. '돌싱(돌아온 싱글)'이었기 때문에 홀로 집에 있기가 무료해서 공장에서 직접 남성 기성복을 떼다 팔고 있는 고향 후배의 기성복가게를 찾았다. 고향의 후배라고 했지만 친구의 여동생 김후덕이었다. 그녀는 아내와 이혼한 뒤 꾀죄죄하게 홀로 살고 있는 최인혁을 안타깝게 여기고 친동생 이상으로 이것저것 반찬거리를 시장통에서 준비해 손에 들려주곤 했다. 수고했다고 해서 몇 푼 쥐어주기라도 하면 "오빠, 추어탕이나 한 그릇 사."하고 손사래를 쳤다. 추어탕집은 기성복점포 건너편에 있고, 그녀는 점포를 그대로 놓아 두고 추어탕집에 가서 함께 음식을 시켜먹었다.

"이 집은 직접 자기들이 미꾸라지를 키워서 대. 그래서 믿을만 해. 바다 건너 온 민물고기가 아니라니까."

미꾸라지도 중국산이 많다며 그녀는 친절히 충청도 어디에서 가져온 재료라고 알려주었다. 고객이 그녀 점포를 찾으면 양말과 내의와 타월을 파는 옆가게 잡화점 주인이 대신 장사를 해주었다. 서울에도 이런 인심이 있었다. 그런 어느 날이었다. 후덕이가 다급하게 전화를 걸어왔다.

"오빠, 오늘 시간 있어?"

"나야 회사 끝나면 언제나 시간이 남지. 홀아비가 별 수 있나."

"그렇지. 겨울이 되니까 오빠가 웬지 추워보여. 그러니까 우리 추어탕 먹자. 저녁 7시까지 와요. 곧장 추어탕집으로."

추어탕집으로 갔더니 후덕이가 여자 둘을 밥상 앞에 앉혀놓고 노닥거리고 있었다. 그가 가까이 다가가자 모두들 그를 건너다 보더니 갑자기 점잖을 뺐다. 그중에 얼굴이 하얗고 성형외과 힘을 빌린 듯 굵은 쌍까풀 진 눈에 콧날이 선명한 여자의 눈길이 예사롭지 않았다. 인혁의 위아래를 훑는가 싶은데 제풀에 녹아들 듯 소리없이 환히 웃었다.

"오빠, 어여 앉아. 내 친구들이야."

후덕이 손짓을 하며 자리를 권했다. 후덕이의 친구들이라는데 그의 위아래를 훑다가 스스로 미소를 머금은 여자가 윤수자였다. 그 옆 작달막하나 다부지면서 활달해보이는 여자는 홍달래였다.

"이 앤 내 친구 홍달래야. 달래한테 오빠 짝이 있나 없나 알아봐 달랬더니 저 친구를 달고 나왔어. 나도 잘 아는 친구야. 윤수자야."

후덕이는 한 자리에서 두 명의 여자친구를 후다닥 소개했다.

"달래는 남편이 있고, 이 앤 없어. 그래서 달래가 이 애 데리고 나온 거야."

"고마워. 헌데 어른이 돼서도 이 애 저 애 하나?"

"어른이라도 별 수 있나. 절친들인데 뭐. 우리 가게에 홍달래는 자주 오고 윤수자는 가끔 오는 친구야. 어여 인사들 해."

"홍달래예요."

이미 알고 있는데도 달래가 까르르 굴러가는 듯한 웃음을 날리며 자기소개를 했다. 수자 역시 "처음 뵙겠습니다. 윤수자예요." 하고 나지막한 목소리로 인사했다. 그런 그녀의 고른 이가 깨끗해보였다. 얼굴은 갸름했지만 손은 세상의 풍상을 겪은 탓인지 굵게 주름지고 거칠어 보였다.

"오빠, 내가 데려온 애예요. 맘에 들죠? 성격 좋고 살림 잘하고, 또 예쁘기도 하고……."

홍달래가 붙임성있게 윤수자 등을 토닥거리며 자랑했다. 그녀가 설명하지 않아도 윤수자는 하얀 피부에 이목구비가 분명한 미모의 여자였다. 모두들 40대 말이나 50대 초반쯤 되어 보이는데 인혁이 나이들어 보이지 않을까 속으로 걱정했다.

"오빠 나이 몇이세요?"

어떻게 눈치챘는지 홍달래가 당돌하게 물었다. 하지만 그런 물음이 전혀 당돌해보이지 않았다. 솔직하고 단순하다는 인상이었다.

"육십입니다."

"아냐, 오십 중반이야."

후덕이가 수정했다. 언젠가 들통날 것을 그녀는 너댓살 에누리를 해버린 것이다. 관록 있는 중매장이들의 품성을 그녀도 지니고 있었다.

"수자는 말예요, 팔 년 전에 남편하고 사별하고 딸아이 넷을 키우고 살아왔어요. 그중 셋은 결혼하고 지금은 스무살 다된 막내딸하고만 살아요. 그치?"

홍달래가 소개하고 그녀에게 확인하자 수자는 말없이 고개를 끄덕이며 웃었다. 웃을 때마다 고른 이가 예쁘게 드러나 보였다. 왠지 그는 그녀가 마음에 들었다. 그동안 여자를 꽤 만났지만 인상적으로 칙칙하거나 어둡거나 매섭거나 교활성이 있어 보이거나 팔자가 드센 얼굴들이 많았다. 그래서 재혼이라는 것은 팔자 사나운 운명을 등에 지고 사는 사람들이 만나는 것은 아닐까 생각하며, 그 역시 어떤 모습으로 상대방에게 비쳐질까를 생각했었다. 그도 어쩌면 예외는 아니었을지 모른다.

재혼을 바라는 여자들은 대단히 현실적이다. 계산적이고 때로는 다부진 주문까지 해서 그가 겁을 먹고 물러나버린 경우도 있었다. 약속이나 한 듯이 딸린 식구며, 재산이며, 직업이며를 꼬치꼬치 캐묻고는 월 생활비를 얼마 댈 것이냐로 귀착된다. 물론 그러한 것들이 틀렸다는 것이 아니다. 황혼재혼이라면 폭풍과도 같은 청춘의 열정이 아니라 생활과 여유, 노후의 안정과 평화, 담담한 행복, 이런 기준을 내세우며 다가가는 것이 당연한 순서이고 절차일 것이다. 일종의 계약결혼이니까 따질 것은 따지자는 것이 나중에 부닥칠 일을 예방하는 차원에서도 필요한 일일지 모른다. 막연히 좋자고 시작했지만 생활비문제, 주거문제, 자녀문제로 또 다시 갈등이 생겨서 서로 으르렁거리고 보따리 싸는 경우를 그는 종종 보아왔다. 정말이지 그건 상상만 해도 아찔하다. 그래서 그런 문제를 문서화하고 공증까지 하는 풍조도 생겨났으리라. 하지만 그는 그런 것들이 낯설었다. 문서가 아닌 신뢰의 눈짓만으로도 얼마든지 좋은 결혼생활을 유지할 수 있을 것이라고 보는 것이다. 윤수자는 그런 것과는 상관도 없고, 그런 생각에 애당초 가닿지 않을 것 같은 품성을 지닌 여자로 보였다. 단순하고 순박한 인상이다. 첫 인상으로 모든 것을 단정할 순 없지만, 그러나 첫 인상으로 상대방을 꿰뚫고 운명을 결정하는 게 사실은 맞다고 하지 않던가. 대개는 첫 느낌의 본성이 직관의 전부를 차지하니까.

"2차 가요."

식사를 마치자 덤벙대 보이는 홍달래가 바람을 잡았다. 후덕이가 일찍 문을 닫고-실제로는 문닫을 시간도 됐다-시장통 끝머리에 있는 '조영필노래방'으로 자리를 옮겼다. 개천을 복개한 그 주변에는 노훈아, 남준, 송대광 최백오노래방이 연이어 붙어 있었다. 어딜 가나 유흥업소는 포화상태였다. 캔맥주가 너댓 개 나오고, 땅콩과 오징어포가 나오고, 술을 하지 않는 사람을 위해 음료수와 생수가 곁들여 나오자 곧바로 노래가 흘러나왔다.

"오빠 십팔번 넣어. 무슨 노래야?"

"민들레 홀씨 되어를 부르지."

"아이 시시해. 고상한 척 하지 말고, 쉬운 부르스나 지르박으로 때려."

"그게 고상한 노래니?"

"그렇다면 그렇다니까."

후덕이가 괜히 퉁을 놓았다.

"그럼 현철 노래로 하지. 사랑은 나비인가봐."

"봉선화연정도 있고, 아미새도 좋은데, 하필이면 왜 나비처럼 날아가버리는 거야? 강진의 땡벌은 어때? 그걸로 올려줄래?"

성질 급한 후덕이가 자기 멋대로 레퍼토리를 쏟아냈다.

"그래, 후덕이 맘에 드는 걸로 해. 어차피 나 혼자 부를 건 아니니까."

노래가 나오자 마이크잡은 사람을 제치고 그들이 일제히 앞으로 나서서 몸을 제껴가며 노래를 부르기 시작했다. 노래에 한이 맺힌 사람들처럼. 구성지게 노래를 부르던 홍달래가 윤수자를 잡아끌더니 인혁에게 안겨주었다.

"같이 추세요."

윤수자는 춤을 아주 잘 추었다. 물 흐르듯 매끄럽고 부드러웠다. 그녀 가슴이 그의 상체에 와닿는데 스치는 것만으로도 젖무덤이 풍성하게 느껴졌다. 그는 갑자기 욕망이 솟구쳤다. 그러나 점잖게 목을 추스르고 리듬을 맞춰 스텝을 밟았다. 남진 나훈아 조용필 문주란 김수희 주현미 장윤정 따위를 모두 섭렵하자 자정이 넘었다.

"오빠 괜찮아?"

홍달래와 윤수자가 잠깐 화장실을 간 사이 후덕이가 물었다.

"착해 보이는데?"

"나도 그렇게 봤어. 사귀어 봐."

그는 말없이 웃음으로 대답을 대신했다.

"오늘 즐거웠어요."

화장실에서 돌아온 두 사람이 예의를 차렸다. 두 뚜장이들의 등쌀에 그들은 서로 전화번호를 각자의 휴대폰에 입력하고 헤어졌다.

## 3

"좀처럼 시간을 내기 어렵다니 내가 거북하세요?"

윤수자에게 전화를 걸었지만 그녀는 매번 시간을 내기가 어렵다고 했다. 혹시 내가 싫다는 뜻인가. 아님, 다른 남자가 있다는 건가. 그럴 때마다 기분이 상하고, 이상한 반발심이 생겼다. 그리고 오늘도 어려울까 하고 전화를 했더니 의외로 시원스럽게 응답이 왔다.

"그럼 오늘 만나요."

성사된 약속시간과 장소가 밤 열 시 서울의 변두리 중랑구 망우동이었다. 밤 열 시라. 그것도 그녀 동네가 아닌 경기도 구리시와 경계를 하고 있는 변두리 지역이다. 변두리 지역에서 은밀하게 만나자……. 그는 야릇한 호기심이 발동했다.

"치킨 한 마리 사오시면 안 돼요?"

"그러죠."

그는 뚱뚱한 백인 영감님이 문지기로 서 있는 후라이드치킨 집을 들러서 치킨 2인분을 사들고 들뜬 마음으로 승용차를 몰았다. 휴대폰 문자판이 안내해준 대로 길을 찾아가자 그녀는 가로등도 희미한 한적한 버스정류장 앞에 홀로 서 있었다. 발끝을 내려다보며 무언가를 발길로 차는 모습이 쓸쓸해보이긴 했으나 장난스런 인상도 주었다.

"미리 나와 계셨군요."

그는 그녀를 태우고 네온사인 불빛이 환한 네거리로 나갔다.

"멀리 갈 것 없이 한가한 데로 가서 차 안에서 얘기해요."

그래요? 그는 또 묘한 호기심을 느끼며 인적이 드문 잡목이 우거진 숲의 한 켠으로 가서 차를 세웠다.

"여기까지 오시게 해서 미안해요."

윤수자는 인근에 있는 종합병원에서 요양보호사로 근무하고 있었다. 팔십 먹은 중풍 걸린 노인을 간병하고 있는데 지금은 노인이 잠자는 시간이라 한두 시간쯤 시간을 낼 수 있다는 것이었다.

"그랬군요."

그는 순간 엉뚱한 호기심을 가졌던 것에 대한 미안함으로 목소리를 낮춰 정중히 말했다. 그녀에 대한 기존의 관념이 싹 바뀌었다.

"하지만 일주일에 하루는 편한 시간에 쉴 수 있어요. 미리 얘기하면 대체인력이 투입되죠. 아니면 그들 가족 중에서 누가 나와서 지키면 돼요. 힘은 많이 안 들어요."

"그렇군요."

수자는 치킨의 반은 봉투에 남겨두고 나머지 반을 종이에 내놓고 조각을 하나씩 발라 먹기 시작했다. 그는 그녀가 먹기 좋게 승용차의 실내등을 켰다. 치킨의 살을 가르는 그녀의 손톱은 메니큐어가 반쯤 벗겨져 있고, 소매끝의 스웨터 솔기도 닳아빠져서 실밥이 뜯어져 있었다. 계절은 어느새 겨울의 초입에 와 있었다. 치킨에 눈길이 가 있으면서도 그녀는 습관처럼 차창 밖을 힐끗거렸다. 무언가 불안한 표정이었다.

"걱정하지 말아요. 남이 보면 부부로 알 텐데, 아니, 신경도 안 쓸 걸요. 그리고 시간도 충분해요……."

"그럴까요. 시간이 자꾸 가면 안 되는데……."

그녀도 그와의 시간을 아끼고 싶은 모양이었다.

"천천히 먹어요."

"나머지 반은 가져갈 거예요. 할아버지 드려야죠. 오래 못 사실 것 같아요."

왠지 그는 콧등이 먹먹해왔다. 이런 여자에게 야릇한 호기심을 발동시키고, 또 욕망부터 생각하다니. 그는 자신의 그릇된 탐욕을 속으로 꾸짖었다.

윤수자는 그에게도 치킨 한 조각을 내밀었으나 그는 받지 않았다. 대신 가져간 사이다를 종이컵에 따뤄서 그녀에게 건네주고 자신도 한 잔 따라 마셨다. 수자는 재잘거리듯 입원환자들의 면면을 소개했다. 쓰러진 40대 중년남자를 간병하는 나이 60 되는 여자요양사는 그녀가 환자를 일으켜 세워 환자복을 갈아 입혀줄 때마다 그의 아랫도리가 빳빳하게 발기한다고 소개했다.

"그런 할머니 다된 분한테도 마음이 동할까요? 나는 이해가 안 가더라구요."

"본능이니까요."

"그런데 그 크기가 엄청나서 처음엔 질겁을 했다나요. 나중엔 다른 요양사들까지 불러들여서 몰래 훔쳐보고 놀랐구요. 구경 났다니까요."

"수자 씨도 보았나요?"

"그럼요. 그런 재미를 놓치면 어떡해요. 환자는 의식이 왔다갔다 하는데도 어느 순간에 발딱 서더라고요? 신묘해요."

윤수자는 또 화제를 바꾸어서 여자 대학생 얘기도 했다.

"그 여자 대학생 정말 기특하고 놀라워요."

"여대생이 어떻길래요."

젊은 여대생은 교통사고를 당해 다리 한쪽이 차에 깔려 떨어져 나갔고, 손도 망가진 기계폐품처럼 너덜너덜해 있는 스물한 살의 처녀였다. 갈비뼈도 나가 육신은 형편없이 망가져 있었다.

환자는 정형외과병원에서 상당 기간 수술과 치료를 받고 지금은 요양병원으로 후송돼온 것이지만 여전히 통증을 못 이겨 밤낮없이 신음하고, 진통제가 없으면 고통을 참아내지 못했다. 그러나 통증에서 벗어나면 언제 그랬더냐 싶게 조용한 병원의 복도 끝으로 가서 누군가와 길게 휴대전화 통화를 했다.

여학생은 신문기자를 지망하고, 대학신문에서 기자로 활동하다 변을 당했는데 전화 상담은 장애인의 몸으로 신문기자 일을 할 수 있으며, 지원한다면 어느 부서가 좋으며, 자신은 어학에 자신이 있어서 국제부를 지망하는데 가능할 것이며, 모집기간은 언제인가를 탐색하는 것이었다. 자다가도 환부의 통증 때문에 절규하듯 고통을 호소하던 그녀가 그것을 이겨내면 부단히 외부로 희망을 타전하는 모습은 상상만 해도 몸이 전율할 정도로 감동을 준다고 했다.

"때로는 부모님의 낙담까지도 위로해줘요. 부모님 마음이 오죽 아프겠어요? 저도 그런 딸이 있지만 어디 손가락이라도 베면 내 살을 베는 것같이 마음이 아린데, 보기만 해도 아까운 딸이 그렇게 비참하게 망가졌으니 집안이 사는 꼴이 아니겠죠. 하지만 여학생은 하반신이 온통 기브스로 둘둘 말아져 있는데도 예쁜 얼굴만은 건졌지 않았냐고 부모님을 위로해요."

"괜찮은 학생이로군요. 세상을 바라보는 여학생의 모습이 아름다워요."

사실 그랬다. 상상만으로도 그 여대생의 육신의 처지와 입장을 볼 때, 절망의 순간에도 희망의 끈을 놓지 않는 모습이 선연하게 눈앞에 아른거리는 것이었다.

최인혁은 조용히 말했다. 왠지 윤수자에게도 건네주고 싶은 말이었다.

"굳이 강조할 것도 없이 역경은 우리를 연단하죠. 고통을 사랑하라는 말도 있잖아요? 그런 사람이 승리해요. 좌절과 절망과 포기, 그것이 인생을 낙오자로 만들지 않겠어요? 우리의 경험상 쉬운 일도 결코 쉽게 오지 않아요. 반드시 나를 시험하면서 오죠."

"그렇죠."

"그럼요. 방황 없이 인생의 시기를 보내지 않은 사람이 없구요. 사실 인생의 시간은 안개 같은 거고, 불확실성과 불예측성 때문에 방황은 계속되잖아요. 포기하지 않고 스스로를 변화시켜 나가는 자세, 그게 진정한 삶의 가치가 아닐까요. 나도 이건 어디 책에서 읽은 거예요."

"선생님 멋져요. 시인이세요?"

그녀가 그의 가슴에 얼굴을 묻었다. 그리고 한동안 숨을 죽이고 있었다. 최인혁은 가볍게 그녀 등을 토닥거려주었다. 중풍 걸린 노인을 이십사 시간 내내 간병하는 그녀를 생각하니 그녀 역시 역경을 감당하느라 꽤 힘겹게 살아왔으리라. 모든 것이 납작눌려져서 가느다랗게 숨을 쉬고 살아왔으리라.

## 4

윤수자는 쉬는 날을 골라 그의 집을 찾았다. 그가 어느 날이 좋다고 하면 그녀는 예외없이 그날 시간을 할애해 집으로 왔다. 그리고 식사준비를 했다. 그녀가 만드는 반찬은 무엇이든지 맛이 있었다. 아무리 하찮은 반찬거리라도 그녀의 손을 거치면 최고의 맛이 깃들어 있었고, 그래서 그의 입이 모처럼 호사를 했다.

"매일 매식을 해서 그런 거예요."

윤수자는 그렇게 말했지만 정성이 담긴 음식은 결코 헛되지 않다는 것을 그는 알았다. 그들은 식사를 마치면 이런저런 이야기를 나누었다. 수자는 예의 자신의 이름에 대한 불만을 얘기했다.

"엄마가 물가에서 빨래하다가 정성없이 낳아서 그런지 팔자가 좀 그래요."

"수자 씨란 이름이 얼마나 예쁜데요."

그는 정말로 그렇게 생각했다. 그녀 인상에 딱 어울리는 이름이고, 또 수자라는 이름만큼 소박하고 따뜻한 정감이 묻어나는 분위기도 없다고 느껴지는 것이다. 자기 이름을 사랑하지 않는 사람은 자신의 운명에 대한 괴로움의 반동이다, 라는 것을 그는 알고 있지만 그럴수록 그녀가 자기 이름부터 사랑하길 마음속으로 바랬다.

"후덕이가 선생님이 좋은 분이라고 했어요. 정말 그런가요?"

"고맙군요. 하지만 다 좋을 수는 없겠죠. 보는 사람에 따라서 다를 수도 있을 거구요."

"저도 선생님이 좋아요. 존경스러워요. 괜히요."

"날 존경할 것은 없고 사랑해주면 좋죠."

"그렇게 될 수 있을까요?"

반신반의하던 그녀가 말을 이었다.

"고향엔 부모님이 지금도 농사짓고 살고 계시죠. 3남 2녀 중 제일 맏이에요. 부모님은 저를 가르치지 않았어요. 제 밑에 여동생은 국립간호대학 나와서 호주로 이민 가 살구요. 난 공부도 잘하고 교회에서 찬송가도 제일 잘 불렀는데 시골 중학교 마치자마자부터 일만 시키더라구요. 지금은 방통대학을 한 학기 남겨두고 휴학하고 있지만요. 하지만 소녀적엔 맏딸이나 맨날 냇가에서 빨래하고 기저귀 빨고 아침 점심 저녁밥하고…… 그땐 다 그랬으니까 그러려니 했는데 좀 억울하고 원망스럽더라구요."

그렇지만 부모님을 가장 잘 챙겨서 "우리 맏딸이 동양 제일가는 효녀다."라는 칭찬을 듣는다고 했다.

수자는 음향기기에 CD를 넣어 음악을 틀어놓고 가볍게 스텝 밟기를 좋아했다. 주로 대중가요지만, 그중에서도 임재범과 조용필과 부활의 정동하와 김태우를 좋아했다.

"정동하의 '생각이 나'를 부르면 눈물이 나요."

상당히 노래하기 힘든 곡이었지만 수자는 어느 날 소파에 앉은 그의 앞에 서서 가수처럼 두 손을 모아 포즈를 잡고 CD 음반을 따라 노래를 부르기 시작했다.

항상 난 생각이 나 너에게 기대었던 게
너는 아무 말없이 나를 안고 있었고
그땐 난 몰랐지만 넌 홀로 힘겨워하던
그 모습이 자꾸 생각이 나
아주 오랜 후에야 내가 알 수 있었던 건
나를 안고 있지만 너도 힘겨워했지
항상 나에게 웃으며 넌 다가왔지만
나에게 항상 넌 기대고 싶었음을
꿈 속에서 보이나 봐 꿈이니까 만나나 봐
그리워서 너무 그리워 꿈 속에만 있는가 봐
힘겨워했었던 날이 시간이 흘러간 후엔
아름다운 너로 꿈속에선 보이나 봐

2절까지 마치고 수자는 그에게로 다가와 그의 가슴에 얼굴을 묻더니 한동안 울었다. 아마도 자신의 처지를 생각했거나 죽은 남편을 생각했을 것이다. 노래하면서는 별다른 표정이 없었지만 마음속으로 고단한 삶의 역정과 세월의 풍상, 일찍 떠난 남편에 대한 그리움이 사무쳐 왔으리라. 그는 그녀의 죽은 남편이 대신 되어주기로 마음 먹었다.

"우리 춤춰요."

스스로 생각해도 청승맞다고 생각했던지 그녀가 몸을 일으켜 몸 매무세를 고치더니 음향기기에 새 CD를 넣었다. 김연자 주현미 장윤정의 트로트가요 메들리였다.

"정릉 친구랑 노래방에 가서 실컷 노래를 불렀죠. 그때 춤도 배웠구요. 부르스가 잘 녹아들더라구요. 그러면 마음이 풀려요. 가슴속 응어리가 봄강물 풀리듯 하죠. 후덕이나 달래는 저의 이런 거 잘 몰라요. 시시콜콜 다 말할 수 없는 게 친구들이기도 하니까요."

그녀를 안고 스텝을 밟으면 모든 것이 자연스러웠다. 오십 줄의 나이답지 않게 여전히 풍성한 가슴과 잘 발달한 궁둥이와 볼륨있는 몸매가 순간 아찔했지만 그녀의 깨끗한 심성과 전혀 그런 것과는 상관없는 자연스런 몸동작 때문에 그는 순간의 행복에 젖었다.

"남자들이 날 좋아해요."

잠자리에서 수자는 원하지 않는 말을 자청해서 속삭였다.

버스에서건 지하철에서건 남자와 시선이 맞부딪치면 무작정 대시해온다는 것이었다.

"가볍게 보이면 안 되는데……."

그는 조금은 질투심을 느끼고 말했다. 그러나 곧 수정했다. 도덕 선생처럼 그녀의 행실을 비판하거나 나무라면 그녀는 입을 닫을 것이고, 그러면 그녀의 지난날을 살펴볼 길이 없다. 그래서 "수자씬 매력이 넘치잖아요."하고 '뻠뿌질'을 했다.

"그런가요?"

"나도 수자 씨하고 오래오래 많은 얘기하고 싶어요. 서로 거리낌없이 얘기한다는 것은 그만큼 서로 간격이 좁혀지고 신뢰가 간다는 뜻이죠. 아무래도 좋아요. 난 수자 씨 얘기 듣는 것을 좋아하니까…… 수자 씨의 사연들도 모두 내 것이 되잖아요?"

순진한 수자는 그에 화답이라도 하듯 살아온 지난날들을 앞뒤없이 털어놓았다.

"선생님, 내 청 하나 들어줄래요?"

어느 날 그녀는 이렇게 물었다.

"물론 들어줄 순 있는데, 설마 어려운 건 아니겠죠?"

"어려운 것은 아니지만 억울해서 그래요."

"수자 씨의 억울한 일을 내가 감당해야죠. 수자 씨 일이 바로 내 일인데……."

"그쵸? 하지만 길어요."

"길고 복잡하면 더 좋아요. 오래오래 수자 씨를 묶어둘 수 있으니까."

그건 결코 빈 말이 아니었다. 최인혁은 어떻게든 그녀를 자신의 곁에 오래오래 묶어두고 싶었다. 그녀가 버릇처럼 또 길게 숨을 들이마시더니 내쉬었다.

## 5

윤수자는 남편을 잃었다. 팔 년 전의 일이다. 그와의 모든 시간은 아프고도 행복했다. 그런 남편을 기약 없이 잃은 것이다.

두 사람은 시골에서 이웃마을 간에 살았고, 시골의 중학교를 마치자 뒤늦게 사춘기가 찾아와 어느 순간 불이 붙었다. 사랑은 몸을 섞는 것으로만 알고, 그때마다 임신을 했는데 인근 도시의 산부인과로 나가 종기를 째듯 가볍게 임신중절 수술을 했다. 남편이 군대에 갔다온 뒤 두 사람은 이불보따리만 챙겨들고 무작정 상경했다. 지하 단칸방에서 사는 삶은 고단했지만 둘이 함께 있다는 것만으로도 행복했다. 그리고 조금씩 일들이 풀려나가서 생활에 재미를 붙였다. 한동안 막노동을 하던 신랑이 신당동에서 쌀집을 시작했고, 미아리로 이사 가선 친지의 알선으로 가구점을 차렸다. 그런 사이 딸을 연거푸 낳았다. 검진에서 또 딸이다, 라는 말을 들으면 곧바로 임신중절 수술을 했지만 한두 달 지나면 또 더럭 입덧을 해 도리없이 낳다 보니 딸 넷이었다. 임신중절만도 처녀시절까지 포함하면 여덟 번이었다. 외환 위기가 왔다고 하고, 60년 개국 이래 첫 정권교체가 이루어졌다는 때에 가구점이 극도의 불황을 겪었다.

어느 날 남편이 피곤하다며 자리에 누웠다. 그리고 잘 일어나지 못했다. 안 되겠다 싶어 건강검진을 받게 했다. 평소 얼굴빛이 흑빛이고 헛구역질을 몇 차례 했지만 본래 체격 좋은 건강체질인지라 두 사람 모두 위장장애거니 여겼다. 그런데 뜻밖에 간암 말기라고 했다. 남편의 건강악화와 불황은 함께 왔다. 가구점은 갈수록 혹독한 불경기를 겪었다. 아파트 단지는 메이커 있는 제품이 납품되고, 또 직접 건설사가 퍼니처회사를 차려서 작은 서랍장까지 납품해서 군소업자는 살 길이 힘들었다. 덤핑을 치고 남의 돈 끌어다 재투자하고 서로 빚 보증도 서면서 판로를 개척했지만 떡시루에 물붓기였다. 결국 하나 둘 말썽이 되더니 점포가 넘어갔다.

남편은 충격에다가 면역력 저하로 다시 쓰러지고 입원과 퇴원을 반복했다. 그 세월이 이 년이나 됐다. 그리고 그는 끝내 회복하지 못하고 저 세상으로 갔다. 남편을 먼 곳에 보내고 그녀는 아무것도 할 것이 없었다. 남편이 벌어다 준 것으로 살아왔기 때문에 어디서 무엇을 해야 할지 막막했다. 주변은 모든 사람들이 아무 일 없다는 듯이 바삐 살아가고, 세상은 잘 돌아갔지만 그녀에겐 서투른 것 투성이었다.

"애아빠가 숨을 거둘 때, 아빠 귀에다 대고 '아빠 사랑해요!' 하고 외쳤더니 아빠 눈에서 눈물이 이슬방울처럼 맺히더라구요. 그 모습이 지금까지 눈에 선해요. 절대로 안 잊혀져요. 가슴속에 계속 남아 있어요."

어느 날 옆집이 매매하겠다고 집을 내놓았는데 마침 부동산에서 원매자를 데리고 집을 보러 왔다. 그녀 역시 살고 있는 집이 재미가 없고, 남편의 흔적이 곳곳에 남아 있어서 하루하루가 견디기 어려웠다. 그래서 자기도 집을 내놓겠다고 했다.

부동산중개업자는 그녀 집을 살펴본 뒤 명함을 건네주었다.

"필요한 시간에 찾아오세요."

명함에는 우리부동산개발 대표 나대봉이라는 이름이 박혀 있었다. 집을 내놓았어도 한동안 잠잠하자 어느 날 그녀는 시내 다녀오는 길에 우리부동산개발을 찾았다. 나대봉 대표는 사무실에서 마을 사람들과 술판을 벌여놓고 있었다. 얼굴은 발그레 젖어 있고, 고기 먹은 입 가장자리가 기름칠로 번들거렸다. 그는 그녀를 알아보고 친절하게 자리를 내주고 술잔도 건넸다. 수자는 주춤하면서 잠시 앉았는데 나대봉은 누가 들으랄 것도 없이 말했다.

"저 건너편에 부동산을 차려서 개업을 하면 금방 권리금 오천은 받을 수 있소."

"금방 오천만 원? 그게 어디 손바닥 뒤집듯이 쉬운가."

호기와 허세라는 듯 이웃 주민은 쉽게 동의하지 않았다.

"아니라니까. 내 사업수완을 몰라서 그렇지, 한번 시작하면 금방이오."

그녀가 자리를 뜨려고 하자 나대봉이 말렸다.

"이분들 곧 떠날 거니까 잠시 기다려 주세요. 드릴 말씀도 있고……."

하지만 그녀가 더 머물 자리가 아닌 것 같아 곧바로 집으로 돌아왔다. 밤이 깊어 자려고 하는데 전화벨이 울렸다. 부동산의 나대봉 사장이었다.

"잠깐 내려와서 차 한잔 하시겠습니까."

"퇴근 안 하세요? 너무 늦었잖아요."

"큰 비즈니스가 있는데 퇴근이 뭡니까. 밤낮없이 뛰어도 모자라는 시간인데."

그녀는 대충 옷을 꿰입고 부동산으로 나갔다. 걸어봐야 오 분 거리였다.

"미망인이시더군요."

술기운이 목에 가득 깃든 듯 목덜미가 유독 빨갛게 물든 나대봉이 넌지시 말했다.

"어떻게 그걸 아셨나요."

"저번 집 구경할 때 보았습니다. 거실의 영정사진을 봤죠. 돌아가신 남편이 듬직해보이더군요."

미망인이란 호칭이 낯설었지만 엄연한 현실이어서 그녀는 죄지은 사람처럼 고개를 떨구었다. 듬직한 남편이란 말을 듣자 또 공연히 슬퍼졌다. 그런 남편을 두고 쓸쓸하고도 허망한 미망인이라니…….

"그래서 집을 팔고 이곳을 떠나려고 해요. 정이 안 가요. 애아빠가 돌아가신 이후 나날이 독약 마신 듯 마음이 아프고 괴로워요."

"그러시겠죠. 실은 나도 홀아비입니다. 사별했죠."

아닌게 아니라 그에게서 홀아비 냄새가 물씬 풍겼다. 사무실 내부에는 고기 구워먹은 냄새와 기름때가 벽에 덕지덕지 붙어 있고 먹다 남은 김치찌개 냄비가 소파 밑에 뚜껑이 열린 채로 내팽개쳐져 있었다. 혼자 가게에서 식사를 때우는 듯했다. 수자는 그가 안 됐다는 생각을 하면서 조금씩 그와의 동질감을 느꼈다. 남편을 잃고 처음으로 남자와 일대일로 앉아 있는 것도 기분을 야릇하게 했다.

"돈을 벌 수 있는 길이 있는데 한번 해보시겠어요? 슬픔도 잊을 겸."

벌어다 준 돈만 써보다가 남편이 부재한 가운데 스스로 돈을 벌 수 있다는 말에 그녀는 귀가 솔깃했다.

"어떤 돈벌이요?"

"아까 친구들과 나눈 얘기 있잖아요. 길 건너편에 부동산을 차려서 개업한 뒤 권리금을 받고 넘기는 겁니다."

"여길 두고 또 차려요?"

"그러니까 이걸 남에게 넘기고 다시 그곳으로 가서 시작하는 거죠. 그게 사업수완이라는 겁니다."

그가 그녀가 앉아 있는 소파로 자리를 옮겨 앉더니 다시 낮은 목소리로 말했다.

"여사님, 나하고 힘을 합해봅시다. 여사님도 힘들어 보이고 외로워 보이고, 저번 집 보러 갔을 때 남편 영정사진을 보고 얼마나 마음이 아플까 걱정을 하면서 어떻게 위로를 해드릴까 생각을 줄곧 했었지요."

수자는 하마터면 눈물을 쏟을 뻔했다. 그 많은 사람들이 있었지만 그녀와 슬픔을 함께해주는 사람은 없었다. 아이들도 상을 치른 다음 제각기 자기 가정으로 돌아가 엄마의 슬픔에 가담해준 적도 없고, 걱정을 하는 것 같지도 않았다. 세상은 아무렇지 않은 듯 잘 돌아가고 있었다. 그런데 과부 마음을 홀아비가 이해한다고, 나대봉 사장이 이렇듯 다정다감하게 다가와 위로와 격려를 해주는 것이다.

"여사님의 슬픔은 겪어보지 않은 사람은 잘 모를 겁니다. 그러니까 이런 때 일거리를 찾아야죠. 사업을 벌이고 돈벌이를 하면서 새로운 재미를 붙이면 생의 활력이 생기고, 또다른 변화가 옵니다. 내가 힘이 되어줄게요."

그녀 귓불 가까이 뜨거운 입김이 와닿았다. 술냄새에 찌든 땀냄새가 났지만 오랜만에 맡아보는 남자의 냄새에 수자는 짜르르 온 몸이 감전이 된 듯 전율했다. 어느결에 그가 그녀를 소파에 눕히더니 치마 밑으로 손을 밀어넣었다. 미끄러지듯 동작이 너무나 자연스러워서 거부하는 자체가 민망할 정도였다. 팬티가 벗겨진 줄도 몰랐는데 어느새 그가 불쑥 들어왔다. 남편을 잃은 뒤 반 년, 그리고 남편의 병 간호로 이 년여, 삼 년 가까이 남자의 손길이 미치지 못했던 그녀 몸에 왠 낯선 남자가 들어오자 그녀는 봇물 터지듯 몸이 격렬하게 폭발했다.

"당신은 이제 여사장님이 되는 거야."

일주일 후 여사님은 당신이 되고, 여사장이라는 직함도 따라붙었다.

잠자리에서 듣는 수자의 얘기는 묘한 충동을 불러일으켰다. 인혁은 거의 욕망을 잊고 살았다. 그 역시 아내와 이혼한 지 오 년, 그보다 훨씬 이전부터 서로 미워하고 저주하고 원한을 품는 사이 잠자리를 같이 한다는 것은 상상조차 할 수 없었다. 그래서 헤어보니 자그마치 육 년 동안이나 남성을 잃어버리고 살아온 셈이었다. 처음엔 불편했으나 점차 시들해지더니 어느 땐가부터 그런 욕망으로부터 해방이 되었다. 정말이지 홀가분하고 편안했다. 그런데 윤수자의 얘기를 듣는 사이 어느결에 야릇한 질투심과 함께 욕구가 솟는 것이었다. 그는 소곤거리듯 속삭이는 그녀 입술을 더듬었다. 입술이 맞닿는 순간 그녀의 혀가 그의 입안으로 들어왔다. 그녀의 키스는 부드럽고 감미로웠다.

"깊은 것은 싫어요. 뒷이야기는 오늘 안 할래요."

그때서야 그는 괜히 서둘렀다는 생각을 했다. 그는 자신의 욕심만 챙기다가 산통 깨뜨린 것에 대해 자신에게 속으로 화를 냈다.

"편할 대로 해요. 언제든지 마음이 맞을 때……."

"선생님은 언제나 누구에게나 여성들한테 존칭을 쓰나요?"

"아니죠. 윤수자 씨가 존경스러우니까 존칭을 쓰죠."

그는 거짓말을 했다. 사무실에서 직원들한테도 평소 존칭을 썼다. 박 상무란 사람은 인기가 있었는데, 부하 직원들을 친구처럼 얘 얘, 야 임마, 때로는 이 녀석 저 녀석 하면서 말을 트고 대화를 나누었다. 술도 잘 사고, 호통을 쳐도 악의가 묻어나지 않기 때문인지 직원들은 그런 그를 형님처럼 삼촌처럼 따랐다. 반면에 인혁이 쓰는 존칭은 직원들과 은연 중 거리감이 있다는 것을 느꼈다. 아랫 사람이라도 인격체로서 인정한다는 것, 그건 위험지수가 훨씬 줄어드는 대화법이지만 인간미가 없어보인다. 요즘 젊은 사람 잘못 대했다간 언제 낭패를 당할지 모른다고 스스로 주의를 환기시키지만 인간미 있는 격의없는 대화법까지 그들도 무시하진 않는 모양이었다. 그런데도 그는 그렇게 하지 못했다. 그것도 노하우고 기술력인 것 같았다. 그는 다만 특별히 존칭을 사용하고 싶어서가 아니라 그저 그게 편해서 취하는 대화법일 뿐이었다. 그것이 그의 성격이기도 했다.

## 6

밥상을 앞에 두고 저녁을 먹는데 밥알이 몇 알 흩어져 바닥에 떨어졌다. 수자는 아무렇지 않게 그것을 주워먹었다. 또 떨어지자 좀전과 똑같이 반복했다. 전혀 자연스런 행동이었다. 그는 그런 그녀를 홀린 듯이 물끄러미 바라보았다.

"왜 그렇게 보세요. 얼굴에 뭐가 묻었나요?"

수자는 자신이 무엇을 잘못한 것처럼 어리벙한 표정을 지었다.

"밥알이 떨어지면 그렇게 주워먹나요?"

"내가 언제 그랬어요?" 그러면서 아아, 그래서 그랬군요, 하며 답했다. "어렸을 적부터 그랬겠죠. 버릇이 됐어요. 우리 아이들한테도 그렇게 가르쳤구요."

그는 가슴이 시큰하게 젖어왔다. 밥상을 물리고 거실로 옮겨 앉자 그녀는 사과를 내와 깎기 시작했다. 사각사각 차분하고도 질서정연하게 사과를 깎는 그녀 모습을 그는 소파에 앉아 또 홀린 듯이 내려다보았다. 모처럼 만나는 작은 행복이었지만 그녀의 능란한 사과 깎는 솜씨가 거의 기능인 경지였으므로 그는 속으로 감탄했다. 그녀는 집에 오면 곧 안방에 들어가 그녀가 가져온 편한 긴 통 드레스를 입고 나오는데 사과를 깎아 한쪽 접시에 가지런히 놓을 때마다 헐렁한 옷 사이로 드러난 그녀 유방은 하얗고 크고 풍성했다. 크게 난 젖골이 아주 매혹적이었다. 그녀는 이쪽 사정을 아는지 모르는지 아무렇지 않은 표정으로 계속 과일을 깎는데 그런 모습을 보고 그는 그녀에게 다가가 두 팔을 벌려 와락 그녀를 끌어안았다.

"왜 갑자기 그러세요. 칼 다쳐요. 조심해요."

그러면서 칼을 내려놓고 그녀는 사람 좋게 그에게 안겼다. 그는 그녀의 모든 것이 사랑스러웠다. 그녀는 바로 그의 천사였다.

밤부터 날씨가 쌀쌀했다. 진눈깨비라도 흩뿌릴 것 같은 밤, TV 드라마를 침대 속에서 함께 보던 중이었다. 극중 인물 중에 드라마 작가가 등장하고 그 아내와 갈등 속에 이혼을 하나마나 혼란에 빠져 있는 장면이 나왔다.

"저두 방송국 드라마 작가인가, 연극연출가인가 하는 분하고 사귀어 봤어요."

"그런 분 만나기가 쉽지 않을 텐데요……."

"사실이라니까요."

자신이 무시받은 것처럼 수자가 다소 큰소리로 말했다.

"미안해요. 난 서로 환경이 달라서 서로 만나기가 어려울 것 같다는 생각으로 말한 거니까 괘념치 말아요."

수자는 같은 동네에 사는 박정옥이란 부녀회장으로부터 동네 카페로 급히 나오라는 연락을 받았다. 정옥이와는 오래 전부터 사귀어온 사이인데, 선거 때마다 후보자 운동원으로 등록해 열렬히 선거운동하는 사람이었다. 그렇게 해서 그를 따르는 여자들이 십여 명 되었다.

"얘, 너 외로운데 저 오빠 사귀어 봐."

카페에는 다른 손님이 없고 창쪽 테이블에 노년기의 남자 두명과 정옥이와 주인 마담이 함께 둘러 앉아 북어를 뜯으며 맥주를 마시고 있었다. 정옥이는 그녀가 들어서자 재빨리 그녀에게 다가와 두 남자 중 유난히 얼굴이 불콰하고 백발이 성긴 사람을 턱으로 가리키며 속삭이듯 말했다.

"방송국 드라마 작가를 하셨고, 영화도 손댄 분이야. 이 카페 가끔 오시는 분인데 과부인 널 소개해주고 싶었어."

그리고 두 사람은 일행과 합류했다.

"나 김철성이요."

그가 내민 손은 솥뚜껑만큼 두껍고 컸다. 배도 불룩 튀어나오고 우람한 체격이 조금은 고집스러워보였지만 반면에 믿음직스러웠다.

"니 얘기 다 했어. 오빠도 좋다고 했구. 오빠, 맘에 들어?"

김철성이 싫지 않다는 듯 허허 웃자 "나 옷 한 벌 사주는 거야?" 하고 다짐을 하듯 정옥이 말하고 제풀에 혼자 까르르 웃었다. 중매장이의 중신료를 말하는 모양이었다. 정옥의 말은 거부할 수 없는 어떤 무언가가 있었다. 그녀가 마을 부녀회장에 지역구 국회의원과는 막역한 사이이고, 지역구의 크고 작은 행사를 주관하는 경우가 많았다. 사람들을 끌어모으는 카리스마가 있었지만 그녀 곁에 가까이 가는 것은 여러모로 행사비, 일당, 선물 등 부스러기를 챙기는 혜택이 있어서 동네 부녀자들이 그녀에게 줄을 대느라 경쟁이 붙을 정도였다. 그래서 그녀가 이끄는 모임의 주류가 된다는 것은 그 지역공동체에서 행세깨나 하는 신분상승 효과와 더불어 실리도 있었다.

"몇 차례 만나다가 모텔에 끌려갔죠. 그런데 모텔의 룸이 이상

하더라구요. 천장에서 이상한 불빛이 돌아가고 침대가 꺾여졌다가 빙글빙글 돌기도 하고. 앞으로 뒤로 별 동작이 다 나오고, 좀 이상했어요."

"그 사람 변태 아니오?"

"그런지도 모르겠어요. 김 작가란 분, 칠십이 다 된다는 어른인데 젊은이들 저리 가라예요. 두 번째 세 번째 만남에서는 약을 쓴다는 걸 알았지만요. 그래서 혼났어요. 난 못 견디잖아요."

"못 견뎌요?"

인혁이 의아해하는 표정으로 물었다.

"하여간 그래요."

이렇게 얼버무리고 "당신, 내 연애 얘기 좋아하잖아요? 그런 얘기 할 때마다 당신, 그렇죠, 이제 선생님 아니죠. 당신은 자극받잖아요." 하고 말했다. 그녀는 정곡을 찔렀다. 그녀의 연애 얘기에 저도 모르게 이상한 질투심과 함께 자극이 되는 것이다. 그녀가 당신 당신, 했을 때도 후끈 달아오르게 했다. 하긴 당신으로 자리를 이동하고도 남을 시간이고 관계다. 그가 여태까지 무게를 재다 보니 그녀도 답답했을지 모른다.

"당신 안 그래요?"

"당연히 그렇죠. 그래서 흥미롭게 듣죠. 당신이 솔직해서 좋다는 생각을 해요. 그런 얘기 하기 쉽지 않은데……."

"결혼할 사이라고 해도 그래요?"

"우리 지금 결혼하지 않았나요?"

"같이 자면 결혼하나요?…… 난 당신한테 그냥 편하게, 생각없이 얘기해요."

그녀 손이 그의 아랫배로 내려왔다. 상황이 어떤가를 살피는 것이다. 사실 그렇다. 밋밋하게, 기계적으로 그녀를 상대하면 욕망이 솟지 않는다. 자극적 언어도 충동을 배가시키는 힘이 있다. 그래서 어떤 사람은 폰섹스를 즐기고, 어떤 사람은 비아그라를 먹고, 또 어떤 사람은 포르노를 보고 그러리라.

"수자씬 나를 생각해서 그런 얘기를 하는 거예요?"

"꼭 그래서만은 아니구요, 사실 뭔가 말하지 않고는 답답해요. 당신이 말이 없으니까 내가라두 말하고 싶어요. 아무 말이라두요. 말이 없으면 좀 두려워요. 낭패를 볼 것만 같아요……. 사실 당신도 처녀를 바라고 저를 사귀는 건 아니잖아요?"

"물론이죠. 걱정 말아요. 아무 말 안해도 수자 씨를 사랑할 수 있으니까. 난 수자 씨와 영원히영원히 운명을 함께할 거니까."

그가 그녀를 끌어 안았다.

"거짓말 아니겠죠? 그리고 이러시면…… 지금은 김이 새버렸잖아요."

그는 별다른 저항 없이 그녀 몸을 풀어주었다. 원하지 않는 것을 강요하면…… 꼭 그런 것만은 아니지만 그는 그녀가 사귄 남자들과는 차별화되고 싶었다. 그리고 솔직히 말하면, 이제 육십이 되는 나이, 폭풍과도 같은 열정은 잿불처럼 사위어가고 있었다. 욕망은 솟지만 자신감이 없었다.

"그래서 어떻게 됐죠?"

그가 말머리를 돌려 물었다.

"그렇죠? 네, 그분과는 꽤 갔죠. 그분이 초대받은 행사장에도 따라가고, 시골학교 동창회에도 참석했죠."

그런데 어느 날부턴가 그는 그녀를 회피하기 시작했다. 유부남을 사랑할 순 없었지만 때로 마음이 허할 때, 사는 것이 별 게 아니라고 생각될 때 곧잘 그에게 전화를 걸지만 그는 어느 순간 다음에 연락하자고 했다. 다음이라는 말은 거절이란 뜻이란 것을 그녀는 한참 후에야 알았다. 다정했던 사람이 한 순간에 사무적으로 나올 때의 상실감. 마음이 쓸쓸할 때 전화를 하면 그는 어느새 저만치 가 있었다. 그 바람에 슬픔을 감당하느라 그녀는 한동안 헤맸다.

수자는 우울하던 차, 친구들과 함께 다녔던 산악회에 다시 참여했다. 도봉산을 가는데 마침 점심시간이었다. 옆에 있던 남자 일행이 나이프를 빌리러 왔다. 과일을 깎아야 하는데 미처 챙겨오지 못했다는 것이었다. 그녀가 빌려주고 돌려받자 그 일행 중 한 사람이 깎은 과일과 오이를 답례로 가져다 주었다. 그렇게 해서 두 팀이 합류해 함께 등산길에 올랐다.

"자연스럽게 다시 인연이 시작되는군요."

인혁은 추임새를 넣었다. 그는 근래 등산길이 연애길이 된다는 신문의 사회면 기사가 떠올랐다. 등산길에 매춘도 성행 중이라는 보도도 보았다.

"윤남종이란 사진관 운영하는 사람을 사귀게 됐죠. 두 살 연하더라구요."

그와는 귀가 길이 같았다. 수유리 쪽에서 지하철 4호선을 타고, 다시 5호선을 바꿔 타고 마포구 공덕동까지 함께 왔다.

"나중에 알고 봤더니 작업을 건 것이었죠. 그 사람은 인덕원이 자기 집이었으니까요. 4호선만 타고 가면 되는 사람이었죠."

"작업 걸만했으니까 걸었겠죠."

그는 약간 시샘이 났다.

"저를 쉽게 보고 그런 말씀 하시는 거예요?"

그녀가 정색을 하며 따지듯이 물었다. 그는 얼른 쉽게 보지 않았다는 증명을 해야 했다. 그것이 그의 성격이었다. 남을 아프게 하는 말을 잘 하지 못하는 것이다.

"남자들은 대시하고 싶은 사람이 있으면 용기를 내죠. 난 그렇게 못 하지만…… 수자씰 나쁘게 보고 한 얘긴 아니에요."

"그럼 됐어요. 그 사람 인상이 부드럽고 실지로 착해요. 그리고 그 사람, 자기와 같이 일할 사람을 구한다는 거예요."

공덕동 오거리에 내려서 삼겹살을 구워먹는 고기집에 들어가서 소주를 시켜먹으며 윤남종이 말했다.

"내가 지금 몇몇 대학 총학생회와 계약을 맺고 졸업 앨범을 제작하고 있어요. 지방 캠퍼스도 가야 하고, 그룹별 사진, 동호회 사진도 찍어주어야 하는데 일손이 절대로 부족해요."

일이 없던 그녀가 자연스럽게 나섰다. 그의 사진촬영 장비는 장난이 아니었다. 삼발이가 있는 카메라와 어깨에 둘러메는 크고 작은 카메라, ENG 카메라를 비롯해 촬영장비도 꽤 갖추고 있었다. 그는 자기 몸보다 촬영장비를 보물처럼 아끼는 것 같았다. 차 안에서건 숙박지에서건 촬영장비를 보물단지처럼 잘 손질해 세워놓았다. 그는 그것들이 자기를 지켜주는 호위병이라고 했다. 그런 그가 자랑스럽고 멋스러웠다. 윤남종과 함께 지방출장을 가고, 그러는 사이 그녀는 그의 산타페 안에서도 카섹스를 했다.

산타페 안에서의 여러 가지 정사 장면이 연상되고, 상상력은 날개를 달아 종횡무진 경계없이 넘나들자, 질투는 나의 힘이라고, 그 역시 힘이 솟구쳤다. 그녀가 다른 남성과 뜨거운 정사를 하는 장면이 눈앞에 선연히 어른거리면서 이름할 수 없는 욕망의 덩어리가 그의 눈앞을 어지럽히고 있었다.

"당신도 변태끼가 꽤 있어요."

그녀가 그의 밑으로 손을 넣어 확인하더니 말했다.

"누구와 잤다고 하면 그렇게 일어나나요?"

이런 것이 자주 반복되고 강조되면 습관이 되고, 그런 습관은 그런 자극적인 사연을 접해야만 신호를 받게 된다는 것. 그게 바로 습관병이고 중독이다. 하지만 그녀는 내켜하지 않았다.

"윤남종 그 사람 바람둥이예요. 그 사람 때문에 속깨나 썩였죠."

수자는 그가 산악회의 다른 여자친구와 놀아나고 있다는 소문을 들었다. 하필이면 같은 산악회 친구라니. 전화로 대판 싸우고 하나만 택하라고 요구했지만 그는 돌아오지 않았다.

"왜들 그럴까요. 내가 좋다면서도 어느 날부턴가는 떠나버리니 말예요."

만났다 섹스하고 헤어지고, 또 만났다가 똑같은 절차를 밟고 헤어지고…… 사실은 너무 많이 들었다. 얘기를 듣는 동안 인혁은 그녀가 힘들었던 일들은 말하지 않는 것이 좋겠다고 생각했다. 그런 얘기들이 자칫 더 큰 상처를 주고 받을 수 있다고 생각되었다.

인혁으로서도 굳이 말하자면 사귄 여자가 없었던 것은 아니다. 특별한 관계는 아니지만 어떤 여자가 호감을 갖고 그에게 다가왔다. 명도희라는 이혼녀였다. 강남에서 패스트푸드점을 하다가 말아먹고 지금은 또다른 자영업을 시작해보려고 뛰어다니는 중이었다.

하지만 그는 썩 마음이 내키지 않았다. 지방 대도시의 명문여고를 나와 국립대학 출신이라며 나름으로 자부심이 있는 그녀는 모든 가치의 기준을 자본력에 두고 있었다. 여느 여자들처럼.

"남편이 군 출신이에요. 잘 나가다가 어느 날 장군 진급을 앞두고 예편을 해버리더라구요. 건설업체 하도급을 맡는 회사를 꾸리더니 하루아침에 거덜내고, 동창회 알선으로 국영기업체에 들어가더니 적성에 안 맞다고 또 금방 나와요. 그리고 다시 사업을 벌이지만 빚만 지고 나서는 미국으로 줄행랑을 놓아버렸어요. 빚쟁이들과 날마다 싸우고, 소송을 걸어와서 법원에 한동안 출근하다시피 했죠. 어떤 때는 여덟 건이나 송사가 밀려들더라구요."

그러는 와중에 한 남자를 만났다. 분당의 아파트 청약을 하러 가는데 청약자들이 너무나 길게 줄을 서고, 모두들 기다리다 지쳤다. 앞 뒷줄에 서 있는 사람들과 불평도 하고 잡담을 나누며 시간을 죽이고 있는데 마침 그녀 뒷줄의 중년남자와 말을 트게 되었다.

"얘길 하다 보니 한 아파트 단지에 살던 사람이더라구요. 직장에 다니다 지금은 잠시 쉬고 있다는데 그 사람 역시 결핍이 많은 사람이었어요. 임춘오라고 좀 복잡한 가족사인데, 세컨드의 아들이더라구요. 그런 사람들의 경로가 그런지 부인과 별거나 다름없이 살고 있고요……."

그들은 서로 외로운 처지에 손쉽게 가깝게 됐는데 그러다 보니 식당을 동업하기에 이르렀다. 그녀는 서류상으로 남아 있는 전 남편과의 호적을 정리하기로 결정했다. 집안을 망가뜨려놓고 무책임하게 미국으로 떠나버린 그를 더 이상 기다릴 수 없다고 보고 궐석재판으로 이혼소송을 내 이혼판결을 받았다. 하지만 일년 후쯤 돌아온 남편이 이혼당한 것을 알고 가만 있지 않았다. 남자와 내연관계에 사업도 같이 하고 있으니 더 눈이 뒤집혔다.

"이혼 무효소송, 재산분할소송, 서류 위조소송 등 벼라별 소송을 다 걸어왔죠."

그런 중에도 명도희는 임춘오와 영업장이 있는 서초동에서 부부로 통했다.

"하지만 전 남편은 한마디로 너 골탕 먹어봐라 이거였죠. 끝까지 물고 늘어졌으니까요. 남자들이 왜 대범하지 못하죠?"

"남자의 질투가 더 야비하죠."

그 자신으로 보아도 그런 것 같았다. 아내가 외간남자와 붙었다면 살인이 날 일일 것 같았다. 하지만 그는 사연 많은 그녀가 조금씩 겁이 났다. 그녀의 일방적인 이야기를 액면 그대로 다 받아들일 수는 없었지만 대화의 중심이 대부분 법정과 변호사와 소송과 분쟁, 그리고 금전에 있다 보니 어느결에 지겨워졌다.

"왜 그렇게 복잡하게 살지?"

재판을 많이 한 사람은 그가 아무리 억울한 일을 당한 당사자라 해도 피하는 것이 좋다는 친구의 충고도 있었다.

명도희를 만난 것은 어느 라이브 레스토랑에서였다. 역삼동의 한 술집에서 우연찮게 회식을 하던 예전의 회사 친구들을 만났다. 그곳에 명도희가 있었다. 그녀는 그 회사에 식재료를 납품하던 중이었는데 그동안 납품에 어려움을 겪고 있었다. 인혁은 젊었을 적, 그 회사에서 한동안 자재과와 관리과에서 근무를 했었으니, 몇 마디 거든 것이 임춘오 다음의 남자가 되었다. 그녀는 매사가 노골적이었다. 그것은 비즈니스를 하는 데 커다란 결격사유라고 생각돼 그는 그 점을 지적했다.

"뭔가 내밀한 것이 있어야 합니다. 저 사람에겐 뭔가가 있다는 것이 상대방 뇌리에 입력돼야 해요. 그래서 서양속담에 잘 모를 땐 침묵을 지키라고 하잖아요."

그녀는 묵묵히 듣고 있었다.

"그런 가운데 지속적인 인간관계를 끌어가야죠. 서양은 인식론이지만 동양은 관계론이잖아요. 중국의 꽌시가 그걸 잘 말해주고 있잖아요. 단숨에 내 속을 다 드러내 보이고 니 속도 보여라고 하면 상대방이 자기 속은 안 보이고 도망을 가죠. 그런 사람이 언제 어디서 나발불지 몰라서 경계를 하죠. 언더머니가 들어와도 입질을 잘 안합니다."

"그래두 잘만 받아먹던데요?"

벌써 그녀의 본색이 드러났다.

"즉시적이고 즉각적이고 반사적이면 누가 가까이 오겠어요."

그 또한 나날이 무료해서 그녀를 만나는 것뿐 특별히 관계를 지속하고 싶은 생각은 없었다. 차츰 연락을 안 했더니 집으로도 전화가 오고 문자가 날라왔다. 하지만 그는 마음속으로 정리 중이었다. 그래서 이런 사연은 수자에게 말해줄 필요도 없었다. 얘기할 꺼리도 안되고 그럴만한 가치도 없었던 것이다.

반면에 수자는 지나온 사연의 유불리를 개의치 않았다. 먼 길을 걸어오는 동안 자신을 괴롭히던 것들에 대한 상처에 갇혀 있기보다 이미 그런 것들로부터 벗어나버린 태도였다. 그래서 객관화시켜 자신의 사연을 털어놓았다. 그날도 그랬다. 당연히 그래야 하는 것처럼 지난날의 사연을 담담히 풀어내는 것이다.

"천일야화처럼 끝없이 얘기가 나오는군요."

그는 그렇게 말했다.

"그렇죠. 한때 전 부동산 기획사에 나간 적이 있었어요. 잠실에 있는 곳인데 부동산 전화상담이죠. 불특정 다수에게 전화를 걸어서 상가분양, 오피스텔, 임야를 소개해요. 도곡동의 타워팰리스도 80%는 이렇게 전화상담으로 분양정보를 받아서 매매를 한 거라잖아요."

하지만 일이 쉽지 않았다. 매일 허탕을 치니 맥이 빠졌다. 그날도 2호선 지하철을 타고 가는데 강변역 못미처서 현기증이 나고 구토증이 일어났다. 그녀는 도중에 내려서 역의 플랫폼 의자에 한동안 넋잃은 듯 꼼짝않고 앉아 있었다. 이때 한 노신사가 다가왔다.

"젊은 댁이 힘들어하는군. 내가 등 좀 두들겨드릴까. 힘들게 사니 모든 것이 힘겹지……."

그가 역 구내 자판기에서 음료수를 뽑아와 내밀며 그녀 등을 어루만져주었다. 쓸어주고 토닥거려주자 차츰 몸이 진정이 되었다.

"그 할아버지는 충무로에서 인쇄업을 하는데 연말이 다가오자 캘린더를 인쇄하느라 바쁘다더군요. 옛날에 비하면 턱없는 불황이라고 하지만 그래도 자긴 일감이 있다면서 틈 나면 놀러 오라고 해요."

"그분도 영감님?"

"네. 내가 만날 사람이 영감님밖에 더 있나요. 헌데 남자들은 왜 그리 똑같죠? 아내하고는 잠자리를 같이하지 못한다는 둥, 마누라와 오랫동안 남처럼 산다는 둥, 이혼을 고려하는 중이라는 둥…… 그런 말 안 하면 안 되나요?"

"실제로 그런 사람들이 많습니다. 의외로. 그리고 수자 씨 위로를 해주기 위해 그런 말을 하겠죠."

저녁 식사를 마치자 어떤 남자나 그러하듯이 인쇄소 사장도 인근 모텔촌으로 그녀를 이끌었다.

"거부할 마음은 없었나요?"

"강제지만 딱 거절할 생각은 없었어요."

그 사람은 다정다감해서 호감이 갔다. 돌아올 땐 집 앞까지 바래다주고, 케익도 사주었다.

"막내딸아이가 케익을 먹는 것 보고 여러 가지로 생각했죠. 저 아이가 저토록 엄마를 기다리다 케익 하나에 저렇게 행복해하는구나. 그런 나의 존재가 무얼까. 저 앤 내 마음을 알까. 안다면 뭐라고 할까. 내 어린 딸인데 무력한 마음으로 어떻게 해줄 것인가.

그저 케익이나 옷이나 사다 주면 행복해할까…… 벼라별 생각을 다했어요.” 인쇄소 사장도 모임에 그녀를 데리고 나가길 좋아했다. 어느 신문사 주필 출신과 식사할 때도 그녀를 데리고 나가고, 인쇄소 경영자모임에도 불렀다. 장식품처럼 달고 다니며 과시하는 길 좋아하는 것 같았고, 그래서 늘 곁에 있으면 만족한 표정을 지었다. 하지만 어느 순간 그도 발을 끊었다.

“부인이 눈치챘다나, 딸이 알아채버렸대나. 집안이 난리가 났대요. 실제로 그 집 시집간 딸한테서 전화가 왔어요. 보통 말이 험악해야 말이죠. 곱게 늙으라구요. 단속하려면 지 아버지를 단속해야지, 왜 나를 잡고 난리 칠까요. 내가 꽃뱀이라나요?”

그런 말을 담담히 쏟아내는 그녀가 추하다는 생각은 전혀 들지 않았다. 꽃뱀과는 너무나 거리가 먼 여자다. 순박한 그녀에게 강요된 섹스의 잔상들. 그게 도대체 어떻다는 것인가. 그런 남자들은? 그들이 놀아난 여자를 까발리며 회식의 안주감으로 즐기는 사이, 여자는 여전히 물정도 모르고 몸을 내맡기는 지저분한 꽃뱀으로 전락하고 만다.

## 8

어느 날이었다. 수자가 저녁밥상을 물리자 그에게 따졌다.

“당신 사귀는 여자 있죠?”

“그런 일 없는데요?”

그는 거리낌없이 말했다. 사실 거리낄 것이 없었다. 그런 일이 없는 것이다. 사귀는 사람이 없으니 떠오르는 것도 없었다.

"거짓말 말아요. 내가 전화로 확인했어요."

"전화 확인이라뇨?"

일주일에 한번씩 그녀가 집에 오는데 그날은 이상한 예감이 들어 집 전화의 발신번호와 수신번호를 체크했다는 것이다. 그중 계속 입력된 전화번호가 눈길을 끌었다.

"거기다 내가 전화를 걸어봤죠. 웬 여자가 전화 받는 것 있죠. 그 사람이 먼저 묻더라구요. 날더러 누구냐구요. 그래서 당신 와이프라고 했죠. 그랬더니 그쪽에서 화를 내면서 올바르게 처신하라고 하더군요. 뜬금없더라니까요. 혼날 줄 알라고 호통을 치면서 그쪽에서 더 불같이 화를 내는 거 있죠. 누가 누구를 혼내야 하죠?"

그제서야 인혁은 명도희가 집으로 전화를 하고, 부재중인지 아닌지를 확인하는 것이라는 사실을 알았다.

"잊어버리세요."

"당신은 말하기 싫으면 언제나 잊어버리라고 해요. 내가 어떻게 잊어버려요? 난 자격이 없다구요? 그래서 잊어버리라구요?"

그녀가 울먹이며 대들었다. 그녀가 화를 내는 건 처음 있는 일이었다. 그리고 옷을 주섬주섬 꿰입더니 그길로 집을 나가버렸다. 그리고는 돌아오지 않았다. 아무리 전화를 하고 문자를 넣어도 응답이 없었다. 그녀가 돌아올 의지가 없다면 그는 그녀를 찾을 길이 없었다. 이것이 서울이라는 도시에서 갖는 뜨내기 인연의 숙명이다. 그는 혹독한 절망감에 빠져들고 말았다. 근래 그녀의 행동이 수상쩍긴 했다. 여느 때 없이 수자는 감정의 기복이 심하고 어떤 강박관념에 사로잡혀 있는 듯했다. 무엇엔가 쫓기는 듯하면서 불쑥 뚱딴지같은 행동을 했다. 들고 나는 일정도 불규칙했다. 정서불안의 징후를 보여주고 있었다.

인혁은 어느 날 밤늦은 시간에 그녀가 근무하는 병원으로 찾아갔다. 그녀는 쉽게 나타나지 않았지만 병실에 있다는 것을 야간 간호원으로부터 알아냈다. 그는 소식을 넣어 그녀가 나오기를 기다렸다. 한참만에 복도로 나오던 그녀가 손을 입에 가져다 대며 조용히 하라는 눈짓을 했다. 그리고 그녀가 가까이 다가오며 한 말은 의외였다.

"지금 할아버지가 운명하시게 됐어요. 일 끝나면 갈게요."

닷새 후, 그녀가 집으로 왔다. 조금은 야위고 지친 모습이었고, 슬픔이 눈에 가득 고여 있었다.

"죽음이 생각보다 가깝게 있네요. 나만 남편 잃고 죽음이 왜 내 곁에만 있느냐고 한탄을 했었는데 누구에게나 가까이 있어요."

그는 지난 일을 잊고 그녀를 위로했다.

"그런 것일수록 잊고, 사는 것을 생각해요. 사람은 누구나 살아 있는 한 희망이 있잖아요."

둘은 모처럼만에 편하게 침대에 누웠다. 그는 그녀가 왜 소식도 없이 자취를 감추었는지를 묻지 않았다. 묻는다는 자체가 무의미해보였다. 다만 돌아온 것만으로도 고마웠다.

문득 그녀가 말했다.

"왜 당신 우리부동산개발 나대봉 사장 얘긴 안 하냐고 묻지 않으세요? 그동안 호기심이 많았잖아요. 은근히 내 연애에 자극도 받으시고……."

아 그렇군. 그제서야 인혁은 언젠가 그녀가 부동산개발 나 사장의 얘기를 하다 만 것이 생각났다. 호기심이 없었던 것은 아니지만 그동안 그녀를 싸고 도는 나름의 긴박한 상황들 때문에 잠시 잊고 있었다는 편이 옳을 것이다. 사연의 의구심을 스스로 풀어내듯 담담히 그녀가 입을 열었다.

"하긴 말하면 할수록 내가 싫어져요."

"그게 악연을 가져다 준 거라서?"

"그렇죠. 거기서부터 내 인생이 꼬였으니까요. 그런 사정을 어떻게 알았죠?"

"수자 씨 눈에 그렇게 씌어 있어요. 말하기 싫은 데는 지우고 싶은 기억들이 잠재하고 있으니까요. 그러니 말하지 않아도 돼요. 하지만 말하지 않고 미리 어려울 것이라고 하는 것은 인생을 쉽게 포기하는 것과 같죠. 어려울수록 정면으로 부딪쳐야죠. 괴로움은 참고 있을 때가 더 힘들어요. 내가 돕겠다고 약속했잖아요."

"그럴까요? 그럴 거예요."

역시 단순 소박한 그녀가 쉽게 동의했다.

## 9

"당신은 사장 자리에 앉는 거야. 그리고 부동산에 친구들도 불러들이고 몇몇 조직원들을 풀어놓으면 부동산이 북적대잖아. 이

때 작자를 만나 권리금을 받고 넘기면 돼. 그게 아니면 직접 부동산을 운영해도 되고. 그러면 금방 투자금을 회수하게 된다고."

우리부동산개발의 나대봉 사장이 눈앞에 그리듯 설명하자 윤수자는 마음이 들떴다. 하루라도 늦으면 늦은 만큼 손해보는 것 같았다. 곧바로 자금을 구하러 나섰다. 조의금으로 받은 일부가 집에 남아 있었지만 육천만 원의 보증금과 리모델링 비용으로 충당하기엔 턱없이 부족한 액수였다. 남편이 가지고 있던 유산의 전부인 시골 임야를 처분하고, 살고 있는 집을 담보로 은행 대출을 받았다.

새로 낼 부동산 임대 계약금을 지불하고 곧바로 리모델링 공사에 들어갔다. 나대봉 사장은 전에도 사무실을 몇 개 수리해본 경험이 있어서 서류 수속과 공사을 매끄럽게 진행했다. 매사가 순조롭게 풀려갔다. 공사가 진행 중인 때는 시간이 부족해 페인트 냄새가 풍기는 사무실 바닥에서 함께 자는 일도 있었다. 그래도 마냥 희망에 부풀었다.

"그런데 나 사장 이 사람, 아내와 사별했다고 하더니 부인과 아들이 미국에 살고 있다는 거예요. 딸아이는 할머니와 함께 돈암동에 살고 있고요. 자꾸 말이 달라요. 나는 그 사람과 재혼해서 사업을 번창시키는 꿈에 부풀어 있는데 아내가 있다는 말을 듣고 맥이 딱 풀렸죠. 맥 빠지지 않겠어요? 하지만 어떻게 해요. 이미 일은 저질러졌는데. 사실 난 과부가 바람났다고 소문날까 봐 동네에서도 쉬쉬하면서 일을 시작했어요. 남편 죽은 지 몇 달이나 됐다고⋯⋯ 그래서 어느 누구에게도 그와의 관계를 말하지 못했죠. 사업자금 대고 일을 시작한 것도 집안에선 몰라요. 그저 부동산에 취직했다는 정도죠."

그녀는 과부들이 딱 걸려들기 좋은 그물망에 걸려든 것이었다. 어느 날이었다.

"윤수자 사장, 우리 딸아이 카드를 막아줘야 하는데 오천 있나?"

나대봉이 다급하게 물었다. 리모델링 비용으로 융자까지 받았는데 남은 돈이 있을 리가 없었다.

"닷새 후면 갚아줄 수 있어. 어디서 구해 봐."

하지만 구할 수도 없었고, 구할 마음도 내키지 않았다. 그에게 조금씩 실망을 하고 있는 중이어서 나서고 싶은 마음이 없었다.

"걱정 마. 걔 엄마가 해결했어."

며칠 뒤 나대봉이 가볍게 지나가는 투로 말했다. 하필이면 걔 엄마라니. 일부러 약을 올리는 것 같았다. 그녀는 마음이 상했지만 항변 자체가 우습다고 생각하고 주어진 일만 했다. 사무실을 새롭게 꾸미는 데는 비용이 적지 않게 들었다. 그런 가운데 개업식도 그럴 듯하게 치렀다. 현수막을 걸고 기념 타월도 만들고, 삼색 네온사인이 들어간 입간판도 달았다. 나성부동산개발이란 간판이 밤에도 현란하게 빛났다.

개업식 때 그녀 혼자 음식을 모두 장만했다. 한푼이라도 아끼자는 것이지만 내 손님은 내가 깎듯이 모셔야 한다는 정성을 반찬 하나하나에 모두 담았다. 아침 여덟 시에 출근해서 나 사장의 식사를 준비하고, 또 점심 준비하고 저녁 준비해 함께 먹고 집에 돌아가면 밤 열 시였다. 중학교에 다니는 막내딸아이의 생활은 엉망이었다.

어느 날 아침이었다. 출근해서 보니 사무실이 난장판이었다. 집기가 부숴지고 정수기가 바닥에 나뒹굴어 물이 흥건하고, 새 냉장고 문짝도 망치로 맞은 듯 한쪽이 찌그러져 있고, 전화기가 박살이 났다.

“왜 이래요?”

윤수자는 겁이 났지만 다른 한편으로는 화가 났다. 그는 대꾸하지 않고 간이침대에 누워 천장만 멀뚱히 바라보고 있었다. 그의 한쪽 콧등과 눈두덩이가 시퍼렇게 멍들어 있었다. 그녀는 황급히 밖으로 나왔다. 이층의 주인 할머니를 찾았다. 주인 할머니는 일층은 합판을 덧대 점포 둘을 만들어 세를 주고, 이층에서 늙은 남편과 단출하게 살고 있었다.

“아이구 말 말어. 살인 나는 줄 알았어.”

평안도가 고향이라는 할머니는 겁먹은 얼굴로 손에 잡히듯이 간밤에 있었던 일을 소상히 말해주었다.

“남자직원을 채용하기 위해서 어떤 젊은 사람과 면담을 하고 있었던 모양이야. 그런데 그 젊은이가 사무실이 살림집이냐고 따졌다나 어쨌다나, 여자가 자고 다닌다나 어쨌다나, 이런 사무실에선 업무 효율성이 나오지 않는대나 어쨌다나, 그래가지구서리 붙은 모냥이야. 그리고 취업조건으로 받아간 돈을 내놓으라고 했다는 기야.”

수자는 얼굴이 화끈거렸다. 할머니도 그 사이 사무실에서의 불륜을 눈치챘으리라. 다만 이런 관계는 본인만 모르게 사방팔방으로 검불처럼 날아다니는 속성이 있다. 그래서 멋모르고 안도하는 것이다.

"나 사장도 기분 나빴겠지. 하지만 젊은이도 틀린 말 한 건 아니잖아. 헌데 윤 사장, 벌써 임대료가 두 달치나 밀렸어."

할머니는 할 말 다하고 자신의 비즈니스도 빠뜨리지 않았다. 부끄러워서도 수자는 갚아야 하겠다고 생각하고 웃머리에 있는 스카이부동산 사장을 찾았다. 언제나 인자하고 품격있는 부동산 사장이었다.

"제가 지금 수리비를 많이 들이다보니 좀 부족하네요. 이백 빌려줄 수 없나요. 보름만 쓸게요." 박 사장은 조금은 속사정을 안다는 듯 안타까운 얼굴로 말없이 고개를 끄덕이고 그녀에게 돈을 빌려주었다. 그녀는 할머니에게 월세를 갚았다.

"어디를 갔다 오는 거야? 손님 받을 생각 안 하고?"

"스카이부동산에 가서 돈 빌려왔어요. 월세를 갚아야잖아요."

"뭐? 스카이부동산? 그 개새끼한텐 왜 가."

나대봉이 버럭 화를 냈다. 그는 주변과 부딧치는 일이 많아서 적도 많았다. 그녀는 얼른 빗자루를 들고 바닥을 쓸어나갔다.

나대봉은 찾아오는 손님들에게 제대로 비즈니스를 하는 것 같지 않았다. 대신 좋아하는 이웃 주민을 불러 고기를 굽고 소맥을 타마시기를 즐겨했다. 술상을 차리고 설거지하는 것은 모두 수자 몫이었다.

"그런 밤이면 꼭 나를 놓아주지 않아요. 사람들이 모두 돌아가면 의자를 한쪽으로 치우고 바닥에 나를 눕히는 거예요. 생리 중인데도 인정사정 보지 않아요. 밤새도록 놓아주지 않아요. 죽을 맛이죠. 어느 날은 밖이 환히 보이는 대낮에도 소파에 눕히고 욕구를 채우는 거예요. 길 가는 사람도 있는데요. 옆 가게와는 합판 한 장 덧대서 벽을 만들어 놓았으니까 소리가 다 들리죠."

그는 슬며시 화가 치밀었다.

"그렇다고 그렇게 당하고만 있었다는 거요?"

복수심이 생기는 것이었다. 그녀가 떨리는 목소리로 말을 이어갔다.

"그럼 어떡해요. 곤조가 있는데. 입을 막아야죠. 어느 날은 이러저러한 일로 주인집 할아버지와 대판 싸우는 거예요. 나 사장은 부동산을 다른 사람에게 넘기려고 하는데 주인할아버지가 권리금을 인정하지 않겠다고 했다는 거죠. 주인도 빨리 내보내고 싶은데 그럴 리 있겠어요? 그 후로 나 사장은 주인이 싫어하는 짓만 골라서 하는 거예요. 밤늦게까지 이웃 사람들을 불러모아서 먹고 마시고 끝내는 다투고, 그러면 주인이 내려와서 한마디 하는데, 이때 또 대판 싸우는 거죠."

그런 어느 날이었다. 출근해서 하루 일을 시작하려는데 중년여인이 사무실로 들어섰다. 나대봉은 잠깐 다른 일로 자리를 비운 사이였다.

"사장님 되세요?"

"네. 어서 오세요. 집 구하시려구요? 앉으시죠."

윤수자가 소파를 가리켰으나 여인은 그대로 서 있더니 욕을 퍼붓기 시작했다.

"나대봉 이놈, 여기다 살림 차렸구먼. 이 찢어죽일 놈, 지금 어디 있소? 나 나대봉 아내되는 사람이요!"

미국에 있다는 아내? 머릿속이 벙벙해 있는데 나대봉이 들어왔다.

"나쁜 자식, 처자를 버리고 무슨 짓이냐? 그러잖아도 아들 녀석이 너 죽이겠다고 방방 뜨는데 내가 대신 왔다. 생활비 한푼 안 보내는 놈, 두 연놈 다 집어넣고 말 테다. 니가 사업을 한다고? 계집질에 환장한 놈이 사업을 해? 지나가는 똥개가 웃겠다."

나대봉이 그녀 욕설을 고스란히 감내하며 한동안 말없이 서 있자 그녀가 몇 차례 더 씨부리더니 금새 사라졌다. 수자는 너무 놀라서 현기증이 날 정도였다. 쓰러지듯 접이의자에 주저앉았다.

"부인이 미국에서 왔나요?"

"아냐. 사실은 화곡동에서 살아."

모든 것이 그녀만 모른 채 돌아가고 있었다. 이것도 어떻게 보면 짜고 치는 고스톱 같은 것이었지만 그녀만 모르고 있었다. 그녀는 후회와 회한이 뼛속 깊이 파고들었다.

어느 날 또 여자가 사무실로 찾아왔다. 인영임이라고 했다. 그녀는 일년 전 나대봉과 함께 부동산을 차렸는데 나대봉은 그녀 몰래 그것을 처분하고 권리금을 챙기고 이곳으로 온 것이었다. 서로 연인으로 출발했지만 지금은 원수가 되어서 쫓고 쫓기는 신세가 돼 있었다. 수법이 수자에게 붙인 행적 복사판이었다. 인영임은 나성부동산을 걸고 소송을 내겠다며 부동산 처분 대금을 내라고 고래고래 고함을 질렀다.

"윤수자 씨, 포기해버리지."

나대봉이 여자를 돌려보낸 뒤 지친 모습으로 말했다.

"네?"

"이까짓 거 골치 아파서도 모두 부숴버리고 나가고 싶어."

그는 갈수록 무서운 말을 했다. 어떻게 마련한 사업체데 포기라니. 그러나 나성부동산개발은 따지고 보면 그녀가 주장해야 할 근거는 없었다. 부동산 계약자도 나대봉이었고, 모든 물품의 영수증 처리도 나대봉이 했다. 그녀는 자본금만 댔을 뿐이었다.

"공인중개사 자격증이 있는 사람이 허가를 내는 것이 좋아. 자격증이 없어도 허가를 받을 수 있지만 대신 자격증 있는 사람을 고용해야 하고, 그 사람을 끝까지 고용하지 않거나 나가버리면 면허취소야. 돈만 날려. 불법이니까. 이런저런 부담을 안고 있으니까 내 이름으로 하면 번거롭지 않지."

말인즉슨 옳은 말이었다. 더군다나 그와 평생을 함께하기로 한 사이 아니었던가. 당연히 남편으로 생각했기 때문에 문제를 삼으려고 생각해보지도 않았고, 그럴 필요도 없었다. 하지만 이제 어렴풋이 머릿 속에 잡혀오는 것이 있었다. 그녀 몰래 모든 것이 비밀리에 돌아가고 있다는 것을 알아차린 것이다.

"부동산은 살려야 해요."

어떻게 세운 업체데. 그녀는 더 이상 다른 말을 할 필요가 없었다.

"하지만 이렇게는 안 돼."

나대봉은 부동산 빠꾸미라는 여직원 두 사람을 채용했다. 월급제가 아니고 중개료를 나누는 형식이었다. 수자는 주방으로 쓰는 뒷방으로 물러앉았다. 그녀는 어떤 자리건 사업만 번성하면 된다고 생각했다. 하지만 나대봉과 여직원들이 나누는 대화를 듣고 더 이상 그녀는 견디지 못했다.

"저 친군 장부 정리가 안 되는 사람이오. 주방일만 거들어야 하는데 그동안 사람을 구하지 못해서 사무실 나왔소. 그러니 일이 될 리가 없지."

완전히 바보 취급이었다. 사무실은 매월 적자가 나고, 밀린 월세는 누적됐다. 그것은 모두 윤수자의 몫이었다. 부동산을 유지할수록 부담만 가중됐다. 매일 시끄럽고 혼란스럽고 계속 수렁 속으로 빠져드는 것만 같았다. 모든 것이 터져버린 만두속처럼 엉망진창이 돼버렸다. 그녀는 어느 날 미련없이 몸만 빠져나왔다. 그러자 숨을 쉴 수 있을 것 같았다. 모든 것이 쉽게 되는 것이 아니라는 것을 터득했으면서 그 이후 그녀는 모든 것을 쉽게쉽게 사는 인생이 돼버렸다. 될 대로 되라는 식이었다. 모든 것이 허무하고 의미가 없었다. 그것을 사람들은 타락이라고도 하고, 퇴폐적이라고도 하는지 모르겠다.

"세상은 그렇게 간단치 않아요. 순박한 사람은 더 힘들죠."

최인혁은 가늘게 몸을 떠는 그녀를 끌어안았다. 더 이상 듣지 않아도 알 수 있었다. 남자 하나로 인해 이처럼 철저하게 인생이 굴러가는 경우도 있구나. 그녀가 왜 이런 경로를 걷고 있는가에 대한 연민이 컸다. 그래서 위로해주고 싶었다.

"사람들은 누구나 자기가 겪은 고통과 고민이 있어요. 본인도 모르게 감당할 수 없는 무게를 짊어질 때가 있죠. 본인에게 과부하일 때는 더 그래요. 그런 것을 모르고 당하는 경우가 많죠. 그렇다고 그걸 누가 해결해주는 것도 아니고. 자기 자신이 감당해갈 수밖에 없어요. 수자씬 너무 긴 시간 힘들게 견뎌왔어요. 그것만으로도 수고했어요. 잊어버려요."

그녀는 가느다랗게, 그리고 버릇처럼 길게 숨을 내뿜었다.

"복수를 하고 싶어요."

그가 한참을 생각하다 말했다.

"잊어버려요."

"당신은 도망가고 싶을 땐 언제나 잊어버리라고 해요. 당신, 전에 절 도와준다고 했잖아요."

하지만 서투른 연애가 엄청난 재앙을 가져왔는데 달리 또 무엇을 바랄 것인가. 빨리 털어버리는 것이 그나마 남는 것이다. 다가가면 갈수록 더 깊이 진창의 늪에 빠질 수 있다. 그리고 그건 연애도 아니고, 삶도 아니다. 세속적으로는 비난 받을 소재일 따름이다.

"그 사람 때문에 자궁암 수술을 받았어요."

그녀는 또 놀라운 사실을 말했다.

"그럼 왜 여태 말 안했죠?"

"그걸 어떻게…… 차마 말할 수가 없었어요. 당신이 날 버릴까봐서요."

그랬었구나. 그녀가 가능한 한 잠자리를 회피하는 이유도 이제야 알 수 있을 것 같았다. 하지만 그는 알 수 없는 신뢰감으로 그녀를 깊게 끌어안았다. 어떤 이름할 수 없는 슬픔이 그의 가슴에 가득 고였다. 왠지 눈물이 났다. 그녀 앞에 눈물을 보인다는 것이 쑥스러워서 더욱 깊이 그녀를 끌어안았다.

그 사람 때문만은 아니었겠지만 그녀는 자신의 모든 불행을 그에게 돌리고 있었다. 남편을 잃은 뒤 상황이 엉망으로 굴곡져가자 애초에 잘못 출발한 그와의 관계를 저주하고 증오하는 것이다.

"자궁암 수술을 두 번 받았죠. 세 번째까지 가면 절대로 안 된다고 했어요."

그녀가 인혁과의 결혼을 스스로 부정했던 이유도 이제 알 수 있을 것 같았다. 지나온 얘기를 거리낌없이 솔직하게 고백한 것도 이해가 되었다. 여자로서 가장 소중한 조건, 남자에게 가장 사랑 받을 수 있는 조건이 병들어있고, 그로 인해 이루어질 수 없다는 것 때문에 숨기고 싶은 모든 것마저 햇볕에 드러내버린 것이다, 진정으로 함께하겠다면 지나온 수치스런 어떤 것도 숨기고 감추려 하는 것이 누구나의 본성이다. 그러나 그녀는 자신을 객관화하고 홀로서기 하겠다는 의지를 강고하게 다지기 위해서도 때로는 과장까지 해가며 자기 지나온 사연을 드러냈을 것이다. 그러나 그건 인혁에게 있어 전혀 맞지 않는 말이었다. 그는 성자는 아니었지만 그런 그녀와 끝까지 운명을 함께하기로 마음을 다지고 있었다. 이렇게 맑고 순결한 그녀를 어떻게 외면할 것인가.

## 10

계절은 어느새 겨울의 복판으로 들어서고 있었다. 사위의 대지는 꽁꽁 얼어붙었다. 수자는 고교를 뒤늦게 마치고 고교 동기생들의 권유로 방송통신대학에 입학해 줄곧 다녔으나 요양보호사 일로 휴학을 하고 있었다. 이번 겨울학기부터 복학하겠다고 그에게 말했을 때 인혁은 격려하는 걸 잊지 않았다. 그녀의 학력 콤플렉스를 어떻게든 위무해주고 싶었다.

"시작한 건 잘했어요. 때로 사는 게 지겹고 번거로울 수 있지만 천국보다는 지상이 낫죠. 현실에서 이기는 것이 얼마나 의미 있냐구요. 무엇이든 꿈을 꾼다는 것, 천국에는 그런 것이 없죠. 그 나이에도 부단히 꿈꾸고 도전하는 수자 씨가 보기 좋아요."

근래 그도 생각이 복잡해졌지만 그럴수록 그녀를 위로해주고 싶었다. 수자가 지난 과거로부터 빠져나오도록 돕고 싶었다.

"고마워요. 사실 마음은 신학과를 가고 싶었어요. 취직이 잘된다고 하니까 사회복지과를 지망했는데요, 본래는 신학공부를 하고 싶었어요."

작은아버지가 시골교회 목사로 시무하고 있고, 그녀는 모태신앙이었다. 하지만 수자는 절에 가면 절의 방식대로, 제사를 지내면 제사 지내는 대로 그에 따른 예법과 격식을 따랐다. 그녀에게는 어떤 종교도 경계가 없었다. 굳이 말한다면 무교자이고, 또 굳이 말하자면 잡교였다.

"막내딸아이가 열흘째 연락이 안 돼요."

얼마쯤 지나서 수자가 갑자기 전화상으로 울먹이는 목소리로 말했다. 그는 그녀가 집을 찾아오던 초기 그녀의 막내딸을 집으로 데려오려고 한 적이 있었다. 하지만 딸아이가 하루 지내더니 견디지 못하고 큰언니, 작은언니 집으로 전전했다. 어색하고 거북하고, 맞지 않는 옷을 입은 것처럼 불편해했다. 그러다가 오피스텔을 얻어 혼자 살았다. 그런 그녀가 연락이 두절됐다.

인혁이 퇴근해 오는데 그날따라 이상하게 가슴이 두근거렸다. 불길한 예감이 그의 이마를 스치고 지나갔다. 거리의 싸늘한 바람보다 더 차가운 예감이 들었다. 그런 예감은 불행스럽게도 대개는 적중한다. 그가 소년시절, 알 수 없는 병으로 앓고 있는 어린 동생이 있었다. 음산한 초겨울, 그날따라 가슴이 두근거렸다. 집에 당도해보니 동생이 죽어 있었다. 아니나 다를까, 현관문을 열어젖히자 집 안은 텅 비어 있고, 신발장에 그녀가 자주 신는 신발이 눈에 보이지 않았다. 중풍 걸린 노인이 죽은 이후 한동안 일감이 없어서 수자는 그의 집에서 지냈다. 그 시간들이 조금은 불안했지만 평온하고 행복했다.

그는 휴대폰을 꺼내들었다. 그녀는 전화를 받지 않았다. 수십 차례 신호를 넣었을 것이다. 소식도 없이 연락을 끊을 수 있나요. 곧 전화해요. 문자를 넣어도 응답이 없었다. 그는 결코 그녀를 놓치지 않을 것이라고 수없이 마음속으로 다졌다. 직장에서도 이미 아는 사람은 알고 있었다. 전무이사는 복도에서 시선이 마주치자 "최 부장 뒤늦은 출발 축하해요."라고 인사까지 해주었다.

그는 이상한 징크스를 벗어나지 못한다는 기분을 씁쓸하게 간직한 채 사회통계본부의 고경한 실장을 찾았다. 그는 부전공으로 심리학도 이수해서 회사 내에서 공적으로 심리상담도 해주고 있는 사람이었다. 그와는 이십여 년 함께 근무하면서 흉허물없이 지내는 사이였다. 언제나 친구의 아픔과 고뇌를 대신 등에 지고 가는 사람이었다.

그의 긴 애기를 다 듣고 난 고 실장이 말했다.

"그런 상황이라면 충동적인 돌출행동을 할 수 있습니다. 병이 도지거나, 또는 사랑을 이루지 못한다는 자격지심이 생기면 불쑥 그런 행동으로 나타난다는 것이죠. 대단히 불안정해 있습니다. 그분의 지병이 언제 또 재발할지 모른다는 강박관념이 클 겁니다. 내가 전문가는 아니지만 그분이 갖고 있는 병이란 연약한 질 구조, 유전성, 건강악화도 있지만 불결한 성생활, 잦은 임신중절, 과도한 스트레스도 원인이라고 봅니다. 거기에 대부분 해당되는 게 아닌가 싶군요. 그래서 늘 불안해있는데 사랑마저 불확실한 것이죠."

"저는 끝까지 찾아나설 각오가 돼 있습니다."

"최 부장님, 혹시 오 헨리의 '찬송가와 경찰관'이란 소설 아시나요?"

물론 인혁은 몰라서 고개를 가로 젓고 묵묵히 그의 대답을 기다렸다.

"그 소설에 이런 게 있습니다. 노숙자 주인공이 겨울이 오자 가벼운 범죄를 저질러서 따뜻한 교도소에서 한겨울을 보낼 계획을 세웁니다. 그래서 레스토랑에 가서 마구 음식을 시켜먹고 도망을 나오는데 허름한 옷차림 탓에 붙잡히지만 동정을 받고 풀려나죠, 다음엔 상점의 유리창을 깨부수는데 주인은 귀찮다고 쫓아버립니다. 길거리에서 고성방가를 하며 행패를 부려도 경찰관은 승리감에 도취된 열성 축구팬 정도로 생각합니다. 어떤 신사의 우산을 빼앗아 도망가도 그 신사는 자기도 주운 우산이라며 가져가라며 그냥 가버립니다. 교도소행이 모두 실패하죠. 그때 교회에서 찬송가 소리가 들려와요. 한 건 하겠다 하고 교회 안으로 들어서는데 마침 목사님의 설교가 진행 중이에요. 그런데 설교 내용이 꼭 자신을 향한 말씀이란 말이죠. 인간으로 태어났으면 자기를 사랑하며 주체적으로 살아야 하는데 술 담배 마약 폭력 따위로 자신을 학대하며 산다, 세상의 주인공은 바로 자기 자신이라는 걸 망각하고 산다…… 그때서야 노숙자는 크게 깨닫습니다. 이제 교회 밖으로 나가면 정말로 인간답게 살리라. 여태까지의 내 삶은 헛것이었다……. 그리고 교회를 나오는데 경찰관이 나타나 수상한 놈이 밤중에 서성거린다면서 체포합니다. 그는 결국 감옥으로 보내지게 되죠. 주체적으로 자기 삶을 살겠다고 나서자 법과 규범과 제도, 모랄리티가 그를 구속해버리죠. 윤수자 씨도 그렇지 않을까요. 전까진 자기를 내팽개치고 방치하고 살다가 최 부장을 만나 진정으로 사랑을 알게 되자 자신을 돌아보게 되는 겁니다. 하지만 지난 과오는 괴롭고 아파요. 그걸 또 다 털어놓아버렸어요. 진정으로 사랑하는 사람한텐 자신의 치부를 보여주고 싶지 않은데…… 다른 사람들은 갈증이 있는 그분에게 생수가 아니라 오히려 소금물만 갖다 주는데 최 부장님은 맑고 깨끗한 생수를 계속 공급해주었단 말입니다."

최인혁은 창밖을 내다보았다. 하늘이 찌푸려져서 금방이라도 눈발이 내릴 것 같았다. 그렇게 생각하자 금새 눈발이 흩날리기 시작했다. 난분분하게 흩날리고 있었다.

"그분은 최 부장이 명도희라는 여성과 사귄다는 것을 알고 더 궁지로 몰리는 기분이었을 겁니다. 차츰 최 부장의 내면에 가닿으면서 진정으로 사랑하게 된 것인데, 그래서 지난날이 괴로웠던 거죠. 그런데 갑자기 경쟁자가 나왔다. 그러니 영혼 자체가 허물어져버리는 것이죠. 그런 사람들은 오랫동안 당하고만 살아왔기 때문에 상처를 받기 전에 먼저 떠나버리는 속성이 있습니다. 그런 결단으로 자기 삶을 사는 지렛대로 삼는 거죠."

"전 수자 씨를 끝까지 찾을 겁니다."

그는 무거운 마음으로 고 실장 방을 나왔다. 다음날은 더 펑펑 눈발이 쏟아졌다. 그는 눈을 맞으며 그녀 큰딸아이가 사는 집을 수소문해 찾아갔다. 그러나 이사를 간 지 오래였다. 막내딸아이의 전화를 찾았으나 기록이 없었다. 그럴 줄 알았으면 진작에 딸들 연락처를 알아둘 걸…… 이런 것이 대도시생활의 단면이었다. 상대방이 통신을 끊으면 모든 것이 단절되고 끝장나고 마는 단계…… 상대방이 숨으면 1단계, 2단계, 3단계를 거쳐 끝내는 찾아내 관계를 복원시켜야 하는데 첫 단계에서 모든 것이 숨막히듯 끊어진다. 그래서 쓰라린 포기를 해버리는 절망 속에 빠지게 된다. 그런데 며칠 후 거짓말같이 윤수자로부터 전화가 걸려왔다. 그는 반가움에, 그리고 전화선이 끊기면 어쩌나 조바심치며 다급하게 물었다.

"지금 거기 어디죠?"

하지만 그녀는 한 템포 늘어져 있었다. 아니, 지쳐 있었다고 보아야 할 것이다. 목소리에는 아무런 힘이 없었다.

"누구 짓이죠? 최인혁 씨 짓 아닌가요? 난 살지 못해요. 살지 못한다구요. 아이들을 볼 수가 없어요."

그녀의 횡설수설이 무엇을 말하는지 헷갈렸다. 그는 어리둥절해서 물었다.

"무슨 뜻이죠. 천천히 얘기해 봐요."

"내가 아이들을 어떻게 봐요. 사위들을 어떻게 보느냐구요. 난 살지 못해요! 몸까지 이렇게 망가져 있는데…… 난 곧 죽을 거예요."

그녀가 복학 준비를 위해 학교엘 갔는데 마침 같은 길을 가던 동창생을 만났다. 그는 그녀를 보자마자 걱정 반 호기심 반으로 으슥진 교정 끝으로 그녀를 이끌었다.

"윤수자 씨, 19금 사이트 건 알아요?"

"19금 사이트라뇨?"

그녀는 그런 용어조차 생소했다.

"주변에서 다 뒤집어졌어."

그녀의 동영상이 사이트에 올랐다는 것이다. 사이트 운영자가 노출되지 않기 때문에 조치도 어렵다며 동창생이 더 방방 떴다.

"어쨌든 만나요. 거기가 어디예요."

그가 다급하게 말했다.

"다 끝났어요. 당신도 공범자죠?"

그녀가 절망에 젖어 힘없이 말하고 일방적으로 전화를 끊었다. 그리고 그것이 끝이었다. 그는 집으로 돌아와서 컴퓨터를 열어

해당 사이트에 들어갔다. 커서를 움직이는 손이 떨렸다. 떨리는 것만큼이나 쇼킹하게 그녀의 영상물이 도발적으로 메인 화면에 탁 튀어나왔다. '50대 주부 섹스 라이브 10선' 중 첫 번째 영상물이었다. 얼굴은 못 알아보게 트리밍 처리한다고는 했으나 형식적이었으므로 아는 사람은 그냥 알아볼 수 있었다. 남자주인공은 철저하게 얼굴을 가리거나 보이지 않게 처리하고 대신 그녀는 모든 것이 적나라하게 노출됐다.

"나쁜 놈들!"

인혁은 누구에게랄 것도 없이 분노가 솟구쳤다. 그는 수자가 만났다는 사진관의 남자, 드라마 극작가라고도 하고 연출가라고 했던 사람들을 머릿속에 떠올렸다. 모텔 운영자도 생각했다. 어떤 모텔에선 불륜으로 보이는 남녀를 정해진 방으로 안내해 미리 장착한 몰래카메라로 불륜장면을 찍어 음란물 시장에 유통시킨다는 얘기를 얼핏 들었었다.

"못된 놈들!"

그는 가슴을 치며 어떻게 하지 못하는 자신의 무력감을 탓했다. 그는 그렇게 한동안 빈 들판의 허수아비처럼 우두커니 서 있었다. 그런 며칠 후 기적같이 수자로부터 휴대폰 문자메시지가 왔다. 문자판에는 자신의 상황을 짧게 보고하듯 다음과 같이 적혀있었다.

— 떠납니다. 고맙고 행복했어요. 사랑하는 당신 안녕히. 윤수자. ❦

# 지상에 내리는 눈물

현이는 초등학교 이학년입니다. 가난한 집의 외아들입니다.

현이는 피자 탕수육을 좋아하지만 마음속으로만 좋아합니다. 엄마 마음을 상하게할까 봐서 먹고 싶은 충동을 마음속으로만 간직합니다. 그러나 소원이 하나 있습니다. 예쁜 동생이 하나 생겼으면 하는 바람입니다. 이 말을 아빠나 엄마에게 할라치면 엄마 아빠는 빙그레 웃으시기만 합니다.

"엄마나 아빠는 우리 현이 하나로 족해요."

하면서 웃으실 뿐입니다.

현이는 오늘따라 일찍 학교를 마쳤습니다. 학교에서 행사가 있어서 아래 학년은 일찍 끝나게 되었습니다.

현이는 집으로 돌아옵니다. 네거리를 지나서 길을 건넙니다. 번잡한 시장통을 지나서 오는데 시장 으슥한 어귀에 조그만 보통이가 하나 버려져 있는 것이 눈에 띕니다.

현이는 보퉁이를 살펴보다 집어듭니다. 보퉁이를 들여다보던 현이 눈이 휘둥그래집니다. 그것은 돈이 든 보퉁이였습니다.

현이는 주위를 두리번거렸습니다. 아무도 없습니다. 그래서 얼른 그 보퉁이를 제자리에 놓아두고 오고 싶었습니다. 왜냐하면 거리에서 물건을 주워가지고 집에 가면 엄마가 틀림없이 꾸중을 할 것이니까요. 제자리에 놓아두고 와야 한다구요. 전에도 그런 일이 있었습니다. 길 바닥에서 장난감을 주워 왔는데 엄마는 제자리에 갖다 놓고 오라고 하셨죠. 그래서 한참동안 달려가서 제자리에 놓아두고 왔지 뭐예요. 이 통에 즐겨보던 텔레비전 프로그램도 놓치고 숙제 하는 일도 그만큼 늦어졌죠.

현이가 보퉁이를 슬쩍 제자리에 놓아두려고 할 때 누군가 등 뒤에서 소리칩니다.

"현이야, 거기서 뭘 해?"

돌아보니 일학년 때 같은 반이었던 동수입니다. 현이가 보퉁이를 가리키자 동수가 보퉁이 안을 들여다 봅니다. 그 역시 눈이 휘둥그래집니다. 동수의 놀란 얼굴을 보니 현이는 공연히 가슴이 떨려옵니다.

"예, 그럴 것 없이 이렇게 하자."

동수가 제안합니다.

"어떻게?"

"경찰서에 갖다 주자구. 그러면 이 자리에 놓아두지 않아도 되잖아. 이 자리에 놓아둔대도 주인이 찾아가면 좋지만 다른 사람이 가져갈 수도 있잖아."

"맞아, 맞아."

동수는 현이보다 좀 어른스럽습니다.

"그래, 그렇게 하자."

현이와 동수는 경찰서를 찾아 나섰습니다. 얼마 동안 찾아 헤맨 끝에 경찰서가 아닌 파출소를 찾아냈습니다. 경찰 아저씨는 현이와 동수를 반갑게 맞았습니다. 그리고 현이와 동수의 사연을 듣고 두 아이의 머리를 쓰다듬어 줍니다.

"너희들 참 좋은 일 했다. 오천만 원이나 되는 거금이구나."

이를 지켜보던 다른 순경 아저씨도 칭찬합니다.

"착한 일 하는 사람은 훌륭한 사람이 되는 거다. 너희들은 앞으로 큰 인물이 될 거야."

현이는 기쁩니다. 마음도 가볍습니다. 주인이 나타나서 찾아가면 더 즐거울 것 같습니다. 그러고 보니 경찰서를 찾지 않고 길에서 쩔쩔매던 생각을 하니 우습기만 합니다.

순경 아저씨가 말합니다.

"너희들, 착한 일 했으니 학교와 이름을 말해줘야지. 학교로 연락하여 칭찬을 받게 해주마."

현이와 동수는 학교와 학년 반 이름을 말해주고 담임선생님 이름도 알려줍니다.

현이는 꿈나무답게 무럭무럭 자랍니다. 콩나물처럼 커갑니다. 엄마도 자라는 현이를 보고 무척 대견해 하십니다. 엄마의 생각대로 착하고 씩씩하게 자라주는 것이 또 대견하고 기쁩니다.

계절이 바뀌고 해가 바뀌었습니다. 현이는 어느덧 삼학년 어린이가 되었습니다. 앞으로 보름 후면 겨울방학이 시작됩니다. 이 겨울이 지나면 사학년이 되겠죠.

그런 어느 날 때늦은 겨울비가 내렸습니다. 거리는 온통 질퍽거렸습니다. 집에 갈 일이 걱정입니다. 공부시간이 다 끝났을 때, 선생님께서 현이를 불렀습니다.

"현이야, 너 경찰서에 갈 일이 있구나."

그리고 선생님은 현이를 내려다 보면서

"나쁜 일 하는 사람만 경찰서에 가는 것이 아니란다. 집에 가기 전에 잠깐 경찰서에 들렀다 갈 수 있겠니?"

하고 다시 일러 주었습니다.

"네, 선생님."

현이는 집에 들어가 엄마랑 함께 갈까도 생각해 봅니다. 그러나 이제 현이는 씩씩한 어린이입니다. 엄마한테만 매달릴 수 없습니다. 그래서 혼자 찾아가기로 마음 먹습니다.

경찰서는 너무나 멀었습니다. 시내버스를 세 번이나 갈아 탔습니다. 한번은 잘못 탔지만 두 번은 버스 노선이 달라 어쩔 수 없이 바꿔 타야 했습니다.

간신히 물어서 경찰서에 들어섰습니다. 담당 순경 아저씨가 현이를 반깁니다.

"현이가 너였구나. 착한 일을 하는 애로구먼."

순경 아저씨는 현이 머리를 쓰다듬어 줍니다. 순경 아저씨는 현이에게 상을 주겠다고 합니다. 상은 다름이 아니라 작년에 거리에서 주웠던 돈입니다. 돈을 잃어버린 사람이 나타나지 않아 주운 사람에게 되돌려 준다는 것입니다. 돈은 '잃은 사람이 나타날 때까지 은행에 예치해 두었다가 일정 기간 동안 나타나지 않으면 주운 사람에게 자동적으로 되돌려준다'는 것이 우리나라 법이라고 합니다. 주운 돈은 처음 파출소에 신고했지만 사건 처리는 경찰서에서 하기 때문에 경찰서로 오게 된 것이라고 순경 아저씨는 친절하게 설명해 주었습니다.

"하지만 꼬마야, 너에게 돈을 그냥 내줄 수가 없구나. 아저씨가 염려가 되어서 그렇지. 그리고 보호자 주민등록등본이 있어야 하거든. 그러니까 엄마나 아빠의 주민등록등본을 가져와야 돼…… 내일 아버지 주민등록등본을 가져올 수 있겠지?"

"주민등록등본이요?"

"응, 증명서란다. 간단한 서류야. 동사무소에서 떼오는 서류야, 아빠한테 말씀드리면 그냥 아실 거야. 그럼 내일 가져올 수 있겠니?"

"네, 아저씨. 그렇게 할 게요."

"그럼 내일 보자. 착한 일을 하면 그렇게 좋은 일이 생기는 거야."

현이는 경찰서를 나왔습니다. 발이 허공 중에 뜬 것같이 기쁩니다. 오천만 원이라는 큰 돈이 생기기 때문입니다. 그러한 한편으로 다른 생각을 하니 반드시 기쁘지만은 않습니다. 그 돈을 잃은 아주머니나 아저씨를 생각하면 결코 기쁠 수만은 없습니다. 그러나 주인이 나타나지 않으니 어쩌는 도리가 없죠.

현이는 집으로 돌아오면서 돈을 쓸 일을 생각합니다. 엄마에게 다 드려야 하겠지만 겨울철에 지칠 스케이트와 불우한 어린이나 굶주리는 북한 어린이에게 보낼 선물 살 돈만은 빼고 싶습니다.

현이는 집에 와서 경찰서에 갔다 온 일을 엄마 아빠에게 소상히 얘기합니다.

"우리 착한 아이 생각 잘했다. 불쌍한 어린이들은 이 추위에 얼마나 고생하겠니. 특히 밥을 못 먹는 북한 어린이들 생각까지 다 하다니……."

엄마는 현이의 어깨를 토닥거려 줍니다. 현이 아빠도

"우리는 그런 생각을 미처 못 했는 걸. 현이 뜻을 전해들은 어린이들은 불행을 딛고 현이처럼 착하고 씩씩하게 자랄 거야."

하며 현이를 안아줍니다.

"하지만 현이야, 내일 엄마랑 경찰서에 가면 안 되겠니."

엄마가 염려가 되어서 묻습니다. 그러나 현이는 스스로 할 수 있을 것 같습니다. 엄마가 구청 청소하는 일도 힘겨운데 시간을 만들어서 오기도 벅찰 거예요.

"아녜요, 엄마. 나 혼자로도 괜찮은걸."

길을 알아두었으니까 경찰서 가는 일은 자신 있습니다. 다음날 현이는 아빠가 동사무소에세 떼준 주민등록등본을 가지고 경찰서를 찾아갔습니다. 그러나 순경 아저씨는 걱정이 되는 모양입니다.

"얘야, 너 혼자 왔니? 적은 돈이 아니니까 엄마랑 같이 와야지. 너에게 주면 또 잃어버릴 수가 있거든. 시내버스 안에는 소매치기가 많아. 어린이들 눈에는 물론이고 어른들 눈에도 잘 안 보이는 불량배들이지."

순경 아저씨는 우유와 초콜릿을 사주며 말했습니다. 돌아오는 버스비도 주었습니다. 순경 아저씨가 고마웠습니다.

다음날 현이는 엄마와 함께 경찰서에 갔습니다. 담당 순경 아저씨는 어제처럼 반갑게 엄마와 현이를 맞아주었습니다.

"참 착한 아이를 두셨군요. 그런데 아주머니, 그 돈은 현이 혼자 줍지 않았잖아요?"

순경 아저씨가 말했습니다.

"그랬다는군요. 일학년 때 같은 반 애가 우리 현이를 도와주었다고 하대요."

"그래요. 여기 이름이 있군요. 김동수 어린이라고……."

순경 아저씨가 책꽂이에 꽂힌 장부를 펴보이며 말합니다.

"그러니 현이에게만 돈을 내줄 수가 없군요. 동수 어린이랑 반분해서 나눠가져야 하니까. 내일 동수를 데리고 오는 편이 나을 것 같은데요……."

"그러시다면 동수 어린이를 데려와야겠네요."

"그러세요."

"그럼 내일 다시 올게요."

현이 엄마는 경찰서를 나왔습니다. 다음날 동수를 찾았더니 동수는 이미 다른 학교로 전학가고 없었습니다. 그래서 현이는 혼자 경찰서에 갔습니다. 순경 아저씨는 동수 어린이가 와야 한다고 하였습니다. 현이는 동수가 전학 간 학교를 알아내어서 내일은 꼭 데리고 나오리라 마음속으로 다지고 경찰서를 나왔습니다.

이날 현이는 버스를 잘못 타 엉뚱한 곳에 내렸습니다. 집에 돌아갈 차비도 없습니다. 현이는 부동산 할아버지에게 묻고 지나가는 누나들에게 물어서 집으로 간신히 돌아왔습니다. 해가 지고 거리는 어두웠습니다. 돌아오면서 현이는 걱정이 되었습니다. 불쌍한 아이들에게 거짓말을 한 것 같아 얼굴이 화끈거리기조차 합니다. 그러나 내일은 꼭 동수를 데리고 가야겠다고 다짐합니다.

엄마는 짜증이 나 있었습니다. 현이가 오지 않아 한참 밖으로 찾아 나섰다가 금방 집에 들어오셨다는 것입니다. 현이가 집에 늦게 들어온 얘기를 듣고 엄마는 더욱 얼굴이 침울해졌습니다.

"그렇게 해두 좋은가……."

다음날 현이는 엄마와 함께 다시 경찰서로 갔습니다. 엄마가 다소 짜증섞인 목소리로 말합니다.

"순경 아저씨, 이 어린 것이 자꾸 경찰서에 왔다 갔다 하는 것이 걱정이 되지 않나요."

"죄송합니다. 사무 처리가 그리 돼서 미안합니다. 규칙상 그렇게 처리해야만 하게 돼 있어서요."

순경 아저씨가 머리를 긁적이며 말합니다.

"그러지 마시고 우리 애 몫만 따로 떼주시면 되겠네요. 동수 어린이는 별도로 찾아가도록 하시구요."

엄마가 제안합니다.

"그렇게 해서는 안 됩니다. 같이 있는 자리에서 나눠 갖고 가셔야죠…… 그렇게 하지 않으면 사무 처리가 안됩니다."

"어려운 일이 생길 것도 없을 것 같은데요."

"그러지 마시고 내일 다시 한번 더 나오세요. 내일은 우리가 동수 어린이를 데려다 놓을 테니까요. 사실 돈은 은행에 예치돼 있습니다. 우리가 서류증명을 해주면 은행에 가서 찾으면 됩니다."

현이와 엄마는 다시 경찰서를 나왔습니다. 엄마는 내내 이해할 수 없다는 얼굴 표정입니다.

그날 밤 현이는 몹시 괴로운 꿈을 꾸었습니다. 추위에 떠는 어린이들이 발가벗은 채로 울면서 어디론가 쫓겨가는 꿈입니다. 현이도 울면서 쫓기고 있었습니다. 얼마나 달아났는지 모릅니다. 달아나다가 나무 위로 올라갔습니다. 눈 아래 땅이 아득합니다. 비가 오고 뭔가 무서운 것이 다가오면서 현이는 땅바닥에 쿵 떨어졌습니다. 잠에서 깬 현이의 온 몸이 땀으로 흥건히 젖었습니다.

아침이 되자 현이는 더욱 마음이 안절부절 못합니다. 간밤 악몽을 꾸어서 그러는지 모릅니다.

학교를 마치고 경찰서에 갔지만 동수는 오지 않았습니다. 동수가 원망스럽습니다. 얄미워지기도 합니다. 욕이 곧 입 밖으로 튀어나올 것 같습니다.

"기다려 봐라. 오겠지 뭐……."

순경 아저씨는 구내매점에서 사탕이랑 우유를 사다 주었습니다. 해가 서편 산으로 꼴깍 넘어가서도 동수는 나타나지 않았습니다.

"순경 아저씨, 내일 오면 안 되나요."

"그러겠니?"

순경 아저씨는 사무적으로 말하고 서랍의 서류들을 정리합니다.

"그럼 아저씨, 안녕히 계세요."

"오냐, 잘 가렴. 내일 증명서를 떼주마. 그러면 은행에서 자동 이체도 될 거야."

현이는 경찰서를 나왔습니다. 힘이 쏘옥 빠집니다. 그러나 빨리 집에 돌아가야 합니다. 동수를 기다리다 보니 오늘은 더 늦은 것 같습니다. 그래서 엄마가 눈이 빠지게 기다리며 걱정하실 것이 뻔합니다.

현이는 달리기 시작했습니다. 줄창 뛰었습니다. 횡단보도가 나타났습니다. 네거리 건넌길에서 잠시 발길을 멈춰 선 현이는 신호등이 푸른 신호로 바뀌자 횡단보도를 뛰어갔습니다. 거의 길을 다 건너갔을 즈음, 현이의 몸뚱이가 갑자기 허공에 붕 뜨는가 하더니 길바닥에 깨진 병처럼 박살나고 말았습니다.

현이는 새까맣게 정신을 잃었습니다. 현이는 아무것도 모릅니다. 현이를 친 차는 구청의 청소차였습니다. 현이는 구급차에 실려서 병원으로 옮겨졌습니다.

밤이 깊어서야 엄마와 아빠가 병실로 들어섰습니다. 머리와 팔과 다리에 칭칭 붕대를 감고 피를 흘린 채 쓰러져 있는 현이를 보고 엄마는 그 자리에 까무라쳤습니다. 아빠가 엄마를 부축했지만 아빠도 힘없이 쓰러지고 맙니다. 뒤따라 들어선 교통순경 아저씨가 엄마 아빠를 일으켜 세우며 "선생님, 정신 차리세요. 부모님이 이러시면 어떡합니까." 하면서 간호원을 부릅니다. 간호원이 달려와 응급 조치를 취해서야 엄마 아빠가 정신을 차립니다.

잠시 뒤 다른 교통경찰에 이끌려 초췌한 몰골의 아저씨가 지친 모습으로 병실로 들어섭니다. 운전사 아저씨입니다.

"당신 정신 있는 거야 없는 거야? 도대체 어떻게 된 거야?"

교통순경 아저씨가 운전사 아저씨에게 다그칩니다.

"네, 네. 이 아이가 멈춤 신호등을 무시하고 차도에 뛰어들었습니다. 저도 다른 방법이 없었습니다. 너무나 갑작스럽게 뛰어들어서요."

"그게 말이라구 하고 있어? 목격자 진술을 받아보면 다 알게 돼. 목격자를 다수 확보했다구. 그리고 CCTV도 있어. 가자구!"

"아니라니까요. 저 애가 신호를 무시하고 뛰었습니다."

교통순경 아저씨가 투덜거리더니 운전사 아저씨를 데리고 나갑니다. 현이 아빠와 엄마는 말문을 잃은 채 멍히 이런 광경을 바라만 볼 뿐입니다. 그런 모든 일이 남의 일처럼 아득하기만 합니다.

붕대에 감긴 현이의 얼굴을 바라본 엄마가 다시 소리내어 울기 시작합니다.

"우리 현이가, 착한 현이가 왜 이렇게 됐을까. 우리 착한 왕자가 어쩌다 이런 변을 당했을까."

아빠는 창밖으로 얼굴을 돌리고 소리죽여 웁니다.

"현이야, 엄마 말 들리니?"

그러나 현이는 아무런 대꾸가 없습니다.

"우리 왕자가, 우리 왕자가 어서 일어나야지……."

엄마는 혼잣소리로 중얼거립니다. 현이를 내려다볼수록 엄마는 가슴이 미어집니다.

"이럴 줄 알았으면 우리 현이가 좋아하는 피자를 실컷 사다 먹일걸. 피자나 탕수육 그게 돈 몇 푼이 된다고……."

엄마는 더욱 견딜 수가 없습니다. 이때 현이가 신음소리를 냅니다. 엄마 말을 알아차리기라도 하는 듯 현이 입이 오물거려집니다. 그리고 서투른 목소리로 이렇게 말하는 것 같습니다.

— 엄마, 저는요, 피자도 좋아하고 탕수육도 좋아하지만 사실은 동생이 하나 있는 게 더 좋거든요.

엄마와 아빠의 눈이 반짝 빛납니다. 서로를 바라보며 눈이 휘둥그래집니다. 그러나 곧바로 마음이 조급해지고 맙니다. 무슨 말을 하는지 알아들을 수가 없기 때문이죠. 신음소리로밖에는 들리지 않습니다.

"여보, 우리 왕자가 깨어나겠죠? 긴 잠에서 깨어나듯이 일어나겠죠?"

엄마는 아빠의 어깨를 잡으며 희망을 갖습니다. 그리고 또 소리죽여 웁니다.

"그래 그래, 우리 현이는 피자도 좋아했고 탕수육도 좋아했지. 일어나면 매일매일 사줄 거야. 매일매일…… 그러니까 어서 눈을 떠요."

정말 엄마의 말을 알아듣는지 현이가 약간 몸을 비트는 것도 같습니다. 그리고 굳게 덮혀진 두 눈이 떠질 듯도 합니다.

"그래 그래, 오올치. 우리 현이 어서 눈을 떠야지."

아빠도 굵은 눈물을 손등으로 훔치며 말합니다.

"엄마 아빠, 난 푸른 신호를 보고 길을 건넜어요. 분명히 푸른 신호가 켜졌거든. 다만 좀 서둘렀을 뿐이에요."

현이는 이렇게 말하고 싶습니다. 그러나 입 밖에 나오지 않는 것이 답답할 뿐입니다. 그래서 더 슬퍼집니다. 길거리에 나와 있는 가련한 아이들, 지진 피해로 집과 부모를 잃은 아이들, 제때 식사를 하지 못하는 북한의 어린이들을 생각하니 더 슬퍼집니다.

"엄마, 제가 하고 싶었던 일을 엄마가 대신 해줄 수 있나요."

이 말만은 하고 싶지만 통증 때문에 말이 되어 나오지 않습니다. 거기에 현이는 덧붙이고 싶습니다.

"엄마 아빠, 오늘도 순경 아저씨가 초콜렛과 우유를 사주셨어요. 고마운 아저씨야, 고마운 아저씨."

하지만 커다란 파도의 덩어리가 현이를 덮쳐옵니다. 산보다 더 큰 파도가 현이를 덮쳐옵니다. 현이는 이를 악물고 험한 파도를 이겨내려는 것 같습니다. 그러나 도무지 견딜 수가 없습니다. 현이의 호흡이 거칠어지고 온 몸이 파르르 떠는가 하더니 이내 조용해집니다. 엄마 아빠의 울음소리가 갑자기 커집니다. 간호원이 들어와 현이의 팔목에서 주사바늘을 빼냅니다. 산소호흡기 계기판은 일직선상으로 멎어 있습니다.

현이의 얼굴은 평온합니다. 좀전의 고통이나 슬픔 따위는 이제 모두 사라졌습니다. 잔잔한 고요와 맑은 평화가 상꺼풀진 눈에, 오똑한 콧날에, 부드러운 입술에 젖어 있습니다.

창밖에는 어느새 세차게 눈발이 내립니다.

# 또다른 밀양

내가 강성대 형을 만난 것은 십수 년만이었다. 그가 하루아침에 쫄딱 망하고 자취를 감춰버린 이후 그의 소식을 아는 사람은 없었다. 그런데 우연히 고향의 후배를 만났더니 그의 소재를 알려주었다. 성대 형이 경기도 오산 어딘가의 한 공장에서 근무하고 있다는 것이다. 물론 후배는 여러 얘기 중 성대 형 얘기를 했지만 나는 그 말을 듣고 반신반의했다. 어떻게 그가 거기까지 흘러들어간 것일까. 일본으로, 대만으로, 뉴질랜드로 전전하고 있다는 소식만 풍문으로 듣고 있었을 뿐, 그의 종적은 도대체가 오리무중이었으니까 말이다.

나는 그런 놀라움을 후배에게 내색하지는 않았다. 내색한다는 것은 그와 어떤 특별한 관계가 있는 것처럼 비치고, 그것은 내가 원하는 바가 아니다. 왜냐하면 나와 성대 형과의 특수한 관계를 누구에게도 알리고 싶지 않았기 때문이다. 성대 형은 고향 사람들 중 화제가 많은 사람이었다. 한마디로 입지전적인 인물이었고, 또 물의도 일으켰으니 사람들의 입에 자주 오르내렸다. 천국과 지옥을 경험한 사람으로 고향 사람들은 이해하고 있었다. 소년시절 서울로 뛰어들어 어찌어찌 큰 사업체를 굴렸다는 것이 화제의 바탕이 되었으나 어느 순간에 쪽박차게 됐다는 것이 또다른 화제였다.

나와 성대 형과는 누가 뭐래도 특별한 관계다. 다만 그가 약속해서 가부간에 한번 만나보겠다고 마음을 속으로만 다짐해왔다. 새삼 말할 필요도 없이 그는 나를 여러 가지로 낭패를 보게 한 장본인이다. 그는 그동안 운영해오던 주유소 두 곳과 모텔, 그리고 수도권을 카버하는 유명 브랜드의 아이스크림 총판 부도를 내고, 그의 부의 상징으로 치부되는 논현동 백 평짜리 저택도 날리고, 그 뒤 돈 좀 가졌다 하는 집안 사람들을 골고루 찾아다니며 시중보다 높은 이자로 닥치는 대로 끌어다 쓰더니 어느 날 온데간데 없이 자취를 감춰버린 것이다. 그러는 과정에 나만 죽일놈이 되었다. 성대 형을 돕는답시고 돈푼깨나 있는 집안 사람들을 알선해준 대가를 내가 혹독하게 치르게 된 것이다. 팍팍한 서울생활을 하면서 어렵게 자수성가한 여동생부부, 사촌동생, 고종사촌 여동생부부를 내가 소개해주면서 기왕이면 집안 오빠를 도와달라고 당부했던 것이 결국 그들까지 함께 무너지도록 유인한 셈이 돼버렸던 것이다.

성실한 공무원 신분인 내 위치가 신뢰가 갔던지 그들은 내 권유를 그대로 따르며 있는 대로 성대 형에게 돈을 빌려주었다. 물론 성대 형이 제시한 달콤한 고리(高利)의 유혹도 없진 않았을 것이다. 조폭들이 거둬가는 사채 이자보다 더 세게 주겠다고 해서 그들은 적금을 헐어서까지 건네주기도 했던 모양이다. 그런데 그가 어느 날 자취도 없이 사라지고, 전국에 수배령이 내려지고, 끝내 잡혀서 지방의 어느 감옥에 들어갔다더니 이삼 년 사이 만기 출소하자마자 한국을 떠나 일본인가 대만인가, 뉴질랜드 어디론가로 흘러들어가 농장이라든가, 가구공장이라든가에서 감방에서 익힌 기술을 써먹고 있다는 소식이 들려왔었다. 그러는 사이 나는 똥바가지를 고스란히 뒤집어 썼다. 돈을 배상하라는 말은 없었지만 그 이상의 욕지기를 들어야만 했다.

"오빠가 해주기 싫으면 오빠 선에서 멈춰야지 왜 입장 곤란하게 우리를 소개해줘요? 우리와 무슨 원한 생겼다고 이렇게 고달프고 피말리게 할 수 있느냐구요?"

바로 밑의 여동생 순영이 따지고 들었다. 큰고모의 딸인 선예도 여동생보다는 직접적이진 않았지만 그녀 역시 참고 있지는 않았다.

"그런 분은 큰 데서 놀게 해야지, 째비도 안된 우리 손을 빌리다니, 너무 하지 않아요? 왜 오빠는 자기 돈 안 빌려주면서 우리더러 빌려주라고 주선해요? 누가 보면 동업자로 알 수 있잖아요. 돈 날린 뒤 밤낮없이 남편한테 시달리는 꼴 한 번 볼래요?"

동업자란 비난이 억울했지만 사실 나는 입이 열 개라도 할 말이 없었다. 선예는 남편이 경기도 부천에서 고물상을 해서 저축한 전액인 육천만 원을 빌려주었으나 석달 이자를 받아먹고는 몽땅 날렸다. 여동생 순영이는 오천만 원을 빌려주고 그녀 역시 사오 개월 정도 이자를 받아먹고는 원금을 홀라당 날렸다. 순영인 친오빠라는 인연 때문에 아무도 없을 때는 나에게 악다구닐 쓰며 대들다가도 누가 있으면 체면상 대놓고 따지진 않았지만, 그녀 역시 남편과 다툰 뒤 속이 뒤집어진 때가 한두 번이 아니라고 했다.

그럴 때는 내가 대신 뭐랄까, 정 그렇다면 장기라도 팔아서 갚아주고 싶은 심정이었다. 그들의 말 한마디한마디가 바늘 끝처럼 가슴을 찔러 견디기 어려웠다. 나로 인해 낭패를 보고 있으니 내가 백 번 사죄해도 부족한 형편이었다. 그러나 백 번 사죄한들 무슨 필요가 있는가. 따지고 보면 단 일 원의 가치도, 현실성도 없는 것이다. 특히 그 돈이 어떻게 해서 모은 것인지를 알기 때문에 나는 집이라도 팔아서 대신 갚고 싶은 심정이었다. 하지만 나에게는 그런 거액이 있을 수가 없었고, 여전히 아이 둘을 거느린 전세집을 면치 못하는 가난한 말단 공무원의 신세였다.

"오빠, 내가 요양원에 나가면서 돈을 모으고, 남편은 쥐꼬리만 한 여행사 안내 봉사료로 살림을 일궈간 사실을 알고 있죠? 그런데도 내 돈 날리게 만들어? 그게 인간 양심이야? 고슴도치도 낯짝이 있거든?"

나를 불러 세워놓고 몰아붙인 순영이의 거친 반발이었다. 그렇게 당하면서 십몇 년을 견뎌오는데 성대 형이 갑자기 대한민국 어느 하늘 아래 나타났다는 것이다. 물론 불쑥은 아닐 것이다. 하지만 그렇게 비쳐졌다. 적어도 직접적인 채권 채무관계인 순영이나 선예에겐 두려워서라도 그렇다 치지만 나에게까지 거처와 신분을 속인다는 것은 납득할 수 없었다. 물론 내가 거처지를 아는 이상 순영이나 선예에게 연락을 취하리라고 볼 수도 있을 것이다. 하지만 그런 위험성을 내포하고 있다고 하더라도 나한테는 귀띔만큼은 해주었어야 했다. 그는 내가 그를 어떻게 보호하고 마음속으로 잘되기를 바랐는지 모를 리 없었으니까. 성대 형 일이라면 나는 어느 누구보다 성공자의 대오에 끼어서 떵떵거리며 세상 살기를 간절히 바랐었다. 그런데 일체 소식을 끊다니……
그런데 우연찮게 후배에게 성대 형 소식을 들은 것이다. 후배는 성대 형과 나와의 저간의 사정을 잘 알 리 없었던지 시시콜콜 말했다.

"그 공장에서 강성대 씨가 꽤 큰 역할을 하고 있더래요."

직접 보았다는 것인지, 풍문으로 들었다는 것인지 모호하긴 했지만 후배가 그렇게 말해주었을 때 나는 거듭 배신감을 느꼈다. 그래서 욕지기부터 나올 뻔했다. 그동안 내가 마음 고생하고 시달린 일을 생각하면 당장 찾아가서 한바탕 소동을 벌이고 싶은 심정이었다. 하지만 냉정을 잃지 않고 후배에게 물었다.

"그래 거기서 뭘 하고 있는데?"

"그 공장에서 두 부부가 근무하고 있다고 하더군요. 입지전적인 인물이 감옥까지 갔다오니 좀 안 된 것 같기도 하고…… 하지만 재기하려고 그러는 것 아니겠어요? 공장에 있는 걸 보니……."

"공장에서 재기를 한다?"

"아무렴요. 그렇지 않구요. 한국사회에서 일감이 있는 곳은 공장이고, 시커멓게 그을은 돈이 먹성이 있죠. 신체건강하기만 하다면야 제조업에서 재기할 수가 있는 거죠."

"몸이 불편하다는 건가?"

"그런 건 아니고, 불편하긴 한데 다시 일어났다는군요. 그분의 인생처럼요. 참 대단해요."

그의 말을 듣고 나는 잠시 망설였다. 신체적 불구야 누구나 가질 수 있는 일이다. 하지만 공장 건물에 방을 달아붙여서 사는 형편이 됐다는 게 의아했다. 형편이 그래서 그랬다는 것인지, 그만큼 재기의 불꽃을 태우기 위해 결사적으로 매달린다는 뜻인지 헷갈렸지만 더 이상의 정보를 얻지는 못했다. 나는 선의로 해석하기로 했다. 그러고 나자 착잡한 마음이 조금은 안도되었다.

성대 형과 나는 고종사촌 간이었다. 나보다 몇 살 많았지만 어려서부터 함께 자라서 형제보다는 친구처럼 지냈다. 철이 들면서부터 비로소 나는 그를 형으로 여겼고, 그래서 장성해서는 깎듯이 예의를 차렸다. 그것도 그럴만한 이유가 있었다. 그를 볼 때마다 소년시절의 아픈 기억을 더듬으면 연민이 갔던 것이다. 성대 형은 결손 가정에 결핍이 많고, 그래서 늘 주눅들어 살았다. 나는 그런 형을 생각하면서 장성한 뒤 때로 그가 사업을 할 때 잘되기를 간절히 바라고 인허가 문제 등 여건이 주어진대로 적극 도왔다.

성대 형은 어머니, 그러니까 나의 고모가 남편으로부터 소박을 맞고 친정에 와 살면서 그도 역시 엄마를 따라와 외가에서 눈칫밥을 먹고 자랐다. 우리 가족사가 좀 복잡한데, 굳이 얘기하자면 고모는 아버지와는 이복이었다. 할아버지가 얻은 여러 할머니 중

작은할머니의 1남2녀 중 맏이였다. 작은할머니는 큰집인 우리집 바로 옆집에서 살았지만 나는 친가보다 작은할머니댁에서 지내는 것이 좋았다. 친가는 언제나 장마당처럼 복닥거렸고 난봉꾼인 할아버지가 가산을 모조리 망가뜨리고 돌아가시자 아버지와 어머니가 그것을 다시 일구느라 자식들이 어떻게 자라는지 관심조차 없이 바쁘게 지냈다. 하지만 작은할머니댁에 가면 평화로웠다. 작은할머니가 어딘가 숨겨두었던 갱엿이나 홍시감을 손에 쥐어주는 맛도 있었지만 식구들이 둥근 밥상에 둘러앉아 밥 먹는 광경은 도란도란 참으로 다소곳하고 다정했다. 우리 집은 모두가 독립운동에 나서는 사람들처럼 빠르고도 결연하게 움직였다. 후다닥 밥그릇을 비우고 일터로 나가면 그것으로 그만이었다. 그래서 정이 안들었다.

나를 귀여워해준 막내고모가 있어서 나는 작은할머니댁이 더 좋았다. 막내고모는 작은할머니의 막내딸로서 나보다 아홉 살이 위인데 나는 쌍둥이 중 차남이었다. 큰애보다 체구가 작아서 작은고모가 나를 업어서 키웠고, 큰애는 덩치도 컸으므로 작은고모보다 한 살이 위인 신체적으로 실한 큰누님이 업어 키웠는데 서로 두 아이를 놓고 툭하면 다투었다고 한다. 말하자면 나이 많은 조카와 나이 어린 고모가 두 쌍둥이를 맡아 업어 키우면서 대판 싸웠다.

"큰놈 불알이 더 커야."

큰누님이 업고 다니던 내 쌍둥이형을 자랑하면 작은고모도 지지않고 내 불알을 잡아 늘여 빼면서 "아니다. 작은놈 것이 더 커야! 자지도 더 길단 말이야!" 하고 다투다가 종당에는 서로 머리끄덩이를 잡아채고 싸우기에 이르렀는데, 뭐가 그리 억울했는지 그런 뒤끝에 둘 다 설움에 겨워 울었다는 것이다. 커서야 그런 얘기를 듣고 웃었지만, 어쨌든 그래서 그런지 유독 작은고모가 나는 좋았다. 나를 키워서 그런지 나를 무척 귀여워해주는 편이어서 나는 작은할머니 댁에 가서 살다시피 했다. 큰놈은 돌림병으로 네 살때 죽고 작은놈인 내가 그대로 살아있는 것이 작은고모에겐 또 대견했던 모양이다. 시집갈 나이인데도 초등학교 입학하던 무렵까지 나를 곧잘 업어주곤 했었다. 그리고 꼭 그것 때문만이 아니지만 작은할머니 집은 언제나 편안하고 평화롭고 조용해서 좋았다.

그런 어느 날부턴가, 작은할머니댁으로서는 맏이인 큰고모가 들어와 살았다. 아마도 내가 예닐곱 살쯤 되었을 때가 아니었나 싶다. 맏이 고모는 이름도 없이 호접이라는 아명을 쓰고 있었는데 혼자가 아니고 외아들인 성대 형을 데리고 왔다. 호접이 고모는 경찰인 남편으로부터 소박을 맞고 친정으로 온 것인데, 성대 형까지 달고 온 것이었다. 모두들 쉬쉬해서 그 내막을 자세히 알진 못했지만, 또 설사 안다고 해도 예닐곱 살짜리 어린 놈이 무슨 눈치를 챘을 것인가마는 작은할머니댁에 호접이 고모와 성대 형이 들어와 살면서 그 집도 가계가 복잡하게 돌아갔다. 삼촌이 일찍 장가를 들어서 방도 부족하고, 새로 들어온 작은어머니 성깔이 만만치 않아서 작은할머니도 눈치를 보는 중이었다. 거기다 작은할머니는 인분이 섞인 채소를 잘못 먹고 채독에 걸려서 투병

중이었다. 이러니 나날이 긴장의 연속이었다. 하지만 시일이 지나면서 작은집도 조금씩 안정을 취해 나갔는데 그건 뭐니뭐니해도 호접이 고모의 노동력이 기여하는 바가 컸다. 우직하고 착하고 성실하기만 한 호접이 고모는 주변의 무슨 귓속말도 흘려듣고 묵묵히 작은집 일을 도왔다. 무슨 상황을 알고 그렇게 처신한 것이 아니라 성격 자체가 그러했다. 좀 느리나 무던하고 바보스러울 정도로 우직하고 눈치를 볼 줄 모르는 순박한 성격. 그래서 빠릇빠릇한 경찰 남편이 답답한 나머지 성질 부리고 바람을 피면서 어느 날 개똥 버리듯 그녀를 걷어차버렸던 것이다. 이런 와중에 성대 형도 들어와 살면서 뒤늦게 초등학교에 들어갔다. 나이차는 많았지만 나와는 한 학년 차이였다.

초등학교 삼사학년 때의 일로 기억한다. 무슨 일로인가 나는 성대 형과 크게 다투었다. 그래서 나는 그를 혼내줄 기회를 벼르고 있었다. 마침 우리 집에 제사가 있었다. 아버지는 십몇 대 종손이라 집안의 제사가 한달에 한번 꼴로 있었다. 제사를 지낸 아침에는 일가친척은 물론 마을 어르신들이 집에 와서 아침식사를 했다. 물론 작은댁 식구들도 와서 식사를 한다. 호접이 고모는 새벽부터 부엌에 들어와 일을 돕는지라 성대 형도 당연히 아침을 먹으러 올 권리가 있었다. 아침 밥상이 차려지고 일가친척이 들어오고 마을 사람들이 들어와 안방과 대청마루에 사람이 가득찰 무렵, 성대 형이 눈을 비비며 우리 집 마당으로 들어서고 있었다. 나는 그가 가까이 오자 벼락같이 소리쳤다.

"오지마 새끼야!"

방 안에 있던 어르신들이 갑자기 외치는 나를 보고 조금 놀라거나 어이없어 하고, 동시에 성대 형을 번갈아 보면서 어떤 반응을 보일지 궁금하게 여기는 듯하다가 어린이들의 장난이거니 여기고 각자 그들의 대화 속으로 빠져들어갔다. 하지만 성대 형은 내 고함소리에 주춤 서더니 풀죽은 모습으로 곧바로 돌아가버렸다. 밥상을 준비하며 이를 지켜보던 그의 엄마 마음은 어땠을까. 지금 생각하면 철없는 아이의 짓이라고는 하지만 스스로 생각해도 얄미운 짓이라는 생각을 한다. 그래서 그때의 풍경이 잊혀지지 않아 그 일을 생각할 때마다 형에 대한 알 수 없는 미안함과 부채의식을 갖고 있었다. 그것뿐만이 아니다. 어떤 놀이에서도 나는 억지를 부리고, 그를 노골적으로 왕따 시켰다. 다른 아이들은 우리 집에 들였지만 그는 내쫓았다. 내가 드센 편도 아닌데 그에게만은 함부로 했던 것 같다. 그는 그런 나의 행동들을 당연한 듯이 감수했다. 애당초 무릎을 꿇는 행태였다.

호접이 고모는 언제나 말이 없는 사람이었다. 가슴속으로 쓸어담을망정 자기 속마음을 밖으로 표출하는 사람이 아니었다. 그녀의 표정없는 모습이 내 마음을 아프게 한다. 소박을 맞았어도 묵묵히 받아들이고, 친정에 들어와 살아도 늘 뒷전의 그림자처럼 살았다. 성대 형도 그런 엄마를 보고 저도 모르게 주눅들어 사는 것을 가슴으로 체화했는지도 모른다. 나는 장성해서 그때 생각을 하면서 성대 형보다 호접이 고모에게 더 송구스런 마음을 갖고 있었다. 그들이 그것을 기억하고 있건 말건 나는 늘 그런 부채의식을 지니고 살았다.

성대 형은 초등학교를 마치자마자 서울로 무작정 튀었다. 작은할머니도 끝내 채독 후유증으로 돌아가시고, 묵묵히 일만 해주는 그의 어머니도 기대고 의지할 처지가 못 된다는 것을 일찍이 알아차린 그는 대처로 나가는 길만이 자기를 지탱하는 힘이라고 여겼던 모양이다.

서울로 올라간 성대 형은 한동안 소식이 없었다. 당시 농촌에서 서울로 무작정 튄 사람들은 그렇게 소식도 없이 지내다가 뜬금없이 나타나 위세를 부리며 사라지곤 했는데 성대 형은 그런 부류에도 끼지 못했다. 그래서 수년간 집에 연락이 없었다. 그리고 언젠가 나타났는데 완전히 사람이 바뀌었다고 했다. 활달하고 적극적이고 자신감을 보이면서 돈 모으는 재미로 산다고 했다. 나는 그런 소문을 듣고 마음속으로 흡족해했다.

추석이 되자 나는 숙부가 생각났다. 아버지의 형제라곤 이제 막내숙부 한 사람뿐이었다. 5남10녀의 삼촌이나 고모 중 살아 있는 사람은 막내숙부뿐이었다. 사람들은 당신의 할머니가 얼마나 많은 자식들을 생산했길래 5남10녀일까 놀라기도 하고 의구심을 품기도 하겠지만 사실은 네 할머니 배에서 나온 아버지 형제자매들인 것이다. 막내숙부는 작은할머니 소생의 외아들이었다.

한동안 고을에서 재산깨나 굴리던 증조부의 유산을 물려받은 할아버지는 무위도식과 여자 편력이 잦아서 자식 생산을 많이 한 반면에 재산을 거덜내는 낭인이었다. 집안을 일으켜세우는 재주보다 내세우지 못할 엉뚱한 재주가 있었으니 견고한 살림을 쪽내는 일은 시간문제였다.

숙부는 홀로 시골에서 살다가 명절이면 반대로 자식들이 살고 있는 수도권으로 올라가곤 했는데 근래 모습이 고적해 보였다. 나는 지방 출장 중 고향과 가까운 곳에 이르자 숙부가 사는 시골집을 찾았다. 그런데 그는 홀로 쓸쓸하게 도시로 진학한 중고교생들이 하는 자취생활과 다름없는 숙식을 하고 있었다. 덩그마니 큰 집의 한쪽 방에서 취사도구를 들여다 놓고 밥을 짓고, 밥이라야 전기밥솥에 사오 일 분을 지어놓고, 그리고 어디선가 구해온 묵은 김치 하나와 햇김을 사분의 일로 가위로 쪼개놓고 식사를 하고 있었다. 그 모습이 너무나도 처량해보였다.

숙모가 오랜 당뇨 투병 끝에 몇 개월 전 별세하자 나는 그의 아들들이 그를 불러들일 줄 알았다. 그러나 그게 아니었다. 거기엔 그럴만한 사정이 있다는 것을 나는 어림짐작하고 있었지만 정작 그렇게 부친을 물건 버리듯 내버려둘 줄은 몰랐다. 숙모는 자식들이 경기도의 어느 병원으로 모셔놓고 간병하는 사이 숙부는 시골 고향에서 살면서 본의 아닌 이산가족이 됐는데, 이는 숙부와 숙모 사이가 별로 사이가 좋지 않은 데 원인이 있었다. 숙모는 혹여 숙부가 병원을 찾을라치면 두 눈을 부라리며 화를 냈다는 것이다. 숙모는 당뇨합병증이 오면서 시력도 잃고 의사표현도 잘 하지 못할 정도였으며, 그래서 눈굴림으로 자기 의사를 표명했다. 숙모는 숙부가 찾아오면 반가움을 표시하는 대신에 이렇게 두 눈을 부라리며 이를 앙당 무는 시늉을 하는 것인데, 이것이 그대로 자식들에게도 전파돼서 아버지를 내놓고 홀대한다는 것이었다.

숙부는 젊었을 적에 도박과 여자로 숙모 속깨나 썩혔는데 그런 것들이 자식들 눈에도 비쳐 말년이 쓸쓸해 있는 것이고, 더군다나 숙모가 저렇게 병을 얻은 것도 숙부의 무분별한 사생활 때문이라 여기고 자식들도 덩달아 숙부를 배척했던 모양이다. 자식들로부터 외면을 받고 있다는 사실을 누구에게도 알리고 싶지 않은 숙부는 묵묵히 시골에서 홀로 살고 있었던 것인데, 그것은 그의 사정일 뿐, 상상력이 풍부하고 이웃집 아침 밥상의 반찬이 뭣이다 라는 것까지 꿰는 시골 사람들의 정보력에는 당해낼 수 없었는지라 그런 저간의 사정은 곧 드러났다. 자식들에게도 무시받고 사는 것이 알려진 이상 시골 사람들에게도 대접받고 살 수는 없는 일, 그래서 그는 쓸쓸하게 외톨이로 지내고 있었다. 자식들에게 무시받고 살면 어떤 누구로부터도 무시받고 사는 것이 세상 인심인 것이었다.

숙모가 저 세상으로 간 지금에 와서 그런 옛 섭섭한 사연들일랑 접고 자식들이 아버지를 받아들이면 좋으련만, 그게 나로서는 안타깝고 못마땅했다. 원죄가 있다고 해도 이건 좀 지나치다는 생각을 했다. 그래서 몰락한 집안이긴 하지만 가문을 이끌어가는 장손답게 그들을 모아 숙부에게 힘을 실어줄 생각이었다. 숙부를 만나고 온 뒤 추석 무렵 나는 오산시에서 골판지 공장을 하고 있는 사촌동생의 사업체를 찾았다.

공장은 한가로웠다. 매일 십여 대의 화물차가 들락거리고, 산더미처럼 쌓여 있는 골판지를 용도에 맞게 잘라서 기계에 넣고 압축기에 넣어 철심으로 박아내면 뚝딱 완제품이 되어 나오는데 모든 기계가 작동을 멈춘 이 시간엔 괴물 덩어리들이 숨을 죽이고 웅크리고 있는 것처럼 보였다.

나는 성대 형이 사촌동생 윤성의 골판지 박스공장에서 근무하고 있다는 것을 알았다. 전에 만난 후배는 어느 공장이라고 특정하지 않았지만 사촌동생 공장에 와 있으리라고는 상상하지 못했다. 그의 공장이라면 집안 동기간을 통해서도 금방 소문이 났을 것인데, 숨죽이고 지냈기 때문인지 소문은 나지 않았다.

나는 또한번 놀라고, 동시에 또다른 배신감을 느꼈다. 성대 형이 와 있었다면 전후 사정이야 어떻든 그들이 나에게도 소식을 알려주었어야 하지 않겠는가. 그들도 골칫덩어리를 안고 있고, 그런 마당에 성대 형의 근황을 알려줄 계제가 되지 못했으리라고 짐작은 하지만 그로 인해 고통받는 사람들이 많다는 것을 안다면 귀띔이라도 해주었어야 했다. 그가 그곳에 있다는 사실을 발설하지 않은 사실. 그건 나와는 이복의 관계라는 등식 이외 이유를 댈 것이 없었다. 물론 성대 형의 처지를 불쌍히 여기고 지금까지 숨겨주었을 것이다. 그렇더라도 나와는 그럴 수가 없는 것이다.

시골에 있던 숙부도 명절을 맞아 윤성의 공장에 와 있었다. 나는 숙부를 만나자마자 반가움 대신 섭섭한 마음을 가지고 물었다.

"성대 형이 윤성이 공장에 있다는 것을 왜 한마디도 알려주지 않았나요."

윤성이는 숙부의 장남이다. 그와 나는 직업이 다르고, 나이 차가 있고, 성장과정이 다르니 썩 가깝게 지낸 편은 되지 못했다. 그래서 간간이 안부를 전해듣고는 있었지만 직접적인 접촉은 그다 없었다. 다만 과묵하고 성실한 아우여서 먼 발치에서나마 그를 신임하고 있었다. 그 역시 성대 형으로부터 일정 부분 피해를 입었다는 것을 알고 있었다. 하지만 순영이나 선예에 비하면 그는 양반이었다. 액수야 윤성이가 많지만 순영이와 선예의 재산 비중으로 보면 째비가 안 되는 것이었다. 순영이와 선예는 맨발로, 눈물로 만든 전 재산이나 다름없었던 것이다. 그런 것에 또 생각이 미치자 나는 기분이 상했다.

"그렇게 할 수는 없죠."

"어떻게 말을 해줄 수가 없었네. 말을 해주면 서로 간에 거북할 것이고, 성대가 빚을 갚을 능력이 있는 것도 아니어서 서로 속상하지 않도록 그냥 그렇게 지내왔네."

숙부는 이렇게 변명했다. 틀린 말이 아니었다. 사실 어쩔 것인가. 그저 그작저작 시간이 흘러간 사이, 그 자신도 그런 사정이 있는지 없는지조차 둔감해졌거나 망각하고 말았을 것이니까 말이다.

명절에 자식들 집을 찾아왔지만 그는 권위 있는 아버지 입장이 아니라 반갑지 않은 손님처럼 잔뜩 풀이 죽어 있었다. 그런 것 때문이기도 하지만 숙부의 해명도 수긍이 갔기 때문에 나는 그저 뜻없이 고개를 주억거렸다. 이 일을 순영이게 알린다 만다로 고민을 했다.

나는 곁에 서 있는 윤성에게 성대 형을 불러달라고 요청했다.

어찌됐건 인사는 하고 가야 했다. 윤성 역시 미안한 마음을 갖고 있었다.

"어떤 누구는 몰라도 순영이 누나나 선예 누나 건은 해결해야 했는데……."

그도 내가 그동안 여러모로 힘들었다는 점을 여러 풍편으로 듣고 알고 있었을 것이다.

"꼭 보시겠어요?"

"여기 왔으니 보고는 가야지."

그가 잠시 망설이다가 공장 밖으로 나갔다.

"우리도 나가봅시다."

나는 윤성을 뒤따라 숙부를 이끌고 공장의 사무실 밖으로 나왔다. 주변에는 돼지 축사와 계사가 있어서 이들의 배설물 냄새가 공장 주변을 불쾌하게 짜누르고 있었다. 들판에는 농작물이 한참 여물어가고 있었고, 건너편 산의 짓푸른 숲에서는 이름을 알 수 없는 새들이 지저귀고 있었다.

성대 형은 한참만에 나왔다. 나는 그가 공장 건물의 한쪽 켠 혹처럼 달아붙인 방의 문을 열고 나오는 모습을 보았다. 그런데 나오는 모습이 심상치 않았다. 지팡이를 짚고 절룩거리며 걸어나오는 동작이 불안하고 위태로워 보였다. 한쪽 팔은 펄럭이는 허수아비처럼 제멋대로 움직였다. 가까이 다가올수록 그의 한쪽 눈은 초점 없이 허공을 보고 있었다.

"형, 왜 이렇게 됐습니까."

나는 마음의 동요를 일으켰으나 침착을 유지한 채 이렇게 인사했다. 예전에 가졌던 원한과 미움과 저주는 잿불처럼 사위어가고 있었다.

"그래, 잘 있었는가. 내가 이렇게 된 건 벌써 이년 전이야."

그는 쓸쓸하게 웃었다.

"이년 전에요?"

"그랬다네."

그렇다면 최소한 이년 전에 이 공장에 와 있었으며, 그동안 나는 이 사실을 새까맣게 몰랐던 셈이다.

"그래, 공장에서 일하다가 쓰러졌어. 뇌졸중이었는데, 그나마 지금은 어느 정도 기동을 하게 됐네."

그러자 숙부가 나섰다.

"식물인간이었다네. 꾸준히 산에 다니고 물리치료를 받고, 그래서 지금은 상태가 좋아졌다네."

나는 섭섭함보다 마음이 놓였다. 전보다 나아졌다는 데야 다른 어떤 위로의 말이 필요하겠는가. 나는 순영이와 선예의 사정을 잊었다. 내가 겪은 고초도 생각나지 않았다.

"어디 앉세."

숙부가 제안하면서 모두 그늘이 있는 기다란 통나무에 엉거주춤 앉았다. 성대 형이 더듬더듬 말하기 시작했다.

"나는 자본금 없이 사업을 시작했어. 내가 가진 것이라고는 뭐가 있었겠나. 내가 논현동 저택이란 것도 월세로 살았어. 그렇게 떵떵거리게 사는 것을 보여주어야 누가 돈을 주거든."

"주유소다 모텔이다, 사업체가 많았잖아요."

"그것도 뻥이고, 동업이었어."

나는 섞갈렸다. 그가 사기치고 둘러대며 살 사람이라곤 생각지 않았던 것이다. 그의 지순한 어머니의 품성으로 보면 그럴 사람이라고는 생각되지 않았던 것이다. 빚을 갚지 못한 데 대한 변명으로 그런 말을 하는 것인가. 그래서 말했다.

"몸부터 추슬러야죠."

"내 몸이 되돌아오면 그냥 재기할 수 있네."

그는 자신감을 보였다. 나는 순간 순영이를 생각했다. 그것이 전부는 아니었지만 그녀는 이혼 직전까지 갔었다. 아이 때문에 더 많은 고통을 받았다. 아이에게 학원비 한번 제대로 대주지 않아 대학입시에 연거푸 낙방하고, 지금은 먼 남쪽 지방 도시의 전문대학에 간신히 다니고 있었다.

"아이에게 단과반 과외 한번 시키지 못했어요."

과외 때문에 인서울대학 진학이 안 됐다는 것은 변명일지 모르지만 그것 하나 변변히 해주지 못한 부모의 회한은 짐작하고도 남음이 있었다. 요즘 세간에는 '3자 금어'라는 속어가 유포되고 있었다. 금어의 첫째는 자식자랑 하지 마라, 둘째 자리 자랑하지 마라. 셋째 자본 자랑하지 마라다. 이 중 가장 상처를 받는 것이 자식 자랑이라는 것이다. 내 자식이 서울대 연고대 다니며, 선망하는 대기업체에 합격했다는 말을 하면, 다른 부모들은 모두 가슴속 응어리가 도져 사흘간 밥맛이 없고 석달 동안 이를 갈며, 삼년 동안 재수가 없다는 것이다. 자식들로 인한 상처가 그만큼 크다는 뜻일 것이다.

그런데 순영이 아들은 장애자에다 지방 소도시의 전문대학에 다니며 온갖 세상의 차별과 편견과 모멸의 삶을 살았다. 그런 그녀 아들, 그러니까 조카의 진학을 위해 내 선에서 성대 형과의 채무관계를 해결했으면 조금이라도 형편이 나아졌을 것이다. 그랬다면 아이에 대한 미안함과 고통으로부터 조금은 해방되었을 것이다. 선예 역시 남편이 간암을 앓더니 어느결에 말기로 진행돼 바로 몇 달 전 타계하고 말았다.

"약도 제대로 쓰지 못했어요. 오빠."

하고 울먹이던 선예의 말을 들었을 때, 모든 책임이 나에게 있는 듯이 마음이 괴로웠다.

"그래 형수님도 안녕하세요?"

나는 지난 괴로움을 지우고 성대 형에게 물었다.

"형수는 일하러 나갔네. 병원에서 간병 일도 하고 그런다네."

"그렇군요."

형수의 생활력은 어떤 누구도 알아주고 있었다. 성대 형의 오늘이 있기까지 형수의 역할이 컸다는 것을 나는 주위 친인척으로부터 들었었다. 그녀 역시 소녀시절 충청도 산골에서 서울로 올라와 섬유공장의 공원으로부터 시작해 결혼할 돈을 마련하더니 성대 형을 만나 악착같이 살았다. 어느 면에선 형수가 성대 형을 몰아세우며 살림을 일구어왔으며, 사업 확장도 형수의 과욕에서 비롯되었다고 했다.

나는 불안하게 지팡이에 의지해 앉아 있는 그가 처량해서 재빨리 호주머니에서 지갑을 꺼내 잡히는 대로 돈을 꺼내었다.

"얼마 안 되지만 받으세요. 넉넉하지 못해 미안해요."

"괜찮네. 그러지 말게. 그러지 말어."

내 뇌리에는 순영의 오천만 원, 선예의 육천만 원은 저만치 사라지고 없었다. 그건 당시 송파구 잠실 시영아파트 한 채 값이었고, 지금은 재개발돼서 10억대의 부동산으로 껑충 뛰었을 거금이라는 그네들의 푸념도 귀에서 멀리 사라졌다. 성대 형의 지난하고 신산한 삶과, 그것을 상징하듯 거북한 몸동작과 한쪽으로 쏠리는 사시의 눈을 본 순간, 그런 것은 그야말로 하찮은 푸념에 지나지 않는다고 생각되었다. 물론 당장의 내 잇속과는 상관없는 것이었기 때문에 그랬을는지도 모른다.

"아이들은 어떻게 됐나요?"

사업이 실패하고 감옥까지 갔다 오고, 일본으로 어디로 망명객처럼 부부끼리도 흩어져 살아왔으니 그 우여곡절이야 자식들도 오죽했겠는가. 감옥 간 아버지와 거덜난 가산, 그 자체만으로도 눈물겹다. 나는 심히 동정어린 마음으로 그를 진정으로 위로해주고 싶었다.

그러자 성대 형은 마침 잘 물었다는 듯이 천천히 말을 잇기 시작했다. 형의 얼굴에 어느결에 자신감이 묻어났다.

"큰 딸애는 연세대학을 나와서 외국인 회사에 다니다가 서울대학 출신의 연구원을 만나 결혼해서 지금은 미국으로 건너가 살고 있네. 둘 다 박사학위를 받았고, 사위는 프린스턴대 경영학 교수네. 딸애는 다트머스대학에서 사회학 박사를 마치고 프린스턴으로 가서 사위하고 같이 근무하고 있네."

나는 순간 둔기로 땅, 머리를 한 대 맞은 것 같은 충격을 받았다. 머리가 핑 돌았다. 정말 반전 치고는 너무도 극적인 반전이어서 모든 것이 헷갈렸다.

"프린스턴대학, 다스머스대학이라구요?"

나는 다시 물었다. 성대 형의 실력으로는 그런 대학 이름을 알 수 있었을까. 초등학교를 마치자마자 열다섯 소년의 나이로 무작정 서울로 뛰어들어 가방끈과는 거리가 먼 인연을 산 사람이 미국의 유수 대학 이름을 거명하자 나는 놀라버린 것이다. 물론 사회생활 수십 년에 그런 정보력이 없을 수 없고, 또 그런 지식이 없으란 법이 없다. 하지만 지금 성대 형의 처지에서 보면 그것은 너무도 사치스러운 것이다. 내가 뜨악해서 말문을 잃자 성대 형이 더 자신감 있게 말하기 시작했다.

"큰애는 그렇다 치고, 둘째 애는 자네도 알다시피 아들이잖나. 카이스트 나와서 대기업 중견 사원으로 들어가 있네. 중고교 시절부터 일등을 놓치지 않았지. 그리고 셋째 아이도 누나와 형을 따라서 공부를 잘해서 그 어렵다는 회계사 시험에 합격해서 기획재정부에 다니고 있네."

나는 다시 머리를 맞은 것 같은 충격을 받았다. 내가 왜 이 자리에 서서 소소한 감상에 젖어 있으며, 성대 형을 위로하고 있는지 도무지 갈피를 잡을 수가 없었다.

순영이 아들은 뇌기능장애자였다. 성대 형에게 어렵사리 모은 돈을 건네주던 그 무렵 그 아이는 중학생이었고, 미국에서 잠시 귀국한 우수한 어느 의사를 소개받아 아이를 치료시킬 기회가 있었다고 했다. 아이는 어렸을 적 뇌막염을 앓았는데 변두리 시시한 병원의 시설이 빤한지라 체계적인 치료도 제대로 받지 못했다. 아이가 너무 울어대는 것이 귀찮아 간호원이 매일같이 과도하게 수면제를 먹인 여파로 회복은 됐지만 지능이 떨어지는 아이로 자라고 말았다. 그 아이 때문에 밤낮없이 좌절하며, 때로는 함께 죽을 것까지 생각했다는 순영이를 생각하면 나는 순간 빽 고함이라도 내지르고 싶은 분노가 일었다.

"아이가 좀 까탈스럽긴 했어요. 자꾸 칭얼대고 울어대니 간호원들이 수면제를 먹인 거예요. 밖에서 일을 보고 와도 아이가 자고, 집안일 챙기고 돌아와도 자고 있는 거예요. 이상하다고는 생각했지만 평화롭게 자고 있으니 안도했죠. 푹 자면 깨어나겠지, 그리고 나도 편했으니까요. 그런데 그렇게 까맣게 몰랐던 거예요. 그것이 영영 뇌를 잠자게 해버린 줄 몰랐던 거예요, 오빠. 그 아이를 내한한 유명한 미국 박사를 만나서 완치시킬 수 있었는데 돈 아끼느라고 영영 병신 만들어버리고 만 거예요. 그 돈을 뜯긴 거예요, 오빠……."

나를 원망하며 흐느끼던 순영의 모습이 머리에서 떠나지 않았다.

선예 이야기라면 더 견딜 수 없다. 그는 얼마 전 남편을 잃었다. 간암 말기로 3년을 버티다 가산을 거덜내고 저 세상으로 떠났다. 선예 남편은 고물상을 차려서 자립했는데, 폐품을 모으기 위해 누구보다 새벽같이 일어나 마을을 돌고, 백화점에서 박스

폐지를 얻어내기 위해 백화점의 잡역부 일까지 마다하지 않았다. 공장에서 구리 동력선을 끊어내다 감전돼 한쪽 손을 쓰지 못했다. 그런 가운데서도 끊임없이 공사판 철골조를 자르고 줍고 실어 날랐다. 성대 형이 자랑삼아 말했다.

“내 친손주 말일세, 지금 다섯 살인데 영어 실력이 원주민과 대화가 가능하다네. 서울서 살지만 미국 사람과 똑같다니까.”

“나 이만 가보겠습니다.”

“아니, 우리 애들이 곧 오는데 보고 가지 않고…….”

나는 집을 잘못 찾아온 사람처럼 허우적거렸다. 자신의 신분이 결코 빚쟁이들에게 눌려 사는 처지가 아니라는 것을 내뿜고 있는 저 모습. 그 긍지와 자부심 앞에서 나는 너무나 무참히 밟혀버린 느낌이었다.

“이런 낭패라니…….”

나는 문득 영화 ‘밀양’의 한 장면이 떠올랐다. 도시도 아니고 농촌도 아닌 밀양에 엄마와 함께 서울서 내려와 정착해 살고 있는 어린이가 유괴 살해됐다. 금품을 노리고 유괴살해한 사람은 바로 아이의 웅변학원 원장이다. 아들을 잃고 괴로움을 못이기고 비탄에 젖어 있는 엄마가 주위의 권유로 교회공동체 안에서 말씀과 찬양을 통해 조금씩 슬픈 마음을 회복해가는데. 좀더 마음을 진정시키는 마음으로 어느 날 아이를 죽인 학원장을 용서하기로 하고 교도소로 면회를 간다. 면회소에 나온 살인범은 웃음이 가득한 모습으로 엄마를 맞이한다.

“사모님, 저는 교도소에 들어온 이후 하나님을 가슴에 받아들이게 됐어요. 하나님이 이 죄 많은 인간에게 찾아와주신 거죠. 얼마나 감사한 일입니까. 하나님이 저한테 손 내밀어주시고 죄를 용서해 주셨습니다. 그러고 나서부터 마음의 평화를 얻었죠. 잠도 잘 자고 밥도 맛있게 먹고, 하루하루가 얼마나 고마운지 모르겠어요. 너무나 행복하답니다."

죄 사함 받고 평화롭고 편안하고 행복하다는 살인범. 그게 기독교인의 종교적 용서관일까. 용서하러 간 사람한테 먼저 용서를 받았다고 손을 내밀다니. 영화를 본 뒤 나는 한때 우울 속에 갇혀 지낸 적이 있었다.

"동생, 우리 아이들이 추석 명절이라고 찾아온다니까. 인사나 받고 가."

나는 거듭 말하는 그의 말을 묵살하고 후들거리는 다리를 주춤거리며 공장 밖으로 나왔다. 주변은 제법 넓은 평야였는데 벼가 익어가고 있었다. 한 오십 보쯤 걸었을까, 나는 도무지 참을 수 없는 구역질이 나 길가에 쭈구리고 앉아서 웩웩 구토를 했다. 숙부와 윤성이와 성대 형이 먼 발치에서 이 광경을 바라보며 잘 가라는 것인지, 돌아오라는 것인지 모를 손짓을 하고 있었다.

## 힘없으면 힘써도 힘들다

"임요나 씨를 어떻게 했길래 오늘 출근하지 않습니까."

진선웅 실장이 따지듯이 물었다. 하인석은 어리둥절했다. 그녀와 엮일 만한 일은 아무리 통빽을 굴려봐도 찾아지지 않았다. 진 실장이 문광채 팀장을 대동하고 그의 방을 찾은 것은 출근 시간이 좀 지나서였다. 그들은 각자 두툼한 사내용 수첩을 옆구리에 끼고 그의 방을 찾았다. 중대한 업무를 수행하는 사람들처럼.

"무슨 일이 있습니까?"

하인석은 의아스러워서 물었다.

"임요나 씨에게 하신 행동을 모르신다구요? 바로 어제 일인데요?"

문광채 팀장은 의자에 앉아 수첩을 책상에 펼쳐놓고 하인석의 발언을 받아 적으려고 벼르고 있었다. 순간 그는 불쾌했다. 무슨 큰 죄를 저지른 것처럼 취조하는 태도를 보이는 게 마땅찮았다. 그는 근래 계약기간을 연장해주었으면 하고 이사장을 찾으려는데 좀처럼 면담기회가 주어지지 않아 속을 썩이고 있는 중이었다.

"어제 일을 모른다구요? 임요나 씨한테 하신 행동이 떠오르지 않는다는 겁니까."

진 실장이 재차 묻자 얼핏 떠오르는 것이 있었다. 그래서 대수롭지 않게 대답했다.

"별 일이 아닌데……."

"별 일이 아니라뇨? 요즘 세상에 그게 별게 아니라니요. 그렇게 말씀하시면 곤란하죠."

— 그렇게 말하면 곤란하다?

그는 다시 생각해보지만 정말로 별 일이 아니었다. 업무상의 얘기 한두 마디 하고, 옆사람과 싱거운 농담 몇 마디 나눈 것이 전부였다. 다만 임요나가 평소와 달리 그의 말을 사무적으로 받아들인 인상은 받았다. 하지만 그렇게 생각하니 그렇게 느낄 뿐이었다.

"어떻게 하셨길래 젊은 여직원이 울고불고 사무실을 뛰쳐나가고 오늘은 출근도 하지 않았느냔 말이에요. 어제 임요나 씨가 내 방에 와서 울분을 토하고 퇴근해버렸단 말입니다. 그래서 말입니다……."

요즘 유행인 군대식 말을 이어가려다 멈추더니 그가 하인석의 동태를 살폈다. 그런데도 이실직고하지 않느냐는 투였다. 그제서야 하인석은 사태의 심각성을 깨달았다. 그의 사무실에 요즘 음료수와 다과류가 배달되지 않았다. 사무직들이 근무하는 행정지원실에는 음료수며 다과가 한 켠에 수북히 놓여 있고, 탁자에 잡다한 기호품들이 널부러져 있는데도 그의 방에는 후속 조치들이 취해지지 않았다. 계약만료가 되니 그런 것도 생략되는가 하고 예민해졌지만 그래도 그는 지나쳐 왔다.

국립 ㅊ연구기관의 전문위원인 하인석은 골방 같은 부스에서 혼자 근무하고 있었다. 행정지원실 소속이었지만 업무의 특수성 때문에 연구직처럼 별도의 방에서 일을 보고 있었다. 음료수와 다과류를 제때 공급해주던 여직원이 무슨 일인가로 퇴직하자 공급이 원활하지 못했다. 입사한 지 일 년여쯤 지난 임요나가 후임을 맡은 이후부터는 공급이 거의 중단됐다. 그게 불편했다. 전엔 일주일에 한 차례씩 생수 묶음과 다과류와 커피 녹차 티백 따위가 배급되는데 요즘은 불규칙한데다 거르는 때가 많았다. 자식 같은 행정지원실 직원들이 지켜보는 가운데 그것들을 하나하나 챙겨서 품에 안고 나오려면 웬지 거북하고 민망했다. 그래서 어떤 때는 일주일 이상 가져오지 않는 경우도 있었다. 하지만 그의 방에는 외부 손님의 발길이 끊이지 않았다.

그가 ㅊ기관에서 수행하는 직무는 대외홍보 업무였다. 주로 언론사 기자들을 상대하는 일이었다. 기관의 연구집적물을 제공하거나 연구 리포트 작성자를 연결해주는 임무였다. CEO의 방송 인터뷰, 칼럼기고, 연구자 인터뷰, 토론회 패널 알선 등의 일을 수행했다. 요즘 같은 정보 홍수시대에는 기관이 먼저 보도자료를 만들어 배포하지만 넘치는 정보 물량 때문에 기자들은 확 땡기는 이슈거리가 아니면 거들떠보지 않았다. 그래서 받아먹을 수 있도록 리포트 핵심을 요약하고, 필요한 경우 직접 기자한테 전화를 걸어 설명을 해주었다. 때로는 기자들 간에 경쟁을 붙이느라 특정 기자에게만 보도거리를 제공했다. 물먹은 기자들로부터 욕을 직사하게 얻어먹지만 대신 그에게도 다른 보도 거리를 제시하는데, 이러다보니 연구원의 언론노출 빈도수는 높아가고, 그래서 ㅊ연구기관의 대외브랜드는 그만큼 올라갔다. 부지런한 기자들 중 일부는 자료를 구하기 위해 연구기관을 방문하는데 그들을 하인석이 접대했다. 하지만 다과와 음료가 제때 공급되지 않는 것이다.

"사건이 사건인지라 이사장님께 보고했습니다."

"네?"

그게 보고 거리라도 된다는 것인가. 도무지 싱거워서 웃음이 나왔다. 하지만 기분이 나빴다. 정적인 연구원은 작은 일에도 파동이 컸다. 쥐새끼 한 마리 들어와도 티가 나는 곳이었다. 그래서 그것은 일파만파로 확대재생산돼 유포될 것이다. 그는 언론기관에서 퇴직하자 ㅊ연구기관에 계약직으로 입사해 10년째 근무하고 있었다. 언론계 선후배 간의 네트웍을 활용해 관련 연구가 매체에 자주 노출되도록 업무를 수행했다. 그 직무는 사회적 이슈와 정보의 시의성, 적합성을 감안한 자료배포가 중요하다. 따라서 기사화할 수 있는 이슈파이팅이 능해야 하는데 그는 저널리스틱한 감각을 살려서 통계와 지표, 수치, 외국 사례들을 적절히 배합해 제시해준다. 기자들 입맛에 맞게 해주니 인기를 얻었고, 그것이 계약직일망정 장수의 비결이 되었다.

자체 생산한 리포트가 얼마만큼 언론에 반영되느냐가 연구기관의 성적과 순위에 직결되었다. 이는 다음해의 예산 확보에도 영향을 주는 근거가 되었다. 연구기관들은 기관끼리의 경쟁이 격화돼서 연구내용, 기관운영 방향, 정책대안, 실천전략 따위의 항목에 걸쳐 성적이 매겨졌지만 언론노출 빈도수도 중요한 평가기준이 되었다. 연구내용, 정책대안 따위가 형식적이고 기계적인 것이 많아서 일을 위한 일이 많고, 특정 포맷에 맞춰 별것도 아닌 것을 별것처럼 포장하는 것도 적지 않았지만 기초연금 4대연금 빈곤 청년실업 저출산 고령사회 보건의료 따위의 실태조사나 인식조사 같은 것은 국민적 관심사가 높아서 언론에 대서특필되었다. 때로 통계와 지표가 정부에 불리한 결과가 나올 수 있다. 기자 자의적 해석과 맞물려 실적이 미흡하다는 따위 비판기사가 나오는 경우 하인석은 바쁘게 움직인다. 정정보도를 요청하거나 해명자료를 내는 등 후속조치를 취하는 것이다. 거의 응하지 않지만 그런 흉내라도 내서 면피성 근거자료로 남겨둔다. 연구업적이 국민에게 얼마나 알려지고 현실적 정책대안이 되느냐는 척도가 우습지만 대체로 기사의 반영도로도 평가되기 때문에 그의 업무 비중이 낮은 편은 아니었다. 하지만 그의 업무는 연구자에게나 필요성이 있는 것이지 일반 사무직에게는 관심 밖이었다. 그들의 업무평가와는 상관이 없었기 때문이다. 하인석의 일은 업무특성상 숨어서 일하는 직종이어서 일하는 흔적이 잘 보이지 않았다. 그래서 인건비 예산을 축내는 당사자로 이해하는 직원도 있었다. 이런 분위기를 간파한 탓인지 새로 부임한 CEO가 그를 홀대하는 경향을 보이자 그의 존재감은 일시에 무너졌다. 조직은 그런 기회주의적 분위기가 체화돼 있었다. CEO의 경향성에 따라 사람 죽이고 살리는 문제는 그리 어려운 일이 아니었다.

"어제 일을 정말 모른단 말입니까."

실장이 다시 물어서야 그는 여러 가지 상념으로부터 빠져나왔다. 침묵을 지키고 있는 게 아마도 수긍하거나 아니면 회피하려는 의도로 받아들인 모양이었다.

"어제 이사장님을 만나고 내 방으로 오는 길에 행정지원실에 들렀습니다."

"그래서요."

"임요나 씨가 자리에 있길래 고충을 얘기했지요."

"무슨 고충이죠?"

"요즘 음료수와 다과류가 잘 오지 않아서 불편한 게 많다고 했지요."

"그랬더니요?"

"비품장에 있으니 가져가면 돼요, 하더라구요."

문광채 팀장이 그의 발언을 한 자라도 놓칠 새라 받아적고 있었다. 쥐새끼 같은 녀석. 그는 불쾌해서 가슴속에서 불덩어리가 일어났지만 참으면서 말했다.

"어째 경찰서 같군요……."

실장이 멋쩍게 웃었다. 그도 생각해보니 좀 이상한 모양이었다. 날마다 부딪치는 사람을 생판 모르는 사람 잡아다 족치는 것처럼 비치니 그 자신도 쑥스러웠을 것이다.

"지시를 받아서 진상을 알아보려구요."

"누구한테 지시받았다는 겁니까."

그는 말하지 않았다. 다만 그가 스스로 내켜서 하는 것이 아니라는 점을 암시하고 있었다.

"사실대로 말할 테니 잘 받아 적으시오."

문광채 팀장이 제대로 해보겠다는 듯 스스로 고개를 끄덕이더니 다시 수첩에 머리를 박았다.

"임요나 씨 책상에 귤이 여러 개 있길래 하나 집어먹고 뒷자리의 박동철 실장에게도 하나 던져주었죠."

박동철 실장은 행정원이었지만 그동안 행정실장 경영지원실장을 역임했기 때문에 예우상 그렇게 불러주고 있었다. 그는 후임들이 치고 올라와 더 이상 갈 곳이 없어서 보직 없이 행정원으로 주저앉아 사무직들과 함께 근무하고 있었다. 박동철은 명색이 실장을 역임한 사람이 말단들이 모여 있는 사무실에 쇠똥버리듯 처박힌 것이 기분 나쁘다는 듯 늘 쌍통을 찌푸리고 지내고 있었는데 그래도 하인석이 오면 눈웃음을 주고 받았다. 하인석보다 나이는 아래였지만 기관 내에서는 그래도 나이차가 많이 나지 않아서 가깝게 지내는 사이였다. 무뚝뚝했지만 업무가 똑부러지고 원내 사정을 거울 속 들여다보듯 꿰는 사람이어서 직책을 계속 맡겨도 될 사람인데 치고 올라오는 젊은 후임들 때문에 본의 아니게 노털 대접을 받고 있었다.

그와 귤을 까먹으면서 하인석은 임요나에게 말했다.

"음료수와 다과류가 잘 안 오고 말입니다. 예전엔 제때 공급되었는데 말입니다."

하인석 역시 요즘 인기인 TV드라마 '태양의 후예' 주인공의 말버릇을 흉내내 말했다. 하지만 임요나는 불쾌했던 모양이다. 전임과 비교가 되고 허락도 없이 자기 책상의 귤을 까먹고, 그것도 남에게 선심까지 써가면서 노닥거리고 있는 것이 꼰대의 뻔뻔함으로 보였을 것이었다. 그것이 문제라면 문제구나 하고 그는 순간 생각했다. 하지만 그 순간은 그것을 의식하지 못했다. 사무실엔 다과류나 과일들이 탁자 이곳저곳에 놓여 있어서 눈에 보이는 대로 한두 개씩 집어먹고 싱거운 농담 몇 마디 나누다가 제 방으로 돌아왔던 것이 그동안의 그의 행태였다.

"어떤 때는 이주일이나 공급이 안 된 때가 있단 말입니다. 자판기에서 커피를 뽑아와서 손님을 접대한 적도 있었단 말입니다……."

"그랬더니요."

"그랬더니 비품실에 있으니 가져가라고 말하더군요."

"그래서요."

"그래서 그래도 임요나 씨가 갖다 주면 더 고맙지 그렇게 얘기했죠."

"그것뿐입니까. '임요나 씨가 갖다 주면 더 맛있지'라고 하지 않았나요?"

"그랬나요? 아무튼 그런 뜻으로 말했던 것도 같습니다."

"바로 그게 문젭니다. 그건 성희롱과 인권유린 발언입니다."

"네?"

"아니, 성희롱보다 더한 발언이라니까요. 니가 가져다 주니 더 맛있다, 지나치지 않습니까?"

황당했다. 이러다 '니가 맛있다' '니꺼가 맛있다'로 발전할지 모르겠다. 그녀와 대화를 나눈 것은 노상 하던 말 중의 하나일 뿐인데 말이다. 그렇다고 그녀로부터 항의도 받지 않았다.

"아무렇지 않게 헤어졌는데요?"

"그건 하 위원님 생각이고요, 그래, 여직원이 아버지 같은 분한테 따지고 대들 수 있겠어요?"

그럴 수 있을 것 같았다. 정면에서 대들 수는 없을 것이다. 임요나 곁에서는 갓 입사한 여자 인턴이 책상에 엎드려 무엇인가를 끄적이고 있었는데 새파란 초심자 앞에서 다과류 가져다 달라고 했으니 자존심이 상했을까. 그랬으면 그랬을 것이다. 아무렇지 않게 생각하면 아무렇지도 않을 것을 때로는 예민하게 받아들일 수 있기 때문이다. 더군다나 뒤쪽에 허리 높이의 파티션을 쳐놓고 작은 감옥같이 갇혀 앉아 있는 박동철과 의미없이 노닥거리고 있었으니 뻔뻔한 노털들의 딴지로 보였을 수 있다. 그게 보기 싫었을까. 하지만 그는 그녀가 화를 내거나 불쾌하다는 것을 감지하지 못했다.

"돌을 던지는 사람은 재미있을지 모르지만 돌을 맞는 개구리는 자기 인생이 걸린 문제입니다."

실장은 비약하기를 즐기는 것 같았다.

"그럴까요. 그러고 보니 그럴 수도 있겠네요."

하인석은 물러서버렸다. 진 실장이 약점 잡았다는 듯 다시 힘

주어 말했다.

"임요나 씨는 엄연한 연구원의 직원입니다. 서비스업종에 종사하는 사람이 아니란 말입니다. 다시 말하지만 '요나 씨가 갖다주는 음료수는 맛있다'란 발언은 여자가 갖다 주어야만 맛이 난다, 여자 서비스라야 한다, 이런 뜻인데, 이건 분명 성희롱에 해당하고 인권유린에 해당합니다. 요즘 세상에 그런 말이 통용될 리가 있겠어요? 신세대들은 굴욕으로 받아들인다는 겁니다."

하인석은 어느새 삼국시대 사람이 되어버렸다. 하지만 너무 나간다. 이걸 두고 견강부회라고 하나. 갈수록 태산이라고 하나. 씁쓰레한 열패감이 그의 폐부를 훑으며 지나갔다.

"오늘 임요나 씨가 결근했기 때문에 내일 출근하면 진상을 좀 더 파악할 겁니다. 그러니 조용히 계세요. 임요나 씨에게 미리 전화해서 겁주거나 다른 말 하지 말기 바랍니다. 사정해서도 안 됩니다. 더 큰 문제를 불러일으킬 수 있으니까요."

그는 하인석이 생각하지 못한 부분까지 말해주며 자리에서 일어났다.

"성희롱이 얼마나 골치 아픈 것인지 아시겠죠?"

나가려다 말고 그가 다시 뒤돌아보며 말하자 그는 죄인이 된 기분이었다. 아니, 확실한 파렴치범이었다. 일종의 각인효과랄까. 계속 심문관이 주입시키면 저도 모르게 스스로 범죄자가 되는 느낌. 그렇게 해서 많은 사람들이 당했을지 모른다.

근래 그는 알게 모르게 퇴직 압력을 받고 있었다. 새로 부임한 이사장이 부를 만한데도 부르지 않았을 때 낌새를 알아차렸다. 주요 간부들이 돌아가며 이사장과 면담을 하고, 업무파악 겸 얼굴 익히는 일을 하고 있었는데 그를 부르는 일은 없었다. 하지만 부르지 않은 이상 나서고 싶지 않았다. 나름으로 자신이 있었다. 업무의 특수성으로 볼 때 연구원 내에서 그와 경쟁할 대상은 없었다. 대체로 타성에 젖고 안일에 빠질 수도 있지만 그는 발발이처럼 뛰어다녔을 수는 있어도 안주한 적은 없었다.

시일이 지날수록 퇴직압박이 알게 모르게 밀어닥치고 있었다. 그는 놀아본 일이 없었기 때문에 퇴직이 두려웠다. 그래서 근래는 꿈자리도 사나웠다. 위기감은 안테나처럼 몸이 먼저 알려주고 있었다. 노상 피곤하고 우울하고 불안했다. 좋은 것은 쉽게 오지 않지만 나쁜 것은 어김없이 찾아온다는 것을 그는 본능적으로 느끼고 있었다. 여전히 그는 생계를 유지해야 할 처지였다. 누구는 재산을 모으고 누구는 투자처에서 부수입이 나온다며 노후대책에 대해 걱정하지 않았지만 그는 노후를 챙겨놓은 것이 없었다. 아이들 교육이다 노부모 봉양이다 하는 것은 그렇다 치더라도 한때 주식에 투자한 것이 홀라당 원금까지 날리고 빚도 꽤 졌다. 그래서 묵묵히 코를 박고 직장에 매달렸다. 돌이켜보니 삼십수 년 동안 직장생활을 해온 것이 꼭 남의 심부름만 하며 살아온 것 같다. 자신을 위해 시간을 사용해본 적도 없고, 또 가치 있게 살았다고 할 수도 없다. 언제나 을의 입장에서 숨을 헐떡이며 굴복하며 살아왔다. 때로 안주하며 비겁하게 살아왔다는 생각도 든다. 그래서 요즘 빈 들판에 서 있는 허수아비처럼 마음이 허하다.

돌아보니 아버지 삶의 판박이였다. 집 안에선 말이 없고 엄숙했던 아버지. 아침에 잠에서 깨어나면 벌써 출근했고, 밤늦은 시각 때로 술이 거나해서 돌아왔다. 그리고 말없이 잠자리에 들어서 서로 얼굴을 맞댈 기회라곤 없다. 언제나 아버지는 웃음이 없고 말수도 적다. 그저 마주치면 "잘 하그래이"가 전부다. 취업이 안 된 청년시절 어느 날 그는 아버지 회사에서 알바를 했다. 답답해한 아버지가 눈치 보아가며 어찌어찌 만들어놓은 일자리였다. 지하에 매설된 상하수관, 송배전로의 지도를 분류하는 작업인데 아버지는 망가진 하수관로를 보수하는 현장출동 반장이었다.

하수관로 지도 분류작업이 끝나자 그는 아버지를 따라 현장출동반에 투입됐다. 아버지가 캄캄한 터널과도 같은 하수관로를 헬멧 이마에 부착된 후레시 불빛을 따라 앞으로 나아가는데 벌써 시금내와 오물 냄새가 코를 찔렀다. 그는 코를 싸매고 붕어처럼 입으로 숨을 내쉬며 아버지를 뒤따라가는데 아버지는 냄새를 의식하지 않았다. 오니가 가득한 물을 헤치고 나가다가 물 위에 하얀 배를 드러내고 떠 있는 불어터진 쥐의 시체를 아무렇지 않게 손으로 집어서 저 멀리 내던지며 앞으로 나아갔다. 그는 토할 것 같았지만 아버지는 그런 것에 너무도 익숙하고, 동시에 둔감하였다. 일을 마치고 돌아오자 퇴근시간이었다. 그날은 젊은 사장이 주재하는 직원회식이 있었다. 하인석도 회식에 참여했다. 이십명 가까이 되는 직원들이 기다란 상을 앞에 하고 마주 앉았다. 소주에 삼겹살을 구워 먹는데 아버지는 젊은 직원들 틈에 끼어 앉아 말없이 스스로 따른 술잔을 역시 말 없이 비웠다. 아버지는 화제의 중심에 서있지도 않았고, 끼어들 생각도 하지 않는 듯했다. 자리는 물론 각자 스스로 찾아가서 앉는 것이었지만 아버지는 당연히 그래야 하는 것처럼 먼저 왔으면서도 끝자리에 자리를 잡았다. 사장이나 젊은 직원이 의식하지 않는 아버지. 이 광경이 너무도 불편해서 그는 밥을 먹다 말고 자리를 털고 일어섰다. 그러나 뒤늦게 귀가한 아버지는 그에게 한마디 던진다.

"밥을 제대로 먹고 나와야지."

하인석의 지금 상황도 이와 비슷했다. 젊은 직원들은 알게 모르게 무시하고, 공연히 회사 인건비 예산을 축내는 사람으로 보는 것 같다. 비굴하게 CEO 앞을 얼쩡거리고 일하는 모양을 보이려는데 자를 계획을 세우고 있는 CEO는 그런 눈치를 먼저 알고 좀처럼 틈을 보여주지 않는다. 직무는 알게 모르게 다른 직원에게 배정된다. 중요 회의에서도 배제된 것을 회의가 끝난 며칠 후에 알게 된다. 그런 때의 상실감과 소외감. 나이도 고려해 과욕이라고 자위하면서도 근무할 열정과 젊음과 역량이 있는데 하면서 반발과 함께 아쉬움이 남는다.

그는 근래 아쉽고 쓸쓸한 꿈속을 헤매다 깨어나는 경우가 많아졌다. 가슴 밑바닥으로부터 밀려오는 여러가지 회한들…… 소식을 알 수 없는 이름도 잊어버린 동창생, 직장에서 만난 유쾌했지만 반면에 상처를 주고 받았던 사람들, 돌아가신 부모님과 불화속에 뿔뿔이 제 갈 길 찾아 흩어진 형제들, 전성기 때의 기회와 열정, 여자를 사귀다가 이혼 직전까지 갔던 한때의 어지러운 젊음의 뒷골목…… 불현듯 이런 추억의 편린들이 가슴속에 돋아나자란다. 마음 조이던 그것들을 접할수록 가슴을 벤 것처럼 웬지 상처가 된다. 누구나 자기가 살아온 삶이 아프고 치열하지 않은 게 없었다고 하지만, 하인석 역시 그런 굴곡진 삶에서 예외일 수 없었다. 그것들을 되새길수록 자괴감이 자리한다. 기회를 놓치고 그냥저냥 살아온 삶이 아쉽고 안타깝다. 진작에 잘 했을 걸 하는 처연한 후회가 가슴을 쓸어갈 때마다 숨이 칵 막힐 때가 있다. 계약해지를 통고한 CEO에 대한 원망도 없지 않다. 들이댈까. 그러면 안 되지. 그래도 받아버릴까. 한바탕 해일처럼 가슴을 휩쓸고 지나간 격랑을 견딜 수 없어 그는 운동복을 꿰어입고 인적 없는 새벽길로 나선다. 어떻게 살까. 길이 있을까. 무슨 일을 찾지? 나이 육십인데 삼십 년 이상 살 텐데 어떡하지. 놀아본 적이 없었기 때문에 두려움은 풍선처럼 부풀어진다. 끈 떨어진 연처럼 아무렇게나 추락하는 기분이 된다. 길바닥에서 떠도는 청년들에 비해 나은 편이라고 스스로를 위로하지만 그것은 그들의 사정일 뿐, 그에겐 절박한 것이다.

사회통계정책연구실의 윤길호 박사가 그를 방문했다. 아마도 풍문을 듣고 걱정이 돼서 찾아온 모양이었다. 그와는 늘 마음 편하게 지내는 사이였다.

"오늘 전체회의가 있었어요."

원내방송을 통해 회의소식을 알렸지만 하인석은 참석하지 않았다. 기분도 언짢고 퇴직압력을 받고 있는 것이 불편해서 가능하면 다중이 모인 곳을 피하고 있었다.

"이사장님이 직원조회에서 성희롱 사건을 거론했어요."

"성희롱 사건이요?"

"이사장님이 성희롱과 여성인권에 관해 지적하시고, 사례를 들었어요. 근래 우리 연구원에 그런 유사한 일이 일어나서 연구원 분위기가 좋지 않다고…… 근절해야 한다는 것이었죠. 그 부분에 대해선 강력 대처한다구요."

그의 이름을 직접 거명하지 않았지만 요 며칠 사이 그것을 모르는 종사자는 없었다. 절간처럼 조용한 곳인지라 조그만 일에도 소문이 퍼졌다.

"윗 사람이 성적인 얘기를 하거나 차 심부름을 시킨다는 건 용납할 수 없다는 거죠."

"가령?"

"가령이 아니라 실제 사건이란 것입니다. 앉으면 뱃살이 몇겹으로 접히냐고 묻고, 사귀는 남자랑 모텔 가봤냐 하고, 외로워 보이는데 요즘 남자가 고프냐고 묻고……."

"그런 게 다 있습니까?"

"오늘 회의에서 나온 사례입니다. 나이든 사람들이 더 그렇다고 합니다. 성희롱은 업무, 고용관계에서 공공기관의 사용자, 또는 관리자가 그 지위를 이용하거나 업무 등과 관련하여 성적언동 등으로 성적굴욕감 또는 혐오감을 느끼게 한다는 것이죠. 여성비하적인 언동으로 인격모독을 가한 경우도 지적했구요…… 용납하지 않겠다는 겁니다."

한가하군, 하고 말하려다 그는 참고 다르게 물었다.

"우리 기관에 그런 일들이 있었다구요?"

"그러게 말입니다. 인사위원회에 회부한다네요."

"인사위원회요?"

"상대방이 원하지 않는데도 하인 부리듯하고 성적 의미가 내포된 육체적 · 언어적 · 시각적 행위를 보이는 건 일벌백계한다는 것이죠."

"누가 그랬다고요?"

"직접 누가 해당된다고 말씀하시진 않았습니다만 알아들으라는 뉘앙스가 내포돼 있더라구요."

하인석은 한달 전쯤 이사장이 주재한 오찬에 참석한 적이 있었다. 오찬장은 시내에서 벗어난 곳에 있었고, 회식자들은 20인승 미니버스를 탔다. 가는 도중 누군가가 이사장에게 아첨의 말을 했다.

"연구원이 지방으로 이전해오니 이사장님 본의 아니게 이산가족이 되셨죠?"

"그러게 말이오."

"이사장님, 홀로 관사에 계시니 현지처 하나 두시죠."

"붙여줘 봐."

와크르 그릇 깨지는 듯한 웃음소리가 유쾌하게 터져나왔다.

"영계가 좋습니까. 노계가 좋습니까."

"이 상황에 가리게 됐나?"

버스 안이 다시 와크르 웃음소리로 가득 넘쳐났다. 버스엔 여직원이 반이나 타고 있었지만 모두들 기분좋게 웃으며 차에서 내려서 오찬장으로 향했다. 어떤 여직원은 이사장 팔에 손을 넣어 찌르고 호호거리며 따라갔다. 힘있는 사람의 질펵한 농담은 여전히 성희롱이 아닌 것이었다. 문제삼지 않으면 문제가 되지 않는 것이었다.

윤 박사는 뭔가 언짢았던지 다시 말했다.

“이사장님도 일반적 현상에 대해 말씀하셨을 겁니다. 엉덩이를 만지거나 강제로 입을 맞추는 것만이 성희롱이 아니라는 거죠. 외모에 대한 성적인 비유나 평가, 성적 사실관계를 묻거나 성적인 내용의 정보를 유포하는 행위, 회식자리에서 술을 따르도록 강요하는 행위, 외설적인 사진, 낙서, 음란물 등을 보여주는 행위, 사회통념상 성적 굴욕감 또는 혐오감을 유발하는 것으로 인정되는 언어나 행동들을 일반적으로 말했을 것입니다.”

“그게 젊은이들에겐 톡톡 튀는 농담이 될 수도 있죠…….”

“그러게 말입니다. 나이 먹고 그런 농담하면 주책바가지라고 하잖아요. 어쨌든 성적언동이 일상생활에서 허용되는 단순한 농담으로 여기면 안 된다는 거죠. 지금이 어떤 세상이냐는 겁니다. 성적언동은 피해자에게 정신적 고통을 주었음이 명백해서 가해자는 손해를 배상할 책임과 인사상의 책임을 져야 한다는 거죠.”

“배상까지?”

“네. 상대방은 인격과 존엄성을 가진 존재입니다. 회식자리나 야유회에서 부하직원이 딸 같다, 아들 같다 하면서 쓰다듬는 등의 신체접촉을 한다든지 가볍게 어깨나 뒷잔등을 치는 행위도 성희롱으로 오해받을 소지가 있으므로 신중을 기해야 한다, 그런 얘기였습니다. 성희롱 가해자들은 그것이 성희롱인지 아닌지 모르고, 특히 나이 연만한 사람들이 그렇다는 거죠. 그래서 피해자들이 거부표시를 하지 못하는데 그것을 동의하거나 함께 즐긴다고 생각하면 큰 오산이라는 거죠."

이제 사람들이 할 일은 스스로 손발을 묶고 다녀야 할 판이라고 그는 생각했다. 윤 박사는 하인석을 진정으로 걱정하며 일어섰다.

"한동안 근신해야 할 것 같아요. 더군다나 계약연장 문제가 거론되고 있는 만큼 자중하셔야 해요."

그의 말을 듣고 보니 하인석의 반발이 귀찮아 원장이 그런 식으로 압력을 행사하는 것이 아닐까, 라고 그는 터무니없는 생각을 했다. 그러면서 며칠 전의 일을 되새겨보았다. 그는 이사장실을 찾았다.

"저는 몇 년은 더 근무하리라 보고 이곳으로 이주해왔습니다. 서울 집을 팔고 왔는데 그사이 서울의 전세가나 매매가가 몇천만 원씩 올랐더군요. 이곳은 오히려 내리고요. 일년 근무하고 그만둔다면 이렇게 이사올 리가 없죠. 억울하지 않습니까."

그는 이렇게 이사장에게 들이댔다. 이사장은 묵묵히 듣기만 했다. 그러면서 연신 건너편의 벽시계를 바라보았다. 다음 일정이 있으니 알아서 끝내고 나가달라는 암시였다. 하지만 그도 그동안 면담 기회를 갖지 못해 답답했던지라 물고 늘어졌다.

"많은 직원들이 서울에서 출퇴근합니다. 정부청사 친구들이나 연구원 친구들 중 일부는 특혜분양 받은 아파트를 전매해서 몇

천만 원씩 챙기고 서울에서 통근하는 버스를 늘려달라고 힘있게 소리칩니다. 그래서 백 수십 대씩 통근버스를 배정해주고, 그래서 공짜 차 타고 다니고…… 물론 그 나름의 고충이 있어서 그런 불편한 길을 택한 직원들도 있겠지만 대체로 모럴헤저드에 빠진 사람들입니다. 저도 마찬가지입니다. 제 가정경제 사정으로 보아서 특별분양 받고 취득세 공제받고, 그러고 몰래 몇천만 원 챙기는 전매를 하고 서울서 출퇴근하면 되죠. 하지만 길바닥에 시간과 에너지를 낭비할 수가 없었어요. 능률이 오를 리도 만무하구요. 비양심적으로 살 수도 없었고요. 그래서 서울 집을 팔아치우고 내려온 겁니다. 마누라는 남들처럼 살지 못한다고 대듭니다. 하지만 저는 열심히 성실하게 임해보자는 마음이었죠. 그런 사람은 인센티브를 주어야 하는 것 아닙니까. 재산상의 손실도 큰데 계약직이라고 파리 목숨 날리듯 해야 합니까?"

이사장은 물고 늘어지는 게 귀찮았던지 이번엔 테이블에 흩어져 있는 책을 정리했다. 하지만 내친 김에 하인석은 불만을 말하기로 작정한다. 어차피 그른 일, 원 없이 할 말은 하자.

"이곳으로 청사가 이전해왔지만 공직자들의 불법전매 의혹 수사건 알고 계시나요? 특혜분양받은 아파트는 웃돈을 붙여서 팔고 서울서 공짜로 출퇴근하고요."

이사장이 놀라는 표정을 지었다.

"내가 그렇다는 겁니까?"

"누가 했건요, 그건 안 되죠. 취득세 등록세 면제해주고, 분양가까지 대폭 낮춰서 분양해주고 했으면 들어와 살아야지 그걸 웃돈 붙여서 전매하고 그자들을 위해서 통근버스를 매일 백 대, 이백 대씩 운행하고 있단 말입니다. 이래서야 되겠습니까. 정부가 하는 꼴은 불법전매를 부추기고, 그런 자들을 위해 막대한 예산까지 들여서 통근버스를 운행하고 있단 말입니다. 정부가 분양받은 아파트를 팔게 하고 서울서 출퇴근하는 행태를 부추기고 있단 말입니다. 저는 그러지 않잖습니까. 몇 년은 근무하리라고 보고 여기로 왔단 말입니다."

"왜 나한테 따집니까."

"저는 안 그렇기 때문입니다. 이사장님 인사권 행사로 본다면 단 일 년여 근무하기 위해 이곳으로 내려온 셈이란 말입니다. 내려온 사람은 근무의 우선권을 주어야 한단 말입니다. 썩어빠진 자들 돈 대주느니 나 같은 사람을 계속 근무하게 해야죠."

결국 그 말이냐는 듯이 그가 어이없는 표정을 지었다. 하인석이 다시 말했다.

"이런 것들 다 잘라버려야죠. 이곳 정주자부터 채용해야죠."

이사장은 책을 정리한 뒤 서랍장에서 서류파일을 꺼내 뒤적이다가 하인석이 말을 끝낸 것을 확인하고 간단히 말했다.

"연구원 방침이라서 어쩔 수 없습니다."

"그런 방침이 어디 있습니까. 홍보직은 계속 필요하잖습니까."

"필요하긴 하지요."

하지만 CEO의 진심은 머리 큰 사람을 부려먹는 것이 불편하고, 그래서 부려먹기 좋은 사람을 배치하려는 계획을 가지고 있었을 것이라고 그는 생각한다. 그래서 들이댄 것이 아차, 실수구나 하고 후회했다. 하지만 후회는 아무리 빨라도 이미 늦다.

"요즘 지면 얻기가 쉽지 않습니다. CEO 칼럼은 기관의 얼굴로서 브랜드 가치를 높이는데 말이죠. 그런데 저는……."

그러자 눈치 빠른 이사장이 그의 말을 끊고 물었다.

"하 위원은 언론기관을 꽉 잡고 있다 이 말이지요?"

"꼭 그런 뜻만은 아니고요, 언론계 삼십 수 년의 경력 때문에 선후배망이 잘 갖춰져 있습니다. 그런 것에 힘을 좀 얻고 있습니다."

"그래요? 훌륭하군요." 질려버렸다는 듯 이사장이 조롱하듯 툭 던지고 확신에 찬 목소리로 다시 말했다. "나는 그렇게 안 해요."

"아닙니다. CEO는 우리 기관의 브랜드 가치를 상징한다니까요. 힘들더라도 하셔야 합니다. 정 어려우시다면 기본 틀만 잡아주세요. 메모만 해주세요. 제가 손을 봐서 보낼 테니까요."

이사장이 더 못마땅한 표정을 지었다. 자존심 상했다는 것을 단박에 알 수 있었다. 하인석은 또 아차 했다. 하지만 전임자들의 경우 얼마간의 데스크웍을 해서 언론매체에 보내주곤 했다. 몇 사람의 CEO를 겪었지만 그들은 열심히 글을 썼고, 그런 다음 그에게 평가해달라고 요청했고, 때로는 가필과 수정을 요구했다. 뛰어난 문장력과 설득력 있는 논조, 구성이 완벽한 칼럼이 많았다. 그가 손보는 것이 아니라 오히려 공부가 되는 글들이었다. 그런데도 손을 보아달라고 했다. 이런 품성 때문에 그들과는 호흡이 잘 맞았다. 때로 사적 대화도 나누고 책을 낼 때 관여하다 보니 형제처럼 지내기도 했다. 하지만 지금의 CEO는 다르다. 기고 따위를 배척하고, 그것을 세속적인 이름 날리기로 받아들이고 있었다. 하인석은 그것을 자격지심 때문이라고 해석했다. 글을 쓰는 것이 전임자들보다 못 하다면 망신을 산다는 방어적 태도. 이런 멘탈리티 때문에 언론에 이름 날리는 것을 세속적 매명주의로 바꾸어 비판한다. 그래서 그와는 딱딱한 관계가 유지되면서 입지는 좁아들고 있었다. 이사장이 갓 부임해 왔을 때 식당에서 점심시간에 마주친 적이 있었다. 그는 식사를 마치고 이사장실로 와달라고 했다. 하지만 그는 느긋하게 늦게 비서실로 연락을 했다. 그랬더니 오지 않아도 된다고 했다. 권위에 상처를 받았다고 생각했을까. 그래서 미운 털이 박혔을까. 그는 몰리자 별별 생각을 다했다.

"딜을 하자고 하시는 것 같군요?"

이사장이 떠보는 듯한 태도로 물었다. 하인석과는 나이차가 꽤 나서 함부로 대하는 것 아니냐는 불만을 그는 갖고 있었을지 모른다. 하지만 그는 어떤 CEO와도 구김살 없이 지냈다. 절간처럼 고요하고 순종이 미덕인 기관에서 나이답지 않게 튀는 그의 행동은 개성 있어서 좋다고 할 정도였다. 어느 지도자가 창조경제를 외치는데 이런 개성이 창조의 동력이 된다고 했다. 속살을 내보이니 정말 더 편하고 튀는 아이디어가 나왔다. 말은 창조를 부르짖으면서 권위와 근엄 속에 갇히면 무슨 창조적 생산물이 나올 것인가. 분위기를 만들어주지 않으면 창조는커녕 낡은 구습만이 판을 칠 것이다. 그래서 하인석은 이럴수록 대놓고 솔직하자고 다짐했다.

“어떤 딜을 해서라도 계약연장하고 싶습니다. 일 년만이라도 일하게 해주십쇼.”

이사장이 그를 외면한 채 얼굴을 찌푸렸다. 나이 먹었다고 모가지 세우다니, 나한테 통할 것 같아? 진짜 꼰대야? 하는 말을 그는 하려는 것처럼 보였다. 하인석도 전공과도 멀면서 권력의 실세의 힘으로 낙하산 탄 주제에, 하고 그를 속으로 짓뭉갰다. 기왕 이럴 바엔 빡세게 부딪쳐 봐? 그러나 이사장이 손목시계를 들여다 보더니 “약속 때문에요. 미안합니다.” 하고 예의를 차리며 자리에서 일어나자 그는 곧 풀이 죽어버렸다. 결기는 죽고 체념만이 나부낀다. 이사장과 헤어지고 복도로 나와서도 잔머리 굴린다고 되냐, 협상의 방법이 틀렸어 얄팍한 자식아, 하고 자신을 향해 화를 냈다.

“여러모로 돕지 못해 미안하군요.”

생각에 잠겨 있는 그를 향해 윤길호 박사가 말하고 조심스럽게 문을 열고 나갔다. 그제서야 그는 윤 박사가 한동안 서 있는 줄도 모르고 상념에 잠겨 있었던 것을 알았다.

“이사장님이 특별히 강조하신 말씀, 잘 새겨두어야 합니다. 요즘엔 듣는 사람이 기분 나쁘면 성희롱이 된다니까요.”

진 실장이 다시 찾아와 기관의 분위기를 전했다. 힘 떨어지면 당하는 것이야, 라고 실장은 말해주는 것 같았다.

“성희롱 문제나 여성비하에 대해선 CEO 입장이 단호합니다.”

“잘 알겠습니다. 진상조사를 한다면서요. 그러면 밝혀지겠죠.

한가지 더 말씀드리면……."

실장이 귀를 쫑긋 세우는 모습을 보였다.

"김요나 씨 책상에 놓여있는 귤을 허락도 없이 까먹었군요. 다른 사람에게도 내 것인 양 선심썼구요. 불쾌했겠죠. 뻔뻔스런 노친네라고 봤겠죠. 더군다나 옆자리엔 신참내기가 앉아 있는데."

"그게 아니고, 다과류를 갖다 주면 맛있지, 라고 하셨다면서요."

그가 다른 곳으로 튀지 않고 확인하듯 말했다.

"좋지나 맛있지나 무슨 큰 의미가 있습니까. 좀 심하지 않나요."

"엄청나죠. 작은 일이 아닙니다. 특히 받아들인 사람이 모욕을 당했다면 작은 일이 아닙니다."

하긴 의미를 부여하면 클 수도 있을 것이다. 문제를 삼으니까 문제가 되는 것이지 문제 삼지 않으면 문제될 게 없다는 중국의 요즘 유행어가 떠올랐다.

"박동철 행정원 진술도 받아놨어요."

"그래, 박 실장이 뭐라고 말하던가요."

"그건 말해줄 수 없습니다."

당사자에게 가타부타 탐문조사한 내용을 알려주고 확인하는 것이 기본 아닌가. 그래서 방어할 방법을 알려주는 것이 자기권리옹호 차원에서도 마땅한 일이다. 어쩌면 박동철도 그에게 우호적이지 않을 수 있다. 구성원은 대체로 대세를 따른다. 그것이 직장문화의 한 전형이 되어온 것을 그는 오랜 직장생활 경험을 통해 알고 있다. 언젠가 전 주한미군사령관은 한국인은 쥐새끼 같은 근성을 갖고 있다고 하지 않았던가.

그는 TV에서 사파리의 천국 케냐, 마사이, 마라 등지에서 살아가는 야생동물들의 생태를 영상으로 보면서 느끼는 바가 많았다. 그들의 습성을 살펴볼 수 있는 것이다. 약육강식의 생존본능만이 존재하는 야생의 세계에서 늙거나 병들거나 약하면 다른 동물에게 가차없이 잡아먹힌다. 적자생존의 논리가 지배한다고는 하지만 인간사에서도 크게 다르지 않다는 것을 느낀다.

그러나 하인석은 인간에 대한 무한한 외경심을 가진 적이 있었다. 그는 언젠가 자정이 넘은 시간에 음주운전을 했다. 삼십여 분쯤 달렸을까, 눈앞이 가물가물한데다 졸음이 와서 헷갈렸다. 그래도 차를 몰았는데 한 순간 도로 옆의 옹벽을 들이받았다.

차의 범퍼가 위로 불쑥 튀어오르고 엔진에서 연기가 피어올랐다. 시동은 아예 꺼졌다. 자신의 안위보다 경찰차가 오지 않을까를 걱정하며 우두커니 앉아 있었다. 10여 분쯤 지났을까, 차가 한 대 와 멎더니 누군가가 다가왔다. 새파란 젊은이였다. 차 안을 들여다보던 그는 괜찮으냐고 손짓신호로 물었다. 고개를 끄덕여주자 "경찰이 오기 전에 빨리 떠나야 합니다." 하며 그는 엔진의 여기저기를 살펴나가기 시작했다. 시동이 걸리지 않자 자기 차를 앞으로 끌고 가서 하인석의 차와 와이어로 연결해 끌기 시작했다.

그렇게 해서 집으로 돌아왔다. 그 사이 이 친구에게 얼마를 줄까를 궁리했다. 많이 달라고 요구하면 뻗대리라. 고마운 것은 차치하고 머릿속으로 계산부터 굴려댔다. 위기를 벗어나자 이렇게 사람이 간사해진 것이다. 그가 떠나려 할 때 "얼마를 줄까요." 하며 호주머니에 손을 넣었다. 청년이 "네?"라고 반문하더니 "음주운전은 안 돼요." 하고는 그대로 차를 몰고 떠나버렸다. 떠나는 그의 차 뒤꽁무니를 지켜보며 어지럽게 사례비 걱정을 하며 머리를 굴렸던 자신의 모습이 한없이 초라해보였다.

"요즘 젊은이들 무섭습니다. 호락호락하지 않아요. 나이 든 사람들 큰 코 다쳐요. 실제로 꼴불견들이 얼마나 많습니까."

그런 것 같다. 하인석은 자신 또래를 살펴본다. 서울 시내 중심가의 지하철역에서 반로(半老)들이 대낮부터 술에 취해 고래고래 소리지르고 남녀가 엉겨서 거리를 쓸고 다니는 광경을 본다. 늙은이가 차에 오르면 학생들이 자리를 양보하는 것도 목격한다. 굳이 따지자면 똑같이 돈을 냈으니까 자리를 양보할 필요는 없을 것이다. 미국이나 유럽에서는 이런 풍경을 만나기 어려운 것도 그런 합리적 사고 때문일 것이다. 늙은 사람이 기대려고도 하지 않지만 젊은이들도 양보할 생각을 하지 않는다. 그러나 우리나라 젊은이들은 다르다. 학교의 정규수업에 자율학습에 과외에 하루 종일 지쳐 있고 생활전선에 뛰어든 젊은이는 과노동에 파김치가 되어 귀가하는 경우도 있을 것이다. 그런데도 의당 그래야 하는 것처럼 나이든 사람이 차에 오르면 자리를 양보한다. 노인들은 젊은이가 자리를 양보한다는 관성을 믿고 일부러 그들 앞으로 가서 서기도 한다. 혹 젊은이가 자리를 양보하지 않으면 노골적으로 일어나라고 호통친다. 이렇게 염치가 없는 것이다. 하지만 또

다른 젊은이는 세속의 추한 질서에 재빨리 편입하고 눈치 또한 빠르다. 배타적이고 무례하다.

“조사한 결과 피해자가 불문에 붙이겠다고 하는군요.”

다음날 진 실장이 다시 그의 방을 찾았다. 그는 대꾸할 말이 얼른 떠오르지 않았다. 그 혼자 차치고 포치는 것 같아 대꾸할 가치를 느끼지 못하고 있었다. 그가 다시 말했다.

“젊은 여자들이 참지를 않아요.”

하인석은 실장이 임요나의 반발을 확대재생산한 것이 더 나쁘다고 생각했다. 야단치는 시어미보다 말리는 시누이가 더 미운 것이다. 그 정도는 그 차원에서 매듭지을 수 있다. 어르신 말씀이 지나친 것은 아냐. 이 한마디면 끝났을 것이다. 임요나는 자기가 당한 것을 실제보다 과장하고 포장해서 말했을 것이다. 그래야 고발의 신뢰와 설득력이 있을 것이니까. 나이 먹었다고 함부로 대하고, 반말로 대하고, 사환도 아닌데 다과를 갖다 달라고 지시하고, 남의 과일을 허락도 없이 집어먹고, “젊은 여자가 갖다 주면 더 맛있지.” 따위 능글스럽게 넉살부리고…… 철면피와 몰염치한 꼰대의식…… 하인석은 그런 것들이 눈에 환히 밟혔다. 알게 모르게 그 역시 뻔뻔스런 늙은이가 되어버린 것이다. 진 실장도 평소 못마땅하게 여겨온 판에 CEO의 암시도 있고 해서 임요나의 하소연이 있자 이때다 하고 밀어붙였을 것이다. 그런데도 눈치 없이 파티션 위에 팔을 걸치고 한 발을 까작까작 놀리며 박동철과 노닥거리고 있었으니 얼마나 보기 흉했을까. 나이가 벼슬이 아니라고 하지만 그는 어느새 나이를 벼슬로 알고 눈치 없이 굴러먹은 하릴없는 노친네가 되어버린 것이다.

"없는 일로 했으니 그렇게 알아두세요."

"감사합니다. 하지만 이 말만은 하고 싶군요."

하인석이 말했다. 진 실장이 멀뚱히 그를 쳐다보았다. 그 눈엔 다소 당황하는 빛이 엿보였다. 어떤 반격이 나오나 하는 경계의 눈빛이었다.

"얼마 전 여직원이 사무실의 대형 화분을 옮기고 있더군요. 내가 나서서 도와주었지요. 지하창고에까지 운반해주었어요. 물론 그냥 지나쳐버리면 되는 거였죠. 그래도 지켜본 이상 돕는 것이 인지상정 아니겠어요. 또 공익 청년이 우편물을 각 부서 우편함에 넣는데 세 자루나 돼요. 약속 때문에 빨리 나가야 되는데 다 마치지 못하게 됐다고 발을 동동 굴려요. 그래서 도와주었습니다. 복도에 놓여 있는 음료수 박스를 날라다 준 적도 있습니다. 그렇다고 내가 짐꾼이라고 생각해본 적이 없어요. 그래서 내가……."

진 실장이 듣기 싫다는 듯 재빨리 그의 말을 끊었다.

"그것과 이것과는 다르죠."

"하지만 경계가 있다면 얼마나 있겠습니까. 서로 돕고 편리를 봐주는 것이 직장 동료간에 좋은 일 아닙니까. 그게 세상 사는 풍경 아니겠어요? 늘상 다과류를 갖다 주다 중단되자 불편해서 말했던 것이고, 종전부터 그런 일이 없었으면 부탁도 안했겠죠. 그런데 날벼락이 떨어지니…… 그러면 그런 관례가 앞으로는 없을 거라고 미리 고지하던지…….”

“비품실에서 가져가라고 했다잖아요. 잘 새겨들어야지요.”

자기 거부의사를 임요나가 그렇게 표현했다는 점을 그는 강조하면서 덧붙였다.

“제가 원만히 해결했으니 마음 놓으세요. 요즘 젊은이들이 그렇다니까요.”

그는 요즘 젊은이 뒤에 숨었다. 크게 중요한 일도 아닌 것을 가지고 큰 일인 양 까발리고 원만히 해결했다는 공명심을 내보이는 실장이 그는 좀 우스웠다.

“요즘 성희롱 문제는 자의적 판단이 많이 작용합니다. 듣는 사람이 불쾌하면 성희롱이 되는 거죠.”

“그렇겠지요.”

원장과 부원장, 실장과 함께 회식자리에서 떠들었던 기억들이 떠올랐다. 간부진을 비롯해 스물댓 명 직원들이 음향기기가 설치된 레스토랑에서 거나하게 파티가 열렸다. 술에 취한 듯 한 여직원이 야릇한 포즈를 취하며 “이 모습 섹시하지 않아요?”하고 물었을 때 누군가가 맞장구쳤다.

“그래그래 김혜수 급이야. 남자깨나 잡겠어. 안 그래? 하하하.”

“예쁘게 봐줘서 고마워요. 섹슈얼 뷰티하죠?”

“언제 한번 동해안 갈까? 땡기네.”

“아유, 공개적으로 프로포즈하면 어떡해요?”

그러자 여기저기서 두 사람의 이름을 외치며 “뽀뽀해!” “뽀뽀해!” 소리소리 지르며 환호했다. 힘있는 곳에선 그저 즐겁기만

했다.

"계약 만료일이 이달 말까지죠?"

진 실장이 물었다. 하인석은 남의 말처럼 받았다.

"그런가요?"

"한 달 정도 남았네요. 이번 일은 없는 걸로 받아주세요. 사건화한 것도 아니니까요. 그리고 잘 마무리했잖아요. 나머지 시간은 쉬어가면서 하세요. 월차도 다 쓰시고요. 후임은 젊은 사람이 올 거예요. 방송출신입니다."

그는 실장이 나가자 곧바로 짐을 챙겼다.

# 아직도 여전히 답답하게

함평이씨 지평공파 지파인 기필공 10대 종손 이성범이 시제를 모시러 무안군 해제면 봉대산 중턱 선영을 찾았을 때는 4월 마지막 주 토요일이었다. 본래 시제는 한식날에 치렀지만 그가 시제를 모시는 주체가 되면서 일시를 4월 마지막 주 토요일로 늦춰서 못박아버렸다. 한식날에는 대종회 숭모제가 겹친 데다 대한민국의 모든 씨족들이 성묘를 위해 대이동을 하는 때인지라 교통대란을 피하기 위해서도 아예 몇 주 늦춰서 이어오고 있었다.

그가 주재하는 시제는 보잘 것이 없었다. 그가 어렸을 적 부친이 제주가 되어 모시던 시제와는 완연히 딴판이었다. 그때는 석상 위의 제물이 풍성했다. 석상 아래엔 향로와 향합이 놓이고 잔반 술병이 갖춰진다. 그 앞엔 모사그릇과 퇴주그릇이 놓이는데, 이보다 석상 위의 제물이 푸짐했다. 석상 맨 앞줄엔 대추 밤 배 감 사과 한과 양과, 두 번째 줄엔 포 삼색나물 나박김치 식혜, 세 번째 줄엔 육탕 소탕 어탕, 네 번째 줄엔 국수 육적 소적 어적 고

물떡, 다섯 번째 줄엔 잔반과 시접 송편이 놓이고 맨 뒤에 쌀밥과 국그릇, 숟가락 젓가락이 놓인다. 석상 가득 제물이 차려지고 그도 모자라면 옆 잔디밭까지 진출하고, 벌써 파리떼들이 조상보다 먼저 날아들어 시식을 하는 광경들을 1시간여 무심한 듯 지켜보며 예식을 지낸다. 집례가 노래하듯 느리게 제례 과정을 읊는 동안 후손들은 진지하게 절을 올린 뒤 일어나서는 양손을 가지런히 배꼽 쪽에 모으고 반쯤 허리 구부린 자세를 취한다. 식이 끝나면 모두들 묘역의 잔디밭에 둘러앉아 제물과 술을 나눠먹는다. 그제서야 서로 간에 안부를 묻고, 주변의 망주석과 이상한 동물형상의 수호좌상과 신하입상, 현덕비 추모비 공적비 따위를 뿌듯한 표정으로 살펴본다. 묘비에 음각된 글자들은 세월에 풍화되고 돌버짐이 피어 있어 알아보기 힘든데, 하나같이 함평이씨 시조로부터 몇 대손 누구는 어려서는 효성이 지극하고 지혜가 풍부하며 예절이 분명하며 학문이 뛰어나며 재산을 모으자 인근에 널리 자선해온 훌륭한 어르신이라는 글귀들이 열거돼 있다. 문장을 해독하는 사람은 없지만 고색창연한 비석을 지켜보며 종친들은 뿌듯한 자부심과 긍지를 지니는 듯했다. 어떤 어르신은 비석을 손으로 쓰다듬으며 후손임을 자랑스럽게 여기는 모양인데, 그가 비문의 주인공이 이름과 생년월일과 출생지를 빼면 다른 가문의 비문 내용과 다를 것이 없다는 것을 알지는 못했을 것이다.

어쨌든 지금 산소에서 일가붙이들이 바글거리는 풍경이라곤 찾아볼 수 없었다. 그동안 집안 사람들이 번갈아 가며 유사(有司)를 하는데 그때마다 말썽이 없는 때가 없었다. 주부들이 생고생을 하고, 누구는 제사상이 빈약하고 누구는 유사를 거부하고, 또 막상 제물을 준비해와도 상해서 식중독에 시달렸다는 둥 뒷말이 나왔다. 그래서 이성범이 선친이 작고한 뒤 제주를 물려받으면서 제사상엔 사과 3개 배 3개 나물 3가지 건어물과 술 한병 정도로 제한해버렸다. 교회 다니는 후손은 제물 없이 묵념으로 해도 좋다고 결정했다. 대신 유사가 읍내의 식당으로 참석자들을 초청해 오찬을 접대하는 것으로 바꾸었다.

막상 그렇게 하다 보니 편리하긴 했지만 시제가 영 볼품이 없었다. 옛 맛도 없어지고 마을 사람들이 산소를 찾는 일도 없어져서 쓸쓸했다. 이걸 지켜보던 집안의 어르신들이 혀를 찼다.

"아무리 편한 세상이라고 해도 이런 법은 아니여."

"그렇고 말고. 조상님들 뵐 면목이 없어졌네."

"법도와 예의가 있는데 말이여, 좀 과한 거여."

하지만 그는 그런 소리들을 묵살할 힘이 있었다. 제상 준비 때문에 궁시렁거리는 주부들의 뒷말이 무성하고, 그럼에도 불구하고 참여율이 옛날 같지 않으며, 수년 내는 너나없이 유사를 기피하거나 외면했다. 이럴 때는 순번이 아닌 그가 종손이라는 책임감으로 대신 제상을 차리는 경우가 많았다. 사정이 이러했으므로 그는 그들의 의사를 묵살할 수 있었다. 이럴 때 조카인 재민이가 나서서 그를 변호했다. 둘째숙부의 아들인 그는 명문대학 출신에다 국책연구기관의 권위 있는 연구직이었다. 그와 코드가 맞았고, 딸 둘만 둔 그로서는 조카를 아들 삼아 이런저런 집안일을 맡기고 있었다.

"집안의 주부들이 뼛골 빠진다면서요. 남자들은 손도 까딱 하지 않으면서 주문만 많고, 제사상 가지고 산을 오르내리다가 넘어져서 부상당하고, 음식이 상해서 식중독 걸린 일도 있다면서요. 먹다 남은 제물을 버리니 멧돼지들이 달려들어서 덩달아 묘를 파헤친다면서요. 음식물 쓰레기로 산이 오염되는 것도 모르세요? 세상이 달라지면 제사도 진화해야죠."

똑똑한 재민이 이렇게 말하면 속으로 섭섭한 마음을 가질 수는 있을지언정 정면으로 반박하는 사람은 없었다. 무엇보다 주부들의 애로를 들어준 결정이라는 데 꼼짝 못했다. 주부의 힘은 고리타분한 시아버지 따위의 권위를 벌써 압도하고 있는 것이다. 이런 과정에서 시일이 지나다 보니 익숙해지고 이제 모두들 대세를 따르는 편이었다.

이날도 그냥저냥 시제를 치르고 봉대산을 내려오는 중이었다. 오래 돼서 등피질이 뚜렷하게 굵은 늙은 소나무들이 빽빽이 들어선 선산은 언제나 마음 뿌듯하게 했다. 조상이 남겨준 유산 치고는 자존감을 심어주는 것이라고 그는 선영을 찾을 때마다 긍지를 느꼈다.

구 묘지터에 이르렀을 때, 웬 낯선 봉분 2기가 조성되어 있는 것을 그는 발견했다. 순간 몸이 오싹해졌다. 아니, 이럴 수가…… 묘를 쓰면서 주변 소나무까지 수십 그루 베어내고 땅을 마구잡이로 파헤쳐 놓았다. 일만여 평의 임야 중 구 묘지터는 3백 평 남짓되는데 예로부터 명당이란 곳이었다. 그래선지 6대조는 과거 급제를 했다. 소나무 숲이 둘러싸고 있는 햇볕이 잘 드는 양지의 묘역은 주변 산과 어우러져 풍광이 수려했다. 하지만 그는 명당이라는 명성을 인정치 않고 조상 묘들을 모두 파묘해 그곳으로부터 100미터 윗 지점에 봉분 하나로 합동묘를 꾸몄다. 합동묘엔 다른 곳에 모셔진 윗대의 조상들까지 포함해 20여 기의 유골이 합장됐지만 일반 묘와 다르지 않게 조성했다. 불만으로 여기는 집안 어르신들이 있었으나 종손의 권위 탓인지 그에게 대놓고 이의를 제기하는 사람은 없었다.

낯선 봉분은 그가 합동묘를 조성한 조상 묘보다 훨씬 컸다. 20여 유골이 묻힌 묘보다 덩그렇게 큰 묘를 보고 그는 그 놀라운 배짱에 놀랐고, 한편으로 어이가 없었다. 남의 땅에 이렇게 해도 되는 것인지 종잡을 수 없었다.

"완전히 함평이씨 집안을 짓밟겠다는 수작이구먼?"

함평이씨는 그 지역사회에서 예로부터 토반으로 인정받고 있었다.

"우리 집안 사람이 몰래 썼을 리는 없지. 집안의 성지를 요따구로 하는 놈이 어딨겠어."

"그렇지요. 명당이란 말을 듣고 어떤 놈이 몰래 들어와 무식하게 묘를 쓴 거요."

"조폭만도 못한 놈이지. 어따 대고 남의 산에 묘를 쓰냔 말이오? 무법천지에 날뛰는 개망나니지."

집안 사람들이 한마디씩 하며 입으로 방방 뛰었다.

그가 합동묘를 조성한 것은 이유가 있었다. 시제를 모실 때 여기저기 버려진 듯한 조상의 묘들을 찾아 돌아다니는 것이 불편했다. 벌초하기도 힘들었다. 젊은이들은 따라다니지도 않았다. 그 역시 때로 이런 행위들이 우스꽝스럽다는 생각이 들었다. 양지다 싶으면 반드시 무덤들이 주인공이 되어 누워 있고, 그게 근래는 꼭 산천경개의 부스럼딱지같이 느껴지는 것이다. 산야에 굴딱지처럼 다닥다닥 붙어서 자연환경을 훼손하고 있다고 보여진다. 지역개발의 장애가 되고, 그에 따른 시비 대상이 되고, 갈등과 마찰의 요인이 되고 있다. 조상을 기리자는 것이 이래저래 귀찮은 세상의 흉물이 되어버린 것이다.

구 묘지터는 이성범이 공직생활 은퇴를 대비해 예비해두었던 땅이었다. 퇴직하면 그곳에 황토집을 짓고 제각으로 활용하는 한편으로 산을 가꾸면서 노후를 보낼 작정이었다. 관심도 없는 아내와 두 딸과는 달리 요즘 힐링이 유행이듯이 산소 같은 여인 이영애보다 더 많은 산소를 욕심껏 마시며 그곳에서 지낼 생각을 하고 있었다. 서울에서 천리길이나 떨어진 불편한 곳이었지만 기왕에 윗대로부터 물려받은 임야이기 때문에 이용할 생각을 하고 있었다. 일부러 산을 사서 들어가 살 생각이었다면 굳이 그곳을 택할 필요가 없는 산이었다. 언젠가 재민이가 말했다.

"삼촌, 지금은 농경사회 시절과 다르죠. 농사를 지은 뒤 겨울철에는 집안 사람들이 산제를 지내러 여기저기 묘를 찾아다녔지만 지금은 모두 타지에 가 살고 있잖아요. 종족대이동이죠. 그래서 여기저기 모셔진 할아버지 묘들을 찾아다니기가 여간 불편한 게 아니에요. 인식이 없는 아이들은 등한시할 수밖에 없구요. 나중엔 조상묘를 잊어버릴 수도 있어요. 한 군데로 모아야죠. 다른 종친회들도 합동묘를 조성하거나 유골탑을 세워서 모시고 있더라구요."

이성범도 궁리는 하고 있었지만 행동에 옮기지는 못했다. 그런데 어느 날 조상의 묘를 벌초하러 가는 도중 좁은 산길을 오르다가 승용차가 낭떠러지로 굴러떨어졌다. 그중 한 명이 다치고 제물은 먹다버린 음식물폐기물처럼 엉망진창이 되어버렸다.

그의 10대조와 9대조 묘는 지도면 봉리 야산에 있었고, 8대조와 7대조 묘는 해제면 창매리 밭 가운데 섬처럼 고립돼 있었다. 그곳은 본래 산이었는데 한량인 4대조의 몇째 동생인가가 도박빚으로 산을 몰래 팔아먹은 바람에 새 산주 후손이 산판을 갈아엎고 개간하다 보니 이들 묘가 맨몸을 드러낸 것처럼 밭 가운데 노출돼 있었다. 7대조 중 한 분은 손이 없이 보천동 뒷산에 묘가 있었고, 손은 있으나 정실부인이 아닌 한 할머니 묘는 송포라는 곳에 있었다. 6대조 이후부터 선친 묘까지는 가세가 안정된 탓이었던지 해제면 신정리산 26번지 오늘날의 선산에 모셔져 내려왔다. 봉대산 선산만이 버젓하고 나머지는 모두 유랑민 신세를 면치 못하고 있는 셈이었다. 이것을 교통사고 이후 단번에 수습해버린 것이었는데 지금 생각해도 잘한 일이라고 생각했다.

"상놈들이나 이런 짓을 하는 거여."

팔십객의 세째 숙부가 눈꼽이 잔뜩 낀 눈을 껌적거리면서 투덜댔다.

"사정을 아는 동네 사람들이 했을 리는 없고, 틀림없이 외지인이 했을겨."

"신고해야 돼. 남의 선영 산에 이게 뭐꼬?"

이성범은 재민을 데리고 경찰서를 찾았다. 그들은 경제팀의 수사관 앞에 앉았다.

"일단 경위서를 쓰세요."

수사관은 무궁화 잎사귀 두 개를 어깨에 달고 있는 젊은 사람이었다. 조카가 나서서 고발장을 꾸미기 시작했다.

— 20**년 4월 25일 집안 사람들이 산제를 모시고 산을 내려오는 도중 해제면 신정리 산26 선영 산에 정체불명의 묘 2기가 들어선 것을 발견했음. 불법 묘는 발견 시점으로부터 1개월 전 들어선 것으로 보임. 불법 묘가 조성된 곳은 저희 조상 묘 6대조부터 큰아버지 묘까지 10여 기가 있었던 곳이며, 이들 묘를 파묘해 산 위쪽에 합동묘를 쓴 관계로 공터로 남겨진 곳임. 구 묘지터는 황토집을 지어 문중교육원 겸 산림을 관리할 거처로 활용할 계획이었음. 산림을 훼손하고 무단으로 묘를 조성한 자를 찾아내 엄벌에 처해줄 것을 요망함.

이렇게 경위서를 써서 제출하자 담당 경찰이 걱정하지 말라는 투로 말했다.

"수사하면 곧 잡힙니다. 시골의 사정은 손금 보듯 환하니까요."

"고맙습니다. 잘 부탁 드립니다."

이성범은 그의 선산 아래에서 축산업에 종사하는 이도수 씨가 적어준 낯선 차량 번호도 증거로 제시했다. 이도수 씨는 탐문차 마을을 찾은 이성범을 만나자 한달 전쯤 포크레인 1대를 실은 작업차량이 산으로 들어가는 것을 목격했다는 것이다.

"처음엔 어르신 집안 사람들이 산 일을 하는가 보다고 여겼지요. 하지만 행동들이 아무래도 수상해요. 의아하게 생각한 나머지 차량 번호를 수첩에 적어 놓았습니다."

"이러면 더 쉽습니다. 걱정 말고 돌아가세요."

담당 수사관은 사건이 해결된 것이나 진 배 없다는 자신감으로 그들을 배웅했다.

전세 버스를 타고 일기 친지들과 함께 서울로 돌아오는 길이었다. 재민이 이성범의 옆좌석으로 자리를 옮겨 앉았다.

"삼촌, 제가 얼마전 중국에 다녀왔는데요, 그곳 도로변엔 무덤들이 도통 안 보이더라구요. 아무리 둘러봐도 묘들을 찾을 수 없었어요. 유교발상지가 조상을 숭상하는 것에 등한시하다니 참 이상하다는 생각을 했죠."

이성범도 베이징 상하이 푸동 등 몇 군데를 다녀온 적이 있었다. 조카의 말대로 도로변이건 산간지대건 묘를 발견하지 못했다. 우리나라는 도로변이나 마을 주변일수록 가족묘지 종친묘지 등 잘나간다는 집안의 묘원이 요란하게 꾸며져 있다. 경쟁을 하듯 거창한 석물과 능같은 봉분들이 위세를 부리는데, 그것은 마치 가문의 전시장 같은 모양새들이다. 그것들은 애초에 그곳에 있었던 것이라기보다 행세깨나 하는 후대들이 교통편의성, 접근성의 용이, 그리고 사회적 성취를 이룬 자기과시를 위해 차량 왕래가 잦은 도로변으로 묘를 끌고 나온 것으로 보였다.

"솔직히 말해서 묘란 기분 나쁘잖아요. 죽은 사람이 보초를 서는 것 같아서요. 어렸을 때부터 무덤 옆을 지나가면 몸이 오싹해지곤 했죠. 사실 자기 조상 묘 이외 어떤 근사한 묘도 혐오시설이라고 생각하지 않는 사람이 없을 걸요."

연구위원으로 근무하고 있는 조카는 역시 보는 눈이 달랐다. 자기 조상 묘 이외의 모든 묘는 혐오시설이라…….

"그 분야에서 연구하고 있니?"

"그런 것은 아닙니다. 우리나라 장묘문화에 대해 공동연구에 참여한 적은 있죠. 하지만 제 전공은 가족이에요. 그중 다문화가정을 중점적으로 연구하고 있어요. 전통적 혈통주의에서 우리나라도 혼혈주의 가족관이 속도를 내고 있습니다. 다문화가족이 200만 명을 헤아리니까요. 그네들한테 물어봐도 우리나라처럼 조상 묘를 세도의 상징으로 숭상하진 않더라구요. 저는 시골에 올 때마다 도로변의 무덤을 보면 불쾌해요. 아무리 거창하고 호화로워도 꼭 자연의 부스럼딱지 같아서요."

"그렇게 볼 수는 없지만 장묘문화를 바꿔야 하고, 지도자들이 앞장서야 하는데 우리 현실에선 그렇지 않잖니."

"그래요. 지도층들이 문제죠. 무덤 하나에도 권세와 탈법 반칙 특권이 득세하니……."

이성범은 차창 밖으로 흘러가는 산야를 살폈다. 크고 작은 묘들이 시야마다 잡혀오고 있었다. 살아 있는 자의 주택난이 심각한데 양지바른 곳일수록 망자의 유택이 꽉 들어차 있다.

"삼촌, 풍수지리 사상이 이렇게 만든 건 아닐까요? 모범을 보여야 할 세도가일수록 더하기 때문에 벗어날 수 없는 거구요. 가문의 과시욕구와 자신의 입신출세 욕구를 그런 식으로 표현하는 거죠."

이성범은 마오쩌뚱(毛澤東)의 한 일화가 떠올랐다. 마오가 집권하자 몇 년 안 돼 전 국토의 묘지를 없애는 조치를 취했다. 필요한 경우 죽은 자도 묘에서 꺼내 화장하고 산 자는 사망하면 두말할 것 없이 화장하도록 했다. 마오는 풍수지리사상을 극복해야 봉건주의 사상도 극복된다고 보았다. 그래서 풍수지리 사상에 따라 번성한 매장문화를 불법시한 것이다. 사자를 유택에 잘 모시면 후대가 번성한다는 관습 때문에 중국대륙은 한때 전 국토가 묘지천지였으니 마오로서는 혁명과업 달성을 위해서도 이런 구습을 청산하려 했을 것이다. 석물 등 묘를 치장하다보니 돈도 많이 들었을 것이다. 그것은 비바람 눈보라에 돈을 날리는 허세의 비용일 뿐이다.

마오쩌뚱은 1956년 시신을 관에 넣어 매장하는 토장제도를 금지하는 '장묘문화혁명'을 선포했다. 그 이후 중국에서는 무덤을 거의 찾아볼 수 없게 됐다. 자우언라이(周恩來)는 죽자 유언대로 화장을 한 뒤 비행기로 전국에 유골을 뿌렸고, 덩샤오핑(鄧小平)도 상하이 앞바다에 유골을 뿌렸다. 후야오방(胡耀邦) 총서기 역시 똑같은 경로를 밟았다. 다른 지도자들도 예외가 아니었다. 하지만 우리나라는 유택으로도 세도를 부리고 있다.

"삼촌, 선산이 있는 사람일수록 매장을 선호하지 않나요. 우리도 예외가 아니구요."

"그래서 합동묘를 썼잖니. 묘 20기를 한군데로 모아서 썼는데 세 평도 안 돼."

"그렇죠. 상상도 못할 일이죠. 6대조 5대조 할아버지는 할머니들이 두세 분씩 됐으니까 20기의 묘가 더 되네요. 그걸 한군데로 모았으니 대단하셔요. 하지만 그것도 먼 훗날 정리 대상이 될지 몰라요. 그런데도 구 묘지터에 엉뚱한 사람이 묘를 써서 낭패군요. 명당이라고 해서 사람들이 부러워하긴 했지만…… 지금도 명당을 믿는 사람들이 있는 모양이죠?"

"경찰에 신고했으니 잘 되겠지. 그리고 명당? 형식주의의 대표 상징이지 않을까."

"삼촌께서 명당 개념을 인정하시지 않은 걸 존경합니다. 어떤 극복과정이랄까, 내공이 쌓이지 않으면 그렇게 못 하시죠."

"칭찬받을 건 없어. 그렇게 하지 않으면 몇십 년 지나면 조상 묘가 어디 있는지조차 모르는 후손들이 나올 거니까. 그리고 이게 뭐니. 온 산하가 묘지공화국이니……."

그는 아버지로부터 들은 기억을 떠올렸다. 몇 대조 할아버지 묘인지는 모르지만 묘 이장을 하다가 무덤에서 더운 김이 피어오르는 것을 목격했다. 산 일을 하던 사람들이 놀란 나머지 광목을 구해와 구덩이를 덮고 다시 봉분을 했다. 하지만 그것이 과연 명당일까. 김이 모락모락 피어오른다는 것은 땅이 습하다는 뜻인데…… 습하다면 유골인들 편안할까. 그는 그런 의문을 가지며 명당의 효용성을 받아들이지 않았다. 양지바른 곳이면 모두 명당일 것이고, 그런 명당은 망자보다는 생자가 차지해야 할 땅 아닌

가. 명당에서 인물 났다는 것은 비과학적이다. 교육 잘 시키고 사람 반듯하게 키워서 자기성취를 돕는 것이 전국방방곡곡 명당을 찾아 헤매는 것보다 훨씬 합리적인 일이라고 생각하는 것이다.

"조상의 은덕을 기리고 섬기는 마음을 비판할 수야 없죠. 하지만 아름다운 강산을 온통 혐오시설로 만드는 묘지천지 가지고는 자랑거리가 못 되죠. 창피한 일이죠."

"너같이 전통의 오류에 대해서 생각하는 젊은이가 있다는 것은 자랑스런 일이다."

이성범은 중국의 장묘문화혁명 과정에서 마오쩌뚱과 그 막료간에 있었던 대화 내용을 재민에게 들려주었다.

"나도 들은 얘기다만, 마오가 장묘문화혁명을 수행하는 과정에서 여러 가지 난관에 부딪쳤어. 우선 신임하는 막료로부터 반대에 부딪쳤던 거야. 어느날, 마오는 장묘문화혁명을 안건으로 올려 각료회의를 주재했지. 여러 의견 끝에 '앞으로 산 자는 물론이고 망자의 묘도 파묘해서 유골을 화장하도록 하고 전국의 봉분을 없앤다'고 공포했어. 그러자 한 막료가 벌떡 일어서더니 반대의견을 내놨어. 그 사람은 국공 내전 때 12,500km의 대장정을 마오 곁에서 가장 모범적으로 수행해온 신임하던 부관이었어. 그런 그가 마오의 정책을 정면으로 반대하고 나선 거야. 그래서 마오는 그가 괘씸했어."

마오가 막료에게 물었다.

"동지, 왜 안 된다는 건가."

"마오 주석, 나는 우리의 혁명 달성을 위해 목숨 걸고 여기까지

왔습니다."

"그건 내가 알지. 자기 목숨보다 내 목숨을 더 중히 여기고 여기까지 온 걸 알지. 그런데 그것과 이게 무슨 상관인가?"

"그래서 제 경우 묘지 없애는 것을 반대합니다."

"그래서라니? 왜 그런가."

"제가 혁명을 위해 마오 동지와 함께 쫓길 때 일본군이 저의 집에 쳐들어와서 아버지를 창으로 찔러죽이고 어머니를 대검으로 복부를 찔러 죽이고, 내 젊은 아내는 일본군 여섯 놈이 차례로 덮쳐 윤간해서 그놈들이 돌아간 뒤 목매달아 자살했소. 고향에 돌아가보니 그런 참담한 일이 나를 기다리고 있었소. 결국 내가 한 일은 부모님과 아내의 유해를 수습해 무덤을 만들어주는 일밖에 없었소. 그들을 위해 한 일이라곤 그것뿐이었다니까요. 혁명을 위해 나선 대가가 그것뿐이오. 그러니 나로서는 받아들일 수 없습니다."

마오는 막료의 흐느끼며 비장하게 토해내는 말을 듣고 이 문제를 다시 회의안건으로 상정했다. 만장일치로 그의 부모와 아내의 묘를 예외로 하고 장묘문화혁명법을 통과시켰다.

"대단하군요. 그러니 마오죠. 그런 비통한 가족사를 따뜻하게 안아주는 그가 휴매니스트네요. 정책은 정책대로 수행하고, 인간애는 인간애대로 보여주는 혁명가……."

"하지만 마오가 범한 오류는 많아."

"네, 많죠. 그래도 그가 14억 중국 전체 인민의 추앙을 받는 것도 이유가 있는 것 아니겠습니까. 전국 농지의 85%를 인민에게 분배하고 진시황제의 천하통일보다 몇 배 많은 국토통일을 이루고, 전통적 봉건국가가 하늘 아래 반이 여성이라며 남녀동등권을 인정해 똑같은 취업기회로 실천해주고……."

"장묘 얘기하다가 마오 추앙으로 가는구나."

"그건 아니고요 삼촌, 중국은 그렇다 치더라도 프랑스도 대단해요. 프랑스는 전국 묘지면적이 전 국토의 0.03몇%라고 해요. 한동안 여의도 면적의 몇 배씩 묘지공간으로 사용하고 있는 우리나라와는 크게 비교되죠. 스위스는 지방자치단체가 운영하는 합동묘지에 크기와 사용기간을 엄격히 제한하고 있더라구요. 어쨌든 남한보다 백 배나 큰 땅덩어리를 갖고 있는 중국이, 그것도 공맹사상과 매장문화의 종주국이 전 국토에 묘지가 보이지 않는다는 것은 주은래나 호요방, 등소평이 솔선수범했기에 가능한 일 아니겠어요. 중국이 만만한 나리가 아니라는 것을 그런 데서 확인해요. 지도층을 보면요."

이성범은 조카의 사물을 보는 직관력에 마음속으로 지지를 보냈다.

오랫동안 기다렸는데 연락이 없어서 답답했다. 한 달 반쯤 지나서 그는 경찰서로 연락을 취했다. 기다리라는 답변이 왔다. 그리고 또 하세월이었다. 몇 주 후 다시 연락을 취했더니 그러면 경찰서로 들어오라고 한다. 답변이 어정쩡했지만 이성범은 부랴부랴 고향의 경찰서로 달려갔다.

"신고한 차적 조회를 하고, 묘를 쓴 날짜로부터 2주일분의

CCTV를 검색해보니 포크레인을 실은 차량이 검색되더군요. 추적해보니 그쪽 마을 사람은 아니고 타지 사람이 와서 묘를 썼습니다. 원래는 인근 면 사람인데 예전에 이주를 해서 후손은 지금 전북 익산에 살고 있어요."

담당 수사관이 설명했다. 이 주 전 범인을 잡아 조서를 받은 뒤 돌려보냈다는 것이다. 그러면 가타부타 알려주어야 하는데 알려주지 않다니…… 이성범은 좀 의아하게 생각하면서도 그가 어떤 사람인지 궁금했다. 왜 하필이면 그의 선산에 묘를 썼을까.

경찰이 피고인으로부터 진술받은 내용을 설명했다.

"묘를 쓴 사람은 본래부터 그곳에 그들의 조상 묘가 있었는데 오랜 세월이 지나는 동안에 평장이 돼서 봉분을 다시 했다더군요."

구 묘지 터에 외지인 묘가 있다는 것은 금시초문이었다. 그곳엔 대대로 내려온 그의 조상 묘들이 빼곡이 들어찬 데다 망주석 동물형상의 좌상, 선비입상 유적비 공적비 추모비 등이 세워져있어 다른 묘가 들어설 공간이라곤 없었다.

"다른 묘가 있을 턱이 없지요."

"그분들이 없는 걸 가지고 있다고 주장했겠어요? 현장수사 나가 보니 선영은 산골 깊숙이 박혀 있던데요. 명당 같지도 않던데……."

"풍수를 보는 사람들은 깊은 산골이라도 명당을 찾기 위해 헤집고 다닌다고 하잖아요."

"그곳이 그럴만한 명당 자리라구요?"

믿기지 않는다는 투로 수사관이 되물었다. 그는 모욕감을 느꼈다.

"필요로 한 사람들에겐 무서운 집착이 있는 겁니다."

그렇게 담당수사관과 얘기하고 있는 사이 몸집이 큰 잠바차림의 사나이가 들어오더니 경제반장이란 팻말이 붙은 자리에 가 앉았다.

"신고자군요."

"그렇습니다."

"수사해봤더니 그들이 연고를 주장한 것이 타당해보이더군요."

턱이 발달해 완고해 보이는 그는 이성범을 바라보지 않고 툭 던지듯이 말했다. 그가 테이블에 구둣발을 올려놓고 누운 듯이 몸을 뒤로 재킨 채 줄톱으로 손톱을 밀면서 말을 이었다.

"그쪽도 만만치 않습디다. 옛날 윗대가 군청에 근무했고, 후손들 중엔 꽤 높은 공직에 있는 사람도 있더라구."

이성범은 불쾌했지만 참았다. 그것과 이 사건과 무슨 인과관계가 있는가. 수사관이 편파적으로 기죽이겠다는 것인가. 하지만 맞설수록 불이익이라는 생각을 했다. 경찰이든 검찰이든, 혹은 정보 기관원이든 그들 앞에 서면 공연히 주눅이 들었다. 그냥 이유 없이 위축됐다. 그것은 어쩔 수 없는 피해의식이었다. 대학 시절 그는 한때 시위대에 합류했다. 고향의 많은 사람들이 총 맞아 죽고 대검에 찔려 피흘리는 모습을 동영상을 통해 바라보았다. 그런 어느 날 친구들이 요란한 함성과 함께 교문 밖으로 뛰쳐나가자 자신도 모르게 합류했다. 살인정권 물러나라. 군부정권 타도하자. 어린아이 살려내라. 언제나 수줍고 소극적이고 외로웠던 그는 동영상을 되새길수록 눈물이 솟구쳐서 가만 있을 수가 없었다. 시위에 나설만한 성격도 아니고 처지도 아니었지만 그땐 그래야만 할 것 같았다. 그런 어느 날 그는 누군가에게 붙잡혀서 경찰서를 거쳐 서울의 언덕배기 으슥하고 허름한 창고 같은 건물로 끌려갔다. 초주검이 되도록 두들겨 맞고 양 무릎 사이에 몽둥이를 집어넣고 비트는 고문을 당했다. 보름 동안 구타를 당하고 어느 정도 상처가 아물자 절룩거리는 걸음거리로 그는 풀려났다. 그 이후 그는 경찰서 앞을 지나치거나 법원검찰청을 지나칠 때, 본능적으로 몸이 오싹해지는 기분을 느꼈다. 지금 역시 이 수사관에게 그게 아니다 라고 항변하고 싶었지만 입안에서만 맴돌았다.

"억울하면 다시 진술서를 쓰고 가세요. 그 사람들은 본래 그곳에 자기들 조상 묘가 있었으며, 봉분이 낮아져서 다시 세웠다고 하니까 말이오."

경제반장이 구둣발을 내리고 줄톱으로 밀어 손톱의 재가 쌓인 책상을 후후 불어댄 뒤 말했다.

"어떻게 남의 땅에다 묘를 써놓고 본래 자기들 묘였다고 버틴다는 겁니까. 설사 백보 양보해서 거기 그들 묘가 있었다고 치죠. 임야 소유주인 나에게 연락을 해야 하지 않습니까."

"그들도 그 나름의 사정이 있었겠죠. 연락이 안 됐다든지 굳이 연락할 필요가 없었다든지……."

그는 노골적으로 한쪽 편을 들고 나왔다. 갑자기 배신감이 그의 가슴을 짓눌러왔다.

"그들이 우리 선영 산에 묘가 존재하지 않았다는 사실을 마을 사람들한테서 확인서를 받아서 제출해도 되겠습니까."

"알아서 하세요. 그들은 자기들 묘가 있다는 근거로 족보까지 제시했으니까요."

"보여줄 수 있나요?"

"수사진행 중엔 보여줄 수 없어요."

반장이 경계하는 투로 말했다.

"대질심문도 있지 않습니까. 그런데 안 된다니요. 그걸 믿을 수가 없어서 그렇다는데……."

"그래요? 그럼 좋습니다. 보세요."

그가 담당수사관으로부터 수사기록을 받아챙기더니 중간쯤 페이지를 열어 이성범 앞에 디밀었다. 족보 사본과 조악하게 프린트된 무덤 사진이 있었다. 족보엔 피고인의 조상묘 소재지가 '해제면 봉대산 서편 대천리'라고 씌어 있었다. 사진은 봉분을 만들어놓고 찍은 데다 트레밍한 것이 여실히 보였다.

"지명이 우리 선영과 다릅니다."

경제반장이 뜨악한 표정을 지었다.

"어떻게 다르다는 겁니까."

"우리 선산은 해제면 신정리 산 26번지입니다. 그 지역에 대천리가 있긴 하지만 우리 선산과 상당히 떨어진 남쪽에 있어요. 전연 소재지가 다릅니다. 설사 우리 선산에 무슨 묘가 있었다 해도 그들은 남의 묘를 자기들 묘라고 주장하는 거나 다름이 없네요."

경제반장이 고개를 갸우뚱하더니 말했다.

"알았습니다. 수사해보면 알 거고, 억울하면 추가진술서를 쓰고 가세요."

"준비해서 다음에 내겠습니다."

이성범은 경찰서에 쭈그리고 앉아서 진술서를 다시 쓸 만큼 마음이 편안하지 못했다. 그는 직원들에게 인사를 하는 둥 마는 둥 하고 경찰서를 나왔다. 한번 의구심을 갖자 모든 것이 의문투성이였다. 진술서를 재작성해 보냈으나 불길한 예감대로 연락은 오지 않았다. 도무지 수사 진행과정을 알 길이 없었다. 그는 법무사 일을 보고 있는 지인에게 자문을 구했다.

"어째 이상하긴 합니다. 사건이 검찰로 넘어가니까 차라리 그쪽으로 근거자료를 찾아서 보내 보세요."

그는 다시 이런저런 서류를 꾸몄다. 그리고 경찰을 불신했기에 검찰을 신뢰한다는 취지로 서두를 시작했다.

— 정체불명의 자가 저희 산소에 묘를 쓴 곳은 명당이라는 말을 들어왔지만 저는 명당의 개념을 낡은 구습이라고 보고 조상묘가 산개되어 있음으로 해서 성묘와 벌초가 용이치 못해 여기저기 흩어져 있던 조상묘까지 수습해 위쪽에 합동묘를 조성했었습니다. 빈 땅으로 남겨진 구 묘지터에는 황토집을 지을 계획을 세워놓고 있었기에 최근 작고하신 숙부 묘도 다른 곳에 쓰도록 하였습니다. 피고인이 묘를 쓸 것 같으면 제 숙부 묘도 거기에 쓰도

록 했겠지요.

피고인은 자기 조상 묘가 있다는 증거로 사진을 제시했으나 겨울철 인위적으로 봉분을 만들어놓고 마른 잔디를 씌우고 사진을 찍었거나 트레밍(포토샵)을 해 내놓은 것으로 육안으로도 지능적으로 조작한 것으로 보였습니다. A4 용지에 프린트해 사진 상태가 조악하며 현장 식별이 어려운 상태이기 때문에 증거로 삼기에도 문제가 있습니다. 저는 경찰수사관에게 사진전문가의 감식이 필요하다는 점을 강조했습니다.

임야 소유주에게 연락 한마디 없이 군사작전하듯 묘를 쓴 자체가 묘의 부재를 인정하는 꼴입니다. 주변의 산림 또한 훼손했는데 자연 그대로의 모습을 파헤쳐 놓음으로써 자기들 묘를 조성한 근거를 흩뜨려놓기 위한 교란 수법으로 판단됩니다.

경찰은 피고인 족보를 근거로 그들의 조상묘가 존재한다고 제시했으나 지명과 방향이 완전히 다릅니다. 저희 선산은 6대조 묘가 조성된 최소 180년 전부터 존재했으나 상대방 족보상의 조상은 3-4대조의 것으로 저희 선산에 예전부터 그들 묘가 있었다는 인과관계가 없습니다. 수사를 위해 등기부등본 열람을 해주시기 바랍니다. 주민들이 쓴 외부인 묘지부재확인서와 관련 사진자료를 첨부합니다.

경찰이 편파적이고 불공정하게 수사 진행을 한 정황이 여러 차례 드러났습니다. 저의 의견과 진술은 묵살되고 대신 상대방이 잘나가는 사람이며, 자기 처가도 그쪽이어서 사정을 잘 안다는 등의 발언을 했습니다. 사건내용과 상관관계가 없는 얘기들입니다. 저의 의견을 수사의 정보로 활용하면 되는데 반박과 부정으로 일관하고 피고인을 비호하는 발언을 했습니다. 남의 산을 파헤치고 산림을 훼손하고, 자기 땅인 양 묘를 쓰는 이런 범죄에 대해선 엄벌에 처해주시기 바랍니다. 준엄한 심판을 내려주시는 것만이 제2, 제3의 범죄를 막고 정의사회로 가는 길이라고 믿습니다.

서류를 제출한 지 한달이 지나서 검찰로부터 소환장이 날아들었다. 그는 해당 지방검찰청으로 달려갔다. 번호표를 받아 대기실에서 대기하고 있는데 '피해자 이성범과 피고인 김철만은 ○○호실로 들어오라'는 방송 멘트가 나왔다.

"우리는 사건조정팀입니다. 지역사회의 경력자들이 자원봉사 차원에서 일하고 있습니다."

조정위원 4명이 원탁의자에 둘러앉았고 이성범과 피고인이 나란히 그들 곁에 앉았다. 피고인 김철만은 이성범과 나이 차가 나지 않는 50대 중반쯤 되어보이는 사람이었다. 피부가 하얗고 마른 편이어서 신경질적인 면모였다.

"서로들 인사하세요."

조정위원장이 인사할 것을 주문했다. 그가 이성범을 힐끗 보더니 야릇한 미소를 지어보였다. 이성범은 가볍게 목례했다.

"속도 있게 조정에 나서겠습니다. 결론부터 말하면 김철만 씨는 남의 선산에 조상묘가 있지요?"

"그렇게 말씀하시면 안 되죠."

김철만이 즉각 반발했다.

"어쨌든 그렇다는 겁니다. 그렇다면 다른 곳으로 옮겨가는 게 순서지요."

"남의 땅에 묘를 쓰다뇨? 애초부터 그곳에 우리 4대조 묘가 있었다니까요."

"없었습니다. 근거가 다 있어요."

이성범이 소리쳤다. 그들은 서로를 노려보았다.

"어허, 서로 싸울 일은 아니고, 우리는 사건을 원만히 해결해드리고자 하는 사람들입니다. 내 말 잘 들으세요. 그 땅에 김철만 씨 조상묘가 오래전부터 있었다 해도 오늘날엔 남의 소유지에 있는 것이 맞는 것 아닙니까. 그것은 인정하시죠?"

"애초부터 우리 조상묘가 있었다니까요."

김철만은 계속 질문과 다른 답을 했다. 이성범이 준비한 서류 봉투를 조정위원에게 제출하며 말했다.

"저희 시제 모신 사진, 예전 묘비 제막식 사진이 있으니 증거사진으로 제출하겠습니다. 그 사진을 보면 외부인 묘가 존재하지 않는다는 것을 알 수 있습니다."

"이성범 선생은 구 묘지터의 조상 묘를 언제 파묘해서 이장을 했죠?"

한 조정위원이 물었다.

"2010년입니다."

"그럼 됐습니다. 2005년 정부가 전 국토를 항공사진으로 찍어둔 게 있으니 그 사진으로 판독하면 되겠네요. 지상의 50cm까지의 사물을 판독할 수 있다고 하니까요. 절차를 밟아 열람하면 될 거예요."

"잘 됐습니다. 꼭 그렇게 해주세요."

이성범이 동의했다. 억지가 과학을 이길 수는 없다. 침묵을 지키고 있던 김철만이 나섰다.

"그게 제대로 판독이 되겠습니까."

"가장 합리적 근거 체계입니다."

"글쎄, 남이 보면 하찮은 일인데 왜 그렇게 답답하세요. 항공사진까지 들이대는 게 옳은 일일까요. 국가기관이 그렇게 한가한가요? 두 분이서 원만히 해결하세요. 그래야 우리의 소임도 다하는 것이고요."

다른 조정위원이 다른 의견을 제시했다.

"그렇게 하세요. 이게 무슨 큰 일이라고 재판까지 옵니까. 부족한 사람들이 법에 호소합니다. 서로 조금만 양해하면 될 일입니다. 오늘 같은 세상에 망자를 가지고 시비가 붙는 것은 창피한 일이죠. 김철만 선생님은 남의 땅에 조상묘가 있으니 묘를 옮겨가시는 게 옳아보입니다."

"그래요. 집안이 어떻길래 자기 조상 묘가 남의 선산에 묻혀 있을까 하는 부끄러움이 있을 거예요."

조정위원들의 의견은 이성범 편에 서 있는 것처럼 비쳐졌다. 김철만의 표정이 일그러졌다. 불쾌하다는 표정이 역력했다.

"산 소유주한테 이렇다저렇다 말 한마디 없이 산림을 훼손하고 묘를 쓴 것이 양심이 있는지 모르겠군요."

이성범이 불만을 말하자 김철만이 발끈했다.

“왜 그러세요. 우리 조상 묘가 그곳에 있었으니까 썼을 뿐이라니까요. 뭐가 미쳤다고 그 멀고 깊은 산중을 찾아 들어가 묘를 쓰겠습니까.”

“그곳이 명당이라서 그런 것 아니에요?”

“명당이라도 개뿔, 우리가 잘된 것 하나도 없습니다. 나는 외로운 독자예요.”

“그만들 하세요. 그렇게 나가신다면 양자 동의 하에 무덤을 파묘해보면 되잖겠어요? 확실하게 드러나겠죠. 하지만 그러지 말자는 겁니다. 무슨 자랑거리라고 갈 데까지 갑니까.”

다른 조정위원이 끼어들었다.

“이거 막 가자는 거 아니죠? 그렇게는 안 됩니다. 그런 식으로 망자를 욕보여선 안됩니다. 김철만 선생님은 예전 자기 소유였거나 옛날 양해를 받아 그곳에 묘를 썼더라도 지금은 남의 소유의 땅에 조상 묘가 있다는 것을 인정하세요. 그게 현실이니까 그 선상에서 대안을 찾아보세요. 제 생각으로는 옮겨가는 것이 온당한 것 같습니다. 남의 사유권이랄까 재산권도 인정해야죠. 산 소유주가 다른 용도로 산을 개발할 경우, 묘를 옮겨갈 수 없다고 버티면 어떻게 되겠습니까. 재산권 침해가 크겠죠 사실 재판이란 자신 없는 사람들이 매달리는 수단입니다. 먼 훗날 돌아보면 별것도 아닌 걸 가지고 왜 그렇게 매달렸을까 후회할 거예요. 양자가 한발씩 양보하면 문제가 없을 걸 말예요. 묘 하나 때문에 망자보다 생자가 죽어나갈 판이면 그곳이 명당입니까? 어리석은 일이죠."

"묘가 그곳에 있다는 것만 인정하십시오."

김철만이 같은 말을 또 반복했다. 어떤 저의가 숨어있는지 모르지만 이성범은 귀찮아서 그렇게라도 응해주고 싶었다. 해결점을 찾는다면 말이다.

"있었건 없었건 그게 그렇게 중요합니까."

한 조정위원이 짜증스럽게 물었다. 조정위원들은 남의 소유지에 있는 묘를 옮기자는 쪽으로 회의 전 결론을 내고 들어온 것 같았다.

"이런 편파적인 진행은 수용할 수 없습니다."

김철만이 자리를 박차고 일어났다.

"왜 그러세요. 고정하세요."

조정이 결렬의 수순으로 가는 듯하자 그때까지 한쪽에서 회의를 지켜보던 사건담당 계장이 나섰다.

"조정이란 객관성을 기초해서 합리적 방안을 찾아드리는 일입니다. 그래도 때로 한쪽은 불리하게 느낄 수 있고, 다른 일방도 생각보다 불리하다고 생각합니다. 재판과정이란 것이 당사자 차원에서 100% 만족할 수가 없는 거예요. 그래서……."

"저는 수용할 수 없습니다."

그가 계장의 말을 자르더니 서류를 챙겨서 다급하게 밖으로 나가버렸다.

두 달의 시간이 다시 흘렀다. 여전히 검찰로부터 가타부타 연락이 없었다. 재판 과정이 본래 이러는 것인가, 이성범은 답답했으나 법률지식이 없는 그로서는 기다리는 수밖에 없었다. 또 한 달여가 지나자 마음이 불안해서 검찰청 민원실로 전화를 걸었다. 직원이 사건번호를 뒤적이는 것 같더니 한참만에 말해주었다.

"해당 사건은 피고인 연고지인 ▲▲지방검찰청으로 이송됐는데요?"

"네?" 금시초문이었다. "그렇게 일방적으로 사건이 왔다갔다 하는 건가요. 피해자에게 진행과정을 알려주지도 않고……."

"알려줄 의무는 없습니다."

"왜요? 당사자도 모르게 사건이 이리저리 옮겨다니는데 답답하지 않습니까."

"형사사건은 알려주는 게 아니에요. 경찰의 인지사건은 알려줄 의무가 없습니다."

"인지사건이라뇨?"

"그것 참, 그것도 모르세요? 고소사건은 범죄가 발생한 사실을 수사기관이 알지 못했지만 피해자의 신고나 고소로 인하여 수사가 시작되는 것을 말하구요, 인지사건은 수사기관이 직접 범죄사실을 알고 수사에 착수하는 것을 말합니다."

"제가 직접 경찰에 가서 신고를 했습니다. 피해자가 직접 고소한 사건이라니까요."

"고소하셨다고 했지만 수사기록엔 인지사건으로 되어 있어요. 고소사건이 아니에요. 다시 말씀드릴 게요. 고소는 범죄의 피해자가 그 사실을 경찰에 신고해서 범인의 소추를 구하는 경우고요, 고발은 피해자가 아닌 제삼자가 범죄사실을 경찰에 신고하여 기소하기를 요구하는 행위입니다. 신고도 그 범주에 들고요. 하지만 이 사건은 경찰이 인지한 사건이에요. 피해자에게 사건 경위를 알려줄 의무가 없습니다."

"아니, 피해자가 직접 찾아가서 신고를 하면 고소든 고발이든 된 것 아닙니까."

괴이한 일이었다. 피해당사자가 찾아가서 진술했다면 그에 따라 그대로 수사를 진행하면 되는 것 아닌가. 공명심에서 경찰이 인지수사로 돌린 것일까, 또다른 무엇인가가 있는 것일까. 섞갈려서 그는 한동안 울화가 치밀면서 머리가 지끈거렸다. 피해자로서 진술을 했는데 수사상황을 알려줄 의무가 없다니…… 낯선 묘는 그 자리에 분명히 존재하는데…… 뭔가 심상치 않게 돌아가고 일이 잘못 굴러간다고 느끼면 여러 가지로 어두운 해석을 하게 마련이지만 그가 피해당사자로서 소장을 쓰고 나온 것은 의문의 여지가 없었다.

"피해자는 수사진행과정을 알지 못하고 사건은 이리저리 굴러다니고, 뭐가 뭔지 모르겠군요."

무식한 소리 그만두라는 투로 직원이 신경질적으로 응수했다.

"피고인이 변경을 신청하면 수사 소재지가 바뀔 수 있습니다. 형사사건은 피고인 연고지로 사건이 이송될 수 있다니까요."

"결과를 언제 알 수 있습니까."

"그것도 정확히 알 수 없습니다. 다음 상담이 기다리고 있으니까 전화 끊습니다."

그리고 전화가 끊겼다. 법을 우습게 알지 말라는 투, 그는 자신의 무지만 드러내고 망신을 산 셈이었다. 그는 경찰서에서 피고인 집안이 만만치 않다는 경제반장의 얘기가 얼핏 머리에 떠올랐다. 피고인은 법에 관한 지식이 있는 편이고, 자기이익을 위해 법을 어떻게 활용해야 하는지를 아는 사람이다. 그러자 불안하고 슬며시 겁이 났다.

어느덧 해가 바뀌었다. 사건을 신고한 지 일 년이 지나가고 있었다. 여전히 어디로부터도 그에게 수사진행과정을 알려주는 곳은 없었다. 그는 무한정 기다리는 것이 답답해서 해당 검찰로 다시 전화를 넣었다.

"법원으로 사건이 넘어갔습니다."

"네?"

"법원으로 넘어갔으니 그곳으로 연락해보세요."

어떻게 알아보라는 안내도 없었다. 사건 당사자도 모르게 사건은 축구공처럼 이리저리 굴러다닌다. 그는 해당 법원 민원실을 찾았다.

"판결이 다음주 중으로 나올 것 같습니다. 진작 오시지. 하지만 지금이라도 보완 자료가 있으시다면 서둘러야 하겠는데요?"

여직원은 친절하게 안내해주었다.

"탄원서를 다시 써도 되나요?"

"네. 어떤 형식이든 상관없어요. 억울한 것을 적어내세요. 본 사건은 장사 등에 관한 법률위반, 산림자원의 조성 및 관리에 관한 법률 위반 혐의로 판결을 기다리고 있어요."

"제가 법 절차를 잘 몰라서 여기까지 왔는데 제 의사와는 상관없이 돌아가는군요."

여자 직원이 웃으면서 답했다.

"무지한 대가를 받는 것이죠. 자기 송사는 본인이 법률공부를 하거나 변호인을 선임하는 겁니다."

"이런 사안을 가지고 변호인을 선임해요?"

"모르면 도리가 없죠. 정 억울하시다면 관련 자료를 제출하세요. 4일 정도 시간이 남아 있으니까 그 안에요."

이성범은 집으로 돌아와 부랴부랴 탄원서를 정리하기 시작했다.

— 존경하는 재판장님

공정하고 정의로운 판결을 위해 얼마나 노고가 많으십니까. 저는 법원 사건번호 ○○고약○○의 고소인이자 피해자인 이성범입니다. 이 사건이 ○○경찰서에서 **지검-▲▲지검-ㅁㅁ지법으로 이송되는 사이 일 년의 시간이 흘렀습니다. 법률지식이 짧아서 그동안 이 사건이 어디로 흘러가는지조차 모르고 있다가 역순으로 어렵게 추적한 결과 ㅁㅁ지법 재판장님 앞으로 본 건이 이송됐다는 것을 알았습니다. 금명간 판결이 나온다는 민원실의 답변을 듣고 미흡한 부분이 있지 않나 싶어서 탄원서를 올립니다.

이성범은 그동안의 사건 경위 중 의문점 중심으로 적어나갔다.

— 피고인 김철만은 자기 조상 묘가 예전부터 저희 선산에 존재했다고 주장하는 바, 저희 조상은 6대조부터 묻힌 곳입니다. 그들이 4대조 묘라고 해도 저희 조상 묘보다 연대가 늦습니다. 대대로 저희 선영 산이라는 것을 등기부등본을 조회하면 알 수 있을 것입니다. 백보 양보해서 저희 산에 그들의 조상 묘가 조성되어 있다고 치더라도 임야 소유자에게 사전 양해를 구해야 하지 않았을까요. 그리고 그들이 자신들의 조상 묘라고 주장한다면, 진위를 가리기 위해 파묘를 해보자고 제안하며 항공사진 판독도 요청합니다.

탄원 내용은 그동안의 고발장과 진정내용, 주민들의 묘지부재 확인서와 대동소이했지만 그렇게라도 적어보내니 마음이 놓였다. 그러나 법원에서도 통보가 없었다. 기다릴 수 없어서 그는 법원으로 전화를 넣었다. 판결이 나왔다는 응답이 나왔다. 직접 내원해서 판결문을 받아가야 한다고 했다.

판결문은 두 페이지로 된 약식명령이었다. 약식명령 첫 장에는 사건번호와 법률위반 항목, 주형과 부수 처분이 적혀있었다. 주형과에는 피고인을 벌금 1,000,000원에 처한다고 판시했다.적용 법령은 장사 등에 관한 법률위반 제39조 제1호, 제14조 제3항, 산림자원의 조성 및 관리에 관한 법률 제74조 제1항, 제36조 제1항, 형법 제37조, 제38조(벌금형 선택), 형법 제70조 제2항, 형사소송법 제334조 제1항이었다. 해당법조항은 흡사 해독하기 어려운 암호문자가 나열된 것처럼 복잡하고 길었다. 거기에 비해

형량은 벌금 1백만 원이었다. 1백만 원의 벌금 판결을 위해 동원된 법조문이 어마어마하다는 생각을 했다. 이런 법조항을 일일이 챙기는 사람들이 과연 몇 사람이나 될까. 다음 장에는 범죄 사실이 적시되어 있었다.

— 누구든지 가족묘지 종중 문중묘지 또는 법인묘지를 설치 관리하는 자는 보건복지부령으로 정하는 바에 따라 해당 묘지를 관할하는 시장 등의 허가를 받아야 함에도 불구하고 허가를 받지 아니하고 피고인은 20**년 4월 5일 ○○군 해제면 신정리산26 이성범의 임야에 있는 4대 5대조 조상묘의 사초(일명 복토)작업을 하는 등 묘지를 관리하였다. 누구든지 산림 안에서 입목의 벌채, 임산물의 굴취 · 채취를 하려는 자는 농림축산식품부령으로 정하는 바에 따라 시장 군수 구청장이나 지방산림청장의 허가를 받아야 함에도 불구하고 피고인은 위와 같은 일시 및 장소에서 피해자의 승낙이나 관할 관청의 허가를 받지 아니하고 조상 묘를 관리한다는 이유로 임야에 형성된 묘 주변에 식재된 소나무 잡목 등을 조카 관계인 김동석을 시켜 장비를 이용하여 제거하는 방법으로 산림을 훼손하였다.

약식명령은 또 검사 또는 피고인은 이 명령을 송달받은 날로부터 7일 이내에 정식 재판의 청구를 할 수 있다고 별도 항목을 기재했다.

판결문은 김철만의 조상 묘가 그곳에 존재했다는 것을 전제로 정리되어 있었으나 좀 모호했다. 단지 감독관청이나 피해자의 허가를 받지 않고 산림 등을 훼손했다는 논거를 제시했다. 그는 조금씩 지쳐가고 있었다. 다음의 대응 방법이 얼른 떠오르지 않아 조카 재민을 불렀다. 재민은 여기저기 전화를 걸어보더니 말했다.

"삼촌, 그자들이 다시 정식재판을 청구했네요."

"여태까지의 것이 정식재판이 아니고?"

"이건 약식결정이죠."

도무지 헷갈렸다. 평범한 사람 주눅들게 하기에 족한 과정이었다.

"재판에 임하려면 우리도 손을 써야 해요. 그자들 중에는 법을 꽤 알고 있고, 정보 라인도 가동시키고 있고, 누군가 보이지 않는 손이 움직이는 것 같아요."

"이런 사건 하나에?"

"그러게요. 그러니까 그렇게 자신 있게 나오는 것이겠죠."

"남의 산을 파헤쳐놓았는데도 자신 있다?"

짐작은 했다. 지금까지 사건을 끌고 다니는 것이 예사 법상식이 아니면 할 수 없는 일이라고 생각되는 것이다. 기약 없는 재판으로 지루하게 끌고 가려는 수법을 보이고 있는 것이 환히 들여다보였다. 그는 조금씩 지쳐가고 있었다. 일을 그만두고 싶었다.

"누가 가해자고 누가 피해자인지 모를 정도네요."

"법이란 게 그러는 건가. 쉬운 걸 가지고 어렵게 만드는 것…… 또 지루하게 계속 재판을 벌여야 하나."

럭비공처럼 사건이 어디로 굴러가는지조차 모르고 지내야 한다는 것이 암담해보였다.

"불복하면 고등법원, 대법원까지 가는 것 아닌가요?"

이성범은 그동안 세상의 상식적인 일을 상식적으로 받아들이며 살아왔다고 생각한다.

"황토집이 아니라면 그대로 인정해 주겠는데 하필이면 거기에 집을 짓겠다고 나섰으니…… 어쨌든 괴이한 일이야."

"명당이라잖아요. 그래서 삼촌도 그곳에 집 지을 생각을 하고 있는 게 아니에요? 주변 사람들은 그렇게 생각하고 있더라고요."

"그렇게 생각하는 사람들이 있다고?"

이성범은 놀라는 표정을 지었다. 그리고 선언하듯 말했다.

"그렇다면 집을 짓지 않겠다. 나무를 심어버리겠어. 편백나무나 잣나무 감나무 밤나무……."

재민이 잠자코 있다가 그가 홧김에 말하는 것으로 판단했던지 위로하듯이 말했다.

"고정하시죠. 어떻게 잘 되겠죠."

"아니다. 그곳이 명당이라고 한다면 나무를 심겠어. 대신 마을로 들어가겠어."

"그것도 말이 되네요. 산속에 집 지어봐야 얼마나 갑니까. 처음 얼마 동안은 기분낼 수 있지만 몇 달 지나면 견디지 못할 걸요. 마을에 빈 집들이 많아요."

재민은 그의 앞으로의 산 생활이 훤히 보인다는 투로 말했다. 이성범은 갑자기 이상한 집착에 사로잡혔다는 생각이 들었다. 별

것도 아닌 걸 가지고 엄청난 사건인 양 승부욕을 보였다는 생각이다. 그러자 지금까지의 과정이 먼 나라 얘기처럼 아스라해보였다.

"장묘법을 바꿔야 해. 전 국토의 봉분을 모두 없애는 정책을 내놓는 사람을 국가지도자로 뽑아주고 싶어."

"맞아요. 그리고 남의 땅에 있는 묘지는 매년 사용료를 받도록 해야 돼요. 예전부터 있었다는 이유로 영원히 공짜로 쓰겠다? 이런 식이라면 남의 산에 왕릉처럼 몰래 묘를 쓰고 버텨도 끽 소리 못하게 돼있네요. 이러니 해결이 될 수 없죠. 그것부터 해결하고 획기적인 장묘법을 내놔야 할 때라고 봅니다."

이성범은 조카의 의견에 고개를 주억거렸지만 또 기약 없는 재판에 임해야 한다는 절망감에 먼 하늘에 눈을 주고 말았다. 이 재판의 결과는 끝내 이성범에게 통고되지 않았다. 이미 지치고, 더 이상 알고 싶은 욕구도 상실해서 될대로 되라는 식으로 주저 앉고 말았는데, 그래서 검찰도 법원도 법에 무지한 자는 그렇게 잠자코 있어야 한다는 듯 그에게 아무런 통고를 해주지 않았다. 대신 그의 선산의 베어져서 쓰러진 낙락장송만이 무심한듯 방치되어 썩어가고 있었다.

이계홍 경장편소설

# 우리 젊은 푸르던 날

## 1부
# 억새처럼 얽키다

### 1

눈앞이 캄캄해진다. 하란은 '이렇게도 가는구나' 생각했다. 그러자 더욱 아무 생각이 나지 않았다. 모든 것이 아득하고 아찔할 뿐이다.

"내가 잘못했어. 제발 차를 세워줘."

그녀는 규봉의 팔을 붙잡고 애원했다. 취한 규봉은 미친 듯이 차를 몰았다. 승용차는 행주산성 방향, 자유로를 무한질주하고 있었다. 이대로 가면 파주 문산을 지나고 임진각을 거쳐 휴전선으로 돌진하겠지. 아냐, 그 이전에 한강 하류의 철책선을 뚫고 강심으로 깊숙이 쳐박혀버리겠지. 이럴 때 쥐도 새도 모르게 몸뚱이가 사라진다고 하는 건가. 규봉의 얼굴은 어떤 결기가 묻어나듯 몹시 험악해져 있었다. 하란의 입은 바짝바짝 탔다.

"제발 세워. 세워놓고 말해. 뭐든지 들어줄게."

계속 액셀러레이터를 밟던 규봉이 그녀를 힐끗 곁눈질로 보았다. 그러면서 여전히 액셀러레이터를 밟는다.

"미안해 미안해. 이젠 안 그럴게."

그러자 그가 무슨 생각을 했는지 갑자기 갓길에 차를 세웠다. 하란은 재빨리 차에 꽂혀 있는 키를 뽑아 차창 밖으로 던져버렸다. 규봉이 말없이 그녀를 한동안 노려보더니 차 밖으로 나가 던져진 키를 주워왔다. 그때만이라도 숨통이 트이는 것 같다. 일단은 한숨 돌려놓는 것이 중요하다. 운전석에 털석 앉아서도 규봉은 아무 말이 없다.

"제발 돌아가서 얘기해. 이렇게 한다고 해서 문제가 해결되는 건 아니잖아. 내가 잘못했다고 하니까 받아줘."

"너 정말 나 꼰지를 거냐!"

그가 바짝 약이 오른 말로 그녀를 위협한다. 그녀는 겁이 많다. 조금만 위협을 해도 오금이 저려온다.

"미안해 미안해. 하지만 겁나서 그랬어. 겁만 안 준다면 난 무엇인들 할 수 있어."

뭐가 미안한지도 모르지만 그녀는 이렇게 말하고 위기를 벗어나고 싶다.

"너 정말 아작내버리기 전에 명심해. 나한테서 절대 도망 못 가!"

"그래그래 알았어. 그러니까 돌아가. 돌아가서 얘기해."

하란은 어떻게든 그의 비위를 거스르고 싶지 않다.

"아무리 개념이 없어도 그렇지, 너 정말 나 꼰지르면 종말이 어떻다는 걸 알지? 정말 쪽 내자는 거야?"

어금니를 무는지 발달한 규봉의 턱이 욱신 하고 몇 차례 움직였다. 갓길 옆으로 차량들이 무서운 속도로 질주해가고 있었고, 소음은 그칠 줄 몰랐다.

"놈팽이가 생겼다면 생겼다고 말해!"

그녀는 대답하지 않았다. 남자들은 왜 이렇게 단세포적일까. 전혀 생뚱맞은 추측으로 사람을 옭아매다니. 놈팽이라구? 지금 있는 놈팽이를 떼내려고 죽을 지경인데 생겨서 고민이라구……? 규봉이 하란의 옆모습을 뚫어져라 응시한다. 하란은 옆 얼굴이 따갑지만 앞만 보고 있다. 그의 날카로운 시선을 의식할수록 앞만 바라보아야 한다.

자유로가 훤히 뚫린 행주산성 쪽의 도로변. 어느 결에 이곳까지 그들은 와 있었다. 그녀가 사는 마포 쪽에서 오기가 쉬워서 자주 찾는 곳이다. 그러고 보니 으슥해서 한동안 데이트를 즐겼던 곳이기도 하다.

"나 이혼 안 할 거다. 명심해. 너 정말 내 마누라 건드리면 어떻게 되는지 알지? 죽는 수가 있어."

규봉은 나이트클럽, 카바레에서 굴러먹는 줄 알았더니 명동과 회현동을 근거로 점포 실내장식 사업용 자재를 공급하며 돈을 꽤 만지작거리고 있다. 그래도 여전히 나이트클럽을 전전하며 사십대 중반을 즐기며 살고 있다. 청년시절부터 무대로 해왔던 곳이고, 여전히 거래선이 연결되기 때문이다.

— 겁주지 마. 니 이혼을 전제로 만났던 것도 아니잖아. 오해야. 니 마누라 내가 만난 건 아니니까. 그런데도 완력을 휘두르며 으스대는 꼴이라니. 요즘엔 챙겨준 것도 없잖아. 선물에 약한 년이란 것두 모르고 즐기려고만 해? 싸구려 물건아?

긴박한 상황을 벗어났다고 생각되자 그녀는 규봉이 겁나기보다 그가 조금씩 경멸스러워진다. 사람은 이처럼 간사스럽다. 그것이 하란이야, 라고 말하지만 즉흥성과 기분파라는 것도 사는 데 있어서 괜찮다고 생각한다.

"니가 그러면 나 더 험하게 나가는 거 알지? 막돼먹기로 하자면 너는 택도 없어. 넌 말 그대로 색골 아니냐. 그것으로 한 세상 흔들다 가겠다는 여자 아니냔 말야! 그런데 갑자기 왜 그래. 열녀 났냐?"

하긴 좋을 때는 이런 직설법도 싫지 않았다. 사나이답게 보였으니까. 하지만 아무리 하찮은 존재라도 다른 여자들과 동일선상에 자신이 놓인다는 건 참아줄 수 없다. 그건 그녀의 최소한의 자존심이자 자신을 지탱하는 힘이다. 그래서 이젠 끝장이야, 라고 다짐해왔다. 더군다나 물질도 없는 주제에. 그녀는 침묵을 지켰다.

"이게 정말 화 돋구는 데는 도사라니까."

규봉이 조금 성질이 누그러지는지 하란의 볼을 꼬집으며 웃는다. 달래는지 위협하는지 모호한 태도다.

"날 피하면 너도 파멸이야. 난 널 아직 버릴 수 없어. 그리구 내 마누라 건드리면 죽는 거다. 나는 한번 한다면 하는 사람이야. 김재규(박정희 대통령 저격한 전 중앙정보부장)처럼. 나를 뻴로 보지 마."

하지만 이젠 하란은 그가 싫다. 그래서 가능한 한 멀리 하려고 하는데 그는 툭하면 전화질이다. 그래서 얼마 전엔 자꾸 이러면 당신 마누라에게 알릴 거야, 라고 협박 아닌 협박을 한 적이 있다. 그랬더니 바로 오늘 다짜고짜 나오라고 하더니 만나자마자 이런 위협을 가하는 것이다. 마누라가 눈치채고 닦달을 했으며,

그 밀고자가 하란이라는 거였다. 천하의 명규봉도 마누라한테만은 꼼짝없이 당하는 사람처럼. 하지만 마누라를 썩 그렇게 두려워하는 편도 아닌 것 같았다. 다만 오늘 뭐가 동했는지 그녀를 옭아매기 위한 구실을 만드는 것이라고 하란은 생각한다. 그녀는 그의 머리꼭대기에 앉아 있다. 남자들의 속성이란, 수컷들의 수작이란 너무도 단세포적이고 속이 빤히 들여다 보인다.

"그래그래 알았어. 알았으니까 당신 좋을 대루 해."

하란은 귀찮아져서 이렇게 편리하게 말한다. 규봉 역시 하란이 독하게 마음을 먹다가도 곧 무너진다는 걸 너무나 잘 알고 있다. 뛰어봐야 거북이지. 거친 힘, 적당한 퇴폐, 허무를 잠재워버릴 쾌락도 있지만 그녀를 사로잡는 건 뭐니뭐니해도 그가 가진 물적 토대다. 거리를 지나치면서 의미 없이 의상실 쇼윈도의 값 나가는 투피스 정장을 바라보면 부러워하는 줄 알고 별 부담 없이 선뜻 사주는 경제적 여유. 미리 알아서 선물도 해주는 젠틀맨쉽. 이럴 때 도리없이 하란은 그의 블랙홀에 빠져들고 만다. 따지고 보면 남편 호민에 비하면 얼마나 빛나는 신사도들인가. 그녀도 늘 그것을 신세 한탄하듯 말하지 않았던가.

— 호민이가 이 자식의 반의 반이라도 됐으면 얼마나 좋을까…….

"너 오늘 나 고달프게 했으니까 어떻게 되는지 알지?"

수컷들의 수순은 언제나 이렇다. 너무 빤한 요구에 그녀는 질려버리지만 어쩔 수 없다. 그가 말한 대로 나는 이미 화냥기로 뭉쳐진 중년 아니냐.

"요것 참, 내 일정도 버리게 하고 사람 환장하게 한다니까. 도발적으로 나오는 게 사람 영 꼴리게 한다니까. 튕기면서 더 사람 잡는다니까."

"알았어. 어서 가."

그는 건달들의 정석대로 별로 화가 날 큰 일도 아닌 데도 이를 확대과장해서 화를 돋구고, 그걸 빌미로 여자를 잡아먹는 절차를 밟는다.

"너 두 번 다시 헤어지네 어쩌네 빈정 상하는 일 하는 거 없기다?"

그녀는 대답 대신 고개를 주억거리고 만다.

"귀여운 것."

명규봉이 차의 시동을 걸더니 시원하게 달리다가 궁성처럼 요란한 건물의 옆쪽 빈터, 기다란 나무에 매달려서 갈래로 찢어져 발처럼 아래로 내려온 검정 고무판 차양막을 뚫고 일방적으로 주차장 안으로 쑥 들어간다. 일산신도시 인근의 모텔이다. 주차장 안에는 그래도 체면은 있다는 듯이 차의 번호판들이 한결같이 나무판으로 가려져 있다. 규봉은 거리낌없이 정해진 코스를 밟는다.

"나 약 오르면 더 솟구치는 거 너 알지?"

그가 룸에 들어가자마자 훌러덩 옷을 벗더니 그녀에게 건장한 앞을 내보이며 섰다. 벌써 그의 앞은 굳세게 서 있다. 꽤 오래전에 음경 확대 시술을 했다더니 그의 남성은 흉측하게 그녀를 압도하고 있었다.

"당신 뜻대로 안 되는 것 있어?"

그러자 규봉이 푸르딩딩한 잇몸을 드러내 소리 없이 웃더니 그대로 욕실로 들어가 샤워기를 틀고 푸푸 물을 뿜어내며 거칠게 샤워를 한다.

호민이는 이러진 않는데. 호민인 섬세한데. 호민이 생각을 하자 하란은 울컥 설움 같은 것이 치받는다. 호민이가 웬지 가엽다. 어떤 죄책감보다 그가 가련하다는 생각을 한다. 규봉이 물이 질질 흐르는 몸으로 욕실을 나온다. 그의 앞은 여전히 도도하게 서 있다.

"징그러워."

"한두 번 보냐?"

그가 재빨리 하란이 뒤로 돌아가 그녀의 원피스 자크를 끌어내린다. 브래지어가 나타나자 브래지어 자크도 풀어냈다. 도발적으로 그녀 유방이 툭 튕겨져 나왔다.

"염병, 이러니까 내가 사죽을 못쓰지."

— 지랄 마. 미친놈아.

하란은 이렇게 속으로 외치며 두 손으로 유방을 가리고 욕실로 들어간다. 징그러운 새끼. 그녀는 오래오래 욕조의 물에 몸을 담그고 싶다. 다시 호민이가 생각난다. 야만은 순간이고 순정은 영원해…… 난 왜 여기까지 와버렸을까. 스스로 생각해도 낯선 거리에 와서 헤매고 있다는 느낌이다.

호민이 생각을 하자 그녀는 다시 울컥해진다. 그가 밉지만 결코 미워할 수 없다. 그녀 마음이 복잡할수록 가슴 한쪽이 아리다.

아아, 호민이. 볼수록 봄의 햇살, 잎새에 이는 바람처럼 싱그러웠지. 어딘가 위태위태하고 불안한 청년이었지만 깜빡 꺼졌다 켜지는 성냥개비의 전 생애 같은 불꽃. 깊은 밤 잠들지 못하게 하는 감미롭고도 슬픈 밤비 같은 청년.

하란은 절망적이었지만 그런 호민이를 보고 삶의 희망을 얻은 기분이었다. 그녀는 몹시 힘들었다. 혼자 가게를 꾸려가는 것도 힘들지만 사귀는 남자가 그녀를 더욱 피곤하게 했다. 도무지 진정성이라곤 찾아볼 수 없었다. 데이트 비용을 전적으로 그녀에게 의존하는가 하면, 그럼에도 불구하고 바람처럼 사라졌다가 슬그머니 다가와서 주변을 배회하다 또 바람처럼 사라져버린다. 키가 크고 허우대는 멀쩡했지만, 책임감이 결여돼서인지 뜬구름처럼 기약이 없고 비현실적이다. 비구상을 전공하고 때로 조각에도 손을 대지만 인사동의 외피(外皮)를 사랑했을 뿐, 내면은 언제나 허허로운 바람만 스치는 사람. 뒷바라지하면 먹고, 멈추면 그것으로 그만, 그것이 사랑이 아니라는 걸 알고 그녀는 절교를 선언하고, 그랬어도 한동안 상당히 힘에 겨웠었다. 상처를 주건, 혹은 받건 간에 그것은 내공이 실리지 않은 사람에게는 한동안 견디기 어려운 일이다.

이때 호민이가 나타났다. 오월 비오는 어느 날, 그는 후줄근히 젖은 채 초조한 빛으로 하란의 인사동 표구공방 가게로 뛰어들었다.

"숨길 곳이 없습니까."

어법은 맞지 않았다. 무엇을 숨겨달라는 것인지 주어가 빠져있어서 그녀는 의아한 채 “뭘 숨겨요?”라고 반문했다. 그의 갑작스런 동작이 뚱딴지 같아 다소 장난기도 배어 있었던 것 같다. 아닌 게 아니라 이런 뚱딴지 같은 사람들이 더러 그의 가게를 찾긴 했다. 그러나 그녀는 곧 그가 다급한 나머지 뱉은 말이라는 것을 알았다.

“저를 숨겨줄 곳이요.”

무언가 갈구하는 듯한 그의 눈빛에 하란은 쓰다 만 벽판이며 페인트 통이며 나이프며 혹은 커피 보트, 낡은 침구류가 아무렇게나 쌓여 있는 간이 이층 다락방으로 그를 재빨리 올려보냈다. 아마도 밖에서 요란한 휘슬소리와 거친 구둣발 소리들이 아니었다면 그렇게까지 안 했어도 됐을지 모른다.

청년은 의외로 몸의 부상이 심했다. 주변이 조용해지고 가게 문도 닫을 때쯤해서 다락방으로 올라가 보았더니 청년은 웅크리고 앉은 채 불안한 모습으로 문 쪽을 살피고 있었다. 빗물에 더러워진 메리야스 사이로 드러난 어깻죽지는 꺼멓게 멍이 들어 있었고 걷어올린 바지의 허벅지에도 피멍이 자주 꽃잎을 이겨놓은 듯이 번져 있었다. 그러나 그는 상처에 대해 말하지 않았다. 라디오 뉴스를 들으며 깜짝깜짝 놀라는 모습만 보였다. 혹시 범법자? 그녀는 조금 겁을 먹었다. 하지만 그의 깨끗한 눈빛을 보고 그는 그것과는 전혀 무관할 것이라고 보았다. 그녀의 직관이 꼭 맞는 것은 아니었지만 선한 눈빛을 보면 안다.

웬지 순간적으로 그와의 만남이 운명적이다, 라는 감정이 심장에 와 꽂히는 걸 그녀는 느꼈다. 사랑의 느낌은 순간이야, 논리가 아니야. 무명화가에게 빠질 때도 그랬었지. 헌데 또 이 청년이 무명화가 대신 목숨보다 귀중한 사람이 될 것 같다는 믿음이 생기자 그가 수배중인 시위 주동자라는 것을 알았다. 이때 하란은 그를 힘껏 안아주었다. 그것은 알 수 없는 신뢰이자 힘이었다. 그렇게 한 달 가까이 그를 숨겨놓는 사이 전혀 자연스럽게 사랑을 만들고 키우고 미래를 꿈꾸었다. 돌이켜보면 그지없이 행복한 시간들이었다.

여태까지 그녀는 대학생들의 시위에 대해서 잘 알지 못했다. 다만 장사가 잘 되지 않기 때문에, 교통이 마비되는 것이 불편해서 종로통을 휩쓸며 밀고 밀리는 시위 인파를 마땅치 않게 여겼다. 방송에서 연일 질타하는 질서파괴분자, 헌정질서문란자, 국기혼란, 친북 용공좌경세력의 발호라는 멘트에 순치되어 있었다.

하지만 그를 통해 하란은 조금은 눈을 떴다. 눈을 뜨자 그가 더욱 아름답고 신선해 보였다. 접해보지 못한 맑은 충격이 그녀를 사로잡았다. 그래서 호민이 있는 곳에 하란은 가게 문을 닫고 달려가곤 했다.

먼 발치에서, 때로는 가까이에서 시위를 주도하는 그를 응원하며 준비해간 음료수와 김밥을 건네주었다. 한쪽으로 가서 게걸스럽게 김밥을 먹던 호민이. 동료 학생들이 김밥을 가로채가자 눈을 부라리다가도 끝내 웃던 여유.

"뭐 하냐. 죽어버린다."

룸의 침대에 벌거벗은 채 누워 있는 규봉이 그녀를 독촉한다. 하지만 그녀는 그가 죽거나 말거나 탕에 그대로 눌러 있고 싶어진다.

언젠가 어느 날 호민이 말했을 때 하란은 분을 참지 못해 공연히 복수심을 가진 적이 있었다.

"쫓기다가 친구네 집으로 도망간 적이 있었어. 희상이란 놈이야. 법대 친구였지."

캠퍼스는 오월로 접어들면서 더욱 소란하고 북적거렸다. 구호와 함성과 만국기처럼 펄럭이는 붉고 파랗고 노랗고 흰 깃발들, 스타카토와 같이 짧게 끊어치는 가슴 설레게 하는 북소리와 요란한 소리소리들. 민주주의 훈련장 치고는 지나치게 혈기왕성하다고 느낀 때, 사복조가 일시에 들이닥쳤다. 주동자 하나 당 수백만 원의 현상금과 일계급 특진의 포상이 주어진다고 하니 그들은 눈에 핏발을 세우고, 위험을 무릅쓰고 시위대에 돌진해 들어갔다. 진압봉과 방패가 허공을 가르고 자욱한 최루가스 연기 속에 투석전이 전개되는 가운데 대부분의 시위자들이 잡혀갔다. 아무리 위장을 하고 방어망을 쳐도 그들은 유치장에 집어넣으면 정확하게 일반학생과 주동자 그룹을 식별, 분리해냈다.

이때 쫓기던 호민은 학교 울타리를 넘어 근처에 있는 친구의 집으로 달려갔다. 다행히도 친구는 집에 있었다.

"그런데 어쩐 줄 알아?"

호민이 말했다.

"그래, 어땠니?"

"희상이란 그 녀석 참, 뚱딴지 같은 얘길 하는 거야. 열정적인 녀석들 대부분이 지방 출신이고 이렇게 구호를 외치고 시위대의 선봉에 서는 것은 값싼 영웅주의나 매명주의의 발로, 자기 현시 욕구의 분출 어쩌며 비하하고 냉소하는 거야. 야지 놓으며 적개심을 품더군. 왜 그러는지 모르겠더라구."

"그래서?"

"그래도 난 쫓기잖아. 하루만 재워달라고 애원했지. 하지만 지금 여행을 떠난다는 거야. 여행을 가니까 나가달라는 거지. 걔가 없는 곳에 내가 있어야 할 이유가 없잖아. 녀석은 사법시험에 일차로 합격한 친구였거든. 굵직한 회사의 사장 아들이야."

순간 하란은 "개새끼"하고 욕을 퍼부었다. 그런 새끼가 무슨 재판을 해. 그런 자들이 사회를 지배하고 이끌고 간다고는 하지만. 그래서 더 욕을 퍼부었다.

"정말 개새끼네. 그런 놈들이 세상을 이끈다면 나도 운동권 할 거야."

"숙녀 입이 좀 거칠어요."

그런 그가 좋아서 하란은 호민을 와락 끌어안고 볼에 입을 맞추었다. 무엇인들 그를 위해서라면 희생하리라 마음먹었다. 깨끗한 영혼, 맑은 정신. 깃발처럼 곧은 이념의 순정성. 그에게 미래가 없다면 나라의 미래도 없다…….

"너 안 나올 거야. 또 사람 지치게 하냐?"

그제서야 그녀는 어깨에 타월을 걸친 채 샤워실을 나온다. 그가 벌떡 일어나 달려와 물에 젖은 그녀 몸을 끌어안는다.

— 요게 나를 환장하게 한대니까.

규봉이 도도하게 툭 불거져나온 그녀 젖과 유두를 눈으로 훑고는 얼굴을 낮추더니 그대로 입을 갖다 대고 빤다. 정해진 절차처럼 격렬하게 일을 치른 뒤 규봉이 어느새 곯아 떨어진다. 에어컨 소리가 칙칙하게 허공을 감돌자 하란은 야릇한 절망감에 젖어서 가늘게 신음을 토한다. 하얗게 머리 푼 억새풀처럼 가슴이 황량하고 쓸쓸하다.

## 2

지난해 이맘때다.

하란은 여학교 모임에 갔다가 자존심만 팍 상하고 중간에 돌아서버렸다. 잘나가는 남편 자랑, 상위권 중학생, 어떤 애는 고등학생까지 둔 자녀들의 특수과외와 학업성적 자랑, 그리고 강남의 아파트값 동향, 풍부한 예금 자랑에 시부모까지 끼워넣어 풀어놓는 너저분한 자랑들을 더이상 들어줄 인내심이 그녀에게는 없었다. 어느새 사십대 중반에 접어든 아주머니들은 입에만 잔뜩 기가 올라 있었다. 자랑에도 경쟁이 붙고, 그래서 어느 일면 독기까지 품고 있었다. 그럴수록 그녀는 박탈감만 컸다.

하란은 슬쩍 레스토랑에서 나와 울적을 달래는 기분으로 차를 몰았다. 시속 150km로 속도를 높이자 훤히 뚫린 자유로가 스쳐 지나갔다. 별로 겁나는 것도 없었다. 그 무서운 친구들에 비하면, 카 오디오에서 흘러나오는 신나는 음악과 차창 밖으로 불어오는 시원한 바람, 이제야 비로소 숨통이 트이는 것 같았다. 하지만 차를 몰수록 하란은 우울하고 쓸쓸해진다. 행복하지가 않다.

발전이 없는 원점에서 맴도는 결혼생활. 호민의 월급으로 살기로 작정하고 아이를 낳자 가게 문을 닫고 악착같이 분양 사무실을 기웃거리며 13평에서 17평으로, 다시 24평으로 아파트 평수 늘리고 하다 보니 세월은 갔다. 계단식을 위해 발버둥치지만 여전히 복도식을 면치 못하고 있다. 뭔가 2%가 부족하고 살림이 빠듯하다고 생각하는 때 대책없는 남편의 실직. 바로 사오정이다. 그래서 다시 팔 걷어부치고 사업을 재개했지만 불황의 늪이 그녀에게도 에둘러 가진 않았다. 갈수록 일이 팍팍하기만 하고 발전이 없다. 중학생이 된 현수의 성적도 만족스럽지 못하다. 벌써부터 대입 경쟁인데, 이렇게 나가면 서울 시내 대학은커녕 지방대학도 넘보기 어렵다는 담임교사의 걱정도 그녀를 더욱 울적하게 한다.

왠지 남편이 싫어진다. 하찮고 같잖다. 기껏 이 정도인가. 그래서 문득 이혼을 생각해보기도 한다. 이혼은 이제 용기 있는 자들의 선택이 아니라 몸에 부착한 악세사리처럼 가볍게 여기는 풍조라고 하는데, 그러다가도 그녀는 막상 이혼 사유에 부닥치자 어떤 확실한 그 무엇인가가 손에 잡히지 않는다. 이혼은 확실한 사유가 있어야 한다는데…… 남편에 대한 미움이 싹튼 것은 꽤 되지만 친정 식구들의 실망과 친구들 시선을 생각하니 행동으로 옮길 용기가 나지 않는다. 이래저래 하루하루가 독약 마시듯 숨막히는 나날들이다. 등산을 하거나 운동을 하거나 취미활동을 하면 좀 나을까 생각했다. 하지만 뭘 해도 외로움은 되돌아온다. 슬픔의 조각들이 그녀 가슴에만 가득 비축되어 있는 듯이. 한겨울 빈

둥지의 까치집같이. 누군가는 이것을 중년의 권태며, 우울증세라고 하던가.

"얘, 기분 풀러 가자."

하란은 신혼 중인 여동생을 불러내 나이트클럽으로 갔다. 그녀는 나이트클럽의 분위기를 좋아했다. 호민이가 복학해 졸업하고, 무난히 회사에 취업했을 때 기쁜 마음으로 찾았던 곳이다. 햇과일처럼 호민은 언제나 그녀에게 풋풋하게 다가왔다. 시위 현장에서 구호를 외치며 함께 쫓기며, 때로는 그의 비감어린 눈물을 보며 뜨거운 동지애를 느낀 적도 있었지만 하란은 그와 함께 나이트클럽에서 몸을 밀착시켜 흔들 때가 가장 어울리는 것 같았다. 호민의 춤 솜씨도 괜찮았지만 세 살 연상, 스물여덟의 하란은 몸도 동작도 농익었었다. 그래서 스스로 "나 화냥기 있는 년 아냐?"라며 호민에게 묻기까지 했었다. 어떤 자격지심에서가 아니라 자신의 춤 솜씨를 그렇게 발산하면서 또 자신을 변호하고 싶었다.

하지만 남편은 이제 모든 게 시들해져버렸다. 그녀의 왕성함에 비해 그는 너무도 일찍 조락해버린 과원의 낙과 같다. 요즘 그를 볼 때마다 주체하기 힘든 짐 덩어리로만 여겨진다.

동생과 마주보며 몸을 흔들다 자리에 앉았을 때, 웨이터가 슬며시 그녀에게로 다가왔다. 다른 테이블로 데리고 가려고 손목을 굳게 잡는다. 이곳저곳에서 여자들이 핸드백을 들고 메뚜기처럼 허리를 구부린 채 자리를 옮기는 모습들이 보인다. 이런 모습들이 그녀의 마음을 안심시키고 일탈을 합리화시키기도 한다. 그래도 웬지 쑥스럽다. 그래서 싫다고 하지만 웨이터는 그저 튕기는 줄로만 안다.

"언니 갔다 와. 내 걱정은 말구. 난 적당히 있다 슬쩍 빠질게."

— 나 쉬운 여자 아닌데…….

그러나 그녀는 어느새 모르는 남자들의 테이블에까지 이끌려 왔다. 나이를 묻고 일행이 몇 명인지 묻는다. 이런 곳에서 나이는 무슨, 그래서 하란은 주는 술을 냉큼 받아 마시며 건성으로 대답한다.

"네 명이 왔는데 벌써 흩어졌네요."

술은 역시 도피와 합리화를 위해 존재하는 마약이다.

스테이지에선 사이키 조명 아래 남녀가 뱀처럼 흐느적거린다. 하란의 마음 같아선 지금 이 순간 마음에 드는 남자라면 아무에게라도 기대고 싶다. 아닌 게 아니라 허기진 그녀에게 누군가가 다가왔다. 학자 타입의 점잖은 중년 사내. 어두운 조명 때문에 그의 얼굴이 제대로 보이지 않았지만 그가 "사는 게 힘드세요?"하고 물었을 때 하마터면 그녀는 울음을 터뜨릴 뻔했다. 하란은 고개를 끄덕였다. 정말 사는 게 힘이 들었고, 의미가 없었다. 그는 말없이 하란에게 손을 내밀었다. 그의 손은 의외로 따뜻했다. 그녀의 마음 한켠이 따스해져오는 것을 느꼈다.

하란은 반짝이는 조명 아래 스텝을 밟으며 그의 가슴에 안긴 채 울고 있는 자신을 발견했다. 자꾸만 눈물이 흘렀다. 뜻모를 눈물이었다. 특별한 말을 한 것도 아닌데 동창생들, 친구들, 살을 맞대는 남편보다 그 남자가 더 가까이 다가와 있는 것 같았다. 블루스 타임 내내 그에게 안겼다.

"감성이 풍부하군요. 울고 싶을 땐 한없이 우는 것도 방법입니다."

나이트클럽을 나와서 다시 조그만 카페로 자리를 옮겼다. 자세히 애기해주지는 않았지만 그 역시 불행해보였다. 그는 낮은 목소리로 그런 뉘앙스를 풍겼다. 사랑하는 사람끼리 결혼했으면 행복하게 잘 살아야 하는데 왜 결혼하고 나면 이렇게 다들 힘들어 할까. 왜들 이렇게 울타리들이 허술할까. 방황이 선택이 아니라 필수과목처럼 우리들 목을 옥죌까. 그녀가 4년제 대학을 포기한 것은 집안의 어려운 경제사정도 있었지만 국영수 필수과목 성적 때문이기도 했다. 그래서 간신히 2년제 전문대학의 표구공방 관련 학과를 선택했고, 그것이 밥 먹는 동력이 돼주었다.

하란과 낯선 남자 성태는 그날 똑같은 불행을 감당하느라 엉망으로 취해버렸다. 그리고 눈을 떠보니 천장의 낯선 무늬들이 눈에 들어왔다. 분명 그녀가 매일 자던 친숙한 방은 아니었다. 그녀는 주위를 둘러보았다. 모텔 방이었다. 깨질 것같이 머리가 지끈지끈 쑤셔왔다. 그녀 옆에 자고 있는 남자를 본 순간 그녀는 흠칠 놀랐다. 여기까지 어떻게 왔는지 전혀 기억이 없다. 자신 역시 불행하다는 남자 성태는 옷을 입은 채로 고요히 잠들어 있었다. 그가 취해 있었기 때문에 신사가 됐는지, 본래부터 신사의 기질을 가졌는지는 모르겠지만 그녀를 손대지 않고 점잖게 자는 모습이 신뢰가 갔다. 그래서 급속도로 가까워졌다.

성태는 가끔 그녀에게 예쁘게 포장된 액세서리를 선물로 사주는 것을 좋아했다. 거리를 가다가도 꽃이 있으면 사주었다. 그걸

들고 다니는 것을 즐겁게 받아들이기보다 귀찮게 여기는 나이에 도달했지만 그가 꽃을 사주면 새로운 감성이 빗물처럼 가슴에 고였다. 생일선물도 잊지 않았다. 남편도 모르고 지나쳐버린 생일선물. 호민은 결혼 전에는 꽃, 액세서리들을 사주었지만 결혼 후에는 아예 생략해버렸다. 모든 것이 생략되었다. 남자들이란 이렇게 편리하게 변하는 것일까.

꽃을 사준 성태에게 전화를 건다.

"고마워요. 꽃 아주 감격적이었어요."

"다음엔 아주 큰 꽃바구니로 해줄게요."

"그래요, 역시 성태 씨밖에 없어요."

여자로서 사랑받고 있다는 것은 행복한 일이다. 그 대상이 금방 터질 위험한 다이나마이트를 품에 안고 있는 사람이라도 그렇다. 그것은 그렇게 달콤하고 아릿하고 아프고 즐거운 것이다. 남편은 시켜도 해주지 않는 것을 성태는 알아서 착착 해주었다.

하란은 그와 함께 있으면 행복했지만, 그러면서도 가끔은 두려운 마음이 들었다. 이러면 안 된다는 것, 남편을 배반할 수 없다는 것, 때로 그런 마음이 든다. 남편이 태평할수록 죄의식은 배가 된다.

어느 날 하란은 카페를 운영하는 인숙을 찾아갔다. 남자 관계가 복잡하더니 끝내 이혼하고 혼자 사는 친구다.

"따지고 보면 별 얘기도 아니고, 사람도 그렇고 그런데 왜 자꾸만 빠져들까."

"너 몰라서 묻니? 외간남자의 친절은 상투적인 남편보다 멋져

보이잖어. 외간남자는 최선을 다하는 거구 남편은 짐짝처럼 널 부려먹으려 하구. 남편이 어디 외간남자와 같은 성의를 보이냐. 늘어진 하품이나 하구 방귀나 뿡뿡 뀌고. 긴장감이라곤 없잖어……."

그러면서 그녀는 또 말했다.

"얘, 그런 남편이 자기 애인한테 케익을 사다주면서 '촛불처럼 내 사랑 태우리라' 한댄다. 그런데 아내에겐 '촛농 떨어지기 전에 불 끄든지 말든지 해!' 하고 성질을 부린댄다. 백화점 쇼핑 가서두 애인한테는 '내가 안목이 없어서 미안해요' 이렇게 말하지만 아내에겐 '돈까지 줬는데 골라주기까지 하냐' 며 신경질을 막 부린댄다. 그런 거야. 너 초짜라서 그래. 좀더 지나 봐. 고기도 먹어본 사람이 잘 먹는다고, 갈수록 더 판타스틱한 것을 쫓아다닐 걸. 나두 아직 현역이잖아. 안 된다 안 된다 하면서두 정년퇴직이 안 돼. 이건 정년퇴직이 없나 봐. 남자들이 퇴출시키기 전에는. 하지만 사랑은 영화에서든 현실에서든 눈물이더라, 잡것."

하지만 그와는 큰 진전은 없었다. 그것은 하란 탓이라기보다 성태의 소극적인 매너 때문이었다. 둘 다 가정을 가진 유부남, 유부녀인데 그래서 가끔씩 모텔을 이용할 뿐 일정한 선을 유지하자는 것 같고, 그리고 언제까지 이런 관계를 유지할 수 있을 것인지 겁내고 있는 것 같았다.

어느 날 성태가 말했다.

"우리 당분간 연락하지 말죠."

"왜요?"

“친구로 좋지 않을까요.”

“사랑이 친절로 변하면 난 싫은데.”

“하란 씨 용기가 가상하다.”

하란도 그가 조금은 닿지 못할 곳에 가 있다는 것을 느꼈다. 인숙에게 그 얘길 했더니 “그 남잔 사실은 호색한이야. 엽색 섭렵을 하는데 한 여자에게 안주할 남자가 아니지. 아님, 니 호주머닐 보고 있거나. 별 볼일 없다고 보고는 끊은 거야.”하고 입맛 없다는 표정을 지었다.

“나중에 봐요. 아마 보고 싶을 거야.”

이 말을 남기고 떠난 성태는 두달이 지나도 연락이 없었다. 하란은 그런 성태가 궁금하고 또 보고 싶었다. 남편에 대한 실망이 클수록 그녀 가슴에 그가 가득 들어와 있었다. 남편은 변함없이 피곤하고 지친 모습이다. 침대에 쓰러져 기진맥진 잠만 잔다. 그녀의 변화를 아는지 모르는지 모든 것이 그저 마른 수수깡처럼 메마르다. 그럴수록 다감한 성태가 그리웠다. 하루에도 몇 번씩 수화기를 들었다가 놓았다가를 거듭했다. 이렇게 마냥 그의 전화만을 기다릴 수가 없었다. 넉 달째로 접어들자 마침내 그녀는 전화를 걸었다. 성태가 당황한 듯한 목소리로 “웬일이세요?”라고 물었다.

“왜 전화 안 했어요?”

“기다렸어요? 정말 순진하군. 그렇게 말하면 다 알아듣던데…….”

뭐가 잘못되어도 한참 잘못된 거 같았다. 머리를 둔기로 한대 얻어맞은 듯 눈앞이 아찔해왔다. 한동안 멍하니 앉아 있었다. 인숙의 말이 뇌리에 스치자 그녀는 저항하듯 혼잣말로 투덜거린다. 엽색행각? 내가 어때서. 아님, 사랑도 돈이 필요하냐. 자신도 모르게 눈물이 나왔다.

우울증세가 턱까지 차오는 것 같아 숨이 막힐 지경이다. 다시 여동생을 불러내 나이트클럽을 찾았다. 사고치고 싶을 때는 친정 식구가 역시 최고다. 일탈을 감싸주는 우군은 뭐니뭐니해도 친정 사람이다. 하란은 동생이 먼저 자리를 뜬 뒤에도 홀로 남아 계속 술을 마셨다.

취한 채로 비틀거리며 화장실을 갔다가 나오는데 누군가가 등 뒤에서 "사는 게 힘드세요?"라고 물었다. 익숙한 레토릭이어서 돌아다보니 과연 성태였다. 똑같은 레토릭으로 새 여자를 낚으려는 수작? 그는 하란인 줄 몰랐을까. 그래도 그녀는 제 설움에 겨워 왈칵 울음을 터뜨렸다. 그가 무안했던지 웨이터를 부르고 그의 친구들이 룸에서 달려 나왔다. 그녀는 누군가의 승용차에 실려 집으로 돌아왔다.

### 3

"어디서 만나면 좋을까요?"

"퍼시픽회관 앞에서 만나는 게 어때요? 명동 입구요."

"그럼 해질녘 7시에 거기서 만나죠. 그때도 덥긴 마찬가지일 텐데……."

"아무렴 어때요. 괜찮아요."

하란은 마루에서부터 원피스를 벗어던지고 욕실로 들어선다. 거실에는 끈적끈적한 열기가 가득 고여 있었지만 에어컨을 작동하지 않았다. 켜고 싶지 않았고, 대신 브래지어 팬티도 없이 원피스만 하나 걸치고 엎어져 있었다. 하계 바캉스 시즌에다 가게를 찾는 사람도 별로 없어서 아예 며칠 쉬기로 작정하고 그녀는 방구석에 박혀 무료한 나날을 보내고 있었다.

욕조에 가득 버블 워시를 붓고 손으로 저으니 거품이 보글보글 괴어오른다. 물이 차 있는 것이 아니라 거품이 가득 욕조에 담긴 것 같다. 몸을 담그면서 좀 있으면 만날 그 남자를 상상했다. 모처럼 마음이 들뜬다. 자신의 몸매가 아직도 탄력이 있다고 자부하며 그녀는 매끄러운 하복부를 자랑스럽게 두 손으로 쓸어올렸다가 내린다. 화장을 하면서도 그 남자를 생각한다. 성태와는 다르겠지. 땀이 흘러 벌써 목이 끈적끈적하다. 파우더를 발라주고 눈썹을 다듬고 속눈썹도 뷰러로 살짝 올린 후 마스카라를 덧씌운다. 목숨을 건 듯 치밀하게 눈 화장을 마치고 볼과 입술을 마무리하자 금방 변장 수준이 됐다. 어차피 인생은 가면을 쓰거나 변장을 하고 살지 않던가.

거리는 여전히 열기로 후끈 달아올라 있었다. 아스팔트는 물론 가로수도 지친 듯 잎사귀가 늘어져 있다. 퍼시픽회관 앞에 이르자 녹음을 발산한 가로수 밑에 키는 그리 크지 않으나 턱이 발달해 조금은 고집스러워 보이는 다부진 남자가 선 자리에서 몇발짝씩 움직이며 서성거리고 있었다. 행인들이 있었지만 서성거리는 품으로 보아 그녀는 단번에 그를 알아보았다. 하란은 그 남자에게로 다가갔다.

"혹시 명규봉 사장님 아니세요?"

그가 반갑게 웃으며 고개를 끄덕인다. 두 사람은 곧바로 근처의 카페로 들어갔다. 음료수와 커피를 팔지만 맥주와 양주를 주로 파는 분위기 있는 술집이다. 조명이 적당히 어둡고, 그래서 안정감을 준다. 이런 술집은 낯설지만 때로 다정한 이웃처럼 반갑다. 어떤 광기 같은 것이 발산될 땐 어떤 장난도 할 수 있는 허물없는 친구의 구석진 방 같다. 그는 이윽히 그녀의 위아래를 훑었다. 하란은 당당해지려고 하지만 조금은 움츠러든다. 성태 친구라면 우리 둘의 관계를 알아버렸겠지. 남자들은 즐기는 여자를 시시콜콜 까발리며 역시 함께 즐긴다고 하니까. 안주감만 모를 뿐. 내 전화번호까지 알아냈으니 무슨 체면과 절차가 필요해. 나두 전과잔데 뭘. 전과자는 재범율이 높다잖어. 그녀는 거리낌없이 나갔던 것이고, 거기엔 성태에 대한 반감도 작용했었다.

"그날 나두 나이트에 갔었죠. 잠깐 들를 예정으로 갔는데 먼저 왕창 취해버려서 차를 두고 집에 왔었어요. 키도 카운터에 맡겨둔 채 말예요. 운전이 안 되잖아요."

규봉은 그날 하란을 자신의 차로 집에 데려다 준 내력을 설명하려고 하는 것 같았다. 그러나 하란은 그날의 기억을 되살리고 싶지 않았으므로 그것들을 되살리려는 규봉의 말을 묵살하며 말을 돌렸다.

"시드니 나이트 단골이세요?"

"내 아지트올시다, 하하하."

그는 의외로 큰 소리로 웃었다. 그것이 농담이라는 건지 진담이라는 건지, 맞춰보라는 듯이 과장되게 웃었다.

"남자들은 왜 접대부가 필요하죠?"

"그런 건 왜 물어요?"

"나이트에 가면 대한민국의 여자들이 모두 그곳에 모여 있는 것 같잖아요? 그리구 접대부로 보잖아요?"

"아주머니들이 더 많지 않아요?"

그리고 잠시 하란을 가만히 바라보다가 "잊어버리세요."라고 말했다. 무엇을 잊어버리라는 것인지는 모르겠지만, 마치 모든 걸 다 알고 있다는 듯이. 술에 약간 취한 그들은 거리낌 없이 모텔로 향한다. 재고 빼고 할 생각도 없다. 하지만 방으로 들어선 하란은 비로소 조금은 어색함을 느낀다. 스스로 생각해도 당돌한 것이다. 그녀가 무안해하자 규봉이 바짝 다가와 뜨거운 입김이 귀에 전달될 정도로 그녀를 끌어 안으며 속삭인다.

"하란이는 참 섹시하고 매력적이야"

'하란 씨'라는 존칭어는 어느새 증발해버렸다. 모텔은 이처럼 체면과 규범과 예의와 일정한 절차도 무시해버린다. 그의 입술이 목덜미에 와닿자 그녀는 온몸에 짜릿한 전율을 느낀다. 이런 느낌은 남편에게서는 찾아볼 수 없는 것이었다. 접근 자체가 느물느물 연체동물이 기어드는 것 같은 불쾌감이 있었을 뿐이다. 이래서 여자들의 바람기는 터지면 봇물이 되나 봐.

"하란인 내 꺼야. 영원히영원히."

둘은 뜨겁게 포옹하고 혀를 교환하며 키스를 나누었다. 규봉은 남편과 달랐다. 성태와도 달랐다. 그의 힘은 거칠고도 섬세하고 탄력이 있었다. 통통 튀는 고무공 같았다. 그런 느낌은 처음이었다. 턱이 발달해 아집과 뚝심이 있어 보이는 것 외에 그는 시정의 잡답에서 흔히 만나는 평범한 남자였지만 폭발적인 에너지를 갖고 있었다.

그후 그들은 이름있는 음식점을 찾아 다니고 근사한 곳으로 일일여행을 떠나고, 그리고 또 그래야 하는 것처럼 호텔을 찾는다. 그는 시간과 추억을 만들어낼 여유를 갖고 있었다. 그녀가 원하는 것은 대부분 충족시켜 주었다. 무슨 사업가가 그리도 시간이 많고 돈도 많을까. 그녀는 한때 이런 의문도 가졌지만 즐길수록 그런 의문점은 조바심으로 바뀌었다. 혹 차버리면 어떡하지?

"하란은 인사동에서 사업을 한다고 했지? 잘 안 된다구?"

그것도 성태를 통해서 알았으리라. 가능한 한 신분을 숨기거나 위장했지만 몇 개월 사귀는 사이 알게 모르게 노출이 된 것이다. 그녀 역시 성태가 지적 감성은 있되 조금은 넉넉지 못한 샐러리맨이라는 것을 알아버렸듯이.

"도와줄 것도 아니면서."

"왜 그래. 두말 하면 힘만 들지. 의리의 돌쇠 하면 나 아니냐. 내가 바로 실내장식 원자재를 공급하는 을지로 명동의 하리마오 명이란 말야. 카바레에서만 도가 튼 사람이 아니라니까. 카바레는 어렸을 적 놀던 물이구, 아직도 애들이 있어서 나갈 뿐이야."

"하리마오가 뭐죠?"

"홍콩의 하리마오라구 한마디로 보스라는 뜻이지, 하하하."

규봉은 그것이 농담인지 진담인지를 헷갈리게 할 때는 특유의 넉살웃음을 웃었다. 아닌 게 아니라 명규봉은 허풍을 떠는 것이 아니라 실제로 몇 군데 거래처를 개척해주었다. 자재값이 부족할 땐 외상을 주었다. 이 불황에 그는 놀라운 흑기사로 그녀 앞에 나타나준 것이다. 누가 주인인지 얼핏 가게 운영의 경계가 무너지는 혼란도 있었지만 남편처럼 듬직하게 행세하는 그 자체가 고마웠다. 그럴수록 그녀는 그에게 매달렸다. 남편에게서 충족하지 못하는 경제적 문제가 해결되니 그가 더 믿음직스러웠다. 그래서 하루라도 만나지 않으면 허전해서 견딜 수 없었다. 그리고 마주치면 실로 감미롭고도 황홀한 추억을 만들어 나갔다.

문득 하란은 남편과의 추억을 떠올려 보았다. 결혼하기 전에 데이트하던 시절. 그저 모든 것이 신선했다. 한없이 걸어도 즐거웠고, 그녀 차로 스무개 가까운 한강 다리를 밤 열 시부터 지나치며 되돌아오며 하기를 몇 차례 반복하자 훤히 동이 트였고, 허름한 순대국집에 가서 국 한 그릇을 함께 후루룩 나누어 먹으며 키득거리면서도 행복했다. 그때는 참 좋았는데, 그런 궁상도 아름다웠는데, 아끼고 싶은 추억의 편린들인데…… 그런데 지금은 뭔가. 터져버린 만두 속처럼 엉망이 돼버렸다. 남자란 자기 것이 되기 전과 된 후에 행동은 이렇게 다를 수 있을까.

혼란에 빠진 하란은 어느 날 다시 인숙이를 찾아갔다. 인숙이는 프로페셔널답게 그녀의 행동을 날카롭게 짚었다.

"얘, 무지가 용기라더니 너 겁 없이 덤벼드는구나. 불륜은 깨지라고 있는 거야. 적당히 하고 물러서야지. 목이 마르다고 자꾸 설탕물을 들이켜 봐. 당장은 시원할지 몰라도 나중엔 더 목마르고 몸이 망가져. 배고플 때 길 한켠에 맛있는 판케익이 있다고 하자. 우선 먹고 보자고, 허기를 채우자고 냉큼 집어먹는 사람과 그게 뭘까, 조심스럽게 조금 먹다가 그냥 집의 밥을 먹자 하고 지나쳐간 사람 중에 그래도 사는 꼴을 하는 것은 지나쳐간 년들이더라야. 그애들이 실패를 면해. 큰 사고를 때리는 애들이 나 같은 애 아니냐. 덥석덥석 닥치는 대로 집어먹고…… 지금 누구 영감 하나 잡으려고 안달하지만 이젠 그놈들이 더 영리해. 나이는 먹어가구 세월은 봐주지 않고, 인생 허망한 거야. 인생고해라더니 내가 그 꼴이잖니. 사고 치고 이혼 당해보니 보통 손해가 아니다. 안 들키고 적당한 때 종치는 게 땡인데 중생의 작전이 어디 CIA 첩보수준이 돼야 말이지. 사랑에 울다, 욕망에 울다 시간 끌면 잡히는 게 아주머니들 아니겠어? 얘, 그나저나 우리 아직 사십 중반인데 너무 늙어버린 것 아니니? 인생무상 일장춘몽이 남의 일 같지가 않구먼. 부귀영화를 바라는 것도 아닌데 얼굴에 주름살 깊어지자 인생에 재앙이 오고 마니 말야."

그러면서 여학교 시절의 문학소녀답게 푸시킨의 시를 읊조렸다.

사랑과 희망과 덧없는 명예의 기만이
잠시 동안 우리를 황홀케 하였다
젊은 날의 위안은
꿈처럼 아침안개처럼 사라져버렸다.

하란 역시 부질없는 욕망과 거추장스런 황홀을 거두며 황망히 돌아서려 하지만 뜻대로 되지 않는다. 주춤주춤하면서도, 아슬아슬하다고 느끼면서도 여전히 규봉의 늪에 빠져버린다. 떠나겠다고 벗어나 보지만 마땅히 갈 곳도 없고, 또 마음이 허해서 다시 그의 방을 찾아들고 만다. 태양을 향해 달려드는 이카로스처럼.

언젠가 규봉은 하란이 자신을 싫어하는 기색을 보이자 이렇게 말했었다.

"너 내가 싫다면 인계해버릴까?"

"그게 무슨 말이야?"

"니 그러면 다른 놈팡이한테 인계해버릴 거야. 나두 인계 받았잖아. 성태 이 자식이 아무래두 불량품을 넘긴 거 같애. 난 아직까지 차여본 적이 없는데. 그게 내 자존심이야!"

불량품? 인계? 차여본 적이 없다구? 순간 하란은 누구에게랄 것도 없이 "개자식!"하고 외쳤다. 그러자 규봉이 벌컥 화를 냈다. 이젠 그들 스스로 조그만 것에도 화를 낼 만큼 열정도 식었다.

"개자식? 개잡년이 누군데?"

그의 안하무인을 당해낼 수가 없다. 아무리 카바레 출신이라지만 나잇값은 해야 될 게 아냐? 이때 때가 왔다며 하란은 낮은 목소리지만 뚜렷하게 말했다.

"우리 헤어져."

"씨팔, 누구 맘대로."

"나 아니어두 여자 많잖아."

"너 질투하니? 열녀 났구먼. 유부녀가 즐기면 됐지, 질투까지

해?"

아, 이런 무참함이라니. 사실 그에게 여자가 많다는 사실로 인해 그녀는 한때 엄청 질투심을 가졌었다. 그것은 견딜 수 없는 수치심이었다. 그가 좋고 나쁘고와는 별개의 문제였다.

"야, 다른 여자와 만난 적이 없다면 거짓말이겠지만 지금은 너뿐이야. 발뺌이 아냐. 나 거짓말 안하는 것 너 알잖아. 정말 진짜야. 그러니까 안심하라구. 요게 혹시 선물 안 해주니까 뾰루뚱해진 것 아냐? 그렇군. 나 요즘 너한테 선물 못 해주었지? 기다려라. 좋은 걸루 준비해줄게. 선물 안 해준다고 삐지냐? 요망한 것. 물 좋은 너를 누구 좋으라고 넘겨줘?"

혼자 막 지껄이는 그를 보고 그녀는 역시 남자는 단세포적이라고 생각한다. 규봉은 카바레 생활에서 갑자기 인생무상을 느낀 사업가 과부를 하나 물었다고 했다. 눈썰미도 있는지라 과부가 경영하는 망해가는 조명기기 회사를 짊어졌다. 조명기기 회사를 지키던 과부의 조카를 또 건드리니 그녀가 바로 지금의 아내다. 고모로부터 사업수완을 배운 조카는 명규봉과 함께 독립해 새 가게를 억세게 꾸려나갔다. 그리고 회현동과 명동을 무대로 한 실내장식 건자재 총판까지 내자 그녀는 집 주방으로 물러 앉았다. 명규봉이 나이트의 건달들을 먹여 살리자 그들이 사업의 첨병 노릇도 했다. 시시한 대학의 물도 한두 해 먹은 학력이었으므로 학력과는 무관한 건달들로부터는 그것도 상당히 존경의 대상이 되었다. 그래서 그를 조직의 보스로 슷제 인정해버리는 건달들이 눈 몇 번 부라리며 남의 일감까지 물어다 주었으므로 금방 그의 사업체는 제 궤도에 올라섰다.

거드름을 피울 만큼 돈이 생기고 직원들을 부리는 만큼 직접 현장에서 뛰지 않아도 돼서 근래는 시간 여유도 많았다. 거래처 사람들과 관공서 사람들을 구워삶느라 단골 룸살롱을 정해놓았고, 노래방 나이트클럽 모텔까지 원 포인트 시스템의 접대 네트워크도 확보해 놓았다. 이 방면의 꾼들은 물주가 누구라는 것을 척 보면 안다. 그래서 그는 언제나 인기 캡이었다. 많은 여자들이 꼬여들기 시작했다. 규봉이 생각하는 하란은 그런 여자들 중 하나였다. 규봉의 입장에서 그녀는 성태로부터 물려받았지만 생각보다 물이 좋았고, 그래서 그의 여성 리스트 상위권에 올라 있었다.

대개의 여자들이 그렇듯이 하란 역시 애정문제에 있어선 질투심과 독점욕이 강했다. 그래서 Only one이길 바랐지만 그 리스트 중의 하나였으므로 한없이 자존심이 상했다. 건달에게 먹혀도 순번이 쳐지면 자존심 상하는 일이다. 누구에게 지고 싶지 않은 그녀는 엄청난 스트레스를 받았다. 그러잖아도 마음속 한켠이 공허한데 기껏 여러 여자들 중의 하나라니…….

하지만 규봉은 그 방면의 도사답게 토라지는 하란을 달래는 데 명수다. 속보이는 짓이긴 하지만 그걸 여자들이 더 즐긴다는 것을 안다. '달콤한 옷'이나 '맛있는 보석'이 눈을 멀게 하는 것이다. 하란은 유독 거기에 첨벙 빠진다. 남편에게서 맛보지 못한 것들이 충족되는 것은 물론이고 몸 뺏기고 마음 뺏기고 돈 뺏기는 애들에 비해 자신은 선물까지 받는 행운아라고 믿기 때문이다. 열녀비 바라는 것도 아닌데 기왕에 헌 몸뚱이 굴리면 좀 어때. 그래서 호사다마라고, 때로 이런 호사가 갑자기 도망가지 않을까 조바심친 적도 있었다.

"우리 좀 늦었지만 여름휴가 갔다 올까. 2박3일로 동해안 갔다 오자."

규봉은 하란을 호텔의 일식집으로 불러내 일방적으로 휴가를 결정했다. 자유로의 일을 사과한다는 뜻이지만 그녀 의중은 묵살한 채 이렇게 결정부터 한다. 그는 언제든지 시간을 낼 수 있고 걱정 없이 호텔에서 묵을 수 있는 경제적 여유가 있다는 것을 이런 식으로 유세한다. 서울을 벗어난다는 것, 짜증으로부터 일시 탈출한다는 것, 그리고 조금은 될 대로 되라는 퇴폐도 맛본다는 것…… 그녀는 숨통이 트이는 것 같다. 역시 감성은 가깝고 이성은 멀다. 사려는 멀고 희열은 가깝다. 일시에 긴장이 해체되듯 나른해진다. 남편에 대한 실망이 클수록 반동은 더욱 탄력을 받는다. 다른 여자들보다 규봉으로부터 그녀가 더 선택권을 부여받았다는 데 대한 자존심도 솟아나 이것도 기분이라고 갑자기 우쭐해진다.

"언제 갈 거야?"

"쇠뿔은 단김에 빼란다구, 내일 당장 떠날 거다. 설악산 쪽에 호텔 예약하겠어. 괜찮지? 일 처리는 성자한테 맡겨놓구. 성잔 초짜는 면했잖아, 또 일거리도 없으니까."

규봉은 하란의 가게 사정도 물 속 들여다 보듯 꿰고 있다.

"그래. 좋아."

"너와 화해할 겸 모처럼 세상잡사 잊고 갔다 오자. 심신수양이다. 그리고 니 목걸이 하나 사줄 거다. 동해안에서 이벤트하자. 40대도 청춘이야. 돈 있으면 팔십대도 청춘이래."

규봉이 자유롭게 씨부리며 호방하게 웃었다.

"고마워."

그날 저녁 하란은 침실에서 남편에게 말한다.

"나 내일 바람 쐬러 이삼 일 쉬고 올 거야"

"……."

호민은 이런 때 하란에게 어떻게 대꾸해야 할지 모른다. 원래 신중하고 침착한 성격의 그는 가정의 경제권을 쥐고 있는 하란에게 눌려 산 지도 벌써 몇 년째다.

"현수 데리고 잘 있어. 출장 겸해서 갔다 오는 거야."

동해안으로 간 하란은 휴대폰도 꺼놓은 채 규봉과 지냈다. 이런 때 휴대폰을 통해 남편 목소리를 듣는다는 것은 혼란만 부추긴다.

무언가 불안하면서도 젖어드는 환희. 허무기가 가득 묻어나는 저녁 나절의 나른한 섹스. 몸을 태운 뒤끝의 야릇한 절망감과 함께 부딪쳐 오는 어떤 복잡한 행복감에 그녀는 한껏 젖는다. 가슴 한쪽이 빈 듯 허전할수록 격렬하게 몸을 불태운다.

## 4

"상당히 늦었네."

호민이 말했지만 하란은 귀찮아서 대답을 묵살해버렸다. 가슴으로 메마른 바람이 휑하니 휩쓸고 지나가고 있다. 설악산에서 가진 규봉과의 감미롭고도 뜨거운 일들과 현실은 너무나 동떨어져 있다. 여학생 때 멋진 해피 엔딩의 영화를 보고 돌아온 뒤 집안의 엉성한 분위기에 절망해버린 것과 같은 마음이다. 소녀시절, 밖에서 친구들과 신명나게 재잘거리다가 집에 오면 누구 하나 반겨주는 사람 없고 아버지는 무뚝뚝에 엄마는 부엌에서 온종일 바쁘고, 아무도 신경써주는 사람이 없어서 좌절해버렸었다. 현실과 감성의 괴리는 그렇게 컸다. 그게 싫어서 어서 빨리 시집가버리자고 수없이 다짐했지만 막상 지금 그녀는 그것을 그대로 답습하고 있다.

하란은 화장을 지우고 가볍게 샤워를 한 뒤 침대에 누웠다. 호민도 그녀 옆으로 와 눕는다. 호민의 손이 그녀의 허리를 휘감는다. 하긴 그도 꽤 굶었을 것이다. 다시 몸을 밀착시킨다.

"더운데 왜 그래?"

하란은 소름이 쫙 끼치는 것을 겨우 참는다. 남의 남자를 탐닉한 뒤에는 아무리 남편이 다정하게 굴어도 귀찮고 짜증이 난다. 그녀 육체가 그렇게 길들여진 것이 아니라 여성 심리상 순정도 육체도 똑같이 양분되지 않는다는 것을 그녀는 알고 있다. 사랑도 세 사람이면 삼등분씩 균형있게 분양되거나 삼분되면 얼마나 좋을까…….

"나 엄청 피곤하거든."

하란은 등을 돌려버렸다. 호민은 체념하듯 길게 숨을 내쉬고 누운 채로 천장만 바라본다. 촉수 낮은 노오란 호박등 아래 비쳐진 그의 눈이 초점이 없다. 남편도 아직은 힘이 살아 있는 사십대의 수컷이다. 하지만 하란은 갈수록 호민이가 싫어진다. 근래 더 무능하고 무력하게 비쳐져 남편 같지도 않다.

호민은 잘 다니던 직장에서 잘리고 말았었다. IMF 관리체제라는 후유증을 잘 견뎌내는가 싶었는데 지속되는 불황에 회사는 대폭 구조조정을 단행했고, 여기서 그는 예외가 되는 듯했다. 과장으로까지 승진해 자재과를 담당했는데 어느 날 그가 직접 스카웃한 아랫놈이 납품 자재를 몽땅 빼내가지고 도망가버린 바람에 직속 상관인 그에게 모든 책임이 떨어졌다. IMF도 견뎌냈는데 엉뚱한 곳에서 결국 배상책임까지 떠안고 물러나야 했다.

호민은 사라져버린 직원을 찾으러 몇 개월 동안 그의 고향을 비롯해 전국 방방곡곡을 헤맸지만 끝내 허탕을 치고 돌아왔다.

"외국으로 튀었대나 어쨌대나 봐."

남의 말처럼 말하고는 집구석에 박혀버렸다. 하란은 그동안 연락 한번 제대로 취하지 않은 것에 대해 화가 나 있었고, 그랬지만 돌아온 것만으로 감사하다고 그의 볼에 키스해주었다. 호민은 계속 집에서 빈둥거렸다. 말수도 없고 행동거지도 굼떴다. 가계는 하란의 공방에 전적으로 의존했다. 다시 손댄 가게가 처음에는 허덕였지만 규봉이 나타나면서 거래처가 늘어났고, 지금은 밥 먹을 형편이 됐다.

그래도 미련이 남았던지 호민이 슬며시 손을 뻗어 그녀 가슴을 더듬었다. 한쪽 손은 벌써 그녀 허벅지로 내려와 있다.

"피곤하다니까. 넌 남 사정도 모르고 니 생각만 하니?"

때로 그가 들어오는 것을 허락하지만 근래는 이물질이 꿈틀거리는 것 같아 기분이 영 잡친다. 마음이 내키지 않으면 몸의 응답도 없는 것이다.

"바람 쐬러 가는 게 삼 일이나 걸리냐."

한참 뒤 호민은 자신을 거부하는 하란에 대해 이런 식으로 저항한다.

"삼십 일도 갔다 올 수 있어!"

"팔자 좋다."

그 말을 듣자 공연히 화가 돋는다.

"팔자? 남편 잘 만나서 그럴까. 관둬. 니 현수 하나도 제대로 건사 못하잖아. 아이도 하나 제대로 못 키운다구. 아이도 못 다루면서 어른인 나를 잘 다루겠어? 도대체 뭐니?"

"그것과 이건 다르잖아. 비교할 걸 비교해야지."

"뭐가 달라. 사람 다루는 건 같아. 사람 미치게 하지 말라구. 현수를 생각하면 내가 미쳐."

현수에게 생각이 미치자 하란은 또 가슴이 에일 듯 아프다. 현수는 갈수록 방에 틀어박혀 있고, 누구와도 얘기하려 하지 않는다. 아예 엄마 아빠를 꺼린다. 하란은 집으로 돌아오자마자 현수 방부터 찾는데 아이는 등을 보인 채 책상에 머리를 박고 있기 일쑤다.

"현수야, 엄마야."

현수는 으레껏 엄마인 줄 알면서도 고개 한번 돌리지 않는다.

그의 등은 벌써 성인 티를 내고 키도 아빠만큼 훌쩍 컸는데 늦은 사춘기라더니 말수가 없고 엄마와 시선을 마주치려고도 하지 않는다.

'엄마는 너 하나뿐이야' 라고 속으로 말하며 하란이 현수의 어깨에 손을 얹자 아이가 벌레를 털어내듯 거칠게 상체를 흔든다.

"손대지 마."

완강한 거부의 몸짓이다. 순간 하란은 가슴이 철렁 내려앉는다. 이 녀석이 왜 이리 반항적일까. 하지만 이런 때는 그를 달래는 특효 처방이 있다. 미처 핸드백을 손에서 놓지 않았기 때문에 핸드백에 재빨리 손을 넣어 잡히는 대로 만 원짜리 몇 장을 꺼내 아이 책상에 놓는다.

"싫어. 이따위 돈으로 날 매수하려구?"

"왜 그래? 매수라니? 엄만 우리 현수가 무럭무럭 크는 걸 보고 힘을 내는데."

"크는 건 내 힘으로 크는 거야! 무슨 개뼉다귀 같은 소리야. 나가요. 엄마와 함께 있기 싫어. 싫다구!"

초등학교 때까지 그녀 젖을 만지며 잠을 청하던 아이다. 그래서 엄마의 어떤 것도 칭얼대며 좋아하던 아이다. 설사 남의 남자와 함께 잠자리에 있다 하더라도 엄마를 인정할 아이다. 사실 그녀는 남편은 없어도 살지만 아이가 없으면 금방 질식해버릴 것 같다. 하긴 남편이란 아내가 아이를 보육하고 교육하는 도구나 수단일 뿐, 절대적으로 필요한 존재는 아니다. 하지만 아이가 갑자기 멀리 떨어져 나간 것 같아 조바심이 난다. 권위가 땅에 처박힌 느낌이다. 순간 그녀는 자신의 요즘 행적이 아이에게 들통난 것은 아닐까, 불길한 예감이 들어 조금은 긴장을 한다.

"너 엄마 휴대폰 만지고 핸드백 뒤지고 그러니?"

"휴대폰만 뒤진 줄 알아? 엄마가 뭐야. 어휴, 아줌마도 못 돼. 어휴, 아빠가 불쌍해! 아빠 오피스텔 한번 가봤어? 어휴……."

아빠가 오피스텔에 나간다는 것은 알지만 가봤자 백수들이 알량한 시국을 들었다 놓았다 하며 입을 까고 있는 곳 아닌가. 삼팔육이란 것들이 입만 살아가지고 현실감각이라곤 없이 헛소리를 깐다는 얘기를 얼핏 들었다. 그녀는 그런 것들이 싫다. 시시하고 하찮다. 규봉에 비하면 너무도 몽상적이고 비현실적이다.

"어휴라니. 이 녀석이 엄마한테 못할 말을 다 하구 그래. 남의 비밀을 캐취하는 건 나쁜 버릇이야."

그리고 할 말 없으면 내뱉는 말 "공부나 잘해"하고는 황급히 아들의 방을 나오고 만다. 남편도 알고 있을까. 하지만 그녀는 조금 안도한다. 남편은 그 방면엔 전혀 백치다. 자기만큼 누구도 순수하고 순박한 줄 안다.

"당신, 아이 제대로 키우라구. 아이가 지금 한창 사춘기야."

현수 생각을 하면서 그녀는 새삼스럽게 강조한다. 그러자 호민이 벌떡 침대에서 일어나 앉는다.

"아이를 남자가 키우냐. 남자가 키워? 여자가 키운다구. 엄마가 키운단 말야."

"갑자기 왜 그래?"

"엄마 아빠가 키우고, 온 마을이 키우지만 그중에서도 여자야.

근데 너 왜 그래. 돈 좀 벌면 남편도 가정도 우습게 아냐. 막 깔아뭉개버리냐?"

전에 없는 행동이다. 잠자리도 거부하고 집안의 아킬레스건인 아이까지 거론되자 호민 역시 참기 어려웠던 모양이다.

"누가 화를 내야 되지? 누가 화를 내야 되느냐구? 옛날엔 치맛바람이 아이를 키웠지만 지금은 바짓바람이 키운다는 거 몰라? 니 정말 나 속상하게 할 거야? 정말 미치겠네."

"그놈의 자식이 아빠 말을 들어줘야 말이지. 아빠는 실업자구 엄마는 사업한다구 밖으로만 돌구, 그러니 아빠 말발이 서겠어? 서겠냐구? 아이가 또 집구석에서 무슨 즐거움이겠냐. 아이 생각 한번 해봐라. 사춘기가 아니라 팔춘기라도 이런 집구석에서 온전하겠냐구?"

"그러니까 날더러 어쩌라는 거야? 일하지 말라는 거야 뭐야? 당신이 놀고 있으니 내가 일 나가는 거지. 그러니까 당신이 잘 좀 챙겨야 할 거 아냐."

"내가 놀고 있다구?"

"놀잖아. 놀지 않고 지금 일해? 당신 그래 좋은 세상 오리라고 피투성이가 돼서 싸웠던 거야? 헌데 이게 뭐야. 고작 실업자야?"

말은 이상한 곳으로 튕겨져 나가고 말았다.

"너 지금 뭐라고 했어! 말 다했어?"

그의 주먹이 허공을 휙 가른 듯하더니 스르르 이불위로 떨어진다. 하란은 한대 맞는 줄 알고 깜짝 놀랐다. 그러나 연약한 여자를 두들겨팰 그런 무뢰한은 아니다. 그래도 놀라긴 마찬가지다.

“이 자식이 지금 약한 아내에게 폭력을 휘두르려고 해? 자 때려 봐. 완력이 세상을 지배하나 한번 보자. 나이도 어린 놈이 때릴려고 들어? 넌 세 살이나 어리잖어!”

호민이 침대에서 재빨리 벗어나 건너편 소파에 가 앉는다. 상대하지 않겠다는 행동의 표시다. 사이가 좋았을 때는 그곳에서도 섹스를 했던 포근하고 길고 폭이 넓은 면으로 된 소파다.

“너 더 이상 시위시위 하지마. 나 더 이상 못참아.”

“이제 그게 수치가 되니? 너 왜 그래. 그 알량한 데모데모 하면서 세상을 혼자 다 바꿀 듯이 껍적댔잖아. 맞아도 기분좋다고 으시댔잖아. 울면서도 웃었잖아! 그런데 이게 뭐니. 한 세상 잡겠다더니 고작 실업자냐구! 이 자식이 여자 하나 제대로 건사하지도 못하구 날 울려? 그게 니가 가져오겠다는 좋은 세상이니?”

그녀 역시 누군가에 대한 분노 때문에 발악하듯 외치고 만다. 그것은 절규나 다름이 없다. 남편이, 내 호민이가 이러진 않았는데, 왜 여기까지 와버렸을까. 신문에선 386이 잘나간다는데 내 호민이는 왜 보상도 없이 이렇게 찌그러져 있는가. 어떤 애들은 그것을 큰 훈장이나 상장이 되는 듯이 잘도 들고 다니던데 내 호민이는, 내 남편은 직장 하나 지키지 못하고 무력하게 물러나 있다니…… 그때 호민이 갑자기 발악적으로 외친다.

“시시껄렁한 얘긴 그만해! 날 더 이상 돌게 하지 말란 말야!”

“야, 미치긴 누가 미쳐? 내가 미치지 니가 미쳐? 넌 그게 뭐니. 출세가 뭐 말라빠진 개뼈다귀니. 출세는커녕 직장 하나 제대로 못 잡는 주제에.”

"이게 정말!"

주먹을 쥐고 벌떡 일어난 그가 우뚝 선 채로 발을 한번 구르더니 몸을 돌려 창밖으로 시선을 던져버린다. 한동안 침묵을 지키다가 힘없이 말한다.

"아, 내가 출세를 위해 몸부림쳤냐. 내가 그렇게 세속적이냐? 속물이냐구? 대가를 바라고 무얼 했냔 말야. 너 왜 그렇게 천박하게 됐니? 서하란이가 왜 그렇게 됐어? 나 비참하게 하지 마. 당신은 그래두 그런 여자는 아니었잖아."

"내가 그럼 여자지 성인이냐. 참, 의인 났네. 우리 식구 이슬만 먹고 사니. 너만 그렇게 고상하냐구. 난 지겨워. 지긋지긋하단 말야. 정말 다 때려 부숴버리고 싶어!"

그녀는 정말 어떤 말할 수 없는 분노 때문에 견딜 수가 없다. 우리 호민이가 왜 저리 됐을까. 이름대로 백성을 보호한다는 애가 가족 하나도 제대로 보호하지 못하니…….

호민은 아무 말이 없다. 턱 밑으로 우아하게 길게 뻗은 목 선, 그것이 아름답지만 슬프도록 외로워보인다. 코가 우뚝하고 언제나 우수가 깃든 깨끗한 눈빛, 서양인처럼 길쭉한 얼굴에 웃으면 눈가에 주름이 잔뜩 잡히는 모습은 변함없이 사랑할 수밖에 없는데 왜 이처럼 망가지고 말았을까. 저런 애를 한땐 바라만 봐도 몸이 저려오고 오르가즘이 왔는데 지금은 들어와도 해면체가 흐느적거리는 것처럼 거북하고 답답할 뿐이니…….

결혼 초기 하란은 이 세상 부러운 것이 없었다. 어딜 내놔도 자랑하고 싶은 남편, 그래서 새가 날아도 그녀를 위해서 나는 것 같고 구름이 흘러가도 그녀의 미소를 위해 떠가는 것 같았다. 호민이 첫 월급봉투가 입력된 저금통장을 꺼내놓았을 때 풍선처럼 붕 뜨는 기분이어서 통장에 키스하고 남편의 이마에, 볼에, 입술에, 머리에도 키스했다. 에이프런을 두르고 주방장처럼 머리에 하얀 모자를 접어 눌러쓰고 반찬을 만들 때, 찌개를 끓일 때, 그가 곁에 있는 것만으로도 한없이 우쭐하고 행복했었다.

초조하게 가게의 다락에서 함께 보낸 한 달에 대한 보상 치고 너무 값지다며 때로 이 행복이 깨지진 않을까 공연히 전전긍긍하며 조바심치며 눈물짓기도 했었다. 현수를 가졌을 때는 세상의 모든 행복과 기쁨이 그녀를 위해서 존재하는 것처럼 여겨졌었다. 왕세자처럼 놀라운 남편과 우아한 공주 같은 아내. 그게 그들 젊은 부부였고, 실제로 그랬고, 모두들 부러워했었지…….

그래서 호민이 회사에서 잘렸을 때만 해도 그녀는 기쁘게 말했다.

"잠시 쉬는 거야. 인간은 때로 휴식이 필요해. 나만 사랑해주면 돼. 밤마다 안아주면 돼. 깊이깊이 안아주기만 해."

그녀는 호민이 안쓰러워 이렇게 위로하고 격려하고 정말 열심히 뛰었다. 한번 갈 거래처를 두세 번 가서 확실하게 거래를 다졌고 새 판로를 개척했다. 뜻대로 되지 않았지만, 처음엔 그렇게 기가 팔팔하게 살아 있었다.

어느 날 호민이 밖에 나가 만취가 돼서 돌아와 아파트 현관에서 쓰러져 자고 있을 때도 "현수아빠, 여기서 자면 어떡해. 어서 인나. 방으로 가서 자야지. 어서 나를 안아줘야지. 당신, 얼마나 마음이 아프면 그러겠어. 하지만 또 기회가 올 거야"라고 달래며 방으로 부축해 들어갔었다. 그런데 어느 날부턴가 그렇게 술에 취해서 '출정가'며 '산 자여 따르라' 따위를 흥얼거리고 들어오면 그녀는 불같이 화를 냈다.

"니가 지금 대학생이냐. 시위경력을 자랑하는 거야 뭐야. 창피한 줄 알아야지. 추억도 나름이지."

그러자 눈에 눈물이 그렁그렁 맺혀있던 그가 언제 그랬더냐 싶게 벌떡 일어나더니 묵묵히 방으로 들어갔다. 그 뒤로 그는 술도 마시지 않았고 노래를 흥얼거리지도 않았다. 말수가 없어졌고, 그런 것들이 입에 거론되기도 전에 그가 먼저 자리를 피해버렸다.

"민아, 왜 이렇게 망가졌니. 난 널 바라고 살았는데. 니가 내 자존심이었는데, 나도 존경을 받았는데. 그런 니가 앞치마를 두르고 날 배웅하고 설거지하고 아이 숙제나 봐주고. 이게 사는 꼴이니?"

그녀는 이윽고 이불 자락을 끌어올려 얼굴을 묻고 엉엉 소리내어 울고 말았다. 걷잡을 수 없이 눈물이 쏟아지고 있었다.

## 2부
# 미완의 혁명

1

호민은 허우적거리듯 거리로 나섰다. 사무실에 나가는 게 그나마 숨통이 트이는 것 같다. 어제 저녁, 아내의 눈물을 보고 더 이상 혼란을 견딜 수 없었다. 현수를 등교시키기까지 그의 머리는 텅 비어 있었다. 하란이 출근하면서 지난 밤의 절규를 사과라도 하듯 "여보 미안. 먼저 나갈게."라고 말했을 때, 그녀의 단순소박이 그를 그나마 위안해주었지만 해가 중천에 떠 있는 이 시간 거리로 나올 때까지 그의 머릿속은 산발한 억새꽃처럼 심란하기 그지없었다.

지금 딱히 무엇 하나 손에 잡히는 게 없다는 것이 난감했다. 아내를 위해서라면, 가족을 위해서라면 그는 무언가를 해야 한다. 집안을 안정시켜야 한다. 하지만 새롭게 일을 잡는다는 것이 손바닥 뒤집듯이 수월한 것이 아니라는 것을 그는 절실히 느끼고 있다. 대기업은 고용창출보다 슬림화로 이익을 창출한 지 오래고, 그래서 신입사원뿐아니라 경력사원도 들어가기가 쉽지 않다. 게다가 생사를 같이했던 친구들은 뿔뿔이 흩어졌고, 그중 일부는 지금 자기 앞가림도 할 수 없을 정도로 만신창이가 돼 있다. 여기저기서 두들겨 맞다가 퍼져버린 꼴이다. 그런 그들에게 기댈 수도 없고, 애초에 기댈 마음도 없었다. 어떤 대가를 바라고 최루가스를 독약 마시듯 한 것은 아니었으니까. 추구해온 가치는 그런 세속적인 것은 아니었으니까. 물론 그것을 훈장처럼, 상장처럼 들고 다니며 상업적으로 나선 친구들도 없지는 않다. 세속적 출세를 하고, 일부는 정계로 뛰어들어 여의도로, 관가로 진출한 친구들도 있다. 진출하긴 했지만 제도권에 편입돼 속물이 되거나 힘 한번 쓰지 못하고 기존 세력에 먹혀서 깨지고 있다. 가치와 방향은 옳으나 디테일이 서툴다 보니 덜미를 잡히고 있다. 순정한 혁명성, 깨끗한 이념성, 깃발처럼 나부끼는 이상성으로 심장을 덥혀왔던 것들이 무너지고 있다. 그것은 어디까지나 고결하고 깨끗해야 한다. 하지만 지금 이게 뭔가. 또 아내는 뭔가. 과실을 따먹지 않는다고 항변이다. 그들이 거리에 투자한 것만으로도 충분히 보상을 받아야 하는데, 하물며 운동의 주체가 되는 자가 이렇게 허덕이는 게 말이 되느냐고 비난한다.

호민은 휴우-, 길게 숨을 몰아쉰 뒤 먼 하늘을 올려다 보았다. 마포나루에서 건너다 보이는 북한산은 한껏 녹음을 머금고 푸르름에 젖어 있다. 여름의 열기가 하늘에도 가득 고여 있는 듯이 후덥지근한 바람이 허공으로부터 불어와 그가 서 있는 거리를 후끈 달구고 지나갔다. 터벅터벅 걷는데도 어느새 옷이 땀에 흠뻑 젖었다. 오피스텔 입구에 도착했으나 발길은 내키지 않는다. 잠시 길 건너편 새로 들어서는 주상복합빌딩 건물의 골조를 올려다 본다. 사십층은 좋이 되어보이는 골조에는 타워크레인만이 허공을 맴돌며 부지런히 움직이고 있다. 사람의 그림자라곤 보이지 않는다. 저렇게 기계와 기술이 세상을 지배하니 고용이 늘어나겠나, 단순노동자도 어려운데 질 좋은 직업을 노리는 청년들은 어떠할 것인가.

호민은 잠시 망설인 끝에 오피스텔로 들어선다. 15층의 15호실, 그러니까 1515호실이다. 1515호 현관 문 이마에는 '서울이슈포럼'이란 현판이 붙어 있다. 현판은 그럴 듯하지만 백수들의 공간이자 연락처다. 몇몇 여유 있는 동창들이 마련한 동기회관이다. 그중 최근 판사생활을 접고 변호사 개업을 한 박희상의 역할이 컸다. 대학시절 운동권을 냉소하더니 어느새 퇴역한 운동권의 밥줄 노릇을 자처하고 나선 것이다. 판사생활 6년 만에 인생 달라졌다는 암시라도 받은 듯 어느 날 갑자기 사직서를 내고 변호사 개업을 했다. 어떤 결기가 생긴 것처럼 낮은 자들의 편에 서겠다며 인권변호사로 나섰다. 그리고 또 한사람. 언론사 기자생활 20년째인 이민홍의 역할도 있다. 이민홍은 학생시절 순수학구파였지만 근래 틈만 나면 친구들 곁으로 다가왔다. 기자근성이란 시건방지고 우쭐대고 진실성이 없는 부류라고 인식했지만 이민홍은 달랐다.

"기자생활 해보니 오히려 사람이 되더군. 인생이 그게 아니더라니까."

그렇더라도 그에게 따뜻한 시선을 보내는 백수들은 거의 없었다. 직장 나간다는 배부른 자의 유세처럼 보였기 때문이다. 그래서 그는 늘 말없이 앉아 있다가 계산을 하고 먼저 술집을 떠나곤 했다.

"얻어먹고 사는 기자들은 애초에 베풀 줄 모르는데…… 있어도 없는 척 곧잘 머리를 굴리던데…… 넌 뭐가 좀 이상하지 않냐?"

"형편 닿으면 한번 우쭐해보는 거지. 그게 무슨 공식이 있고 면허가 있니?"

친구들의 공박에 그는 대수롭지 않은 듯 이렇게 대꾸하고 허허 웃고, 계산을 하고 사라졌다. 백수들은 우정의 반어법이랄까, 빈정대면서도 그를 조금씩 고마워했다. 사실 자청해서 물주노릇 하기란 쉽지 않다. 접근해올까 미리 방어벽을 치고 잠수해버리는 친구들이 얼마나 많던가.

사무실엔 벌써 놈팡이들이 와 있었다. 서울이슈포럼엔 소문이 어떻게 돌았던지 주변의 사람들도 꽤 찾아들었다. 이상한 소문이란 청와대나 당에 있다가 갈등을 보이는 등 이런저런 일에 휘말려 그만둔 김성식 김영환 한기호 등 한때 대중매체에 오르내린 친구들이 참여하고 있었기 때문이었다.

시의원과 국회의원에 단골로 출마했다가 역시 단골로 낙선한 이 동네의 남궁태 씨도 기댈만한 곳인가 하고 냄새를 맡고 찾아왔다. 그는 눈치 빠르게 당을 여러군데 옮겨 다녔지만 한번도 성공한 적이 없는 떠도는 '정치 유랑민'이었다. 그런데도 늙고 야윈 말 로시난데와 농부인 산초를 데리고 풍차와 양떼에게 덤벼드는 돈키호테 라만차처럼 굴기가 있었고, 용기가 있었고, 배포가 있었다. 그래서 그를 따르는 지지자들도 마포 지역사회에서는 꽤 있었다. 여의도를 30년을 하루같이 들락거린 덕으로 페이크 뉴

스일망정 많은 정보를 갖고 다녔고, 국내정치뿐아니라 국제정세를 나름대로 가공해 전달하는 능력을 갖고 있었다. 김봉달 씨라는 건달과 조상이 새우젓장사를 했다는 마포종점 태생 왕씨가 남궁태 씨를 따른 것도 그런 연유 때문이었다.

그에 따르면 노무현은 이미 식물대통령이 된 지 오래다. '그 새끼 땜에 더 덜미를 잡혀버렸다'고 대놓고 비방했다. 영도자를 욕해야만 자기 용기와 권위가 확보된다는 듯이 사람들만 모이면 여느 언론매체들처럼 '노무현 상노무 새끼'를 외쳤다.

"개나 소나 노무현을 밟는구먼."

김성식이 이렇게 투덜대도 그냥 그뿐, 그들 역시 묵인인지 묵살인지 내버려 두었다.

유력 매체들이 애초부터 그를 대통령으로 인정하지 않았기 때문에 노무현의 레임덕은 사실 임기 첫날부터 시작된 셈이었다. 그는 기득권을 대변하는 대중매체와 다투면서 피투성이가 되었다. 권위를 내세우지 않고 다툰다는 것이 결국은 무장해제가 되어버린 꼴이었다. 무기라곤 없는 그로서는 희화의 대상이 되고, 조롱과 야유의 대상으로 몰렸다. 이를 본 남궁태 씨는 기가 막히다는 표정을 지었다. 그로부터 어떤 정치적 이익을 얻은 것은 없지만 노무현과 이념의 동질성을 확보했다고 자신하며, 그의 지지 대오에 끼어든 사람이었다. 그가 이상향으로 꿈꾸는 특권과 반칙이 없는 세상을 노무현을 통해 실현되리라고 보았지만 어느 날부터인가 배반당했다며 노무현을 '시시한 새끼' 취급했다. 남궁태 씨는 때로 분을 삭이지 못하고 진정서를 보내고, 기자회견을 자청했다. 그러나 회견장에 모습을 나타내는 기자들은 오백회의 뷰도 될까말까 하는 찌질한 지역신문매체 한두 명뿐이었다. 그런 매체에도 그의 진정성은 묵살되었다. 주장이 외면되자 어느 날부턴가 서울이슈포럼에 나타나 울부짖었던 것이다.

"정치미숙아들! 준비가 돼 있지 않았어. 도덕적 우월주의가 밥 먹여 주냐?"

그는 노무현이 육십 년 기득권 체제가 쳐놓은 덫에 걸려 넘어지고 자빠지고 망가지면서 오히려 웃음거리만 제공하고 있다고 힐난했다.

이날도 호민 기호 성식 영환이 호프집으로 진출해 있는데 남궁태 씨가 싸구려 막걸리 냄새를 풍기며 불쑥 들어와 한자락 깔기 시작했다.

"봐라. 내 좌절과 환희의 순간을 맛봤지만 요즘처럼 절망적이었던 때는 없었다. 그 이유가 뭐냐. 자네들 툭하면 일하다 말고 구세력의 방해라구 푸념하고 어쩌구 하지? 그럼 그들이 호락호락 물러서줄 것 같았나? 얌전히 뒤에서 열중쉬어 자세를 취하고 있겠냐 말야. 더 태클 걸고 덫을 놓고 훼방을 놓지. 자본 · 정보 · 인물 · 세력을 누가 장악하고 있는데? 물적 토대를 누가 독점하고 있는데? 그래서 어렵대나 어쨌대나. 그따위 변명을 하고 있어. 미친놈들, 통치가 뭐야. 통치란 정책수단이 수천가지, 수만가지가 된다는 거 아닌가. 그런 것들을 써먹자고 기를 쓰고 정권 잡은 것 아닌가. 그런데 이 자들은 방해한다고 짜증만 부려. 당연히 저항하지. 나라도 말여. 기득권을 허물겠다는데 무장해제 당하겠나? 지저분하고 추하니까 더 대드는 거야. 감추려고 더 들이댄다구. 헌데 거기 휘말려서 같이 싸우려고만 해. 같이 싸우면 그 자들이 영도자와 동급이 되잖아. 대통령을 부순다, 그래서 언론의 비판기능을 살리는 사명감에 투철하다, 이렇게 논리를 내세우지. 그래서 진흙밭의 개싸움을 벌이는 거야. 거기에 말려들고 있어. 그러면 정치혐오가 확산돼. 그리고 부패한 놈이나 깨끗한 놈이나 그놈이 그놈이라는 프레임을 만들어버려. 수십 년만에 정권을 교체했지만 거기에 말려들어. 싸우면 싸울수록 크는 건 누구야? 대드는 놈이지. 대통령과 맞짱뜨니 독자와 국민들에게 용기있는 것처럼 비쳐져. 언론은 강자에게 대들고 약자 편을 든다고 국민들은 어느 정도 믿어. 하지만 노무현이 권력이고 강자인가? 천만에. 그는 기득권 체제에 둘러싸인 포로일 뿐이야. 여전히 약자야. 그런데 보수매체는 그가 엄청난 힘을 갖고 있고, 거대한 권력을 행사하는 양 설정해놓고 마구 두들겨 패고 있어. 그래서 대통령과 동급이 된다는 거야. 때 묻고 병든 놈이 더 두들겨패면서 으스대는 거야. 그런데 영도자는 명분과 논리싸움을 해. 자기는 정의롭고 순수하며 진정성이 있다고. 그러나 지금 명분과 논리싸움을 할 땐가. 다 판명난 것 가지고. 이런 자들이 정권을 담당했으니 되겠어? 그 많은 정책들을 단 한가지, 으르렁거리며 싸우는 것으로 세월 낭비해버렸어. 셀로판지보다도, 방귀보다도 가벼운 자들이여. 이 자들이 과거 독재정권시절 상대에게 저항하던 방식에서 한 걸음도 벗어나지 못했어. 자신들만이 옳다는 것만 내세워. 그게 금과옥조래. 그걸 누가 모르나. 그리고 지들 우산 밑에 들어오지 않으면 배제해버려. 정치란 이견과 갈등을 조정해 나가는 과정이여. 진선진미한 것을 골라내는 미스코리아 선발대회가 아니란 말여. 그런데 이 자들은 박정희 전두환 노태우 군사독재하고 싸우던 때의 기억만이 지고지선인 양 우쭐대는 거야. 너희는 탈법 특권 반칙세력이다. 이런 개타령만 하는 거야. 그러면서 멱살잡혀버린겨. 통치는 이해관계에 따라 파렴치범하고도 대화하는겨. 박 터지게 싸웠기 때문에 서로 인정하지 않는 문화가 아니야. 이익이 된다면 적과도 내통하는 거야. 싸우는 것은 일차적인 거고, 그 이상을 뛰어넘어야 해. 알파고 방식으로 진화해야 해. 왜? 저 자들이 알파고 수준이니까. 통치가 그렇단 말여. 더 교활하고 노회하게 나가야 한단 말여. 절차적 민주주의에 어긋난다? 천만에 때로는 변칙도 필요해. 거악을 척결하기 위해선 이이제이 수법도 있는겨. 손자병법, 삼국지도 안 읽나? 절차적 민주주의에 충실해도 때려잡을 건 때려잡고 타협할 건 타협할 수 있어. 저 육십 년의 앙시앵레짐이 얼마나 해먹었고, 얼마나 타락했고, 얼마나 광기와 오만과 군림 속에 범죄를 저질렀냐 말여. 그런데 이자들은 때려잡는 방법을 몰라. 민주주의 달성했다고, 우월주의에만 빠져있어. 그러면서 자기 아니면 모두 타락한 존재라고만 생각해. 그렇게 해서 잡혀지나. 저 세력은 더 교활한데. 그런데도 너무나 수가 얕어. 결과적으로 수구세력과 함께 놀면서 박정희나 전두환을 부활시키고 있어. 지들끼리만 옳다고, 자기들 이외는 모두 타락했다고 우쭐대다가 폭망했어. 배타적 폐쇄적 맹신주의에 빠져있으니 결국 이 모양 이 꼴이 난겨. 구세력만 똘똘

연대하고 단합하고 말았어. 서툴게 다루다 보니 반동만 커져버렸어. 그것을 청산하기 위해 들어선 정권이 그들의 발호를 더욱 도와주고 있어. 그렇다고 청렴한 것도 아니더만. 좌우지간 도덕적 이상이나 무균질의 가치로만 세상이 해결되는 것이 아니여. 그것을 뛰어넘는 그 무엇인가가 있어야 해. 정치미숙아들, 한번 빼앗기면 국물도 없어. 금방 더 험한 반동이 와. 정치인생 40년에 지금처럼 내 심장이 비참하게 뭉개진 적이 없어."

거리의 정치인은 허기진 모습으로 일장 연설을 했다. 호민은 끼어들고 싶지 않았다. 친구들도 그가 열변을 토하건 말건 힐끔힐끔 그를 바라보며 그의 맥주잔이 비워질 때마다 거품이 쏟아질 정도로 맥주를 부어주기만 했다. 사실 이런 것일수록 필연코 공허한 담론만 난무한다. 현실세계에서 밀려난 자들인지라 모든 것이 심드렁할 뿐이다. 호민에겐 아내 때문이기도 하지만 그런 말들이 귀에 와닿지 않았다. 그저 의미없이 앉아 있을 뿐이다.

"내 현실정치론을 더 설파해볼까. 개발독재 때도 국민들은 희망과 꿈을 잃지 않았지. 열심히 하면 살 수 있다고 믿었던 거여. 하지만 지금 현재 이 상황이 뭔가. 열심히 일할 곳조차 없어. 당신들마저 일자리가 없잖아. 이런 세상 맞으려고 최루탄 맞아가며 피흘렸던 거여? 집값은 폭등하고, 땅값은 더 말할 수 없이 오르고, 등록금은 미사일 발사처럼 솟구치고…… 정직하게 열심히 일하는 사람 기만 죽여놔. 부동산 문제는 전문가 김봉달 동지가 있으니까 한번 들어 봐! 와이 낫?"

그러나 김봉달 씨가 나서기도 전에 그가 또 떠벌였다.

"팔육이란 이놈들, 독재냐 반독재냐, 민주냐 반민주냐 가지고 싸웠지. 하지만 그런 싸움은 초딩들도 할 수 있어. 그 다음이 뭐냔 말여. 세상은 단순 이분법으로 나눠 해결할 수 없을 정도로 복잡하게 얽혀 있는데 여전히 선과 악으로, 적과 동지로 구분해놓고 싸우려고만 해. 싸움질을 잘하는 것도 아니면서 싸움판을 벌여. 그들은 색깔론, 지역주의 등 상투적으로 써먹는 전략을 드러내놓고 내보이는데 이놈들이 판을 깔아주고 있어. 자네들은 이제 투사가 아니여. 그런데두 맨날 그 투사연해. 그리고 더 극단주의, 도그마, 교조주의에 빠져버렸어. 얼토당토 않은 패권의 중심에 섰어. 이 자들이 생명의 본질인 변화를 결과적으로 거부하는 세력이 돼버렸어. 변화를 모색한다면서 변화의 추동력을 잃으면 변화를 거부하는 세력이 되는 거여. 삼라만상의 모든 생명은 변화해야 하는 것이 원칙인데 변화를 슬로건 위주로, 해프닝 위주로 내세우다가 저 자들의 덫에 걸려서 자빠지고 넘어지고 무너지면서 웃음거리만 제공해버렸어. 그래서 혁명을 망친 거여. 하는 꼬락서니들이 꼭 장님들이 사냥 나서는 꼴이여. 불난 집구석마냥 요란할 뿐 내용이 없어! 정교한 매뉴얼이 없으니 얕잡아보는 게 아니겠어?"

"아저씨, 그 정도면 충분하지 않나요?."

김성식이 듣다가 지나치다고 느꼈던지 남궁태 씨 말을 가로막았다. 아무리 몸에 좋은 영양식도 계속 먹게 되면 식상한다. 성식은 한때 집권세력의 주요 멤버였다. 정책 결정과정에서 비위에 안맞았던지 "너희들끼리 다 해쳐먹어라." 하고 한 성질 부리고 나와버린 친구다. 그래서 때로 남궁태 씨보다 그가 더 열을 받고 있는 사람이다.

"내가 쫓겨난 김성식 동지 변호 좀 해줄까. 그자들, 정치적으로 진보했다고 하지? 자기 잘난 맛으로 우쭐대지만 관료나 재벌, 이익집단을 못 따라가. 가만 있어도 가져다 주니까 제 세상이라고 까불다가 깨져버린 거야. 안 그런가?"

"맞습니다."

한기호가 웃으면서 응수했다. 맞장구쳐주자 남궁태 씨가 더 열을 냈다.

"이 자들은 구세력의 덫에 그냥 걸려들게 돼 있어. 구질서를 청산하고 적폐를 물리친다는데 도리어 덜미를 잡혀버려. 그들은 균형 잡힌 시각으로 세상을 보라고 훈계하지. 그렇다면 뭐가 균형 잡힌 시각인가? 정의와 불의의 중간이 균형인가. 진실과 허위의 중간이 균형인가. 아니지. 과감히 정의의 편에 서야 균형이지. 그런데도 그 중간이 균형이라는 구세력의 도그마에 빠져서 허우적거려. 언론지형이 기울어져 있긴 하지. 그자들이 광고 수익의 맛을 보고 있으니까. 돈을 만들지 못하는 노무현은 허깨비일 뿐이야. 평생 광야에 있다가 권력을 잡았으니 자본을 끌어들일 힘이나 스킬이 있나. 그래서 자본에 편입돼 있는 언론에겐 노무현은 볼품 없는 존재지. 그런데 노무현은 여전히 멋모르고 선악 개념으로 부수려해. 도덕적 우위에 있다고 자신감을 보여, 그것은 정당하다고 목소리를 높여. 그자들이 어떤 세력인데? 벌써 완장찬 분파주의라고 몰아붙이잖아. 옳은 말도 싸가지없이 한다고 몰아붙이잖아. 옳은 말은 옳은 말일 텐데 이유를 붙여서 역공을 펴잖아. 수단적이고 지엽적인 것 가지고 물고 늘어지잖아. 싸가지 없다고 물고 늘어지잖아. 이렇게 본질은 증발하고 싸가지 가지고 피투성이가 돼서 싸워. 이런 천박한 지적담론이 여론시장을 장악해. 신문 장사도 잘돼. 도덕적 우위, 상대적 선명성을 가지고 있다고 해도 결국은 서로 피투성이가 되는 거야. 그러면 누가 이익을 보지? 때묻고 병들고 부패한 놈들이 살아나는 건 당연하지 않나. 그런데 왜 말려들어?"

"그럼 어떻게 해야 합니까."

"천천히 내 말을 들어. 지금 노무현이 권력인가. 지만 흠뻑 취해서 우쭐대긴 하는데 누가 그의 권위를 인정하나. 권력이란 권위가 있어야 하는데 판판이 깨져서 개밥통이 돼버렸잖아. 누가 노무현을 대통령이라고 보나. 조선일보 논조 안 보나. 사진설명 하나도 희화적으로 붙이던데. 그래서 대통령만 바뀌었다고 바뀐 건가. 대통령은 5년이면 끝나잖아. 그런 대통령보다 더 오래 사는 구세력이 있잖아. 그들은 아마추어 노무현 정도는 똥막대기로 보는겨. 권력에 비판적이라는 언론의 사명에 충실하다는 언론이 있잖아. 그들이 두둘겨패니 정신 못 차리더군. 그래서 이게 노무현의 권력인가. 권력이 아닌데도 권력을 쥔 양 우쭐대는 거야? 올바른 방향으로 가는데 왜 나를 괴롭히냐고? 정말 한심한 자야. 방향이 옳아도 방법이 서툴면 판판이 깨진다는 것을 모르는 초등학생이야. 이익이 없고, 단물이 없으니까 이익 찾아가는 자들이 반 죽여놓게 돼 있지."

"그러니까 어떻게 해야 하냐고요."

그래도 그는 자기 말을 이어갔다.

"지식인도 문제가 있지. 양심적인 정권을 옹호했다고 해서 어용인사가 되는 건 아닌데 어용이란 프레임에 걸려들어서 옹호를 못해. 그런 법이 어디 있나. 좋은 정권은 격려하고 나쁜 정권은 패야지. 그런데 그게 아녀. 독재에 부역하거나 조금 양식 있다는 자들은 침묵하지. 그나마 이성적인 지식인이라는 자들은 양비론을 펴지. 하지만 큰 도둑 작은 도둑을 구분하지 못하는 오류를 범하고 있어. 천 원 훔친 놈이나 백 억 훔친 놈이나 똑같이 도둑이라고 비판해. 보수 언론의 비판 프레임에 빠져있어. 그러면 누가 이익을 보나? 당연히 천 원 훔친 놈보다 백 억 빼먹은 놈이 이익을 보지. 노무현이 대통령 되었으나 언론권력, 경제권력, 행정권력에 포위돼버렸어. 거기에 지역패권에 갇혀버렸어. 그중 언론권력이 막강하지. 자본권력의 돈과, 언론권력의 광고지면이 유착하니 개혁은 물건너간 거야. 재벌기업에서 나오는 돈을 받아먹고 프로젝트에 참여하는 지식인 집단은 더 타락했어. 이런 틀을 깨려고 하는데 단순한 6·10항쟁의 사고로 이겨낼 수 있겠어? 그들보다 더 노회하고 현란한 레토릭으로 개혁정권을 농락해버리지. 그들의 동업 카르텔을 노무현은 너무 모르는 거여."

"그러니까 어떻게 하느냐고요."

"이 자가 성질이 급하기는. 진단이 제대로 나와야 처방이 나올 것 아닌가. 가만 있어. 기득권력의 네트워크 안에 한 매듭만 바뀐다고 해서 바뀌는 것이 아니야. 승리의 단술에 취해서 허우적거리는 일부터 삼가라는 말일세. 저들은 주도면밀하게 실수를 기다리고 있고, 실수가 아니더라도 태클 걸고 넘어질 기술을 벌써부터 준비하고 있어. 그건 식민지시대부터 익힌 스킬이야. 그게 무섭지 않은가. 서툴게 완장차고 나섰다가는 문앞에 나서기도 전에 싸대기 맞고 무너져버려. 뻔뻔스럽게 궤변을 늘어놓고 강압과 오만으로 군림해온 저들 아닌가. 고슴도치 낯짝보다 더한 놈들이 아닌가. 그게 두렵지 않나. 4·19, 5·18, 6·10도 가차없이 엎어버리잖아.

"그러니까 어떻게 해야 하느냐고요?"

한기호가 계속 시비쪼로 묻는다.

"미친놈, 그걸 나한테 묻나. 내가 여러분한테 묻는 거잖아."

그가 성질을 부리더니 말을 이었다.

"존 에프 케네디는 일찍이 조국이 여러분에게 무엇을 해줄 것인가를 묻지 말고, 내 자신이 조국에게 무엇을 할 것인가를 물으라고 했소. 여러분 자신에게 물으시오!"

자기 말에 도취했는지 긴장감이 그의 얼굴 전면에 버짐처럼 퍼져나갔다. 김성식이 나섰다.

"오늘은 아무래도 말씀이 진지하시니 강사료를 톡톡히 지불해야죠. 어서 잔을 비우세요."

"박씨 변호사 오는가?"

남궁태 씨가 갑자기 주위를 두리번거렸다.

"오늘은 오지 않을 것 같습니다."

"왜?"

"안 올 수도 있지요. 여기가 출퇴근하는 회사가 아니니까요."

"내 그 사람 만날 일 있어. 오게 되면 꼭 알려주게."

그리고 그는 다시 열변을 토하기 시작했다.

"나도 대학 물 먹었네. 내 60대 경륜으로 말할 것 같으면 나를 장관, 총리 시키면 못할 것 같은가. 나는 여러분들과 똑같은 정신을 가지고 있어. 그래서 늘 시대와 불화를 겪고 있네. 내 이상주의를 어디서 찾아야 하나. 개혁적 이상과 가치를 어디서 찾아야 하느냔 말여. 자네들, 진보개혁 세력이 '민주주의가 밥 먹여주나' 라는 문제에 답하지 못하는 한 이놈의 진보는 살 길이 없다고 언론들이 그럴싸하게 말하지 않나. 그건 맞는 말이여. 이 사람두 진보당 사회당 개혁당 근민당 사민당 노동당 진보신당 통진당, 이 땅에 있는 개혁적인 당이라곤 다 적을 붙이면서 나라 발전에 몸바쳐온 사람여. 헌데 당신들 도대체 뭐여? 풀뿌리에 닿아 있질 못해. 서민생활과 동떨어져 있어. 귀족들이여. 기득권과 무엇이 다른가. 그러면서 자기들끼리만의 정치공학에만 빠져 있어. 정치적 양아치들이여. 안 그런가. 자네들이 지금 한 게 뭐 있어. 자기 목소리를 낸 게 뭐냐고? 정치개혁이든 사회개혁이든 발언한 거 있어? 레짐체인지를 위해 나섰다지만 종당에는 구체제의 한 축이 돼버렸어. 결과론적으로 그렇단 말이여. 안 그런가? 입주둥이 있어면 말해 봐."

"취하셨습니까."

"이 자는 걸핏하면 취했냐고 대들어. 맑은 정신이니까 내가 이렇게 고통스런 담화를 발표하고 있지 않나."

실패한 늙은 정치지망생의 말은 무료를 달래주는 야릇한 묘약 같은 것이 있었다. 그게 알 수 없는 카타르시스를 안겨주었다.

"이놈들에게서 팔십년대의 훈장을 뺏어버려야 해. 이놈들은 도덕적 우월성을 강조하지만 옹졸하고 배타적이고 폐쇄적이여. 거기다 탁상공론에 빠졌어. 지렁이처럼 느리고 말여. 혁명은 속전속결이여. 반발이 있기 전에, 저항이 있기 전에 쓱싹 해치워야 해. 그런데 거드름만 배웠어. 자기들끼리만 놀려고 해. 구호만 외치다가 세월을 허송해버렸어. 또다른 패권을 만들어버렸어. 벼락출세를 했으니 시야가 좁을 수밖에. 철학도 없고 세계관도 좁고 말여……."

"아저씨 시의원 준비하셔야죠."

그러자 기름에 불을 붙인 듯 남궁태 씨가 방방 뜨기 시작했다.

"어따 대고 시의원이야? 날 고작 시의원 취급하는겨? 가만 있어. 내 말 아직 끝나지 않았어. 시의원이 아니라 노무현과 동급이여. 자, 권력의 불기를 쬐본 자네들에게 충고하고자 하네. 나는 자네들의 패배주의와 허무주의가 걱정일세. 조금만 얘기하면 귀찮아하고 도망가려고만 해. 이 사람들아, 내 말 아프게 들어. 초심으로 돌아가란 말여. 기껏 피흘려 얻은 가치들이 이렇게 무의미하게 무너지고 만다면 나라가 무슨 꼴여. 죄인이 되고 싶은가? 반동세력에게 빼앗기고 나면 뭐가 남나. 나는 대통령에 출마할 걸세. 시의원 따위로 날 모욕하지 말게."

"누가 시의원 얘길 꺼냈어? 아저씬 효자동이나 여의도로 가셔야 할 분입니다."

"그 말 진심인가. 자네들 믿고 우선 여의도로 진출해 봐?"

"대통령 출마는 어떡하시구요. 개나소나 출마하던데."

"그래서 하는 말이여. 지금 대단히 실망이여. 내가 잘못 찾아왔는가비여. 피흘려 정권을 잡고, 정권의 불기를 쬐본 자네들이 기껏 한다는 짓이 침몰하는 난파선 꼴이여. 나도 난파선에 올라탄 것 같어. 희망이 없어지네."

"우리에게 기대시려고요?"

일행이 웃자 남궁태 씨도 모처럼 하하하, 따라 웃었다. 그는 벌써 취해 있었다. 백수들은 사심 없는 그의 모습이 싫지 않았다. 한기호가 어깨를 으쓱하며 못 말리겠다는 표정을 지었다. 김성식이 아쉽다는 듯 남궁태 씨 맥주잔에 소주를 가득 따르고 말한다.

"의원님 말씀 새겨듣겠습니다. 다 맞는 말인데요, 다만 우릴 너무 짓뭉개지 마세요. 롤러코스터를 탄 것처럼 멀미가 납니다."

"떽기, 스스로 자존감을 높여야지. 당연히 스스로를 높이 보도록 하라구."

그가 단숨에 맥주잔의 소주를 주욱 들이켰다.

"우린 루저 아닙니까. 실패한 사람들이 모였잖아요."

한기호가 말했다.

"애늙은이들이로구먼. 나도 야망에 불타올라서 심장이 벌렁벌렁 뛰는데 이제 갓 40대 중반에 여름 낙과처럼 시들해져버려? 나보다도 더 늙어버려? 좋은 서나?"

그가 맥주잔을 탁자에 탕 내리쳤다. 맥주잔의 맥주가 튀어서 거품을 일으키며 탁자에 흩어졌다. 그가 손으로 쓰윽 탁자를 훔치고 나서 상의 안주머니에서 구겨진 유인물을 꺼내더니 큰 소리로 낭독하기 시작했다. 유인물은 오래된 것인지 너덜너덜했다.

"동지 여러분, 다시 들판에 서라. 자, 보라. 5·16 군사쿠테타의 암흑 속에서도 민주주의를 밝히는 작은 불씨들은 꺼지지 않았다. 불씨는 학교에서 거리에서 공장에서 감옥에서 모이고 또 모였다. 위수령, 유신, 긴급조치로도 어찌할 수 없는 민주화의 도도한 물결을 이뤘다. 신군부의 학살 속에서도 5·18 광주민주화운동을 거쳐 6·10항쟁으로 불길이 타올랐다. 그 도정에 뿌려진 피와 땀과 눈물은 강을 메우고 산을 이뤘다. 그 위에서 시민적 권리와 민주주의가 가능했다. 냉전의 질곡과 전쟁의 폐허 속에서 민주주의와 경제발전을 이뤄냈으며, 군사적 대치 속에서도 인권과 양심, 인류애와 연대라는 진보적 가치를 올렸다. 그러나 항쟁세대는 지금 어디에도 없다. 조락한 낙과처럼, 병든 소처럼 비실대고 있다. 기득권의 한 자락에 편입돼서 그들보다 더 타락의 늪에 빠졌다……. 이건 내가 여의도 국회의사당 앞에서 발표한 성명서여!"

그가 열이 받히는 듯 한 숨 크게 쉬더니 유인물 쪼가리에 다시 눈을 박고 낭독하기 시작했다.

"그러나 지금 그들 앞에는 꽃다발이 아니라 조롱만이 가득하다. 민주화운동은 멸시당하고, 그들이 추구했던 가치는 경멸당하고 있다. 오만과 독선에 무능이라는 낙인까지 찍히고 말았다. 가난했지만 가슴 가득했던 자부심은 사라졌다. 기득권자들을 겨냥했던 그 매서운 질책은 자신에게 돌아오고 말았다……안 그렇나?"

좌중은 침묵을 지켰다. 그가 다시 외치기 시작했다.

"이 자들이 오히려 독재자 박정희를 저 깊은 무덤 속에서 끄집어내고 있다. 서투른 여러분들이 방심하고 우쭐대는 사이 부패세력이 박정희 관을 메고 거리로 나서고 있다. 지역분열, 남북대결, 색깔론의 박정희 장군이 다시 전면에 나서고 있다. 그런 것도 모르고 6월 세력은 승리의 술잔에만 취해 있다."

"옳은 말씀입니다."

한기호가 맞장구를 쳤다.

"내 성명은 아직 끝나지 않았소. 아르헨티나의 군부독재 때 실종된 아들들의 가족 모임인 5월어머니회는 지금도 실종자의 주검을 발굴하지 않는다. 어머니회는 기념물을 세우지 않는다. 그들의 정신은 투쟁을 통해 기념되고 계승되어야 한다는 것이다. 돌 속에 가둘 수 없다는 것이고, 생명의 가치를 금전으로 격하시킬 수 없다는 것이다. 어찌 정신을 돈과 바꿀 수 있을까. 5월어머니회는 지금도 아르헨티나의 양심을 밝히오. 그 등불은 억압받고 소외된 이들을 비추고 있소. 누가 보상을 받고자 운동에 몸을 던졌겠으며, 누가 출세를 위해 나섰을까. 그러나 지금 우리에겐 낡은 훈장이 그 정신을 가려버렸다."

좌중이 찬물을 끼얹은 듯 조용해졌다. 저쪽 테이블에서 노닥거리는 소리가 크게 들릴 정도였다.

"우리가 민주화를 달성했다지만 더 깊은 상실이 기다리고 있소. 인간다운 삶을 누리지 못하는 한 민주화는 끝난 게 아니오.

왼쪽 깜박이등을 켜고 오른쪽으로 질주하는 무지와 오만이 되풀이돼선 안 되오. 그러자면 아르헨티나 어머니회가 그러하듯, 다시 찬바람 부는 들판에 서야 하오. 〈이상 성명서 부분은 민주화·진보 진영, 다시 들판에 서라 한겨레사설(2006.12.30) 인용〉"

이렇게 길게 열변을 토하자 너 나 할 것 없이 좌중이 남궁태 씨를 바라보았다.

"선생님, 우러러 보입니다."

"괜찮은가. 그럼 됐어. 당신들은 지지자들을 규합했어야 했는데 이건 이것이 문제다, 저건 저래서 싫다며 양파껍질 벗겨내듯 자꾸 벗겨내다 보니 고립돼버린 거여. 그렇게 해서 또다른 어설픈 패권세력이 돼버렸어. 나 같은 우호적인 사람도 자기들 우산 밑에 들어오지 않았다고 배제하고 배척했어. 그러니 고립되는 거여. 양심가는 그것이 한계여."

"옳은 말씀입니다. 함께 가야죠."

다시 김성식이 맞장구를 쳤다.

"김성식 동지가 그래도 큰 물에서 놀았던 탓으로 내 말을 제일 잘 새겨듣는구먼."

그리고 호민을 바라보며 제안했다.

"이호민군은 글을 쓴다니까 컬럼을 기고하시오. 이제 다시 독립운동하듯이 광야에 나서란 말이오. 외연을 넓혀가. 그렇게 활동 폭을 넓혀가라구. 여기 쪼그라져 앉아 있지 말고. 결사체도 만들어."

"그것이 대안입니까."

“대안이고 말고가 어디 있어. 주변에서부터 시작하라는 거지. 혁명이 별건가.”

“글을 쓸 사람은 제가 아니라 다른 사람이 있습니다.”

“넥기! 이젠 누구나가 기자고 칼럼리스트고 논객이야. 모두가 독립군이야.”

누군가 선언문과 호소문, 성명서를 주로 호민이 썼다는 것을 전해주었던 모양이다. 하지만 호민은 아내를 생각한다. 수신재가도 못한 처지에 치국평천하를 한다구? 아내는 늘 이렇게 그를 공격했다. 그는 마음속으로 긴장했다. 먼 훗날, 그 역시 남궁태 씨와 같은 신세로 전락하지 말란 법이 없는 것이다. 가정에 무책임하고 세상에 불만을 품고, 그러면서 밥 한술 해결할 능력도 없는 자…… 뭔가 잘못되었지만 어디서부터 잘못되었는지 몰라서 그는 조금씩 겁이 나기 시작했다.

“노무현 정권이 애초에 엉망이 되어버린 것이 무엇 때문인 줄 아는가.”

그들은 2차로 마포의 뒷골목 대포집으로 자리를 옮겼다. 이곳저곳 탁자의 불판에 돼지고기가 지글지글 구워지면서 실내는 자욱한 연기로 가득 찼다. 너댓 명의 백수와 남궁태 씨 추종자들이 드럼통을 반으로 잘라 만든 술판 주위로 둘러앉았다. 남궁태 씨가 막걸리에 소주를 콸콸콸 부어 한사발 만들더니 주욱 들이켰다. 그리고 손바닥으로 드럼통 옆구리를 젓가락으로 두어번 탕탕 치면서 말했다.

“이 정권이 지역주의를 청산하자고 당을 쪼갰지만 이 자들의 집권전략 역시 결국은 지역주의의 공학에 기반해 있었다 이 말여. 그것이 가장 큰 실패 원인이여. 안 그런가."

남궁태 씨의 참모이자 지지자인 김봉달 씨와 왕씨가 그렇다는 듯이 고개를 끄덕였다. 절대적인 지지자까지 가세하면 그의 정치철학은 시공간을 초월한다. 그의 현란한 웅변술은 벌써 유권자를 앞에 두고 있다는 듯 결기에 차 있었다.

"안 그런가?"

"맞습니다, 맞고요."

김봉달 씨가 힘차게 고개를 끄덕거렸다. 일행이 소리내 웃었다. 누군가의 흉내를 그럴 듯하게 냈기 때문인데, 그렇게 말한 김씨는 천연덕스럽게 눈을 껌벅거리며 불판에서 부지런히 익은 돼지고기를 집어 먹고 있었다.

"자네들 툭하면 못 해먹겠네 어쩌겠네 하는데 사실인가?"

일행이 또다시 웃음을 터뜨렸다. 그것도 누군가의 말을 패러디한 레토릭이었다.

"내가 노무현 흉내를 잘 내나?"

자신감을 얻었는지 남궁태 씨가 고개를 으쓱했다.

"김봉달 동지는 부동산 전문가요. 부동산 중개업을 하다가 일찍이 뜻을 품고 나를 추종하고 있소. 내가 국정에 참여하면 경제정책 참모로 쓸 생각이야. 그래 김동지가 요즘 부동산 동향 한번 짚어보시오!"

남궁태 씨가 턱짓으로 김봉달 씨를 일어서라고 지시했다. 김봉달 씨가 큼직한 돼지목살 조각을 입에 오물거리면서 호남 사투리로 말했다.

“부동산 문제가 왜 이렇코롬 개차반이 되어뿌렀냐. 여러분은 잘 모를 거요마는, 그건 바로 5적 땀시 그러는 거요. 나가 주워들은 것이긴 한디, 대형 건설재벌과 땅부자 집부자 등 부동산부자들, 국민보다 건설재벌과 부동산부자를 대변해온 경제관료, 건설재벌과 부동산부자의 뒤를 봐주고 개발사업에 개입하는 비리정치인, 건설재벌 광고를 받고 그들의 이익을 대변하는 보수언론을 건설5적이라고 항개로 그리된 거요. 특히 건설의 비리를 고발하고 올바른 시장구조를 만들어줘야 하는 언론이 그들의 하수인이 되어서 때로는 조작까지 해줘가며 부동산투기를 조장하고 있싱개로 문제요. 그 대가로 매일 아파트분양 광고가 전면광고로 두세 개씩 지면에 깔리고, 그것만 가지고도 매일 2-3억씩 가만히 앉아서 돈을 먹고 있지라이. 이런 식으로 5적들이 각자 경쟁하듯이 허벌나게 퍼묵어뿌렀소. 매년 얼마나 챙기고 있는가도 이미 나와뿌렀소. 5적은 베일에 가려져왔고 은밀하게 조직적으로 유지된개로 그들의 구조를 일반 시민은 잘 모른다 이거요. 그렇지만 나가 알아뿌요. 매년 정치인 공무원 공기업 임원과 언론인에게 건네지는 뇌물 규모가 20조 원, 내지 30조 원은 될 것이다 이거요. 이렇게 불법적으로 조성된 뇌물은 우리 사회를 부패의 온상으로 맹글어버리는디, 이것을 그들 집안의 치부에도 쓰지만 불로소득인개로 유흥비와 접대비로 소진하므로 우리 사회를 썩고 병들게 맹글어버리는 주범이다 이것이요. 그렁개로 정권이 부동산투기를 잡는 것이 아니라 건설 5적이 정권 목아지를 잡아 비틀어버린 거요."

술집 주인이 소주 다섯 병을 가져왔다. 건너편 주석에서 말 대접으로 보내왔다는 것이다. 이때 박희상이 술집으로 들어섰다. 그는 오피스텔에 친구들이 없으면 으레 최대포집을 찾았다. 친구들의 동선은 뛰어봐야 아기곰이라고 생각하는 듯이 해가 저문 뒤 사무실에 친구들이 없으면 어김없이 최대포집을 찾는 것이다. 인사가 끝나자 김봉달 씨가 소리쳤다.

"박변, 이 술은 내가 산 것인개로, 맛나게 드쇼. 우리 남궁 위원장님이 찾으셨는디 마침 잘 만났구료."

김봉달 씨가 선 채로 불판에서 삼겹살을 입에 넣고 우물거렸다.

"앉아!"

남궁태 씨는 김봉달 씨가 주인공처럼 행세하는 것에 질투심을 느끼는 모양이다.

"자, 내 얘기 들어 봐. 그래, 정권이 구세력에게 넘어가면 어떻게 되겠나. 개혁도 물건너가고 권력도 영원히 되찾아오지 못할 텐데, 개혁에 대한 반동이 클 거로구만."

"왜 개혁이 안되고 반동이 크다는 거죠?"

박희상이 뒤늦게 합류해서 물정모르고 물었다. 남궁태 씨가 버럭 화를 냈다. 만날 일이 있다는 것도 그새 잊은 모양이다.

"당신 법대 나와서 법관이 됐다고 했지? 유수한 동성기업 회장님 자제분이라고 했지? 서울대학 나와서 법관 하고 사회적 엘리트가 되고, 하지만 말여. 나는 이런 사람들을 우습게 알지. 머리

좋은 유치원생들이라고 보는 바이여!"

그는 주먹도 꼴리는 판에 싸울 대상을 만났다는 기분으로 희상을 노려보며 언성을 높였다.

"이런 사람들일수록 역사의식이 없어. 한때 국립 서울대학생들은 민중의 등불이었어. 야학으로, 공장으로, 통일문제로, 독재타도로 올바름에 대한 고민과 열정이 있었지. 승진의 노예들도 있지만 그래도 본받을 만한 동지들이 있었어. 친애하는 애국동지 여러분! 특목고, 강남, 아니면 전교 1등의 자부심이 한갓 자기 여편네와 집안의 평안을 위해 사는 게 옳은가. 기껏 배운 것을 그런 집구석에 돈 좀 발라놓으라고 하자는 건가? 박희상이란 사람이 그런 자가 아닌가 말여?"

박희상이 벼락을 맞았지만 이미 알고 있다는 듯 그는 조용히 웃고 있다. 그 자체도 즐겁다는 듯, 달관의 표정이다. 김봉달 씨가 "부탁할 일이 있다면서요?" 하고 주의를 환기시켰지만 그는 기왕에 가속도가 붙은 수레처럼 거침없이 퍼붓기 시작했다.

"저런 사람들이 현란한 말솜씨로 일본 덕에 근대화를 이루었다고 말하는 자들이오. 이런 자들이 대한민국에서 현재 잘 먹고 잘 살고 있어. 수탈된 대지 남아메리카를 아시는가! 백인들의 진압으로 인디오의 반이 살육당하고 노예로 죽었소. 박희상 변호사와 같은 사람의 눈에는 이런 참극은 보이지 않는 거지. 그들이 도둑질하기 위해서 노예들을 시켜 건설해놓은 도로를 잘 닦았다고 자랑하는 자요. 그래 놓고도 그들을 위해 도로를 건설했다고 하지. 우리도 마찬가지여. 식민지배가 길어졌다면 우리에게 더 많은 발전이 이루어졌을 것이라고 아쉬워 한단 말이오. 궤변을 배배꼬아 대중을 마취시키는 현란한 수사법으로 말이오. 돌아서면 위선이고 허구인데 민중들은 저 현란한 언설에 자신도 모르게 속아넘어가. 내가 무식하니까 멋도 모르고 믿어버려. 서울대 박사가 얘기하는데 안 믿고 뭘 믿겠어. 그렇게 저 자들이 무지한 민중들을 기만한단 말여. 그래서 굴곡진 역사정리가 왜 필요한가를 말해주고 있소. 도덕성이 결여된 엘리트들은 조국의 미래를 논할 자격이 없다는 것이오! 누군가 조국의 미래를 묻거든 눈을 들어 저 숲속의 관악을 보라고 했지. 그런데 그들은 지구상에서 가장 미국과 일본에 굴종적이오. 가장 수구적이오. 누리고 있으니 변화가 싫다 이거지? 그러나 친애하는 애국동지 여러분, 사회 속에 존재하는 모든 모순구조의 해답은 역사 속에서 찾을 수 있다 이거여. 역사를 끌어가는 힘은 여전히 민중이라는 거여. 양심이라는 거여. 얼핏 힘이 약해 보이지만 결정적인 때 역사의 물줄기를 잡아주는 세력이 민중이여. 서울대학 출신들이 아니어. 그들은 역사의 주체가 아니라 언제나 그 밑에서 지식장사로 먹고 살아가는 치사한 기술자들일 뿐이여. 역사의 주변부일 뿐이여."

그는 여느때와 달리 취했는지 꽤 흥분했는데, 그러자 그 모습은 마치 풍차를 적장으로 알고 달려드는 돈키호테 라만차를 연상시켰다.

"아저씨, 오바하시는 거 아니에요?"

"뭐가 오바야. 오바코트가 아닌 우국지사지. 내 얘기 끝내려면 아직도 멀었어. 한국사회에 정치적 신자유주의 논리가 판을 치면서 저 자들은 단순히 돈벌레요 출세분자로 전락했어. 강남 졸부의 자식들이 과외로 무장하고 학교를 점령해버리니 그렇게 될 수밖에 없어. 그러니 남의 아픔을 아는가, 소외받고 낮은 자의 눈물을 아는가. 나는 계급주의자가 아니오. 그 방해자가 박희상이란 자요. 군사정권 때는 대가리를 군바리에 빌려주고 그들 똥구녕에서 나오는 단물을 빨아 먹는 기생충들이여. 그래서 출생은 버릴 수가 없나 봐. 배울수록 책무를 다해야 하는데 음모와 배신과 부정에다 머리를 쳐박고 사니 똥이 돼버린 거여. 영혼이 없으니 박제화된 화석이 돼버린 거여. 그래서 예전의 질서는 낡았고 새 질서는 오지 않는단 말여. 나쁜 놈들이여!"

"아저씨, 희상이는 국립 서울대학 출신이 아닙니다."

한기호가 변명 삼아 수정해 주었다. 그 말 잘 나왔다는 듯이 단번에 남궁태 씨의 반격이 나왔다.

"국립 서울대학 출신이 아닌 자들이 판검사 되면 더 국립대학 출신 행세를 하려고 발광을 해! 박씨, 안 그런가? 내가 알건대 박씨의 부친은 천민자본가요. 극우 · 냉전 · 사대 · 수구 중심에서 돈을 끌어모았단 말여. 일제 강점기엔 침략자의 아전 노릇을 하다가 해방 후 지배권력으로 변신해서 독재체제를 받쳐준 자들이여. 이 자들은 민주주의를 말하는 듯하지만 독재를 찬양하고 인권유린을 자행해. 애초에 DNA가 그래서 그런 줄도 몰라. 좀 나은 놈은 그 시대엔 어쩔 수 없다고 상황논리를 전개해. 국가동원체제의 효율성을 찬미하고, 자유주의를 앞세우지만 인권과 민주주의라는 가치를 밟아버려. 이 자들이 예찬한 요소들을 합쳐보면 그들이 그토록 증오하는 북한체제 그대로여. 이 땅의 민주주의에는 눈 감으면서 북한체제엔 기를 쓰고 추종한단 말이오. 이 자들이 종북이여. 빨갱이 새끼들이여."

인격에 상처를 입었어도 희상은 여전히 빙그레 웃고만 있다. 당신의 말은 애초부터 그래, 하는 듯이 아예 달관한 태도다. 내공이 실린 성숙된 모습이다. 아닌 게 아니라 그는 인권변호사로 뛰어들면서 이념이건 운동이건 어떤 무엇이건 자유로운 포지션을 유지하고 있었다.

"나는 가부가 분명한 사람이여. 이민홍 기자가 때로 물주 노릇을 한다지만 나는 거기에 개의치 않소. 동지들 호구가 되어준다고 그자한테 굽신거릴 필요가 없소. 그러나 인간미는 있어요. 다른 팔육은 그런 것도 없는데 말여."

이번에는 화제를 다른 방향으로 틀었다. 거리의 정치인은 그 나름의 지론을 갖고, 그것을 자유자재로 뱉어낸다. 그에게 있어서만은 어떤 자유도 향유되고 있었다. 성격이나 언동이 자연스러워 조금도 꾸민 데가 없어보인다. 더 이상 잃을 것이 없기 때문일까.

"자네들은 권력의 불기를 쬈지? 그러면서 기득권, 보수언론 탓하는데 통치하는 놈들이 남 탓만 하면 되는가. 적어도 집권세력은 정책 아젠더가 수천 개 된다구 했잖나. 반대세력이야 반대냐 찬성이냐, 두가지 의제밖에 없지만 집권세력은 수천 개, 수만 개의 통치기법을 갖고 있다니까. 그럼에도 불구하고 단순히 싸우려고만 해. 그걸 뛰어넘어야 하는데 맨판 쌈질이여. 그놈들 잘했다는 놈 별로 없는데 싸워서 똑같아지려고만 해. 역량이 부족한 거여. 방귀처럼 한없이 가벼운 존재들이여. 냄새만 날 뿐 이루는 기 없어. 이런 자들한테 정권을 맡겼으니 한심하지. 50년은 끌고 가야 50년 적폐가 청산되는데 말여. 그래야 왜곡된 역사, 굴절된 사회를 바로 잡을 수 있는데 말여. 오히려 뺣혀버렸단 말여."

"프랑스 혁명도 좌절과 실패를 딛고 일어섰죠."

"어느 자식이여?" 그러면서 이윽고 그가 두 손을 모으고 눈을 감았다. "주여, 길 잃은 목자들을 불쌍히 여기소서. 소경이 어찌 소경을 인도하리이까. 어리석은 자들을 제자리로 돌아가게 하소서."

그리고 눈을 뜨고 다시 술잔을 비우고, 옆의 잔까지 들이마시고 무 조각을 입에 넣어 아삭아삭 소리가 나게 씹더니 한동안 허공을 바라보았다. 그는 몹시 취해 있었다. 하지만 취했을 때가 그의 진면목이 가감없이 드러난다.

"남북통일은 내 대에선 어려울 거 같어. 남북대립으로 밥 벌어먹고 살아온 놈들이 너무나 많으니까 말여. 이제 와서 자기부정을 하고 싶지가 않거든. 여태 대결하면서 살아오면서 편하게 먹고 살아온 놈들이 갑자기 화해론자, 협상론자, 협력론자 밑으로 기어들어가기가 쑥스럽거든. 그리구 김정일도 패죽일 놈이여. 미친 새끼여. 하지만 어떻게 하겠어. 현실은 그놈이 실권잔데. 그놈이 죽어도 또다른 김정일이 수십 명, 수백 명이 나올 텐데. 그러니 그놈을 불러내야지. 평화의 값으로 말이여. 아무리 평화비용이 비싸도 분단비용보다는 소액이여. 염가여. 그런데 노무현이나 그 일당들은 책임회피만 해. 방해세력에게 책임을 떠넘겨. 그것이 면피가 되는겨? 저놈들이 어떤 놈들인데? 그래서 나가 시작할 거여."

그는 또 호주머니에서 신문쪼가리를 꺼내더니 읊조리기 시작했다. 취했는지 발음이 샜지만 또렷하게 암송했다.

— 이 땅이 뉘 땅인데
백두대간 곳곳에 전쟁놀음 위협하는가
이 땅이 뉘 땅인데
식민지 똥개 취급하는가
손쓸 틈도 없이 나뉘임을 당한 갑년 세월
가슴 시릴 만큼 시렸고
눈물 흘릴 만큼 흘렸다
이제는 흘린 눈물 닦아야 할 때
이제는 서로서로 아픈 상처 다독거려야 할 때
나뉨은 어쩔 수 없이 당했어도
하나됨은 우리끼리
힘차게 엮어가야 할 때.
〈인터넷 블로그에서 인용〉

낭송을 마치자 여기저기서 짝짝짝 박수소리가 터져나왔다. 김봉달 씨의 박수소리가 가장 컸다. 그는 '옳소! 옳소!'를 연호하면서 "남궁 의원님이 직접 지은 것은 아니고 인터넷에서 따온 것이지만 괜찮은 시여.” 하고 쓸데없는 해설까지 덧붙였다.

“우리가 남북의 철도를 잇고 유라시아 철도를 건너서 대륙의 시발점임을 내외에 천명하잔 말이여. 고립된 섬이 아니라 웅혼한 대륙의 주역이 되겠다는 기개를 천명하잔 말여. 그래서 분단된 한반도의 매듭을 풀잔 말여. 이러한 약속과 계획들이 진행될 때마다 가장 큰 장애요소는 국제적 요인이라는 미국의 방해와 간섭이었단 말여. 긴장을 고조시키고 무기를 팔아먹으려고 말여. 거기다 쪽바리 일본놈들이 가세한단 말여. 그러나 내부에 더 많은 분단론자들이 있단 말여. 외세를 이용해 남북화해를 방해한단 말여. ‘어떤 우방도 민족보다 우위에 있을 수 없다’는 김영삼도 그런 자들에게 밀렸단 말여. 북쪽놈들이야 으레 그러려니 여기고 관리하면 되지만, 디테일한 정보력을 바탕으로 북을 부숴야 한다는 냉전 보수론자들의 논리만을 따를 수 없는 기 남북의 특수상황이란 말여.”

“옳소!” 하고 이번에는 왕씨가 손바닥으로 탁자를 두드렸다. 거기에는 뽕짝의 장단이 실려 있었는데, 니나노집을 상당기간 드나든 관록이 붙은 실력이었다. 김봉달 씨가 “남궁 의원님은 신문에 난 글을 다 자기 것으로 만들어버리는 신통한 재주를 갖고 있는 어른이여.” 하고 치켜세우는 건지 까발리는 건지 혼잣소리로 말하며 맥주잔에 소주를 스스로 붓더니 단숨에 들이켰다. 부하의 기분 나쁜 고자질을 아는지 모르는지 남궁태 씨가 열변을 토했다.

“2차대전 이후 지금까지 미국 러시아 프랑스 영국 중국 인도 파키스탄 등이 해온 핵실험 중 미국은 1030번, 러시아 715번,

프랑스 210번, 영국 45번, 중국 45번, 인도 3번, 파키스탄 2번이라고 하더군. 북한은 한번인가 두번 했어. 당연히 부숴야 하지. 하지만 미국의 제재에 대한 방어적 대응조치이며, 종국적으로는 한반도의 비핵화 실현이 목표라고 했어. 미국과의 직접협상과 관계개선이 이루어지면 핵을 전면 포기하겠다고 했어. 그 새끼들 말 백 프로 믿는 건 아니지만 그래도 대화를 해야지. 대화를 통해 잡아놔야지. 대결로 나가자면 군사무기 사와야지. 써먹으면 민족공멸이고, 안 써먹으면 녹슨 고철이여. 한마디로 낭비지. 그렇다면 돈을 주고 평화를 사자 이 말이여. 물론 전쟁대비는 해야지. 미국이 일방적으로 대북 압박정책을 하는 걸 막고 북한과 대화에 나서도록 견인해야지. 우리는 외세에 부화뇌동할 것이 아니라 반전평화정책을 내걸고 미국과 북한의 잘못을 대등하게 비판해야지. 반전평화운동은 한국민을 포함하여 주변국 시민들이 함께 연대하는 운동이 되어야 하는겨. 6월항쟁 이후 세계에서 가장 발달된 시민사회를 꾸리고 있는 우리가 그걸 주도해야 한단 말여. 한국이 미국의 압력을 막아내면서 우리가 경험한 정치 경제적 발전의 과정을 북한이 따르도록 유도해야 한단 말여. 나 여생을 김구 선생처럼 살 거여. 휴전선을 베고 죽을 거여!"

또다시 박수가 터져나왔다.

"분단과 대결지상주의로 나가는 안보장사꾼들이 누군가. 친일 친미 기득권자들이지. 이분법적으로 나누고 싶지 않지만 현실이 그래. 냉전반북대결이라만이 먹고 살아갈 수 있다는 세력들, 그렇게 분열시키고 갈라치기 하면서 이익을 챙기는 것이 다른 어떤 것보다 비용이 적게 드니까 그러는 거여. 그러나 이제 사태를 올바로 봐야지. 비판세력을 종북 빨갱이 좌빨 따위로 몰아붙이면 모든 것이 해결되고, 승자독식이 되니 좋다고? 그러나 그런 광기와 오만과 군림의 시대는 지났어. 그런데 노무현이란 서투른 자가 나와서 그들을 활개치게 했단 말여. 서툴고 설건드려 놓으니 얕잡아보고 반동이 거세진 거여."

어느새 남궁태 씨는 통일운동가로 변신해 있었다. 그러나 그 발언이 야릇한 흡인력을 가져다주었다. '노마드 정치인' 남궁태 씨는 이런 대중 설득의 묘미에 박희상을 만나야 하는 이유도 까먹고 있었다. 그가 다시 재킷 안주머니에서 신문쪼가리를 꺼내더니 읊기 시작했다.

— 10·4 남북공동선언-남북관계 발전과 평화번영을 위한 선언

선언발표자 : 노무현 대한민국 대통령
김정일 북한 국방위원장
일시 : 2007년 10월 4일 오후 1시
장소 : 평양 백화원 영빈관
정상회담의 합의사항을 선언문 형식으로 발표.

1. 남과 북은 6·15 공동선언을 고수하고 적극 구현해 나간다. 남과 북은 우리민족끼리 정신에 따라 통일문제를 자주적으로 해결해 나가며 민족의 존엄과 이익을 중시하고 모든 것을 이에 지

향시켜 나가기로 하였다. 남과 북은 6·15 공동선언을 변함없이 이행해 나가려는 의지를 반영하여 6월 15일을 기념하는 방안을 강구하기로 하였다.

2. 남과 북은 사상과 제도의 차이를 초월하여 남북관계를 상호 존중과 신뢰 관계로 확고히 전환시켜 나가기로 하였다. 남과 북은 내부문제에 간섭하지 않으며 남북관계 문제들을 화해와 협력, 통일에 부합되게 해결해 나가기로 하였다. 남과 북은 남북관계를 통일 지향적으로 발전시켜 나가기 위하여 각기 법률적 · 제도적 장치들을 정비해 나가기로 하였다. 남과 북은 남북관계 확대와 발전을 위한 문제들을 민족의 염원에 맞게 해결하기 위해 양측 의회 등 각 분야의 대화와 접촉을 적극 추진해 나가기로 하였다.

3. 남과 북은 군사적 적대관계를 종식시키고 한반도에서 긴장 완화와 평화를 보장하기 위해 긴밀히 협력하기로 하였다. 남과 북은 서로 적대시하지 않고 군사적 긴장을 완화하며 분쟁문제들을 대화와 협상을 통하여 해결하기로 하였다. 남과 북은 한반도에서 어떤 전쟁도 반대하며 불가침의무를 확고히 준수하기로 하였다. 남과 북은 서해에서의 우발적 충돌방지를 위해 공동어로수역을 지정하고 이 수역을 평화수역으로 만들기 위한 방안과 각종 협력사업에 대한 군사적 보장조치 문제 등 군사적 신뢰구축조치를 협의하기 위하여 남측 국방부 장관과 북측 인민무력부 부장간 회담을 금년 11월 중에 평양에서 개최하기로 하였다.

4. 남과 북은 현 정전체제를 종식시키고 항구적인 평화체제를 구축해 나가야 한다는데 인식을 같이하고 직접 관련된 3자 또는

4자 정상들이 한반도지역에서 만나 종전을 선언하는 문제를 추진하기 위해 협력해 나가기로 하였다. 남과 북은 한반도 핵문제 해결을 위해 6자회담 9·19 공동성명과 2·13 합의가 순조롭게 이행되도록 공동으로 노력하기로 하였다.

5. 남과 북은 민족경제의 균형적 발전과 공동의 번영을 위해 경제협력사업을 공리공영과 유무상통의 원칙에서 적극 활성화하고 지속적으로 확대 발전시켜 나가기로 하였다. 남과 북은 경제협력을 위한 투자를 장려하고 기반시설 확충과 자원개발을 적극 추진하며 민족내부협력사업의 특수성에 맞게 각종 우대조건과 특혜를 우선적으로 부여하기로 하였다. 남과 북은 해주지역과 주변해역을 포괄하는 서해평화협력특별지대를 설치하고 공동어로구역과 평화수역 설정, 경제특구건설과 해주항 활용, 민간선박의 해주직항로 통과, 한강하구 공동이용 등을 적극 추진해 나가기로 하였다. 남과 북은 개성공업지구 1단계 건설을 빠른 시일 안에 완공하고 2단계 개발에 착수하며 문산-봉동간 철도화물수송을 시작하고, 통행 통신 통관 문제를 비롯한 제반 제도적 보장조치들을 조속히 완비해 나가기로 하였다. 남과 북은 개성-신의주 철도와 개성-평양 고속도로를 공동으로 이용하기 위해 개보수 문제를 협의·추진해 가기로 하였다. 남과 북은 안변과 남포에 조선협력단지를 건설하며 농업, 보건의료, 환경보호 등 여러 분야에서의 협력사업을 진행해 나가기로 하였다. 남과 북은 남북 경제협력사업의 원활한 추진을 위해 현재의 남북경제협력추진위원회를 부총리급 남북경제협력공동위원회로 격상하기로 하였다.

6. 남과 북은 민족의 유구한 역사와 우수한 문화를 빛내기 위해 역사, 언어, 교육, 과학기술, 문화예술, 체육 등 사회문화 분야의 교류와 협력을 발전시켜 나가기로 하였다. 남과 북은 백두산관광을 실시하며 이를 위해 백두산-서울 직항로를 개설하기로 하였다. 남과 북은 2008년 북경 올림픽경기대회에 남북응원단이 경의선 열차를 처음으로 이용하여 참가하기로 하였다.

7. 남과 북은 인도주의 협력사업을 적극 추진해 나가기로 하였다. 남과 북은 흩어진 가족과 친척들의 상봉을 확대하며 영상 편지 교환사업을 추진하기로 하였다. 이를 위해 금강산면회소가 완공되는데 따라 쌍방 대표를 상주시키고 흩어진 가족과 친척의 상봉을 상시적으로 진행하기로 하였다. 남과 북은 자연재해를 비롯하여 재난이 발생하는 경우 동포애와 인도주의, 상부상조의 원칙에 따라 적극 협력해 나가기로 하였다.

8. 남과 북은 국제무대에서 민족의 이익과 해외 동포들의 권리와 이익을 위한 협력을 강화해 나가기로 하였다 남과 북은 이 선언의 이행을 위하여 남북총리회담을 개최하기로 하고, 제1차 회의를 금년 11월 중 서울에서 갖기로 하였다. 남과 북은 남북관계 발전을 위해 정상들이 수시로 만나 현안 문제들을 협의하기로 하였다.

〈2007년 10월 4일 평양〉

숨가쁘게 다 낭독한 그가 다른 사람 앞에 놓여 있는 맥주잔을 들어 단숨에 들이켰다.

"꿈같은 선언이지? 그러나 현실이여. 그게 왜 꿈이라고 말하는가. 적어도 양 정상들이 발표한 선언문이여. 그것보다 더 현실적인 대안이 어디 있나. 이것대로만 나가면 되는겨. 방해세력을 제어하지 못하니 개꿈이 돼버린 거지. 당신들은 왜 꿈을 꾸지 않나. 남북협력과 평화체제, 공동발전이 코리아 리스크를 줄이고 일등국민으로 갈 절호의 기회인데 왜 피하는가. 당장 주가지수가 삼천을 바라볼 텐데도 좋은 선언문 합의해놓고도 쓰레기통에 쳐박아버리는 건가. 냉전세력이 강고하다고 해도 민족의 나아갈 길이 그 길 아니면 없다고 볼 때 설득하는 기술을 발휘해야지. 그래도 말 안 들으면 잡아넣어야지. 그들의 수법대로 주머니 털면 부패의 탐욕부스러기가 우수수 떨어질 텐데…… 그런데 끌려다녀? 이건 정치가 아니지. 저 자들이 어떤 놈들인데 호락호락 넘어가나. 멱통을 쥐고 흔들어야지. 터진 배를 조여야지. 물론 반발하겠지. 평생 그것으로 배불린 놈들이니 쉽게 나오겠어? 반북 구호로 사기치고 살았는데 갑자기 화해와 협력을 한다고 하면 패닉상태에 빠지겠지. 국민을 기만해온 것이 들통나니 더 미칠 노릇일 테지. 그래서 그것을 뛰어넘는 의제를 개발해야 하네. 반대세력은 찬반 두가지뿐이지만, 통치세력은 칠만 가지 정책의제를 가지고 있다고 하지 않나."

좌중이 물을 끼얹은 듯 조용해졌다. 그가 다시 말했다.

"일제 식민지시대의 35년도 질식할 지경인데, 그 배에 가까운 세월 동안 지속되어온 냉전의 박물관인 한반도와 남북 민중은 더 이상 냉전세력과 강대국의 정치군사적 인질이 될 수 없네. 이제는 생존을 위해서라도 더 이상 물러서면 안 돼. 당신들의 혁명은 아직 끝나지 않았어. 다시 시작이여. 서툴게 하다가 덜미를 잡혔지만 이제 정교하게 제대로 하는 것이여. 자, 다들 일어나시오."

모두들 자리에서 일어났다. 이 광경을 지켜보던 뒷자리의 젊은 이들이 박수를 치며 호응했다. 어느새 술집은 남궁태 씨의 정견 발표장이 돼버렸다.

"DJ와 노무현이 북에 퍼주기해서 핵을 개발했다는군. 그래서 나쁜 놈이다? 미친 놈들, 미국도 이런 명목, 저런 이유로 북에 돈과 물자를 보냈어. 그게 십수억 달러여. 그런 식이라면 그들도 핵 개발의 조력자네? YS정권 때도 주었고, 왜 그것은 말하지 않나. 그들은 또 말하겠지. 그것과 이것은 다르다. 돈이 갔으면 간 거지 뭐가 또 다른 거라고 궁색하게 말하나. 그런 원조들이 북한주민에게 가는 것보다 김정일 기득권을 유지하는 데 사용할 가능성이 크고, 핵개발 비용으로도 갔을 거라고 믿어. 그러나 평화비용이 수십 배 비싸다고 해도 전쟁비용보다 비싸지 않다고 했잖아. 북한의 핵실험은 미국에게 보내는 자기인정 구걸의 신호여. 북한이 원하는 건, 미국이 북한을 침공하지 않는 것, 그러기 위해서는 9·19 공동성명 재이행, 미국과의 수교가 방법이라고 하잖나. 미국이 들어주지 않으니 평행선을 가지. 미국은 세계 곳곳에 분쟁지역이 있어야 하고, 그걸 관리하고자 하는 것이 팍스아메리카나의 본질적 세계관이여. 그래서 우리가 어른스럽게 충고하고 다스려야지. 우리가 한반도 주역이 되어야지, 손님이 될 수 없어. 엄혹한 군부독재 몰아내고 민주정부 수립한 우리 국민의 저력을 과시해야지."

말을 마치고 통일운동가는 좌중을 좌악 한번 눈으로 훑더니 소주가 반이나 채워진 맥주 잔에 맥주를 가득 들이부어 급하게 마시기 시작했다.

"모두 자리에 앉으시오."

그의 지시대로 일행이 자리에 앉았다. 남궁태 씨가 갑자기 고개를 꺾고 흐느끼기 시작했다. 모두가 어리둥절해져서 그를 바라보는 사이 두 지지자가 그를 부축했다. 그는 주량의 한계치를 벌써 넘어섰기 때문에 인사불성으로 취해 있었다.

"박변, 날 좀 도와주소."

남궁태 씨가 이윽고 얼굴을 들어 박희상을 바라보았다.

"물론 도와드리지요."

박희상이 당연하다는 듯이 손을 내밀어 그의 손을 잡고 공손히 대꾸했다. 남궁태 씨가 엉뚱한 말을 쏟아내기 시작했다.

"내 딸내미가 이혼을 당했소. 얼마나 맞고 왔는지 얼굴이 온통 가지처럼 푸르딩딩해져 버렸소. 멍이 들어서 바로 볼 수가 없었다카이. 어찌하면 좋겠소."

"그런 일이 있었습니까. 경찰에 신고해야죠."

"그러면 안 되지, 그러면 안 돼. 내 딸년이 약점이 있어. 옆집 남자하고 간통을 한 모양이오."

모두가 어리둥절한 표정을 지었다. 반전치고는 너무도 극적인 반전이었다. 세상을 들었다 놓았다 하는 사람이 가정사엔 어쩔 수 없는지 남궁태 씨는 어느새 풀죽은 얼굴이 되었다. 어깨는 한없이 처졌다. 나라를 구하겠다는 사람이 이렇게 나약한 모습을 보이는 게 한없이 쓸쓸해보였다.

"내 아들놈이 두들겨맞고 친정으로 도망온 여동생을 보더니 당장 쫓아가서 사위를 개패듯이 패버린 모양이오. 이빨이 두 대 나가고, 갈비뼈도 나간 모양이오."

"그럼 아드님은 어떻게 됐습니까."

"경찰서에 잡혀갔지. 나이 마흔다섯이 되도록 결혼도 못한 녀석이오. 이를 어찌해야 좋겠소."

"선생님, 맑은 정신에 얘기 나누실까요. 그 문제는 금방 해결될 문제가 아닌 것 같습니다."

박희상이 막막해서 생각할 틈을 갖느라 이렇게 제의했다.

"박변, 당장 해결해주소. 내 외동딸이오. 살려주시오. 그리고 어떻게 해야 후련하게 복수를 할 수 있겠소?"

"누굴 복수하신다는 거죠?"

"내 딸을 그 지경으로 만들어놓은 사위놈 말이오. 그놈을 반 죽여놔야 내 속이 해장술 먹은 것만큼이나 후련할 것 같은데…… 그리고 우리 아들 좀 빼내주소. 불쌍한 놈이오."

좌중이 남궁태 씨를 지켜보다가 그 모습이 처량해서 모두들 망연히 허공을 바라보았다. 남궁태 씨가 웩웩 토하기 시작했다.

"공짜라고 과하게 먹더라니……."

김봉달 씨가 혼잣소리로 투덜거렸다. 남궁태 씨의 입 가장자리엔 토한 미끈미끈한 이물질이 흘러내리고 있었는데, 마음씨 착한 박희상이 달려들어 탁자의 물수건으로 그의 얼굴을 훔쳐주었다.

# 3부
# 집으로

## 1

“엄만 아빠하구 안 살 거야?”

“그게 무슨 소리니?”

“그러니까 다른 남자 만나는 것 아니냐구?”

아이도 이미 알고 있었구나. 하란은 속으로 찔끔했다.

“이 녀석이 쓸데없는 말은? 사업 땜에 그러잖어. 밥은 누가 먹여주니? 일이 그렇게 되는데. 사업을 하려면 여자보다 남자를 더 만나야 할 때가 있어. 내 거래처가 그렇잖아.”

“피…….”

“대한민국 사회는 여자들은 집에 있구, 남자들이 사업을 하구. 헌데 우린 반대잖아. 그러니 사업을 하는 엄마는 도리없이 남자들을 만날 수밖에 없지. 그게 그렇게 쉬운 게 아닌 거야.”

대꾸해주지만 슬며시 화가 치민다. 규봉과 함께 호텔에서 즐겼던 달콤한 여운이 일시에 도망가버린 것도 아쉬운데 아들 녀석이 심문하듯 따져 묻는 것이 영 기분 잡치게 한다. 이미 그녀는 너무 깊숙이 외간남자를 알아버렸다.

“엄만, 아빠하고 사랑을 안 하나 봐. 아빠에겐 도통 관심도 없이 연애나 하는 거잖아?”

현수는 대놓고 따진다. 그것이 수치스러운 것이 아니라 뻔히 알면서 남의 일처럼 말하는 녀석이 좀 두렵고 민망하다.

"너 아빠하고 무슨 일 꾸미는 것 아니니?"

"아빠는 몰라. 그래서 아빠가 불쌍하다는 거야. 엄만 왜 남의 남자를 만나? 아빠는 남자가 아냐? 엄마가 받은 선물도 다 알고 있어. 설악산 입장권도 봤어. 나 이런 집이 싫어."

찢어 없앴다고 했지만 머리 나쁘거나 서투른 년은 증거인멸이 어려운가보다.

"애, 자꾸 말하지만 엄만 사업 때문에 밖에 나가 있는 거야. 지방출장도 많아. 이해해야지. 넌 공부만 해. 그래야 성공해."

"설악산으로 사업하러 가나? 그리고 성공? 성공해서 뭘해. 일해주는 아줌마가 말하는데, 엄마가 성공한 사람이래. 엄만 공부는 안 하고, 노는 사람이었잖아."

"이 녀석이, 엄만 노는 가락이 있는 게 아냐. 공부도 잘했어. 아빠가 일자리를 잃어서 엄마가 대신 일을 한다니까. 엄마의 바쁜 사업에는 별 일도 다 있는 거야. 이해해야지."

"이해? 엄마가 다른 아저씨들하구 노는 걸 이해하라구? 나두 중학생이야. 공부 못한다구 중학생이 아닌 건 아냐."

"그래, 우리 아들. 엄마가 이제 집에 자주 있어줄게."

"항상 집에 있는 게 엄마 아냐? 내년이면 나두 중2가 되는데 불안하다구. 엄마 아빠가 도와주어야 하는데 난 항상 혼자야. 난 언제나 혼자란 말야!"

"요즘 중학생들은 혼자 서는 거야."

"누가 혼자 서? 엄마 아빠들이 모두 참여해서 난리를 떠는데. 그래두 안 된다고 과외선생까지 붙이고 야단인데. 요즘은 그래."

"그래그래, 알았어. 학교도 찾아갈 거야. 우리 아들 그새 많이 컸구나. 세상에서 가장 소중한 게 우리 아들인데……."

"말로만 그러면 뭘해? 엄마한텐 내가 중요하지 않잖아."

"아냐, 아냐. 그건 아냐."

"어떤 아저씨가 중요하잖아!"

계속 물고 늘어지는 아들에게 그녀는 더 이상 말을 잇지 못한다. 사실 아이는 그녀가 세상을 살아가는 목표였었다. 인생의 전부였었다. 그런데 이상하게 헝클어져버렸다. 엎어진 김칫독처럼 엉망이 돼버렸다. 하지만 아들 앞에 찌질한 모습을 보이고 싶지 않다. 작은 업체지만 남들이 통상 불러주는 사장의 체통과 권위를 보여야 한다.

"너 나쁜 생각하면 안 돼. 엄마는 그런 사람이 아니니까. 근데 아빤 어딜 가셨니? 이렇게 아들을 내팽개쳐 놓구."

현수는 아빠에게도 실망하는 것 같다. 그렇다는 듯 고개를 주억거리며 말한다.

"내가 알게 뭐야."

"오피스텔 가봤니?"

"간첩들처럼 말없이 뭔가를 하고 있어. 하긴 시끄럽게 떠드는 간첩들은 없겠지만 말야."

## 2

담임선생님은 하란을 걱정스럽게 바라본다. 나이가 많은 여자 선생님이어서 그런지 친근감이 가지만 아이 때문에 오라고 했으니 그녀 마음이 무겁다. 두근거리는 가슴으로 담임선생님을 바라보자 그녀가 천천히 입을 열었다.

"아이가 도벽이 있는 것 같습니다. 묵인하려 했지만 아이들이 난리군요. 성적 걱정을 할 단계가 아니라 인성의 문제인 것 같아요. 여러 차례 처분을 내리려고 했지만 환경이 그런 것 같아서 일단 학부모님을 오시라고 했죠."

도벽? 그리고 환경? 갑자기 가슴이 쿵 내려앉는다. 가슴이 엉망이 되어버린 하란은 허리부터 굽신거린다.

"죄송합니다."

세상에 아이를 잘못 둔 떳떳한 부모가 어디 있으랴. 더군다나 도벽이 있다니. 내 아이가 그럴 리가 없다고 부인하지만 학교에서 그렇다니 어떻게 항변할 것인가. 절해고도에 홀로 남겨진 것 같은 유폐감이 든다.

"대안학교로 옮겨갈 것을 권유 드립니다. 저희 학교에서는 현수를 감당할 수가 없어요. 흔히 학교교육이 이런 아이들을 바로잡아주어야 한다고 합니다만, 우리 학교 전체 학생이 1.000명이 넘습니다. 개별적으로 하나하나 가르치기에는 한계가 있어요. 제한된 교육 커리큘럼으로는 감당할 수 없으니 방법이 없군요. 무단결석 일수도 많아요. 그러니 오신 김에 자퇴서를 쓰세요."

무단결석? 자퇴서? 그녀는 갈수록 더 숨이 막힌다.

"죄송스럽지만 애 아빠하구 상의 드리고 결정하겠습니다."

"아빠하고 상의하는 게 아니라 학교와 상의해야죠. 이미 학교에서 결정이 났어요. 결정권은 학부모님에게 있는 게 아니에요."

하란은 눈앞이 캄캄해진다. 지푸라기라도 잡고 싶은데 그녀를 잡아주는 것이라곤 지금 이 시간 아무것도 없다. 어떻게 할 것인가. 어떻게든 이 자리를 모면하고 싶다.

"죄송합니다. 한번만 생각토록 해주세요."

"여러 번 생각하셔두 아이를 이 학교에 둘 수는 없을 것 같아요. 대안을 알아두세요. 아니면 저희가 알아드릴 게요. 현수 때문에 학급 평균성적이 떨어진다고 아이들도 야단이에요."

제도권의 저 견고한 벽. 하란은 절망하지만 자식을 맡겨놓은 이상 약자다.

"어떻게든 한 번만 봐주세요. 제발 부탁입니다. 어떤 무슨 일이든 할게요."

"그럼 아이 아빠가 다녀가도록 하세요."

"네, 네."

그녀는 쓰러질 듯이 몸을 가누지 못하고 교문을 나섰다. 집으로 돌아오자 예상했던 대로 호민은 집에 없었다. 현수만이 자기 방에 콕 박혀 있다. 그녀는 현수를 보자 짜증이 확 밀려든다. 아무리 감정을 죽이려 해도 불쑥 울화부터 솟는다. 그러나 가능한 한 숨 죽이고 현수를 거실로 불러낸다.

"너 뭐 엄마한테 숨기는 것 없니?"

자신도 모르게 말에 가시가 돋친다.

"뭘 숨긴다는 거야? 엄마가 알면 말해 봐. 형사처럼 유도심문하지 말고."

현수도 물러서지 않는다. 반항기를 그대로 보여주고 있다.

"성적표 어디다 뒀어?"

차마 무단결석과 도벽을 들고 나올 수 없어서 성적표 단속부터 하기로 한다.

"알아서 뭘해. 관심도 없으면서."

"이 녀석이, 관심이 없다구? 우리 아들 그래두 서울의 대학은 가야 되지 않겠니?"

"아냐, 난 틀렸어. 대관령 목동이 될 거야."

"대관령 목동?"

"그래, 양만 키울 거야. 지금도 많이 기르고 있다구. 성적표에."

그런 중에도 녀석은 농담까지 한다. 여유가 있는 것이다. 무엇이 문제인지 그녀는 얼른 답이 떠오르지 않아 답답했다.

"성적은 올라야 돼. 그건 이유가 없어."

"성적은 그냥 오르는 게 아니라구. 엄마들 신발 닳는 것하구 비례한다잖아. 아빠들이 담임선생님, 교장선생님 구워삶는 것하구 함께 간다잖아. 아이 성적은 부모가 만든다잖아, 씨……."

"엄마가 학교에 갔다 왔는데 너 무단결석이 뭐니? 그리구 훔친 건 뭐야?"

녀석이 계속 씩씩거리자 그녀는 도리없이 비장의 무기를 들이

댄다. 감정을 죽이려고 했지만 인내에도 한계가 있는 것이다. 그러자 현수가 갑자기 괴이한 신음소리를 내더니 탁자에 놓인 책들이며 과일들들을 마구 집어던지며 소리친다.

"그게 아니란 말야. 엄만 아무것도 몰라! 날 그렇게 몰아간단 말야. 내가 앞자리의 여자애 시계를 만진 건 사실이지만 내가 훔친 건 아니란 말야. 그런데 나를 그렇게 몰아간단 말야. 동식이 휴대폰도 난 몰라. 그런데두 나한테 혐의를 둬. 나 땜에 평균성적 떨어진다구 전학가라고 야단이란 말야. 난 왕따란 말야. 왕따야!"

하란은 아들의 절규를 감당할 수가 없다. 그녀 역시 어떤 억울함으로 가슴이 찢어질 갓만 같다. 분이 솟구쳐 머리라도 박고 싶다. 그런 고민 때문에 자기 방에서 나오지 않았을까. 오, 내 아이. 하란은 미칠 것만 같다. 나는 아들을 믿어. 성적은 떨어져도 정직한 아이야. 정직한 내 아들이 얼마나 고통스러웠을까. 말투가 저래도 마음 여리고 착하다. 상처를 받고 참아낼망정 결코 남을 해치는 아이가 아니다. 지 아빠 같은 성격적 자폐, 자폐적 결벽증을 갖고 있을 뿐이다. 이 일을 어쩌나, 불쌍한 내 아들…….

왕따. 그녀 역시 겪어봤기 때문에 그 고통을 잘 안다. 왕따 당하는 아이가 딱히 잘못 같은 것을 하지 않았는데도 불구하고 괜히 다른 아이들 앞에서 죄를 지은 것 같은 자세를 보인다. 그러면 아이들은 진짜 나쁜 아이인 줄 알고 발로 걷어차고 빰을 갈기고 지나간다. 괜히 짜증이 난다고 쥐어박고, 기분 나쁘다고 발길질하고…… 모두로부터 궁상의 대상으로 치부된다. 그런 처지에 내

아들이 놓여 있다니…….

"엄마! 엄마더러 학교 오라고 한 것이 그거야?"

현수가 눈물 범벅이 된 채 정색을 하며 하란을 바라본다.

"아냐, 아냐. 그건 아냐."

"뭐가 아냐. 나 죽어버릴 거야!"

하란은 아들이 무서워진다. 누군가를 향한 저 저주와 분노의 눈빛. 자신을 해체하고 자폭해버릴 것만 같은 절망감이 그 안에 숨겨져 있는 것이다.

"현수야, 진정해. 내가 잘못 들을 수 있어. 그랬을 거야. 내 아들이 그런 애는 아니니까. 엄만 믿어. 엄마가 널 알아. 내 아들은 성적은 떨어지지만 세상에서 제일 착하구 정직한 애야. 엄마가 널 제일 잘 알아. 절대루 넌 도둑질을 안해."

그녀는 순간 아들을 보호해야 한다고 생각한다. 내 아들이, 그렇구 말구. 네가 없으면 나두 없어. 삶이 고단하고 어려울 땐 네가 내 등불이었어. 빛이었어. 희망이었어. 그래, 끝낼 거야. 정리할 거야. 널 보면 내가 무지 아파. 언젠가 밤늦게 집에 돌아왔을 때 혼자 라면을 끓여먹는 걸 보고 얼마나 가슴이 미어졌는지 몰라. 하지만 수습이 잘 안 된다. 옆구리 터진 김밥처럼. 그녀 가슴으로 자학의 회한이 격랑처럼 덮쳐온다.

현수가 소파에서 벌떡 일어나더니 쿵쿵 발소리를 내며 자기 방으로 들어간다. 쾅 닫는 문소리가 그녀 가슴에 못질하는 것만큼이나 고통스럽다. 그녀는 반사적으로 뒤따라가 보지만 벌써 도어꼭지가 잠겨서 문은 끄떡도 하지 않는다.

하란은 안방으로 들어가 재빨리 휴대폰을 꺼낸다. 수신 멜로디가 한참동안 이어져도 상대방은 받지 않고 있었다. 남편의 휴대폰에서는 '즐거운 나의 집' 컬러링이 흘러나온다.

"당신 반항하는 거야?"

그쪽에서 휴대폰 액정을 터치해 여보세요, 하기도 전에 그녀가 먼저 화를 낸다. 현수를 이 지경까지 만들어 놓고도 패잔병처럼 오피스텔에서 죽치고 있다니…….

"무슨 뚱딴지 같은…… 나 일이 많아."

"큰 일 났어. 현수한테 일이 생겼다니까. 가출하겠다잖아!"

하란은 가능한 한 자극적으로 남편의 속을 긁어놓고 있었다. 그렇다고 죽어버리겠다는 말은 차마 그대로 전할 수 없다. 생각만 해도 끔찍하니까.

"안 그러겠냐. 아이가 정서불안에 애정결핍에 견딜 수 있겠냐구?"

"그러니까 빨리 들어와."

"니가 알아서 해."

"미친놈아, 너 정말 이럴 거야? 나 죽어버릴 거야. 나두 죽어버린다구!"

그제서야 그쪽에서 반응이 온다.

"알았어. 곧 들어가겠다."

호민은 대학 친구의 부친상 소식을 듣고 빈소를 지켜주고 발인이 끝나면 전라도 어느 섬이라는 장지까지 따라나설 요량으로 집을 나섰던 것인데 하란의 다급한 목소리에 양해를 구하고 발길을 돌렸다. 집에 들어오자 하란이 득달같이 그를 소파로 끌고가 강제로 앉혔다.

"현수 땜에 죽겠어. 중1 때 인생이 결정된다잖아. 그런데두 당신 이렇게 하세월이야? 당신 그동안 애 어떻게 길렀어. 그럼 당신이 사업해. 내가 들어앉을 거야."

호민은 부스스한 머리를 몇 번 손으로 빗어 올리더니 그 손으로 얼굴을 박박 문지르다가 방으로 들어가 침대 모서리에 쓰러지듯 걸터앉는다. 그녀가 따라 들어갔다.

"왜 피곤한 일만 생기지?"

"뭐, 피곤한 일? 넌 가족 생각은 안하니? 또 알량한 운동권 시절 과시하는 거야? 그래서 이 나이에 풍찬노숙? 참, 환장하고 자빠졌네. 직장 놓치니까 이젠 처자도 내팽개친다구? 새끼 하나 낳아놓구 개개비처럼 이집 저집 기웃거리며 놀아보겠다는 거야 뭐야? 넌 지금 가장이야! 운동권이 아니라구!"

역시 너무 나간다 싶지만 그녀는 견딜 수 없다. 더군다나 집에 돌아오는 아이를 두고 그가 집을 비우면 모든 걸 해체해버리고 싶은 충동까지 느낀다. 뜬구름 잡듯이 사는 주제에, 실업자 주제에…… 그래서 그가 집에 없으면 분이 난다. 물론 그가 집에 있으면 더 화가 치민 때도 있다. 이래저래 그녀의 감정은 뒤죽박죽이다. 오늘은 현수 때문에 더 갈피를 잡을 수가 없다. 그의 상처를 덧내고 싶지 않지만 학교에 다녀오고, 아이가 당한 일을 생각하니 분통이 터져서 견딜 수가 없다.

"내가 사업을 하는 게 왜 이렇게 힘이 드냐."

'그래, 니가 밥 벌어먹인 것이 그렇게 자랑이냐?' 이런 반응쯤 나올 법한데 호민은 한동안 침묵을 지키고 있다가 한마디 한다.

"침착해. 이럴수록."

"그래, 침착하자. 하지만 피곤하니까 피해가겠다는 거야 뭐야? 학교에선 학부모 들어오라고 야단인데 가긴커녕 집을 비워?"

그녀는 학교에 다녀온 사실을 숨긴 채 말한다. 현수의 무단결석과 도벽 얘기를 꺼내야 할까 말까, 망설인다. 그러나 현수가 자신을 방어해주듯 그녀도 현수를 보호해주고 싶다. 그것은 그녀 자존심에 관한 문제이기도 하다. 자식의 도벽을 남편에게까지도 말하고 싶지 않은 것이다.

"학교에선 엄마들더러 오라고 한댄다."

"이 사람아, 엄마만 가는 것이냐. 요즘 애들 좋은 대학 보내려면 치맛바람 가지곤 안 된다고 했잖아. 바짓바람이라야 된다구 몇 번이나 얘기해야 알아듣겠니."

"어휴, 그놈의 대학."

그녀가 또 물고 늘어질 구실이 생겼다.

"그말 잘했어. 그래 대학, 거기서 운동하면 세상이 달라지냐. 달라지고 나아져? 세상이 너와 무슨 상관이야?"

"그만해."

호민은 숫제 상대하려고도 않고 창문 밖으로 시선을 던져버린다. 하란은 호민의 옆얼굴을 보면서 더욱 부아가 치민다. 저렇게 깨끗하고 잘 생긴 얼굴이 결국은 허약한 지식인의 몰골? 그래서 그런지 요즘 잠자리도 서툴다. 남의 남자를 섭렵하자 그가 도무지 빈약해서 한심스럽다. 어떤 죄책감보다 화가 치밀고, 때로는 그와의 결혼이 가슴을 찢도록 후회가 된다.

## 4

"하란 씨, 이간질하려고 전화한 건 아니지만 꼭 알려줄 필요가 있어서 하는 말인데, 하란 씨 친구 인숙이란 여자 있죠?"

"인숙이요? 카페 하는 친구 말인가요?"

"그래요. 명 사장과 뭔가 썸싱이 있는 것 같애. 그래서 알려주는 거요."

성태가 예의를 갖추긴 했지만 전화를 통해 뚱딴지 같은 말을 했다. 규봉과 인숙이. 도무지 연결이 되지 않았다. 아무리 끈을 이어보려 하지만 이어지지가 않는다. 그리고 하필 성태가 이런 정보를 주는 이유는 뭘까.

하란은 규봉에 대한 실망보다 성태의 느닷없는 전화가 조금은 의아하고 불쾌했다. 그의 행동이 수준 낮은 모함이나 음해로 보이는 것이다. 얄팍한 자식. 하란은 그렇게 생각하면서 그동안 그와 사귀었던 걸 후회했다. 그가 지금 인숙이를 대놓고 말하는 것도 좀 수상하다.

"왜 그걸 나한테 얘길하죠?"

"그냥 알고 있으라구요. 친구잖아요. 그리고 하란 씨는 명 사장과 진행중인 것으로 알고 있고……."

그래서 무슨 상관이란 말인가. 그런 것까지 꿰고 있다는 것이 기분 나빴고, 무엇보다 인숙이가 사이에 끼어들었다는 것이 불쾌했다.

그리고 조금은 불길한 예감이 들어 성태와 통화를 마치고 인숙의 가게로 전화를 했다. 인숙이는 예상대로 카페에 없었다. 휴대폰도 아예 꺼져 있었다. 순간 그녀는 어떤 배신감 같은 것이 느껴졌다. 하란은 다시 성태에게 전화를 걸었다.

"어떻게 된 거죠? 내가 잘 이해가 안 되는데요."

그녀는 가능한 한 감정을 억제하고 물었다.

"나두 불쾌하게 생각하고 있던 중이었어요. 그곳 세계가 그러긴 하지만, 늘 강자가 지배하는 세계니까요. 그래서 기분 나쁘죠. 하란 씨가 혹시 그 친구 소개해준 건 아니에요?"

"명 사장에게요? 아아뇨."

그녀는 펄쩍 뛰었다. 하지만 그럴 수도 있다. 규봉과 사귀는 사이 알게 모르게 학교 이야기, 친구 이야기, 가족 이야기가 흘러들어갔을 수 있다. 규봉과 동해안을 갔을 때도 터놓고 인숙이와 통화를 한 적이 있고, 인숙의 문자가 들어온 적도 있다. 하란 역시 규봉의 가족, 그의 아내 됨됨이까지 알게 모르게 알고 있지 않은가. 아무리 보안을 유지해도 시일이 가면 주변의 정보는 샌다. 끼가 많은 여자는 이런 때 작업에 들어가기도 전에 먼저 엉겨올 수 있다. 미친 애, 대책 없이 끼어들어…… 하란은 화가 치민다.

## 5

"저, 명규봉 사장님 부인되시죠?"

하란은 이 방법밖엔 다른 생각이 떠오르지 않았다. 규봉의 부인 휴대폰 번호를 알아낸 뒤 떨리는 손으로 전화를 걸었다.

"네, 맞습니다만, 누구신가요?"

상대방은 낯선 여자의 전화에 대해 놀라지도 않고 사무적으로 대답했다.

"잠깐 만날 수 있을까요?"

"무슨 일이시죠? 만나야 할 특별한 이유가 있나요."

담담한 그녀의 목소리에 하란은 조금 안도했다. 어렵사리 약속 시간과 장소를 정하자 갑자기 허탈감이 엄습해왔다. 과연 이 짓이 옳은 일인가. 커피숍에 먼저 도착한 하란은 두려운 마음이 들었다. 그래서 돌아서 나갈까 말까를 망설였다. 하지만 지금 결단해야 해. 그녀는 속으로 결의를 다진다.

평범한 외모를 지닌 규봉의 부인은 우선 라이벌 대상이 아니라는 데 안도했다. 그런 물에 노는 여자로 생각했는데 평범한 주부였다. 그간의 긴장은 스스럼없이 풀렸다. 수수하게 생긴 얼굴에 의상도 화려하지 않고 손가락엔 그 어떤 보석반지도 없다. 하지만 그간의 고통과 신산한 삶을 말해주듯 그녀 콧등에 주근깨가 파리똥처럼 잔뜩 눌러붙어 있다.

지나온 과정을 묵묵히 듣고 있던 그녀의 대답은 의외였다.

"알아서 하세요. 난 관심 없어요. 한두 번 있는 일도 아니고……."

부인은 일어섰다. 하란은 다급한 나머지 함께 일어나 그녀 손목을 잡았다.

"잠깐만 앉아주세요. 미안합니다."

"관심 없다니까요."

"정말 미안해요. 지금 너무 괴로운데 잠깐만 앉아주세요. 잠깐만요."

하란의 태도가 진지했던지 그녀가 주춤거리다가 다시 자리에 앉았다.

"나도 지쳤습니다."

부인은 아무런 표정이 없었다.

"미안합니다."

마주 앉자 부인이 먼저 말문을 열었다.

"처음엔 서로 정말 열심히 살았어요. 가난했지만요. 저도 원죄가 있죠. 이모 사업을 박차고 명 사장을 만나 아내가 됐으니까요. 그래서 더 열심히 했던 거죠. 점심식사를 라면으로 때우면서 사업을 일궜다니까요. 그런데 없는 놈을 뒷바라지해주면 배신을 당한다는 말이 딱 맞아요. 옛날에 남편 사법고시 준비시키며 가정부로 일한 아내가 끝내는 버림을 받았다는 영화 얘기가 남의 얘기가 아니더라구요."

그녀는 한동안 자신을 힘들게 하는 남편과 몇 번을 헤어지려고 했다고 고백했다. 하지만 헤어지고 나면 몇 푼 안 되는 위자료로 애들 키우기가 힘들 것이고, 무엇보다 현재의 경제적인 여유가 그녀의 발목을 잡았다. 남편을 방치하는 대신 먹고 사는 데는 부족함이 없다. 대신 그녀 나름으로 음모를 꾸몄는데, 삼 년 동안 수 억 빼돌렸고 나중에 남편이 힘이 빠질 때 이혼할 것이라고 했다. 아, 무서운 여자. 한 이불 속에 살면서도 이처럼 내색 없이 천연덕스럽게 음모와 계산을 하며 살 수 있는가.

"하지만 지금 그 정도 빼돌려 가지곤 강남 아파트 한 채를 사기가 힘들어요. 그 자식도 미쳐 돌아다니면서 요즘 사업이 썩 잘 돌아가는 것 같지도 않고. 돈을 더 뽑아내려면 그 자식 사업이 잘돼야 하는데……."

하란은 인숙이 얘기를 마저 한다. 이 여자를 만나려고 한 내용 중엔 이 품목이 핵심이 아닌가. 철저하게 부숴야 한다.

"댁에 남편이 내 친구를 손대고 있어요. 그런 건 좋지가 않죠. 나와 친구와의 사이도 갈라놓으니까요."

"돈 있는데 무슨 짓인들 못하겠어요? 하지만 하란 씨, 질투심 때문에 나한테 고자질하는 건 아니세요?"

"질투심이라기보다 정말 이젠 끝내고 싶어요. 여자로서 질투심이 없다는 것도 말이 안 되지만요."

"그럼 나는 어쨌겠어요. 무덤덤해져서 그렇지, 그래두 그 인간한테 기대를 걸고 살았을 땐 어쨌겠어요. 돌아버리거나 살인이 났겠죠."

"미안합니다. 정말 미안합니다. 어쨌든 얘길 하니 후련하군요."

"하지만 난 누구도 도울 수 없어요. 내가 화가 나야 하는데 오히려 담담해지니까요. 그것도 우습지 않나요. 이젠 모든 게 관심 없어요."

그녀는 의외로 심연이 깊은 물속 같다는 생각을 했다. 대신 자신은 한없이 유치하고 바보스럽다는 생각이 든다.

둘은 헤어졌다.

일상으로 돌아왔지만 하란은 여전히 마음이 심란해졌다. 말할 수 없는 비애와 슬픔의 조각들이 눈발처럼 그녀 가슴에 흩날리고 있다. 표구공방 일도 손에 잡히지 않았다. 불황 탓인지, 규봉이 적극적으로 도와주지 않은 탓인지 일감도 근래는 뚝 떨어졌다.

퇴근 시간, 집으로 돌아가는 발길이 무겁지만 그녀는 천천히 걸어서 자신의 아파트 현관문 앞에 도달했다. 여전히 허무하고 머리가 무겁고 복잡하다. 키를 핸드백에서 뽑아 드는데 갑자기 뒤에서 억센 손이 나타나더니 그녀의 팔목을 잡아 비튼다. 하란은 자리에 주저앉고 말았다.

"썅년!"

예감이 이상하더라니. 명규봉이었다. 하란은 경비원이 볼까 봐 그를 뿌리치고 재빨리 밖으로 뛰쳐나갔다. 길 건너편에 그의 차가 서 있었다. 그녀는 달려가 그의 차에 올라탔다. 남이 볼까 봐 부끄러워서도 지금은 불섶이라도 있으면 뛰어들어 숨고 싶은 심정이다.

"아내에게 고자질하는 야비한 년, 너 겁도 없냐!"

규봉은 시동을 걸더니 거칠게 차를 몰았다. 하란은 마음속으로 굳게 다진다. 이젠 물러서지 않아. 죽기보다 더하겠어. 끝장내겠어. 차는 강변북로로 접어들었고, 청담대교를 건너 곧이어 분당

방향 고속화도로를 달리기 시작했다.

"쌍년, 아내와 이혼하려던 것이 아니란 걸 너도 빤히 알고 있잖아! 나 추호도 없어! 그런데 넌 계속 오버하는 거야. 개 난리를 친다구! 아내가 짐 싸들고 가출해버렸잖아! 이혼하겠다는 거야! 마누라 왜 만난 거야? 니가 뭔데?"

끝까지 돈을 빼돌리고 힘이 없을 때 이혼한다고 하더니. 그녀 역시 하란의 친구까지 손을 대고 있다는 얘기에 더 이상 버틸 수 없다고 본 것일까. 그런데도 이 자식은 번지수도 챙기지 못하고 엉뚱하게 날 볶는구나.

"그래, 내가 다 얘기했어. 왜 인숙이까지 손을 대는 거야?"

"인숙이가 니 딸이냐. 사람 사귀는 게 니 허락받고 하냐? 그앤 인격이 없고 결정권이 없어? 이게 무슨 헛소릴 하는 거야!…… 니들은 전부 그러냐. 내가 먼저 손을 댔다구? 그 애가 먼저 덤벼들었지."

"웃기지도 않네."

"쌍년들, 요즘 환장들 했어요, 어느 날 성태가 나이트에 데리구 왔더라. 하지만 고게 성태를 빼돌리구 나한테 엉겨들었던 거야!"

"성태가?"

"그래. 성태가 니 친구라면서 데리고 왔더라. 바람난 암캐 놔두는 수캐 봤냐?"

성태가 어떻게 인숙을 알았을까. 순간 그녀 뇌리에 섬광처럼 스치는 게 있었다. 규봉이가 인숙을 유인한 건 하란을 통해 연락처를 알아냈을 것이라고 성태가 추리했지만, 사실은 성태 자신의 작업이었다는 것을. 규봉이야 복잡한 걸 싫어해서 거기까지 머리를 쓸 위인은 못된다. 여자가 궁한 처지도 아니고. 일정 기간 유지하기도 전에 인숙이가 먼저 좋은 물 만나 떠나버리자 불쾌하고, 또 정작 매번 친구 차지가 되니까 화도 났겠지. 더러운 자식.

규봉은 인숙에 대한 해명보다 계속 그의 아내 행방을 따졌다.

"내 와이프는 널 만나고 사라졌어. 무슨 음모를 꾸민 거지? 난 그 사람 없으면 한걸음도 못 움직여! 제자리에 놓여 있어야 내가 편안하단 말야!"

아 그렇구나. 아내를 사랑하는 것이 아니라 물건이 있을 곳에 있어야 안심이 돼서 그랬구나. 하지만 어느 땐 하란에게 과분한 선물을 사주면서 우리 아무것도 재지 말자, 흐트러지지 말자, 니것 내것 가리지 말자고도 했었지. 그걸 떠올리자 지금 이 순간엔 배신감이 일시에 솟구친다.

"당신 어떤 땐 나하구 산다구 하지 않았어?"

"미친년, 섹스하면서 무슨 말도 못하냐? 불륜에 미래가 있어? 너하구 살겠다는 것보다 아내와 헤어지지 않겠다고 더 자주 말했을 텐데……."

그러자 그녀가 불같이 화가 솟았다.

"미친 새끼!"

그가 찌익 급브레이크를 밟더니 갓길로 차를 몰아 세웠다. 그리고 다그쳤다.

"이게 나한테 욕하니? 너 정말 나한테 오려고 했어? 그래서 아낼 만난 거야? 왜 내 아낼 만났어? 만난 이유가 뭐야?"

하란은 대답하지 않았다.

"말해 봐! 안방 차지하려구 작전 쓴 거야? 사실대로 말해 봐!"

"미친놈아, 그걸 말이라고 하니?"

"뭐야? 이 갈보년이!"

그의 주먹이 날라왔다. 그녀 눈에서 무수한 별이 반짝였다. 주먹은 정통으로 그녀 눈두덩이에 날아와 꽂혔다. 여자 얼굴은 자본이 아니라, 경쟁력이 아니라, 실력이 아니라, 이젠 권력이라는데. 이런 못된 자식. 그녀는 재빨리 두 손으로 얼굴을 감싸고 폭삭 무너져 앉아버리는데 그럼에도 불구하고 그의 주먹이 그녀 등에, 머리에, 어깨에 무차별적으로 떨어졌다.

"이 썅년, 죽어 봐. 니깟 것이 안방 차지한다구? 창녀가 안방 차지하는 것 봤냐?"

"그만 때려!"

하란은 강해지려고 했지만 도무지 견딜 수가 없었다. 그녀는 마침내 엉엉 소리내 울고 말았다.

"개쌍년, 행선지 가르쳐 주지 않으면 정말 죽여버릴 거야!"

명규봉은 주먹질을 멈추고 다시 차를 거칠게 몰기 시작했다. 하란은 갑자기 뛰어내리고 싶은 충동을 느꼈다. 눈 앞에 아무것도 보이지 않았다.

"개새끼야, 왜 때려!"

하란이 울부짖으며 차문을 열었다. 순식간에 바람이 차 안으로 쑥 몰려들었다. 정말 무서운 것은 없었다. 그녀가 뛰어내리려 하자 그가 재빨리 한 손으로 그녀 상반신을 잡아채더니 급브레이크를 밟았다. 뒤따라 오던 차들도 찌익, 급브레이크를 밟으면서 마구 욕을 퍼붓고 있었다.

"야, 이 새끼야, 운전 똑바로 해!"

명규봉이 하얗게 질린 모습으로 갓길에 간신히 차를 댔다. 이때를 놓치지 않고 그녀는 차에서 뛰어내려 반대 방향으로 마구 달렸다.

## 6

집 안은 썰물 빠진 듯 고즈넉하다. 절간과도 같은 침묵 속에 잠겨있다. 하란은 숨이 막힐 듯한 적막감에 가슴 졸이며 먼저 아들의 방으로 갔다. 얼굴은 온통 욱신거리고 팔과 어깻죽지도 쑤셔왔다. 현수의 방은 흡사 쓰레기 하치장 같다. 책이 아무렇게나 방바닥에 흐트러져 있고, 체육복 남방샤쓰 온갖 CD, 문근영 고소영 비의 판넬 사진이 아무렇게 나뒹굴거나 한쪽 구석에 쳐박혀 있다. 하란은 방 안을 살피다가 현수의 책상에서 반쯤 접어진 노랑색의 16절지 종이를 발견했다. 대부분 흰색 A4 용지인데 그것만이 유독 노란 색깔이어서 눈길을 끌었다. 그것을 펴들었다가 그녀는 와들와들 몸을 떨었다. 얼굴과 머리, 어깻죽지가 욱신거리는 것도 잊었다. 그저 모든 것이 떨리고 발악같은 억억- 하는 울음소리만이 방안을 울렸다.

— 나를 찾지 마세요. 엄마 아빠를 원망하진 않아요. 하늘나라

에서 기쁘게 만날 거예요.

먼 훗날 오세요. 현수.

"아, 현수야!"

하란은 자리에 털석 주저앉아 넋을 잃었다. 저도 모르게 주문 외듯 읊조렸다. 제발제발제발제발 살아만 줘. 그녀는 실성한 모습으로 이 방 저 방을 뛰어다녔다. 안방 역시 바닥에 헌 옷가지들이 널부러져 있고, 문갑 위에 놓인 반쯤 물이 찬 어항의 붕어도 배를 드러낸 채 떠 있었다.

하란은 그제서야 정신이 든 듯 휴대폰을 꺼내들어 남편의 휴대폰 번호를 눌렀다. 실로 오랜만이어서가 아니라 너무도 다급해서 그녀는 몇 번이나 번호를 헛눌렀다. 간신히 제 번호를 찾아 눌렀지만 수신 멜로디가 바로 방 안에서 흘러나오고 있었다. 남편은 휴대폰을 두고 외출한 모양이다. 즐거운 곳에서는 날 오라 하여도 내 쉴 곳은 작은 집 내 집뿐이리. 그녀는 순간 가슴이 메어 소리내어 울지만 수신 멜로디도 지지 않겠다는 듯 정해진 톤으로 일정하게 이어지고 있었다. 내 나라 내 기쁨 길이 쉴 곳도 꽃 피고 새 우는 집 내 집뿐이리 오 사랑 나의 집 즐거운 나의 집…….

아, 그렇지, 하란은 눈물과 콧물을 훔칠 생각도 잊은 채 밖으로 뛰쳐나갔다. 택시를 잡아 탔지만 방향이 어딘지 갈피를 잡지 못했다. 운전기사가 신경질을 부려서야 행선지를 댔다. 마포 오피스텔로 가주세요. 네네. 도화동 방향과 공덕동 사이에 있는 28층 건물이요. 네네, 호텔 건너편이요. 하지만 1515호는 굳게 잠겨 있었다. 경비원을 불러 비상 키로 문을 따고 들어서자 실내는 호민이 대학생 시절의 분위기가 확 풍겨왔다. 테이블에는 각종 스티커며 구호가 적힌 종이들이 널부려져 있고, 책상에는 사용했다 버린 듯한 이면지들이 수북히 쌓여 있었다. 하란은 널부러진 종잇장을 닥치는 대로 집어들었다.

— 냉전의 박물관인 한반도와 남북 민중은 더 이상 강대국의 정치 군사적 인질이 될 수 없다. 이제는 생존과 민족자존을 위해서라도 더 이상 물러설 자리가 없다.

내용들이 이런 것이었으나 하란의 눈에는 아무것도 들어오지 않았다. 그녀는 서류들을 헤집으며 "현수아빠, 현수아빠."를 넋 잃은 듯 뇌었다. 다시 무의식적으로 용지를 들여다 본다.

— 분열과 대립국면에 종언을 고하고 서로 살 길을 찾는 이유가 여기에 있다. 미국은 군산(軍産)의 괴력으로 우리 민족의 순수성과 순정성을 농하지 말라.

하란이 종잇장을 든 채 떨고 있는 사이 호민이 전혀 낯선 사람처럼 사무실로 불쑥 들어섰다. 그의 머리칼은 부수수했다.

"당신이 여긴 왜?"

"현수아빠 현수아빠, 현수가 없어졌어."

"현수가 하루이틀 없어졌냐?"

대수롭지 않다는 듯 말했지만 눈물 범벅이 되어 있는 아내를 바라본 호민이 놀란 표정이 된다.

"당신, 눈두덩이가 왜 그래. 피멍이 들었잖아! 이마도 깨졌구!"

그녀가 제 설움에 겨워 소리 높여 엉엉 울었다. 거침없는 울음소리에 호민이 그제서야 긴박감을 알아차리고 그녀를 껴안는다. 그러자 울음소리가 더 커진다. 얻어맞은 것에 대한 설움도 있었지만, 아이에게, 남편에게 미안한 마음도 섞여 있는 복잡한 울음이었다.

"현수아빠, 현수를 찾아야 돼. 찾아야 돼. 죽으면 안 돼. 가면 안 돼. 내 희망이 그 앤데……."

"뭔 난리야. 죽고 사는 게 그렇게 쉽냐. 큰 일 아니니까 당신부터 마음 추슬려."

그러나 그도 긴장이 되는지 아내를 껴안았던 몸을 풀고 몸을 떤다.

"성적이 지 반에서 37명 중 꼴찌잖아. 학교엘 갔더니 담임선생님이 대안학교로 보내라는 거야. 반의 평균성적이 떨어져서 반원들에게 영향이 간대. 일학년 전체 사백 명 중 삼백구십구 등이래. 화 안 나겠냐."

"그래서 혼내줬어? 당신 애 죽이려고 작정했어?"

빌미를 찾자 하란은 발악하듯 울부짖었다. 하지만 누구에게랄 것도 없이 속으로 미안해 미안해……를 번갈아 뇌었다. 다들 울타리가 허술한데 나만 방황했던 거야. 별것도 아닌데 나만 못 견디며 무너졌던 거야. 부족하다고 헤매기만 했던 거야. 그녀의 볼에 계속 뜨거운 눈물이 흘러내렸다.

"애 때문에 넘어졌던 거야? 다급하게 굴지 마. 이럴수록 조심해. 나가자!"

여전히 물정모른 순진한 호민이 하란의 멍든 눈두덩이를 손으로 쓸어준 뒤 앞서 거리로 나섰다. 벌써 거리는 네온사인이 현란하게 명멸하고 있었다. 그래, 다시 시작이야. 그녀는 속으로 다졌다. 𝄞

## 발문

김상렬 소설가

# 이야기의 힘이 큰 작가

작가 이계홍의 시선은 칼처럼 날카로우면서 군불처럼 따뜻하다. 이는 오랜 언론계 생활에서 얻어진 인간과 사회에 대한 깊은 성찰의 결과일 터이다. 그것도 늘 현실에 쫓기고 시난고난 부대끼는 서민 군상들에의 연민, 혹은 남다른 관심 때문이리라. 그의 작품 속에 자주 등장하는 인생 낙오자들의 이런저런 실패담이 결국에는 생생히 부활하는 몸짓으로 돌아오는 것도, 지금껏 단순명쾌한 사실주의 문장으로 갈고 닦아온 저널리스트로서의 경험, 그 긍정과 원숙미가 불러오는 '이야기의 힘' 이 아니겠는가. 그의 소설은 무엇보다 재미가 있다.

**유홍종** 소설가

# 주시해야 할 이계홍 소설가

나는 한때 이계홍에게 억지로 글을 쓰게 하려고 출판사와 강제계약도 맺게 했고, 늘 500장에 머물러 있는 장편소설을 끝내게 하려고 온갖 회유도 하고 협박도 했다. 그러나 번번이 허사로 돌아왔다. 그것은 그가 좀더 긴 정신적 방황과 인생편력이 필요했기 때문이었다고 본다. 때가 되면 그의 창작열기가 걸죽하고 질박한 문체와 함께 화려하게 만개할 날이 오리라는 것을 의심치 않았다. 그는 한때 언론계의 한 지휘부에서 맹활약을 했다. 신문의 칼럼을 통해 사회악을 날카롭게 비판했다. 그러는 사이 늘 쫓기듯이 바쁘게 살아가고 있었다. 언론계 일선에서 떠난 그를 만나면 퍽 안정되었다는 느낌이 들고, 그의 삶도 달라졌다고 보여진다. 작가 이계홍에게 있어서 삶의 전성기는 이제부터 시작되지 않을까 한다. 적어도 내 예감은 그렇다. 때문에 누군가 작가 이계홍에 관한 글을 쓰기 위해서는 지금부터 그를 주시하면 될 것이라고 본다.

이광복 소설가

# 이계홍의 필력은 탄탄하다

젊은 시절 연작소설 「김말동 선생」 등 역작을 발표하던 이계홍이 오랫동안 신문기사 말미에 바이라인만 올리고, 문학과는 담을 쌓고 지내는 듯이 보였다. 언론현장에서 부지런히 뛰어다니던 그의 모습이 떠오른다. 무엇이 바쁜지 만나면 서두는 그의 모습은 때로 불안해보이기도 했다. 그런데 언론사 생활을 마치고, 어느 국책연구기관에 들어가 십여 년 소식도 없이 지내더니 불쑥 문단에 나타났다. 그리고 연거푸 문제작들을 터뜨리고 있다. 내가 주재하는 『월간문학』에는 해방공간의 이념적 쟁투를 다룬 「실록 행군」을 연재하고 있다. 진지한 주제의식과 탄탄한 필력이 살아있는 걸 본다. 풍부한 경험을 토대로 그의 문학이 만개할 것을 기대해마지 않는다.

스마트북스선
소설가

서울 노마드

1쇄 발행일 | 2017년 7월 21일

지은이 | 이계홍
펴낸이 | 윤영수
펴낸곳 | 문학나무

편집 · 기획실 | 03085 서울 종로구 동숭4나길 28-1 예일하우스 301호
이메일 | mhnmoo@hanmail.net

출판등록 | 제312-2011-000064호 1991. 1. 5.
영업 마케팅 전화 | 02-302-1250, 팩스 | 02-302-1251


값 15,000원
잘못된 책은 바꾸어 드립니다
지은이와의 협의로 인지는 생략합니다

ISBN 979-11-5629-054-4 03810